图书在版编目(CIP)数据

《中国纯文学史纲》导读/刘经庵编著. —上海:
上海科学技术文献出版社,2020
(近代名家首版著作导读丛书)
ISBN 978-7-5439-8053-2

Ⅰ.①中… Ⅱ.①刘… Ⅲ.①中国文学—古代文学史—
文学史研究 Ⅳ.①I209.2

中国版本图书馆 CIP 数据核字(2020)第004682号

组稿编辑:张 树
责任编辑:苏密娅

《中国纯文学史纲》导读

刘经庵 编著

*

上海科学技术文献出版社出版发行
(上海市长乐路746号 邮政编码200040)
全国新华书店经销
四川省南方印务有限公司印刷

*

开本880×1230 1/32 印张16 字数320 000
2020年5月第1版 2020年5月第1次印刷
ISBN 978-7-5439-8053-2
定价:198.00元(上下册)
http://www.sstlp.com

导　读

刘经庵，生卒不详，河南卫辉人，代表作《中国纯文学史纲》等。

《中国纯文学史纲》是一部专门介绍“纯文学史”的专著。作者写作主旨是“务期读者用较经济的时间，能明了中国纯文学的内幕，及其历代演进的线索”。本书除绪论、结论外，共分诗歌、词、曲及小说四章。每章均用纵的叙述法，如诗歌，自先秦的诗歌起，一直叙到清末，这种写法，帮助一般读者得到系统的概念，可将各时代的诗歌，分别比较，不致散漫没有头绪。本书除叙述历代文学家的生平、批评其作品外，更选其可代表性作品，择优举例，以资参证。同时本书对于各时代的文学思潮的起伏，各种文学体裁的流变和各种文学的背景及原因，都有文字记述。本书所叙述的诗人，计有一百五十余位，代表诗有二百八十余首；词人有六十余位，代表词有一百十余篇；戏曲家有三十余位，代表戏曲有二十余篇；小说家有三十余位，代表小说有二十余篇。

中國純文學史綱

劉經庵編著

序

中國以前沒有文學史專書，雖說文苑傳有些近似文學史，其實文苑傳不過簡略記文人的姓名履歷而已，於文學的變遷得失蓋皆缺略，故不能當作文學史看。那麽怎樣才算文學史呢？我以爲文學史正是歷史的一種，歷史的重要性在說明各時代的變遷，文學史則是說明各時代之中的文學變遷罷了。

文學史既重在說明文學的變遷，那麽只羅列經史子集不能算作文學史，只備載文學家的傳記不能算作文學史，只以愛憎爲去取而選錄文學作品，也不能算作文學史，任取歐西浪漫古典自然等新名詞以批評文學作品，尤不能用於編著中國文學史，惟有說明歷代文學的變遷，使人得到歷代文學變遷的淸楚槪念，方可値得爲稱文學史。

或謂中國數千年文學的變遷一脈相承，有如海水緜緜不絕，我們如何會把其變遷分別得開，且歷史上事實的變遷，又非一朝一夕的關係，不是突變，即令加以區分，也難期於明白。余以爲文學的變遷雖是連緜演進，未嘗間斷，不能強爲分割，然正因其如此，又不可不爲之區分，以作窮因覈果的工作耳。譬之長江大河東流入海，原是剪不斷的，但我們研究地理的時候，就不能不劃分區域，這種劃分，只是爲研究方便的起見，並非一定剪斷長江大河的水。文學的變遷原是演進不斷，但果從其歷代相互間遞嬗交替的關係，與受於時代變化的原因等，亦可藉以尋得其異點，辨別出潮流的主從，而對於文學的變遷也不致於望洋興歎了。

經菴本其歷年教學的經驗與潛心的研究，編成這一本中國文學史，在例言中他說：「務期使讀者用較經濟的時間能明瞭中國純文學的內幕及其歷代演進的線索。」我以爲這幾句話正得到文學史的主旨，也正是他這本書的價值了。至於他側重於純文學之分類的敘述，這並不是偏愛，也不是趨時，只是純文學如詩歌詞曲小說等，含有藝術的成分稍多，且較少傳統的載道思想，正足保持其文學的眞面目，除了在文學史內去說，很少有人去注意牠們。而那些含有文學成分以外還有很多別的分子存在的雜文學——如莊子左傳論語等——在哲學歷史經學內也往往論及，似乎別有所屬，所以他就略而不論，這種判斷的精神，的確是他編著上一種新穎的見解。關於本書的編次，雖屬分類，而每類仍依歷代演進的情形去敘述，此不但使讀者明瞭中國文學的各種體裁，並且可以知各種文體的歷代演變之情形，這的確給研究文學的人一種更深的理解，所以這本書正合乎文學史的主旨，而他編著的方法也更顯出他對於文學史上的一種新意見。

我相信這本書的出版，對於研究中國文學，確是一個有力的啓示。換言之，也就是一部很好的入門書，這種努力是很值得佩服的。所以我雖於文學少所知，與經菴乂爲老友，也不敢避私交之嫌與譾陋之譏，而說幾句老老實實的話，以爲之序也。

民國二十三年一月十五日，陳介白序於北平

編者例言

一，本編有鑒於近今一般中國文學史的內容不是失於駁雜，便是失於簡略。駁雜者將文學的範疇擴大，侵入了哲學，經學和史學等的領域；簡略者，對於文學的代表作品，不惟少有引證，即著名的文學家亦語焉不詳。本編所注重的是中國的純文學，除詩歌，詞，曲，及小說外，其他概付闕如。—辭賦，除了漢朝及六朝的幾篇，有文學價值者很少；至於散文—所謂古文—有傳統的載道的思想，多失去文學的真面目，故均略而不論。—並注重歷代文學家的生平，及其代表作品，務期讀者用較經濟的時間，能明瞭中國純文學的內幕，及其歷代演進的線索。

二本編除緒論，結論外，共分詩歌，詞，曲，及小說四編。每編均用縱的敘述法，如詩歌，自先秦的詩歌起，一直敘到有清末季，是由上古一貫的說下去的。這樣寫法，在編者以為能幫助一般讀者得到有系統的概念，可將各時代的詩歌，分別比較之，不致散漫無有頭緒。

編者例言

編者例言

三，本編除叙述歷代文學家的生平，批評其作品外，更選其可代表的東西，擇尤舉例，以資參証。並且對於各時代的文學思潮的起伏，各種文學體裁的流變，和各種文學的背景及原因，亦皆注意及之。

四，本編所叙述的詩人，約計有一百五十餘位，代表詩約計有二百八十餘首；詞人約計有六十餘位，代表詞約有一百十餘首，戲曲家約有三十餘位，代表戲曲約有二十餘篇；小說家約有三十餘位，代表小說約有二十餘篇。作家共計約有二百七十餘人，作品有四百三十餘篇。若分而讀之：一則可當作歷代的文學家的略傳，一則可當作歷代的純文學的選粹。

五，本編在結論裏，附有歷代文學家的地理分布表，可藉以知中國歷代文學家的隆替，和中國文化中心的推移。此外並有附錄兩篇：一是，中國歷代文學家籍貫生卒年表，一是，中國純文學書目舉要。前者，可用爲參考歷代作家的年譜，後者可用爲研究中國純文學的門徑，這或者對於有志研究中國文學的人，不無小補罷。

六，本編所述，曾參考關於中國文學論著的版本十數種，今擇要列舉於後，以致謝忱。

1.中國文學研究　　鄭振鐸
2.文學大綱　　鄭振鐸
3.中國文學進化史　　譚正璧
4.中國女性的文學生活　　譚正璧
5.白話文學史　　胡適之
6.中國小說史略　　魯迅
7.宋元戲曲史　　王國維
8.中國詩史　　陸侃如
9.中國文學流變史　　鄭賓于
10中國文學概論講話　　鹽谷溫　孫俍工

編者誌　二十二年，十二月十二日

新編分類 中國純文學史綱目錄

第二編　詞

第四編　小說

新編分類 中國純文學史綱

緒論 一一般文學與中國文學概說

一、

文學的定義 (一)文學的定義，無論中外皆有廣狹之別。在中國，廣義的文學是指一切用文字發表的東西，如政教，禮制，言談，書簡，學術，文藝等，即釋名所謂，「文者會集衆字，以成辭義」之意。狹義的文學是單指描寫人生，發表情感，且帶有美的色彩，使讀者能與之共鳴共感的作品。這樣的文學觀念，在中國文人中很不多見。有之，要首推南朝的梁氏兄弟爲近是。梁昭明以「事出沈思，義歸翰藻」者爲文學。梁元帝金樓子篇云：「吟咏風謠，流連哀思，謂之文。……至如文者：須綺縠紛披，宮徵靡曼，脣吻遒會，情靈搖蕩。」這可稱爲中國文人中最早認識文學者！

在外國，英國文學家龐科士(Pan Coast)說：「文學有二義：一則統包字義，凡由字母發爲記載，可以寫錄，號稱書籍者，皆爲文學，—是爲廣義。一則專爲述作之殊名，惟宗主情感，以娛志爲歸者，如詩歌，歷史，傳記，小說，評論，乃足以當之。「一是爲狹義。」戴昆西（De Quincey）亦說：「文學之別有二：一屬於知，一屬於情。屬於知者，其職在教，—是爲廣義。屬於情者，其職在感，—是爲狹義。」又說：「與人以魔力者，（用在感人）則爲文學；與人以知識者（用在教人）則非文學。」這樣，一般治文學的人，當捨廣義的而取狹義的，庶不失於龐雜，侵佔了別的學科的園地。

近人羅家倫在他的什麼是文學裡，參照了各家的文學的定義，而定出一個比較完善的，今引之如下：

『文學是人生的表現和批評，從最好的思想裏寫下來的，有想像，有感情，有體裁，有合於藝術的組織。集此衆長，能使人類普遍心理，都覺得他是極明瞭，極有趣的東西』。

從這個定義裏，我們可以知道文學是人生的寫照，是思想和藝術的結晶，文學家對於人生的種種，觀察得最爲周到，或主觀，或客觀，或片面，或綜合，或內裡

2

，或外表，都能深刻的詳爲寫述。他們無論是寫詩歌，寫戲劇，或寫小說，皆是人生的表現和批評。換言之：離了人生便無所謂文學。文學固不外乎人生，亦當有高尙的思想，和豐富的想像，用藝術的手腕，創作的精神，去委婉的，靈妙的，真摯的，表現出來，絕不剿襲，不摹倣，使讀者感到淸爽有趣與作者起共鳴之感。否則，便無文學上的價值。

文學的特質○在日人本間久雄的文學概論裏，有講文學的特質的一章。他說，文學有三個特質：一是永久性，二是個性，三是普遍性，玆略引述之。

1.永久性—純文學是屬於力的，非屬於知的，一般人關乎知識的東西，完全明瞭後，就不想再讀牠了。關乎力的篇什，倘有文學價值者，我們讀後深受感動，還想再讀，偉大的文學作品，便是反覆讀幾次，決不會厭倦的，如紅樓夢，西廂記之類。

2.個性—讀一篇文學的作品，如果我們加以探討，可知充滿了作家的個性或人格。法國勃封(Buffon)曾說：「文體是人」。由此可知無論怎樣的文體，結局都是作者人格的表現。亨德(Hunt)曾將「文體是人」，倒轉來說，「人是文體」。這就是說在人與文體之間，有不可分離的關係。我們若換個說法，「作品是人」，「人是作品」，亦是同樣的。在中國趙執信的談龍錄說：「文中宜有人在」。方植之昭昧詹言說：「詩中須有我在」。這和勃封亭德所說幾無二致。

3.普遍性——凡是文學作品，都有普遍性的，譬如就父母愛子的情緒來說，不問地的東西，時的古今，那性質總是不變的。不止是愛的情緒，就是喜悅，悲哀，驚駭，恐怖等情緒，都是一樣，今日我們讀太古原始民族的歌謠，或是讀莎翁的戲曲，空間與時間雖有不同，而讀後所得到的感動，古今中外是共感的，所以說文學是超越時間與空間的，是普遍的。

文學的起原與原始的文學

(一)文學的發生，自人類有語言始，遠在文字之前；因爲人生不能無情感，有感於中，即發洩於外。班固說：「哀樂之心感，而歌咏之聲發」。朱熹說：「有欲則不能無思，有思則不能無言，言所不能盡，而發於咨嗟咏歎之餘者，必有自然之影響節奏，而不能已」。這就是文學的起原。

風謠是原始的文學的頭胎兒，因爲原始的人類，在飽腹嬉戲的時候，感着山川之偉大，雲霞之美麗，心中鼓舞欣感到了極端，便隨性情所至，自然流露的發

4

出讚嘆歌慕之聲。——讚美自然歌。由讚美而懷疑，而幻想，遂發生種種神話，這時神話便成了文學的中心，比風謠尤重要。後來便把「神」當做真的存在，除感謝神給他們的衣食住，又發生其他的希望，就有驕神，求神，種種舉動。這時就用音樂的格調，風謠的方式，加上神話中的事實，使產生了頌歌，和讚語。這以上都是在未有文字以前的原始的文學。

韻文與散文發生之前後○一般研究文學者，都承認韻文發生在先，而散文後出，詩歌是哥哥，散文是弟弟。我們都知道在未有詩歌文字之前，已有言語了。既有言語，隨生詩歌，因為有感於中，便流露於外，而聲音亦自然和諧可聽，此之所謂天籟，非造作所能。且所歌者，既是脫口而出，當時無文字可記，若不合韻，便易遺忘，此韻文之所由起。散文發生當在文字製作以後，因為名字既出，人事漸繁，若求宣教達事，合契致遠，非用文字記之不可，此散文之所由興。總之：韻文是發生在有文字以前是哥哥，散文是發生在有文字以後是弟弟。

音樂跳舞與文學○在原始民族的生活狀態中，音樂跳舞與詩歌是不可分離的。我們知道人類在未能發出語言之前，已經有叫聲了，和叫聲同時的有模倣和姿勢，這叫聲帶有節奏便是音樂的發生，模倣和姿勢帶有節奏，便是跳舞的發生。原始的人類和猴子一樣的好動，決不會靜默安坐，像後代學禪入定的人。那麽，他們自然的要發生熱鬧的跳舞。因爲當時情感太興奮了，遂唱歌來合拍着，這歌不過是人類的叫聲，有調和的音調而已。這時的音樂，跳舞和詩歌，是象徵狩獵蠻族行祭禮時，所不可缺的一種三位一體的儀式。呂氏春秋古樂篇說：「葛天氏之樂，三人操牛尾捉足，以歌八闋」。在毛詩序上說：「詩者，志之所之也。在心爲志，發言爲詩。情動於中，而形於言；言之不足，故嗟嘆之；嗟嘆之不足，故永歌之；永歌之不足，不知手之，舞之，足之，蹈之也。這樣看來，可知在未有文字以前，音樂，跳舞與文學，確有密切的關係了。

二

中國文字與文學○文字是文學的工具，對於文學的發展上很有關係。我國文字沿用象形文字，與世界盛行的拼音文字不同。他是一種單音的孤立語，因之應用於文學中變化就少，用法較難；便於模擬，不便於創造，並且易爲一般好堆砌字面的人所利用，皆足以阻礙文學上的自然發展。不過有弊亦有利，他對於中國文學比較好的影響：一是文章簡潔，二便於造對語，三音韻和諧。

有人說，文學是有字的圖畫，象形文字使我們看了，很容易給我們種種的印像，或概念；因爲他是單音的，孤立的，使用時感覺不便，不得已只有將文章做簡潔了。近來白話文與，一般持反對論者說，文言章簡潔，白話繁贅，這是有相當的理由的。

中國既是象形字，孤立語，所以各語是完全獨立，既無屈折，又少變化。而且因其是單音，所以一語是由一音一字而集成的，更加他有四聲的分別，因之一方面可以義取比對，一方面可以字分陰陽，中國的駢文和律詩，就是基於此而成立的。駢文和律詩雖有缺點，亦自有其相當的文學價值，如王勃的，「落霞與孤鶩齊飛，秋水共長天一色」。駱賓王的「一坏之土未乾，六尺之孤何託」？及王維的「明月松間照，清泉石上流，竹喧歸浣女，蓮動下漁舟」。在駢文和律詩中，這都是極有名的佳句。

中國文字之用韻，不僅限於韻文，而散文中亦常有用韻的，因爲讀來可以幫助文字有音節之美，除押韻外，句中常用雙聲叠韻及重言諸法，以補音節之不足。重言，如關關形容雎鳩之音，夭夭形容桃花之色等皆是。雙聲，如丁東爲雙聲，因爲丁東的發音，都是注音字母的「ㄉ一，拼之爲ㄉ一ㄥㄉㄨㄥ，故名之爲雙聲。窈窕爲叠韻，因爲窈窕的收音都是「ㄠ」，拼之爲ㄇ一ㄠㄊ一ㄠ，故名之爲韻叠。亦間有雙聲兼叠韻者，如前之丁東二字。在中國文學作品中，用雙聲叠韻和重言以和諧音韻者很多，試讀任何詩一首，即可舉出之。

中國文學的特色

㈠中國文學的特色有二：

1.純粹而有系統——中國爲世界三大文化發源地之一，其他二發源地爲希臘與印度。印度亡於英國，至今不能獨立；希臘淪於異族之下，約二千餘年，近雖有復興之象，因含有其他民族，文化的分子太多，遠不如中國一脈相傳，純粹而有系統。

2.文學的數量多——中國開國最古，文化最早。領土亦最廣，所以文學家之多，和作品之富，決非他國所能及的。查中國歷代的文學，皆有其他特出處：如楚之騷，漢之賦，唐之詩，宋之詞，元之曲，明清之小說，皆各有異彩，足爲一代冠。即就詩家而論：唐有作家兩千餘，宋亦有其數，作家既如是之多，作品可想而知。若再加上詞曲作家和小說作家的作品，其數量之多，恐任何國家無有能出其右者，——以上便是中國文學的兩個特點，很可以向各國自豪的。

中國文學的弱點 ㈠中國文學的弱點，約言之亦有二：

1.文體多摹倣古人——一般作家多不肯用他們當時最通俗的文字來表現思想，往往好剿襲摹倣古來的文體，楊雄的一部法言，便是首先倣尙書體而作的。他是摹倣古人的作俑者，遂給後來的作家以最惡的影響，——摹倣古人文體成了千部一腔的老調子。

2.思想陳腐缺少悲劇——中國文學中最缺乏的是悲劇的觀念，無論是戲劇，是小說，結尾處總是一個美滿的團圓。這大概不如此，便顯不出作者的福善禍淫，救世勸人的苦心。所以中國文學常是教訓式的。俗云：「善有善報，惡有惡報，善惡不報，時晨未到。」在中國文學中充滿了這樣的思想，一般人總以爲善人以悲劇終場，未免可惜，非把他團圓封王不可，殊不知悲劇的意味深長，最能發人猛省！

中國第一文學集及第一文學家 ㈠詩經的作品，大半是春秋戰國的產物，較早的爲周頌，是周初的東西。據傳詩經原有三千多首，經孔子刪存三百五篇，流行於世，這可稱爲中國最早的文學集—詩集，嗣後昭明太子的文選和徐陵的玉台新咏乃立後來文學總集的規模。

古並無文學專家，三百篇大半不知作者姓氏，且爲代表社會的作品，不足表現作者個性，他如周孔孟荀等人，又只是以其餘力及於文學，不得謂之文學專家。文學專家當首推屈原爲第一人，因爲從他的離騷等作品中，處處可以表現他的人格，和個性來。此後曹植和陶潛等，皆是繼屈原而起的文學家

第一編　詩歌

第一章　先秦的詩歌——詩經與楚詞

先秦時代的學術，思想，甚爲發達，而文學則較差。當時除了詩經與楚詞可稱爲偉大的作品，餘幾無可稱。故欲研究中國文學，應自詩經與楚辭始。至詩經時代以前的東西：如堯時的擊壤歌，康衢歌；舜時的卿雲歌，南風歌；禹時的塗山歌，以及箕子的麥秀歌，伯夷叔齊的采薇歌，不是記載該歌的原書是僞作，便是詩的體格與當時不相符合，所以我們只好在這裏缺疑不論了。

詩經○詩經是北方文學的代表作品，是許多無名詩人心血的結晶，是中國最早的文學集，牠在中國文學上的影響很大。玆分述之：

（一）作者——觀三百篇之內容，大概不外是詞臣——作樂詩的——，貴族詩人，和民間詩人所作。其中尤以民間無名詩人的作品爲最多，爲最好。能知道作者姓名的，僅有幾個貴族詩人，如小雅的節南山，言「家父作誦，以究王訩」大雅的嵩高，蒸民俱言吉甫作誦。據傳詩經原有三千餘篇，經孔子刪定，編存了三百零五篇，這可稱作家是無名氏，編定者是孔子了。不過後來有許多學者，懷疑孔子刪詩之說，以爲他不曾刪過，這幾成了中國文人聚訟紛紜的一個大問題了。

（二）分類—詩經有風，雅，頌三種。風有十五，雅有大雅小雅，頌分周頌，魯頌，商頌，總名爲四詩。亦有人以「南」爲詩之一體，同風，雅，頌爲四詩的—此說較是—。風詩，爲閭巷風土，男女情思之詞，其文字言近而旨遠。雅詩，爲燕享朝會，公卿大夫之作，其文字有抑揚頓挫之妙。頌詩，爲鬼神宗廟，祭祀歌舞之樂，其文字有莊嚴深遠之趣。風是只能諷誦的，雅是可用音樂合起來唱的，頌不但可唱，兼可舞的。據說孔子刪詩後，把風亦製出譜來，後來亦可唱了。

（三）體製—有賦，比，興三種，合前之風，雅，頌，稱爲六義。朱子詩傳說：「興者，先言他物，以引起所咏之辭也。賦者，敷陳其事，而直言之者也。比者，以彼物比此物也。」簡言之：賦是直述其事的—直；比是假物言志的—顯；興是託物興辭的—隱。說個比方，如實寫美人爲賦；辭言花而意實指美人爲比；因桃花而思及人面爲興。

（四）影響—詩經對於中國文學上的影響，可分四方面說：

1 詩體　詩經大半是四言詩體，可是也有三言，（誰謂雀無角）六言，（我姑酌彼金罍）七言，（交交黃鳥止於桑）和八言等，（胡瞻爾庭有懸貆兮）開後來樂府詞曲之先聲，此詩體之影響於後世者。

2，修辭　漁洋詩話謂：「詩三百篇眞如化工之肖物，如燕燕之傷別，籊籊竹竿之思歸，蒹葭蒼蒼之懷人，小戎之典制，碩人次章，寫美人之姚冶，七月七章，寫陽春之明麗，……遂爲唐人六朝之祖。」此修辭之影響於後世者。

3 風格　詩經的風格，對於後來的影響亦不少。自韋孟的諷諫詩，東方朔的誡子詩，韋玄成的自劾詩，唐山夫人的安世房中歌，傅毅的迪志，仲長統的述志詩，曹植的責躬，乃至陶潛的停雲等，都是很顯然的受了詩經的風格的感化。

4. 應用　在春秋戰國時，一般政治家及文人，常引用詩經以爲辯論諷諫的根據。論文家及傳道者，常用牠以爲宣傳或討論的佐證。孔子曾說：「小子何莫學乎詩：詩可以興，可以觀，可以群，可以怨，邇之事父，遠之事君，多識於鳥獸草木之名。」又說：「不學詩，無以言」及「誦詩三百，授之以政，不達，使於四方不能專對，雖多亦奚以爲？」這足可見詩經在當時社會的地位與價值有多麼高大了。到了漢朝以後，詩經的權威更大，因爲被漢儒的曲解，把一部文學的作品，當成了講文王之化，后妃之德的道學書。詩經的地位固然是抬的更高了，變成了中國式的聖經；但牠在文學上的影響，就漸漸的衰微了。

（五）編輯—孔子雖不是一個純文學家，但他對於文學的作品，很有欣賞力，和鑒別力。我們看他教子弟常以詩爲先，又看他所編定的詩經，先風，次雅，後頌，以適俗平易的詩在前，與雅莊重的詩在後，由淺入深，用以引起讀者的興趣，這很合乎現在教育心理的原則。按難易深淺的次序說，孔子所編定原無可厚非處，不過若以詩的產生先後論，恰與原書的排列相反。頌是產生在先，而周頌爲尤早，大概是西周初年的作品，商頌和魯頌較晚，大概是周室東遷以後的東西。雅因爲音樂的關係，分大小雅。大雅產生於西周，小雅產生於西周末與東周初，小雅和國風差不多是在同時。國風較雅稍後，除了豳，檜，及秦風一半以外，均東周作品。他們產生的次序，最早是豳風，次檜風，次爲秦風，次爲王風，次爲衛風，—內含邶鄘二風，因該二風亡失，後人以衛詩獨多，遂分之於邶鄘—次爲唐風，次爲齊風，次爲魏風，次爲鄭風，次爲曹風，後爲陳風。二南在四詩中最爲晚出，大概是東遷後的楚詩，這與從前認二南爲西周初年的作品，大不相同。

—上說見陸侃如馮沅君合編的中國詩史。

(六)內容—詩三百篇都是歌咏的什麼？我們若一究其內容，不外是寫人生和社會的。有人說，讀了詩經，如到了十字街頭，覺有脚踏實地的，入世之感。總言之，詩經是人生的藝術，其中所寫，有關於戀愛的，有關於征役的，有關於政治的，亦有關於家庭的，眞是一部人生和社會大寫眞！今略引幾篇如下，以見一斑。

1.靜女　邶風

靜女其姝，俟我於城隅，愛而不見，搔首踟躕。
靜女其孌，貽我以彤管；彤管有煒，說懌女美。
自牧歸荑，洵美且異；匪女之爲美，美人之貽。

2.雞鳴　齊風

雞既鳴矣！朝旣盈矣！匪雞則鳴，蒼蠅之聲。
東方明矣！朝旣昌矣！匪東方則明，月出之光。

東飛薨薨，甘與子同夢。今且歸矣！無庶予子憎！

3.子衿　鄭風

青青子衿，悠悠我心！縱我不往，子寧不嗣音！

青青子佩，悠悠我思！縱我不往，子寧不來！

挑兮達兮，在城闕兮！一日不見，如三月兮！

4.伯兮　衛風

伯兮朅兮！邦之桀兮！伯也執殳，爲王前驅。

自伯之東，首如飛蓬；豈無膏沐？誰適爲容！

其雨其雨，杲杲出日；願言思伯，甘心首疾。

焉得諼草，言樹之背；願言思伯，使我心痗。

5.君子于役　王風

君子于役，不知其期，曷至哉！鷄棲于塒，日之夕矣，羊牛下來；君子于役，

如之何勿思？

君子于役，不日不月，曷其有佸？鷄棲于桀，日之夕矣，羊牛下括；君子于役

，苟無飢渴？

6.黍離 王風

彼黍離離，彼稷之苗。行邁靡靡，中心搖搖。知我者謂我心憂，不知我者謂我何求？悠悠蒼天！此何人哉？

波黍離離，彼稷之穗，行邁靡靡，中心如醉。知我者謂我心憂，不知我者謂我何求？悠悠蒼天！此何人哉？

彼黍離離，彼稷之實。行邁靡靡，中心如噎。知我者謂我心憂，不知我者謂我何求？悠悠蒼天，此何人哉？

7.碩鼠 魏風

碩鼠！碩鼠！無食我黍。三歲貫女，莫我肯顧。逝將去女，適彼樂土。樂土！樂土！爰得我所。

碩鼠！碩鼠！無食我麥。三歲貫女，莫我肯德。逝將去女，適彼樂國。樂國！樂國！爰得我直。

碩鼠！碩鼠！無食我苗。三歲貫女，莫我肯勞。逝將去女，適彼樂郊。樂郊！

業邪！誰之永號？

8，凱風　邶風

凱風自南，吹彼棘心，棘心夭夭，母氏劬勞。

凱風自南，吹彼棘薪；母氏聖善，我無令人！

爰有寒泉，在浚之下，有子七人，母氏勞苦！

睍睆黃鳥，載好其音，有子七人，莫慰母心！

9，氓　衛風

氓之蚩蚩，抱布貿絲，匪來貿絲，來即我謀。送子涉淇，至於頓丘，匪我愆期，子無良媒；將子無怒！秋以爲期。

乘彼垝垣，以望復關；不見復關，泣涕漣漣，既見復關，載笑載言。爾卜爾筮。體無咎言，以爾車來，以我賄遷。

桑之未落，其葉沃若；于嗟鳩兮，無食桑葚！于嗟女兮，無與士耽！士之耽兮，猶可說也，女之耽兮，不可說也！

桑之落矣，其黃而隕，自我徂爾，三歲食貧，淇水湯湯，漸車帷裳；女也不爽！士貳其行！士也罔極，二三其德！三歲爲婦，靡室勞矣！夙興夜寐，靡有朝矣！言既遂矣，至於暴矣！兄弟不知，咥其笑矣！靜言思之，躬自悼矣！及爾偕老，老使我怨！淇則有岸，隰則有泮；總角之宴，言笑晏晏，信誓旦旦，不思其反；反而不思，亦已焉哉！

楚詞。先秦時代的文學，除了北方的詩三百篇外，代表南方作品的，要推楚詞了。他的產生雖較詩經爲晚，可是他的影響比詩經還大，因爲他自來就被一般文人認爲是文學的，不像詩經到後來被人認爲是一部宗教式的聖經，漸湮沒了文學上的價值。

（一）作者——楚詞非一人所作，不過除宋玉景差等的數篇外，大多數爲屈原作。他因爲生不逢辰，既不見知於君王，又被讒於小人，前途茫茫，大有身世之感，故悲憤憂思，而作離騷，後竟投汨羅江以死。其遭遇之可憐，可謂中國文人中的空前者了。屈原不但是中國第一個可憐的文人，他亦是中國第一個文學家，因爲在他以前，還沒有第二人像他所作的這樣多的文學作品呢。

（二）名稱——所以稱離騷者，乃是以第一篇的篇名而名書，其意義是指遭憂而言，班固說：「離，猶遭也，騷，憂也。」離騷篇是他自己的叙事詩，長有三百七十餘句，自叙他的生平，和他的志願，其中充滿了豐富的想像，和幽沈的悲思，以之名書，不但可代表屈原的爲人，亦可代表當時南方所流行的新詩體。除離騷外，又稱楚辭，這是因爲屈宋諸篇，皆是楚人，用楚語，作楚聲，紀楚地，名楚物，故謂之楚辭。楚辭的風格，想必是當時楚地所最流行的，正如詩經的風格，盛行於北方一樣。

（三）影響——楚辭是中國古代文學中的偉大作物，其影響之深遠，較詩經爲尤甚。詩經自被漢儒曲解後，人不敢以文學作品目之，他的影響似乎在漢六朝以後，就沒有人再去摹擬他的句法了。楚詞不然，他在文學上的威權與影響，並沒有遭過什麼厄運，他的影響，可說自漢初至清末是不曾間斷的。他是一切辭賦之祖，如有所謂古賦者，兩漢魏晉之賦屬於此，著名的有賈誼的吊屈原，枚乘的七發，司馬相如的上林與子虛，班固的兩都，左思的三都皆是。俳賦，六朝的賦屬於此，如鮑照的蕪城賦，謝惠連的雪賦，江淹的恨賦與別賦，庾信的哀江南賦皆是。律賦，唐代的賦和明淸時代帖括式的詞賦屬於此，不過除了杜牧的阿房宮賦外，比較好的很少。文賦，宋代的賦屬於此，這是唐賦的反動，以散文做賦，注重說自然，而不注重音韻，如歐陽修的秋聲賦，蘇軾的赤壁賦。總之：楚辭的風格，情緒，和辭句，影響了歷代的作家。其範圍除辭賦外，詩歌和散文也都間接的受了不少的感發，和資料。這樣看來：自戰國以後的文學，幾乎無不受到楚詞的影響了。

（四）批評—關乎楚辭文藝的批評，歷來是很多的，今只引蔣之翹批評楚辭的話於下，以見一斑。

「觀其悲壯處，似高漸離擊筑，荊卿和歌於市，相樂也，已而相泣旁若無人。悽惋處，似窮旅相思，當西風夜雨之際，哀蛩叫濕，殘燈照愁。幽奇處，似入山徑無人，但聞猩啼蛇嘯，木魅山鬼習人語來向人拜。艷逸處，似美人走馬，玉纓珠勒，披錦繡，佩琳琅，對春風唱一曲楊白華。仙豹處，似王子晉騎白鶴，駐緱山最高峰，吹玉笙作鳳鳴，揮手謝時人，人皆可望不可到」。從這個批評裏，足可見楚辭的狀人，狀物，寫景，言情，其藝術的手腕是如何的高妙，是如何的神奇了。

（五）詩經與楚詞的比較—詩經是中國北方詩歌的總集，以黃河流域爲中心，代表北方民族性的文學，是征伐時代—弱政府時代—的產物，是民間的歌謠，一般征夫或憂時者的嘆聲與憤歌，多數是平民的作品，富有寫實的意味，所謂十字街頭讀詩經，大有脚踏實地入世之感。楚辭是南方詩歌的總集，以長江流域爲中心，代表南方民族性的文學，是混戰時代—無政府時代—的產物，是詩人的創作，自訴他們幽懷愁思的，都是貴族作品，富於浪漫思想，所謂象牙之塔讀楚辭，大有虛無漂渺夢幻之思。以上是二者不同處。其同處，二者全是詩的體裁，不過在藝術上，楚辭較詩經爲進步，不但形式自由，而結構亦錯綜複雜多了。

（六）屈宋的傳略及其作品—屈平（西曆前343至290?）字原，一名正則，字靈均，與楚王同族，曾爲懷王的左徒。他既是貴族，家庭的生活，和少年時代的教育，自然是很好的，懷王原來亦非常信任他。司馬遷說他：「明於治亂，嫻於辭令；入則與王圖議國事，以出號令；出則接遇賓客，應對諸侯」。這足見他當時在政治上的地位是很高的。不過因作憲令，被上官大夫所忌，楚王不察，竟聽小人的讒言，把屈原疏遠了。後來懷王因不聽屈原的話，冒然入秦，以致入秦不返。及頃襄王即位，亦不信任他，且逐放於外。他因憂國悲時，憤慨萬分，遂投汨羅江死了。他的作品，據前人說有二十五篇，但近人研究，多認為只有離騷，天問，及九章之半，即橘頌，抽思，哀郢，涉江，和懷沙是真的，其餘都是偽作。九歌是先乎屈原而流行於民間的頌歌，曾經原的修正，亦不能算是他的創作。他所創作的，雖僅如上述的七篇，但其藝術上的最好成績，亦足夠當文學家而無愧色了。

宋玉（西歷前290？至222？）字子淵，他的事蹟不詳，舊之傳說多不可靠。我們從他的作品裏，——九辯及招魂，僅知道他是楚國的一個貧士，曾為考烈王的小臣，不久即失職了。失職後，便潦倒終身。他的遭遇，亦不算好。他的作品，據前人說，有十六篇，但其中偽作不少，靠得住的僅有九辯與招魂兩篇。九辯和離騷同為長篇的抒情詩，內容是因秋景的蕭索，而感到身世的落魄，所以全篇寫得最好處，便是悲秋的部分。如「悲哉，秋之爲氣也！蕭瑟兮草木搖落而變，衰憭慄兮若在遠行，登山臨水兮送將歸」。王夫之贊之爲「千秋絕唱」，至後來把「宋玉悲秋」四字，變成文學上的習語，這足見其感力之大了。招魂是當病人垂危時，家人爲之叫魂歸來的一篇民間流行的巫歌。這大概不是玉的創作，和原對於九歌一樣，曾加過一番的潤色。其中充滿了神話的意味，描寫得無論人事方面，或景物方面，都是淋漓盡致，栩栩欲生。像這樣的寫法，寫得好了固然是深刻優美，否則，很易有堆砌呆板之弊。後來辭賦家沒有屈宋的才學和魄力，所以多有此種通病，這是宋玉當時所料想不到的。

懷沙　九章之一　　屈原

滔滔孟夏兮，草木莽莽。傷懷永哀兮，汩徂南土。眴兮杳杳，孔靜幽默。鬱結紆軫兮，離愍而長鞠。撫情效志兮，冤屈而自抑。刓方以爲圜兮，常度未替。易初本迪兮，君子所鄙。章畫志墨兮，前圖未改。內厚質正兮，大人所盛。巧倕不斲兮，孰察其撥正。玄文處幽兮，矇瞍謂之不章。離婁微睇兮，瞽以爲無明。變白以爲黑兮，倒上以爲下。鳳皇在笯兮，鷄鶩翔舞。同糅玉石兮，一概而相量。夫惟黨人鄙固兮，羌不知余之所臧。任重載盛兮，陷滯而不濟。懷瑾握瑜兮，窮不知所示。邑犬之群吠兮，吠所怪也；非俊疑傑兮，固庸態也。文質疏內兮，衆不知余之異采。材朴委積兮，莫知余之所有。重仁襲義兮，謹厚以爲豐。重華不可遻兮，孰知余之從容。古固有不竝兮，豈知其何故。湯禹久遠兮邈而不可慕。懲違改忿兮，抑心而自強。離慜而不遷兮，願志之有像。進路北次兮，日昧昧其將暮。舒憂娛哀兮，限之以大故。

亂曰：浩浩沅湘，分流汩兮。脩路幽蔽，道遠忽兮。懷質抱情，獨無匹兮。伯樂既沒，驥焉程兮。萬民之生，各有所錯兮。定心廣志，余何畏懼兮！曾傷爰哀，永歎喟兮。世溷濁莫吾知，人心不可謂兮。知死不可讓，願勿愛兮。明告君子，吾將以謂類兮！

九辯節錄　　宋玉

悲哉，秋之爲氣也！蕭瑟兮，草木搖落而變衰。憭慄兮若在遠行，登山臨水兮送將歸。泬寥兮天高而氣淸，寂寥兮收潦而水淸。憯悽增欷兮，薄寒之中人。愴怳懭悢兮，去故而就新。坎廩兮，貧士失職而志不平。廓落兮，羈旅而無友生。惆悵兮而私自憐。

燕翩翩其辭歸兮，蟬寂漠而無聲。鴈廱廱而南遊兮，鵾雞啁哳而悲鳴。獨申旦

而不寐兮，哀蟋蟀之宵征。時亹亹而過中兮，蹇淹留而無成。

第二章　兩漢的詩歌

漢初的帝王作家○秦代四十年間，沒有一個可稱爲文學家者，這總算是秦始皇「焚詩書，坑儒士」，禁錮人民思想的結果。到了漢朝，高祖雖是一個以馬上得天下的英雄，他尚能於衣錦還鄉時，歌大風歌，於歎息悲憤時，爲戚夫人作鴻鵠歌，尤以他的大風歌爲著名，竟能和項羽的垓下歌成爲後來樂府的鼻祖。至漢武帝時，竭力提倡文學，詩歌更爲發達。武帝的作品，柔和惋傷，辭意優美，我們從他的秋風辭，李夫人歌，和落葉哀蟬曲就可見他的作風之一斑了。此外有昭帝的淋池歌亦很好。

大風歌　　劉　邦

大風起兮雲飛揚，威加海內兮歸故鄉，安得猛士兮守四方?!

鴻鵠歌

鴻鵠高飛，一舉千里。羽翼已就，橫絕四海，又可奈何?雖有矰繳將安所施?

垓下歌　　項　羽

力拔山兮氣蓋世，時不利兮騅不逝；騅不逝兮可奈何，虞兮虞兮奈若何!

李夫人歌　　劉徹

是耶？非耶？立而望之，偏何姍姍其來遲。

落葉哀蟬曲

羅袂兮無聲，玉墀兮塵生，虛房冷而寂寞，落葉依於重扃。望彼美之女兮，安得感余心之未寧。

淋池歌　　劉弗陵

秋素景兮泛洪波，揮纖手兮折芰荷。涼風凄凄揚棹歌，雲光開曙月低河，萬歲爲樂豈云多。

五七言詩的成立

五言詩，據說是起源於蘇武李陵的贈答詩，但經近代學者的考定是僞作。古詩十九首是比較最早而且最好的五古詩，有詩母之稱。相傳有西漢枚乘，東漢傅毅的作品，這也未見其確。不過無論如何，西漢不能沒有五言詩，我們看漢武時李延年所作的北方有佳人即可見一般。到了東漢有蔡文姬的悲憤詩，更是可靠的五古名篇了。

七言詩，有人說起於漢武帝的柏梁詩，爲後人聯句之祖，亦有人說，觀其內容似爲僞作。至後來有烏孫公主的悲愁歌亦是七言詩。按此詩雖是八個字組成的，但其中的兮字，只是和聲，並不是詞，所以得稱爲七言詩。至五七言詩成立的先後，學者亦莫衷一是。有人說，詩的發展程序是：先有三言，四言，而後五言，七言，逐步進行的。又有人說，繼四言而起的，便是七言，七言之後，始有五言。總之：他們的先後，我們雖不能確指，但他們的起源，可無疑的說都在漢朝，而且相距的時間，並不在遠。

李陵與蘇武詩三首　錄一　（有人疑爲僞作）

良時不再至，離別在須臾，屏營衢路側，執手野踟躕。仰視浮雲馳，奄忽互相踰。風波一失所，各在天一隅。長當後此別，且復立斯須。欲因晨風發，送子以賤軀。

古詩十九首　錄二

行行重行行，與君生別離。相去萬餘里，各在天一涯。道路阻且長，會面安可知！胡馬依北風，越鳥巢南枝。相去日已遠，衣帶日已緩。浮雲蔽白日，游子顧不返。思君令人老，歲月忽已晚。棄捐勿復道，努力加餐飯。

明月何皎皎，照我客牀幃。憂愁不能寐，攬衣起徘徊。客行雖云樂，不如早旋歸，出戶獨彷徨，愁思當告誰！引領還入房，淚下沾裳衣。

美人歌　李延年

北方有佳人，絕世而獨立。一顧傾人城，再顧傾人國。寧不知傾城與傾國，佳人難再得。

悲愁歌　烏孫公主

我家嫁我兮天一方，遠託異國兮烏孫王。穹廬爲室兮氈爲牆，以肉爲食兮酪爲漿。居常土思兮心內傷，願爲黃鵠兮歸故鄉！

悲憤詩　蔡琰

漢季失權柄，董卓亂天常。志欲圖篡弒，先害諸賢良。逼迫遷舊邦，擁主以自強。海內興義師，欲共討不祥。卓衆來東下，金甲耀日光。平土人脆弱，來兵皆胡羌。獵野圍城邑、所向悉破亡。斬截無孑遺，尸骸相撐拒。馬邊懸男頭，馬後載婦女。長驅西入關，迴路險且阻。還顧邈冥冥、肝脾爲爛腐。所略有萬計、不得令屯聚。或有骨肉俱，欲言不敢語。失意幾微間，輒言斃降虜。要當以亭刃，我曹不活汝。豈復惜性命？不堪其詈罵。或便加棰杖，毒痛參幷下。旦則號泣行，夜則悲吟坐，欲死不能得，欲生無一可。彼蒼者何辜，乃遭此戹禍？邊荒與華異，人俗少義理。處所多霜雪，胡風春夏起。翩翩吹我衣，肅肅入我耳。感時念父母，哀歎無窮已。有客從外來，聞之常歡喜。近問其消息，輒復非鄉里。邂逅徼時願，骨肉來迎已。己得自解免，當復棄兒子。天屬綴人心，念別無會期。存亡永乖隔，不忍與之辭。兒前抱我頸，問母欲何之。「人言母當去，豈復有還時？阿母常仁惻，今何更不慈？我尚未成人，奈何不顧思」？見此崩五內，恍惚生狂癡。號泣手撫摩，當發復回疑。兼有同時輩，相送告離別。慕我獨得歸，哀叫聲摧裂。馬爲立踟躕，車爲不轉轍，觀者皆歔欷，行路亦嗚咽。去去割情戀，遄征日遐邁。悠悠三千里，何時復交會？念我出腹子，胸腹爲摧敗。既歸家人盡，又復無中外。城郭爲山林，庭宇生荊艾。白骨不知誰，縱橫莫覆蓋？出門無人聲，豺狼號且吠。煢煢對孤影，怛咤糜肝肺。登高遠眺望，魂神忽飛逝。奄若壽命盡，旁人相寬大。爲復強視息，雖生何聊賴？託命於新人，竭心自勗勵。流離成鄙賤，常恐復捐廢。人生幾何時，懷憂終年歲？

女性作家的輩出〇漢朝的文學，承詩經與楚詞而起，頗爲發達，帝王的作家，我們已見一斑，女性的作家，亦相繼而出。漢朝第一個女詩人是卓文君，文君對於司馬相如可稱愛情濃厚而深摯，不料要被這喜新厭故的薄倖兒司馬相如拋棄了，她是如何的悲憤哀怨呢？所以咏白頭吟以感之，好在相如尚有天良，遂和她相愛如初了。其次烏孫公主—細君，因武帝令之嫁與烏孫王作爲政治和外交的工具，她雖不願，亦何敢辭？故作悲愁歌，歌其遠嫁異國之苦，及思鄉念親之情，辭雖寥寥數語，意甚哀惋動人。到元帝時，因毛延壽的作祟，把個絕世的佳人王昭君誤許於匈奴爲閼氏，延壽固爲可恨，這亦是漢家傳統的和親外交政策把她害了。昭君出塞，其沈痛苦悶之情，讀她的怨詩可想而知。成帝時有宮人班婕妤，因趙飛燕的譖言而失寵，乃作咏扇詩以自傷，和卓文君的白頭吟同爲女性的表愛的佳作，不過一和平，一激烈罷了。

東漢的女詩人亦不少，最著名者有蔡文姬與徐淑，至繼其兄作漢書及女誡的班昭 曹大家，其詩歌並無可稱。蔡文姬名琰，蔡邕的女兒，漢末天下大亂，曾被匈奴擄去，爲左賢王妻，居胡中十二年，生有二子。後來曹操痛其父蔡邕無子遂遣使至匈奴以金贖歸之。她的悲憤詩就是敘她自己的遭遇，寫得非常悽切悲楚，可令讀者下淚，眞是至情之作！徐淑和她的丈夫秦嘉愛情彌篤，二人常作贈答詩，以寫其夫婦間的唱隨之樂。此二女詩人遭遇雖異，而詩之婉美，可爲同工。此外尙有一位可稱述的女詩人，便是蘇伯玉妻。她的姓名已失傳，曾爲其夫作盤中詩，詩情和詩體都和前幾位女作家不同，——除徐淑外——卓文君和班婕妤的詩，是因失寵而作的；細君昭君和文姬是遠嫁異國而作的；蘇伯玉妻的盤中詩，既非失寵，又非遠嫁，乃是思念她的丈夫而作。盤中詩的故事，謂「伯玉出使蜀，久不歸，其妻思念之，因作詩寫之盤中，屈曲成立，故曰盤中詩。」至於詩體：前者有五言，七言，而盤中詩乃多是三言的。至其詞意廻環之妙，頗爲難能可貴。前人有稱之爲絕作者，可見稱舉之一斑了。

白頭吟 （有人疑爲僞作） 卓文君

皚如山上雪，皎若雲間月，聞君有兩意，故來相決絕。今日斗酒會，明旦溝水頭。躞蹀御溝上，溝水東西流。淒淒復淒淒，嫁娶不須啼。願得一心人，白頭不相離。竹竿何嫋嫋，魚尾何蓰蓰。男兒重意氣，何用錢刀爲?!

咏扇詩亦名怨歌行（有人疑爲僞作）　班婕妤

新裂齊紈素，皎潔如霜雪。裁成合歡扇，團團似明月；出入君懷袖，動搖微風發。常恐秋節至，涼飈奪炎熱；棄捐篋笥中，恩情中道絕

怨詩　王昭君

秋水萋萋，其葉萎黃。有鳥處山，集于苞桑。養育毛羽，形容生光。既得升雲，上遊曲房。離宮絕曠，身體摧藏。志念抑沉，不得頡頏。雖得委食，心有徊徨。我獨伊何，來往變常。翩翩之燕，遠集西羌。高山峨峨，河水泱泱；父兮母兮，道里悠長。嗚呼哀哉！憂心惻傷。

答夫秦嘉詩　徐淑

妾身兮不令，嬰病兮來歸；沉滯兮家門，歷時兮不差。曠發兮待覲，情敬兮有違。君今兮奉命，遠適兮京師。悠悠兮離別，無因兮敘懷。瞻望兮踴躍，佇立兮徘徊。思君兮感結，夢想兮客暉。君發兮引邁，去我兮日乖。恨無兮羽翼，高飛兮相追。長吟兮永歎，淚下兮沾衣。

盤中詩　蘇伯玉妻

山樹高，鳥鳴悲；泉水深，鯉魚肥；空倉雀，常苦飢；吏人婦，會夫稀。出門望，見白衣；謂當是，而更非；還入門，中心悲。北上堂，西入階；急機絞，杼聲催。長嘆息，當語誰？君有行，妾念之！出有日，還無期。結巾帶，長相思：君忘妾，未之知；妾忘君，罪當治。妾有行，宜知之。黃者金，白者玉；高者山，下者谷；姓者蘇，字伯玉，人才多，智謀足。家居長安身在蜀，何惜馬蹄歸不數？羊肉千斤酒百斛，令君馬肥麥與粟。今時人，知四足；與其書，不能讀，當從中央周四角。

幾個有名的詩人（一）西漢除了幾篇帝王作品，和幾個女性作家外，有名的男性作家，實在寥寥可數。蘇武與李陵的贈答詩，和古詩十九首中，枚乘所作的幾篇如果是眞的話，其數量就止於此了。或問西漢詩人何以如此之少？這大概因一般文人都向辭賦方面去發展了，辭賦成了漢朝唯一的時髦作物，詩歌自然無人過問。還是到了東漢，才有幾個男性詩人的作品出現，這就是梁鴻的五噫詩，張衡的四愁詩，秦嘉的贈婦詩，和蔡邕的飲馬長城窟行。五噫，四愁的體格風調，都很特別，音節情感，亦頗可取，觀其內容全是有感而發，並非游戲之筆，所以有文學上的價值。秦嘉夫婦愛情雖篤，因不能久相共處，享他們的甜蜜生活，故只有作詩問答，藉以減少精神上寂寞的痛苦，其贈婦詩除四言一首外，尚有五言的三首，情致都是很優美的。蔡邕本非詩人，故作品不多，僅有飲馬長城窟行，是一篇可稱述的東西，比他別的作品，有生氣多了。此外還有兩位不知其身世的作家，即是辛延年與宋子侯，他們的聲譽雖不及以上數人，可是他們的作品都很能動人。辛作羽林郎，宋作董嬌嬈，此兩詩不但敍事婉妙，言情亦頗深刻，在漢詩中眞是難得的佳作。

五噫歌　　梁鴻

陟彼北芒兮，噫！顧瞻帝京兮，噫！宮闕崔巍兮，噫！民之劬勞兮，噫！遼遼未央兮，噫！

四愁詩　　張衡

我所思兮在太山，欲往從之梁甫艱；側身東望涕霑翰。美人贈我金錯刀，何以報之英瓊瑤；路遠莫致倚逍遙，何爲懷憂心煩勞？

我所思兮在桂林，欲往從之湘水深；側身南望涕霑襟。美人贈我金琅玕，何以報之雙玉盤，路遠莫致倚惆悵，何爲懷憂心煩傷？

我所思兮在漢陽，欲往從之隴阪長，側身西望涕霑裳。美人贈我貂襜褕，何以報之明月珠；路遠莫致倚踟躕，何爲懷憂心煩紆？

我所思兮在雁門，欲往從之雪紛紛，側身北望涕霑巾。美人贈我錦繡段，何以報之靑玉案；路遠莫致倚增歎，何爲懷憂心煩惋？

留郡贈婦詩三首　錄一　　秦嘉

人生譬朝露，居世多屯蹇；憂艱常早至，歡會常苦晚。念當奉時役，去爾日遙遠；遣車迎子還，空往復空返。省書情悽愴，臨食不能飯。獨坐空房中，誰與相勸勉；長夜不能眠，伏枕獨輾轉。憂來如尋環，匪席不可卷。

飮馬長城窟行　　蔡邕

靑靑河邊草，綿綿思遠道。遠道不可思，宿昔夢見之。夢見在我傍，忽覺在他鄉。他鄉各異縣，展轉不可見。枯桑知天風，海水知天寒。入門各自媚，誰肯相爲言？客從遠方來，遺我雙鯉魚。呼童烹鯉魚，中有尺素書。長跪讀素書，書中竟何如？上有加餐食，下有長相憶。

羽林郎　　辛延年

昔有霍家奴，姓馮名子都，依倚將軍勢，調笑酒家胡。胡姬年十五，春日獨當壚。長裾連理帶，廣袖合歡襦。頭上藍田玉，耳後大秦珠。兩鬟何窈窕！一世良所無。一鬟五百萬，兩鬟千萬餘。不意金吾子，娉婷過我廬。銀鞍何煜爚！翠蓋空踟躕。就我求清酒，絲繩提玉壺。就我求珍肴，金盤膾鯉魚。貽我青銅鏡，結我紅羅裙。不惜紅羅裂，何論輕賤軀？男兒愛後婦，女子重前夫。人生有新故，貴賤不相踰。多謝金吾子，私愛徒區區！

董嬌嬈　　宋子侯

洛陽城東路，桃李生路傍。花花自相對，葉葉自相當。春風東北起，花葉正低昂。不知誰家子，提籠行採桑。纖手折其枝，花落何飄颺！請謝彼姝子，何為見損傷？高秋八九月，白露變為霜。終年會飄墮，安得久馨香？秋時自零落，春月復芬芳。何時盛年去，歡愛永相忘？吾欲竟此曲，此曲愁人腸。歸來酌美酒，挾瑟上高堂。

民歌與樂府○詩三百篇，民歌占大多數。漢初離三百篇時代尚不算遠，故民歌的發達，自在意中。在文帝時，民間有「一尺布尙可縫，一斗米尙可舂，兄弟二人不相容」之歌。武帝時有「生男無喜生女無怒，獨不見衞子夫霸天下」之謠。至比較長篇有關乎戰爭的，如戰城南，及十五從軍征；關乎愛情的，如陌上桑及艷歌行；關乎家庭的，有孤兒行，上山採蘼蕪，及最有名的，古今第一長詩孔雀東南飛。這都是無名詩人，有感於心，自然流露出來的，所以情致樸質，頗能動人，較之文人作品，實有過之而無不及。因之遂有人傳寫下來，把他們收到樂府裏去。樂府本是官署名，即樂官所居之處，後人即以他們所采集的詩歌，名爲樂府。創立樂府的是漢武帝，他曾令采趙代秦楚之謳，以歌誦之，使李延年爲樂府官—協律都尉主其事，於是有不少的民歌，遂保存在樂府裏。因民歌得到了寫定的機會，文人與他接觸受了影響，亦不由的模倣民歌，要做幾首所謂「樂府」的詩。這樣看來：民歌收在樂府裏的，叫做「樂府」，而文人模倣民歌做的樂歌，也叫做「樂府」，而後來文人模倣古樂府作的，不能入樂的詩歌，也叫做「樂府」，或「新樂府」，如唐朝白居易的新樂府，和宋朝柳永的新樂府皆是。樂府的特色，便是打破三言，四言，及五言的拘束，而自由成章，爲後來長短句—詞——

的濫觴，可見其影響之遠了。

戰城南

戰城南，死郭北，野死不葬烏可食。為我謂烏：「且為客豪。野死諒不葬，腐肉安能去子逃？」水深激激，蒲葦冥冥，梟騎戰鬥死，駑馬徘徊鳴。梁築室，何以南？何以北？禾黍不獲君何食？願為忠臣安可得？思子良臣。良臣誠可思！朝行出攻，暮不夜歸！

十五從軍征

十五從軍征，八十始得歸，道逢鄉里人，「家中有阿誰？」「遙望是君家，松柏冢纍纍；」兔從狗竇入，雉從梁上飛。中庭生旅穀，井上生旅葵」。烹穀持作飯，采葵持作羹。羹飯一時熟，不知貽阿誰。出門東向望，淚落沾我衣。

陌上桑

日出東南隅，照我秦氏樓。秦氏有好女，自名為羅敷，羅敷善蠶桑，採桑城南隅，青絲為籠系，桂枝為籠鉤。頭上倭墮髻，耳中明月珠；緗綺為下裙，紫綺為上襦。行者見羅敷，下擔捋髭鬚，少年見羅敷，脫帽著帩頭。耕者忘其犂，耡者忘其耡；來歸相怨怒，但坐觀羅敷。

使君從南來，五馬立踟躕。使君遣吏往，問是誰家姝。「秦氏有好女，自名爲羅敷」。「羅敷年幾何」？「二十尙不足，十五頗有餘」。使君謝羅敷：「寧可共載不」？羅敷前致辭：「使君一何愚！使君自有婦，羅敷自有夫」。

東方千餘騎，夫壻居上頭。何用識夫壻？白馬從驪駒，青絲繫馬尾，黃金絡馬頭；腰中鹿盧劍，可值千萬餘。十五府小史，二十朝大夫，三十侍中郎，四十專城居。爲人潔白皙，鬑鬑頗有鬚，盈盈公府步，冉冉府中趨。坐中數千人，皆言夫壻殊。

孤兒行

孤兒生。孤子遇生，命獨當苦。父母在時，乘堅車，駕駟馬。父母已去，兄嫂令我行賈：南到九江，東到齊與魯。臘月來歸，不敢自言苦。頭多蟣虱，面目多塵。大兄言辦飯，大嫂言視馬。上高堂，行取殿下堂，孤兒淚下如雨。使我朝行汲，暮得水來歸，手爲錯，足下爲菲。愴愴履霜，中多蒺藜。拔斷蒺藜，腸肉中，愴欲悲。淚下渫渫，清涕纍纍。冬無複襦，夏無單衣。居生不樂，不如早去，下從地下黄泉。春氣動，草萌芽，三月蠶桑，六月收瓜。將是瓜車，來到還家。瓜車反覆，助我者少，啗瓜者多。「願還我蒂！兄與嫂嚴，獨且急歸，當興校計」。亂曰：里中一何譊譊！願欲寄尺書，將與地下父母，兄嫂難與久居。

上山採蘼蕪

上山采蘼蕪，下山逢故夫，長跪問故夫：「新人復何如」？「新人雖言好，未若故人姝。顏色類相似，手爪不相如。新人從門入，故人從閤去。新人工織縑，故人工織素，織縑日一匹，織素五丈餘，將縑來比素，新人不如故」。

第三章　魏晉的詩歌

曹氏父子及建安七子　自屈原以後，一直到漢末，幾無一個重要的大詩人出現。漢朝除武帝和幾位女作家的作品外，大多數都是民歌。因民歌采入了樂府，一般文人受了影響，亦來摹倣樂府而作詩歌，於是文學上遂別開生面，成了一個新的趨勢，─樂府詩大爲流行。所以魏晉以後，樂府不全采民歌，而文人亦在努力用古樂府的舊曲改作新詞了。這時五言，七言，正式成立，四言詩業已過去，除曹操的短歌行，可讀的就很少了。當時新詩壇的領袖爲曹氏父子，而尤以曹植爲最偉大，可稱屈原以來的第一個大詩人。

曹操（155至220）字孟德，沛國譙人（今安徽亳縣）。他是個政治家而兼文學家，他的詩一如其人，慷慨沉毅，時露霸氣，其雄壯處，有如驍將，我們看他的短歌行，和苦寒行，即可知其一斑。曹丕（187至226）字子桓，操之長子，性好文學，所著典論論文，爲中國最早的文學批評。他的詩沒有雄勁氣，却甚清廉纏綿，便娟多情，其婉約處，有如美媛，看他的寡婦詩和燕歌行就可知了。曹植（192至232）─字子建，操之少子，因他被封陳王，死後謚曰思，故世人又稱之爲陳思王。他幼有才思，十歲即善屬辭，有「七步成章」的佳話。不幸爲其兄丕所妒，鬱鬱不得志，因之發而爲詩，不惟情緒直摯迫切，鑄詞亦極精妙絕倫，無怪乎他的作品，獨駕於他的父兄之上，爲當時諸文士的領袖了。謝靈運曾說：「天下才共一石，子建獨佔八斗，我得一斗，天下共分一斗」。鍾嶸說：「陳思之於文章也，譬人倫之有周孔，鱗羽之有龍，鳳，音樂之有琴笙，女工之有黼黻，……」因之在他的詩品裡，把曹植列爲上品，這可見子建的才調，和文章是如何的富贍精美了。有人說，他的詩哀而不傷，有如貴賓，我們看他的七哀詩怨調歌辭和名都等篇，即可知之。至依附曹氏父子，有所謂建安七子者，爲孔融，陳琳，王粲，徐幹，阮瑀，應瑒劉楨。他們的作品，都不如曹氏父子。若和子建相比，子建是清光瀉地的明月，七子是閃熠的群星，不過其中亦有佳作，如劉楨的賜五官中郎將，慷慨磊落，堪稱傑構。他的五言詩，有「妙絕當時」之說，思王以下，無有及者。楨字公幹，東平人，（今山東泰安）在七子中他是第一個以詩見稱的。王粲的七哀詩，沈鬱悲痛，哀楚動人，是一篇極好的社會悲劇詩。粲（177至217）字仲宜，山陽高平人（今河南修武）。粲除詩外，他的登樓賦亦最有名，元人曾取材以爲雜劇。

苦寒行　　曹操

北上太行山，艱哉何巍巍！羊腸坂詰屈，車輪爲之摧。樹木何蕭瑟！北風聲正悲。熊羆對我蹲，虎豹夾路啼，谿谷少人民，雪落何霏霏！延頸長太息，遠行多所懷。我心何怫鬱！思欲一東歸。水深橋梁絕，中路正徘徊。迷惑失故路，薄暮無宿棲。行行日已遠，人馬同時飢。擔囊行取薪，斧冰持作糜。悲彼東山詩，悠悠使我哀。

燕歌行　　曹丕

秋風蕭瑟天氣涼，草木搖落露爲霜。群燕辭歸雁南翔。念君客遊思斷腸，慊慊思歸戀故鄉。君何淹留寄他方？賤妾煢煢守空房。憂來思君不可忘，不覺淚下沾衣裳。援琴鳴絃發清商，短歌微吟不能長。明月皎皎照我床，星漢西流夜未央。牽牛織女遙相望，爾獨何辜限河梁！

七哀詩　　曹植

明月照高樓，流光正徘徊。上有愁思婦，悲歎有餘哀。借問歎者誰？言是宕子妻，君行踰十年，孤妾常獨棲。君若淸路塵，妾若濁水泥，浮沈各異勢，會合何時諧？願爲西南風，長逝入君懷；君懷良不開，賤妾當何依！

瑟調歌辭　　　　　　　　　　曹　植

吁嗟此轉蓬，居世何獨然？長去本根逝，夙夜無休閑。東西經七陌，南北越九阡，卒遇回風起，吹我入雲間。自謂終天路，忽然下沉泉。驚飈接我出，故歸彼中田。當南而更北，謂東而反西，宕宕當何依，忽亡而復存。飄颻周八澤，連翩歷五山，流轉無恒處，誰知吾苦艱？願爲中林草，秋隨野火燔。糜滅豈不痛？願與根荄連。

七哀詩　　　　　　　　　　王　粲

西京亂無象，豺虎方遘患。復棄中國去，委身適荊蠻。親戚對我悲，朋友相追攀。出門無所見，白骨蔽平原。路有飢婦人，抱子棄草間。顧聞號泣聲，揮涕獨不還。「未知身死處，何能兩相完」？驅馬棄之去，不忍聽此言。南登霸陵岸，回首望長安。悟彼泉下人，喟然傷心肝。

正始竹林七賢與太康八詩人

()中國文學到了晉朝很顯明的有兩種特點：一，無論韻文與散文，都駢體化了，及至南北朝，駢儷的色彩，更加濃厚，因之專於造詞，而忽於情意，一般作者，不是成了文匠，便成了詞匠。前人的詩都是意勝於詞的，到了晉朝就大開詞勝於意之風了。二，晉人學老莊，好清談，一般作家多是消極的態度，竹林七賢固不必說，就是後者的八詩人，亦何常不是甘於隱逸呢？

竹林七賢：爲嵇康，阮籍，山濤，向秀，劉伶，阮咸，王戎。他們七人志同道合，頗爲友善，因常集於竹林之下，肆意酣暢，故世稱「竹林七賢」。這七賢的作品：比較有新意境可讀者，當推阮籍。籍（210至263）字嗣宗，陳留尉氏人，前建安七子中阮瑀的兒子。據晉書說他：「容貌瓌傑，志氣宏放，傲然獨得，任性不羈，而喜怒不形於色。或閉戶視書，累月不出；或登臨山水，經日忘歸。博覽群籍，尤好老莊。嗜酒能嘯，善彈琴，當其得意，忽忘形骸，時人多謂之癡」。這便是他的爲人。他生逢亂世，對於環境之不滿，又不敢明說，只有將悲憤的情感，寄於詩中。我們看他的詠懷詩八十二首，即可見一斑。鍾嶸在詩品上說他的詩：「出於小雅，無雕虫之功，而詠懷之作，可以陶性靈，發幽思。言在耳目之內，情在八荒之表。洋洋乎會於風雅，使人忘其鄙近，自致遠大，頗多感慨之詞，厥旨淵放，歸趣難求」。這是很確切的評語。

八詩人：爲二陸（機，雲），三張（載，華，協），兩潘（岳，尼），一左（思）。太康時，稱他們爲文學中興之將，其實他們醉於駢偶，工於造詞，並無深情表現。就八人之詩論，以左思陸機潘岳爲較好，而尤以左思爲最。陸機（261至303）字士衡，吳郡人，臧榮緒謂機，「天才秀逸，辭藻宏麗」。張華稱機，「人之爲文常恨才少，而子更患其多」。他的詩以擬古爲最妙。鍾嶸曾評其擬古詩十四首云：「文溫以麗，意悲而遠；驚心動魄，一字千金」。與弟雲入洛後，聲譽高乎三張。當時有「二陸入洛，三張減價」。可見詩名之大了。潘岳（240?至300）字安仁，滎陽中牟人。據晉書所載：「美姿儀，辭藻絕麗，尤善作哀誄之文。少時常挾彈出洛陽道，婦人遇之者，皆連手縈繞，投之以果，遂滿載以歸。張載甚醜，每行，小兒爭以瓦石擲之，委頓而返」。謝混評岳詩云：「潘詩爛若舒錦，無處不佳；陸文如披沙簡金，往往見寶」。我們看他的悼亡詩，是一首嗚咽的哭聲，悲苦的訴語，讀着沒有不與之表同情的。左思（250?至305?）字太沖，齊國，臨淄人。他最有名的是三都賦，構思十年始成，洛陽爲之紙貴。然此種作品，在今日視之，已無多大意味，還是他的咏史詩，和招隱詩有不朽的價值。滄浪詩話曾評其詩道：「晉人舍陶淵明阮嗣宗外，左太冲高出一時，陸士衡獨在諸公之下」。還足可見左思在當日詩壇上的地位了。

詠懷詩錄三　　阮籍

夜中不能寐，起坐彈鳴琴。薄帷鑑明月，淸風吹我襟。孤鴻號外野，翔鳥鳴北林。徘徊將何見？憂思獨傷心。

嘉樹下成蹊，東園桃與李，秋風吹飛藿，零落從此始。繁華有憔悴，堂上生荊杞，驅馬舍之去，去上西山趾。一身不自保，何況戀妻子？凝霜被野草，歲暮亦云已。

鴻鵠相隨飛，飛飛適荒裔。雙翮臨長風，須臾萬里逝。朝餐琅玕實，夕宿丹山際。抗身青雲中，網羅孰能制？豈與鄉曲士，携手共言誓。

擬青青河畔草　　陸機

靡靡江離草，熠熠生河側；皎皎彼姝女，阿那當軒織。粲粲妖容姿，灼灼美顏色；良人遊不歸，偏棲常隻翼。空房來悲風，中夜起歎息。

爲顧彥先贈婦 四首之二 陸雲

悠悠君行邁，煢煢妾獨止；山河安可踰？永路隔萬里。京師多妖冶，粲粲都人子。雅步嫋纖腰，巧笑發皓齒。佳麗良可美，衰賤安足紀！遠蒙眷顧言，銜恩非望始。

悼亡詩 三首之二 陸岳

皎皎窗中月，照我室南端。清商應秋至，溽暑隨節闌。凜凜涼風升，始覺夏衾單。豈曰無重纊？誰與同歲寒？歲寒無與同，朗月何朧朧？展轉眄枕席，長簟竟牀空。牀空委清塵，室虛來悲風。獨無李氏靈，彷彿覩爾容。撫衿長歎息，不覺涕霑胸。霑胸安能已？悲懷從中起。寢興目存形，遺音猶在耳。上慚東門吳，下愧蒙莊子。賦詩欲言志，此志難具紀。命也可奈何？長戚自令鄙！

詠史詩八首 錄一 左思

荊軻飲燕市，酒酣氣益振。哀歌和漸離，謂若傍無人。雖無壯士節，與世亦殊倫。高眄邈四海，豪右何足陳？貴者雖自貴，視之若埃塵。賤者雖自賤，重之若千鈞。

招隱二首　錄一

杖策招隱士，荒塗橫古今。巖穴無結構，邱中有鳴琴。白雲停陰岡，丹葩曜陽林。石泉漱瓊瑤，纖鱗或浮沈。非必絲與竹，山水有清音。何事待嘯歌？灌木自悲吟。秋菊兼餱糧，幽蘭間重襟。躊躇足力煩，聊欲投吾簪。

晉朝唯一的大詩人陶潛(一)在陶潛以前，可配稱為大詩人的，為屈原與曹植，此外就要數陶潛為最偉大的作者了。潛（372?至427）字淵明，潯陽柴桑人，世稱靖節先生。家貧，好酒，愛自然，不肯為五斗米折腰而作官，其清高如此。故他的詩處處都能表現曠逸恬雅的性格，田園山野的意趣，和貧困好酒的生活。他實在是中國詩中自然派的開山祖，田園詩的創始人，後之王維，孟浩然，韋應物，柳宗元等作家，都是受他的影響。他雖生於駢體化的時代，當時的一般文人，不是工於擬古，便是做古詩樂府，堆切字面，雕琢辭句，把自然真樸之美完全消失了；獨潛不受時代的薰染，而能自然的寫其情思，述其幽懷，不求工而自工，把建安以後的一切辭賦化，駢偶化，古典化的惡習氣都掃除了。他的詩在六朝文學史上，實在可稱得一個大革命！姜白石評其詩曰：「陶淵明天資既高，趣詣又遠，故其詩散而莊，澹而腴，斷不容作邯鄲步也」。蘇東坡云：「陶詩質而實綺，癯而實腴」。洪亮吉曰：「陶彭澤詩有畫工氣象，餘則惟能描摹山水，刻畫風雲，如潘陸鮑左二謝是矣」。這樣的批評，是否眞實，我們看他的歸田園居，飲酒，讀山海經，擬古責子等篇就可知了。

歸田園居

少無適俗韻，性本愛丘山。誤落塵網中，一去三十年。羈鳥戀舊林，池魚思故淵。開荒南野際，守拙歸園田。方寸十餘畝，草屋八九間。榆柳蔭後檐，桃李羅堂前。曖曖遠人村，依依墟里煙。狗吠深巷中，雞鳴桑樹顚。戶庭無塵雜，虛室有餘閒。久在樊籠裏，復得返自然。

野外罕人事，窮巷寡輪鞅。白日掩荆扉，虛室絕塵想。時時墟曲中，披草共來往。相見無雜言，但道桑麻長。桑麻日已長，我土日已廣。常恐霜露至，零落同草莽。

飲酒二十首　錄一

結廬在人境，而無車馬喧。問君何能爾，心遠地自偏。採菊東籬下，悠然見南山。山氣日夕佳，飛鳥相與還，此中有眞意，欲辨已忘言。

讀山海經

孟夏草木長，遶屋樹扶疏。衆鳥欣有託，吾亦愛吾廬。旣耕亦已種，時還讀我書。窮巷隔深轍，頗迴故人車。歡言酌春酒，摘我園中蔬。微雨從東來，好風與之俱。汎覽周王傳，流觀山海圖。俯仰終宇宙，不樂復何如？

責子

白髮被兩鬢，肌膚不復實。雖有五男兒，總不好紙筆。阿舒已十六，懶惰故無匹。阿宣行志學，而不愛文術。雍端年十三，不識六與七。通子垂九齡，但覓梨與栗。——天運苟如此，且進杯中物。

幾個女詩人及其作品

）甄夫人，中山無極人，是甄逸的女兒，年九歲，即喜讀書寫字，嘗曰：「古之賢女，未有不讀書者」。後嫁袁紹次子熙爲妻，因袁敗滅，曹丕私納爲夫人。在先曹植亦有意於她，所以文帝對植時常疑忌，植便鬱鬱終身不得志，甄夫人亦因此爲郭后所賜死。植在她死後一年，曾作感甄賦以悼之，——後來明帝改爲洛神賦——賦中的女主人，便是甄夫人，若和她的塘上行對讀，更可看出曹植與她的一段關係來。她的詩悽惋欲絕，讀之令人想見她可憐的身世。左芬是左思的妹子，詩賦俱佳，晉武帝召之宮中，初拜修儀，後爲貴嬪，因姿容不美，未蒙寵愛，但她的才德很好，故亦頗加敬重。她的詩存於今者，有答其兄左思的感離詩。謝道韞是安西將軍謝奕的女兒，聰明有才辨，嫁於王凝之，曾爲其小叔献之解辨圍難。後凝之爲孫恩所害，她抽刀出門，手殺敵人數輩，始被虜。此後寡居會稽，生活甚是悲苦，她有登山詩。蘇蕙字若蘭，年十六嫁於扶風人竇滔爲妻，頗有才色，惜性好妒。時滔有寵姬趙陽台，善歌舞，若蘭甚恨之。後滔鎮襄陽，若蘭不願同往，滔祇偕陽台而去。不久她悔恨自傷，因織錦字爲迴文詩，名曰璇璣圖，使人送至襄陽。滔大受感動，遂送陽台至關中，迎其前來。按此圖縱橫八寸，題詩二百餘首，計八百餘言，縱橫反覆，皆成章句，是爲迴文詩之始。其中雖不免有還強失眞處，但其才藝之高，可謂千古無匹了！此外魏劉勳妻（王宋）的因無子被休自悼詩，和丹陽女子孟珠的陽春歌，晉王獻之妾桃葉和王珉嫂婢謝芳姿的團扇歌，亦都是在當時很有名的。

塘上行　　甄夫人

蒲生我池中，綠葉何離離。豈無蒹葭艾？與君生別離。念君去何時，獨愁常苦悲，想見君顏色，感結傷心脾。念君常苦悲，夜夜不能寐；莫以賢豪故，棄捐素所愛；莫以魚肉賤，棄捐葱與薤；莫以麻枲賤，棄捐菅與蒯。倍恩者苦枯，蹶船常苦沒；教君安息定，愼莫致倉卒！與君一別離，何時復相對？出亦復愁苦，入亦復愁苦。邊地多愁風，樹木何搜搜；從軍致獨樂，延年壽千秋。

感離詩　　左芬

自我離膝下，倏忽逾載期；邈邈情彌遠，再奉將何時？披省所賜告，尋玩悼離詞；彷彿想容儀，欷歔不自持。何時當奉面？娛目於詩書；何以訴厥苦？告情於文辭。

登山詩　　謝道韞

峨峨東嶽高，秀極沖青天。巖中間虛宇，寂寞幽以元。非工復非匠，雲構發自然。氣象爾何物，遂令我屢遷。逝將宅斯宇，可以盡天年。

自悼詩二首　　王宋

翩翩床前帳，張以蔽光輝；昔得爾同去，今將爾共歸；緘藏篋笥裏，當復何時

第一編　詩歌　第三章魏晉的詩歌

披！

誰言去婦薄，去婦情更重。千里不唾井，況乃昔所奉？遠望未爲傷，踟躕不得共。

陽春歌三首　錄二　　孟珠

陽春二三月，草與水同色。道逢遊冶郎，恨不早相識。

望觀四五年，實情將懊惱，願得無人處，回身就郎抱。

團扇歌　　桃葉

七寶畫團扇，燦爛明月光；與郎却暄暑，相憶莫相忘。

團扇歌　　謝芳姿

白團扇，辛苦五流連，是郎眼所見。

白團扇，顦顇非昔容，羞與郎相見。

第四章 南北朝的詩歌

總論 (一)中國詩到了這個時期，因爲駢體文正在風行，所以詩歌亦受了影響，一般作者多在字句上費工夫。漢魏以前的作品，是意勝於詞的，自晉朝開了詞勝於意之風，到了南北朝其勢更張，於是文人成了文匠，詩人成了詞匠，詩文中最應注意的情與意，反多疏忽了。自沈約發明四聲，八病之後，對於聲律尤爲講求，因之就開了唐朝律詩的端緒。在詩藪裏有這樣的話：「晉宋之交，古今詩道之大限乎？魏承漢後，雖浸尚華靡，而淳樸餘風，隱約尚在。……士衡安仁一變，而排偶開矣；靈運延年再變，而排偶盛矣；玄暉三變，而排偶愈工，淳樸愈散，漢道盡矣。」這樣看來：南北朝的詩，實在是由古體詩演變爲近體詩的一個大關鍵。

元嘉詩人及其作品 (一)宋文帝時，有謝顏鮑者，爲當時三大詩人，其實顏不如謝，謝不如鮑。謝爲謝靈運（385至433）陳郡，陽夏人，（今河南太康附近），是晉名將謝玄的孫子，襲封康樂公，世稱謝康樂。他性好娛樂，遊山水，因之他的詩多寫山色水光，遂開詩的「山水」一派，與陶潛開「田園」一派相同。

其詩有如「出水芙蓉」之美。族弟惠連（394至430）亦有詩名，二人頗友愛，有答惠連詩，並詩思屢因念及惠連而益發，曾對人說：「每有篇章，對惠連輒得佳句。」又曾作詩竟日不就，忽夢惠連，即得「池塘生春草」句，以爲此是神功，非彼所能。這可見他因友愛的情深，有感發他的詩興了。顏爲顏延之（384至456）字延年，琅邪臨沂人，（今南京附近，）性情和謝相彷，因與謝齊名，號曰「顏謝。」不過按之實際，他的詩就不如謝靈運了，謝詩雖亦雕琢，却近自然，顏無謝才，不能化雕琢爲自然。所以湯惠休說：「謝詩如出水芙蓉，顏詩似鏤金錯彩。」鮑明遠亦嘗對顏延年說：「謝詩如初發芙蓉，自然可愛，君詩若舖錦列繡，亦雕繪滿眼。」評論的非常確切。鮑爲鮑照（415?至470?）字明遠東海人，（今江蘇灌雲附近，）是一個有天才的詩人，他的詩辭遒勁，一掃浮靡之風，杜甫最佩服他，曾有「清新庾開府，俊逸鮑參軍」之稱。他的擬古樂府詩最有名，如擬行路難，代白紵曲等，都是很好的作品。他有妹名令暉，亦有詩名，製造頗工，擬古尤勝。看她的代郭沙門妻郭小玉作，及寄行人便可見一斑。此外還有兩個和尚詩人，順便亦在此一述：一個是湯惠休，他有白紵歌；一個是寶月他有估客樂，都是非常的艷麗，很不像出家人的話，無怪有人說湯作是「委巷中的歌謠」了。

晚出西射堂　謝靈運

步出西城門，遙望城西岑。連障疊巘崿，青翠杳深沈。曉霜楓葉丹，夕曛嵐氣陰。節往戚不淺，感來念已深，羈雌戀舊侶，迷鳥懷故林。含情尚勞愛，如何離賞心？撫鏡華緇鬢，攬帶緩促衿。安排徒空言，幽獨賴鳴琴。

答惠連

懷人行千里，我勞盈十旬；別時花灼灼，別後葉蓁蓁。

東陽溪中贈答

可憐誰家婦，緣流洒素足；明月在雲間，迢迢不可得！

可憐誰家郎，緣流乘素舸；但問情若爲，月就雲中墮！

代白紵曲　鮑照

朱唇動，素手舉，洛陽少年邯鄲女。古稱淥水今白紵，催絃急管爲君舞。窮秋九月何葉黃，北風驅雁天雨霜！夜長酒多樂未央。

春風澹蕩俠思多，天色淨綠氣妍和；桃含紅萼蘭紫芽，朝日灼爍發園花，卷幌結帷羅玉筵，秦謳齊吹盧女絃，千金一笑買芳年。

擬行路難

對案不能食，拔劍擊柱長歎息：「丈夫生世會幾時？安能蹀躞垂羽翼」？棄置罷官去，還家自休息。朝出與親辭，暮還在親側。弄兒床前戲，看婦機中織。自古聖賢盡貧賤，何況我輩孤且直！

寄行人　　鮑令暉

桂吐兩三枝，蘭開四五葉；是時君不歸，春風徒笑妾。

白紵歌　　湯惠休

少年窈窕舞君前，容華艷艷將欲然。爲君嬌凝復遷延，流目送笑不敢前。長袖拂面心自煎，願君流光及盛年。

估客樂　　寶月

郎作十里行，儂作九里送。拔儂頭上釵，與郎資路用。有信數寄書，無信心相憶。莫作瓶落井，一去無消息。

大艑珂峨頭，何處發揚州？借艑問上郎，見儂所歡不？

竟陵八友及其作品 〇齊武帝第二子竟陵王子良愛文學，喜賓客，他門下有所謂八友者：即范雲，蕭琛，任昉，王融，蕭衍，謝朓，沈約，陸倕世稱「竟陵八友」。這八人中，對於詩界影響最深者，爲沈約。約（441至513）字休文，吳興武康人，（今浙江武康附近）。幼孤貧，篤志好學，常夜讀不倦，其母恐他生病，每於暗中減其燈油。他倡四聲八病之說，且和庾信主張屬對精密，造成了後來的律詩。這在文學進化上不無惡的影響，因爲他給詩界定下許多的規矩繩墨，千古以下的作家，爲之束縛的動彈不得，簡直好像下在詩的監獄中去了。當時謝朓王融等都附和他的主張，凡詩都注重音律，以平上去入四聲制韻，不再如古詩的混用，世稱之爲「永明體」—齊武帝年號。他的詩如臨高台，洛陽道等都很好，至於他的六憶詩更爲有名，和武帝江南弄，同被推爲詞曲之祖。沈約外，爲謝朓亦爲八人中之佼佼者。朓（464至499）字玄暉，陳郡陽夏人（今河南太康附近）。常爲宣城太守，世稱謝宣城，亦號小謝—謝靈運爲大謝。他的詩清麗秀雅，五言詩尤好。梁高祖曰：「不讀謝朓詩，三日口臭」。沈約曰：「二百年來無此詩也。」李太白尤屢稱道他，有詩云：「解道澄江淨如練，令人長憶謝玄暉」。又云：「明登新林浦，空吟謝脁詩。」「李固」「一生低首謝宣城」，而老杜亦嘗贊揚他說：「謝脁每篇堪諷誦」。我們看他的玉階怨，王孫遊和晚登三山還望京邑等篇，即可知他的作風如何了。至范雲（451至503）之送別與閨思——雲字彥龍南陽舞陰人——亦頗清便婉轉。王融（468至494）之古意亦甚自然諧適。——融字元長琅邪臨沂人。其他較爲少遜。八友之外，尚有可稱述的：若江淹（444至505）字文通濟陽考城人。（今河南開封附近）。他的賦很有名，如別賦恨賦，讀之都能使人黯然淚下。他有一段「夢筆生花」的故事，所謂「江郎才盡」，即由此起。淹詩多任情奔放，不受一切羈絆，和他的賦是一樣的充滿了人類的熱情。我們就舉他的詠美人春遊當爲代表作罷。

臨高台　　沈約

高台不可望，望遠使人愁；連山無斷絕，河水復悠悠。所思竟何在？洛陽南陌頭。望遠不可見，何用解人憂！

洛陽道

洛陽大道中，佳麗實無比。燕裙傍日開，趙帶隨風靡。領上蒲萄繡，腰中合歡綺，佳人殊未來，薄暮空徙倚！

六憶詩錄二

憶來時，灼灼上堦墀。勤勤叙別離，慊慊道相思。相看常不足，相見乃忘饑。

憶眠時，人眠強未眠，解羅不待勸，就枕更須牽。復恐傍人見，嬌羞在燭前。

玉階怨　　謝朓

夕殿下珠簾，流螢飛復息。長夜縫羅衣，相思此何極！

王孫遊

紅草蔓如絲，雜草紅英發。無論君不歸，君歸芳已歇。

送別　　范雲

東風柳線長，送郎上河梁；未盡樽前酒，妾淚已千行。不愁書難寄，但恐鬢將霜，望懷白首約，江上早歸航。

閨思

春草醉春煙，深閨人獨眠；積恨顏將老，想思心欲然；幾回明月夜，飛夢到郎邊。

古意　　王融

遊禽暮知反，行人獨不歸；坐銷芳草氣，空度明月輝。嚬容入朝鏡，思淚沾春衣；巫山彩雲沒，淇上綠條稀。待君竟不至，秋雁雙雙飛。

詠美人春遊　　江淹

江南二月春，東風轉綠蘋，不知誰家子，看花桃李津！白雪凝瓊貌，明珠點絳脣；行行感息駕，爭擬洛川神。

蕭氏父子及其作品（梁之武帝蕭衍（464至549）字叔達蘭陵人—今江蘇武進附近—）本是八友之一，他即位後，其餘的七人，都為其臣，有人說，這是他們先有成約的。他愛好文學，尤好艷詩。其子簡文帝與元帝一如其人。他們父子在詩壇的地位與影響，和曹氏父子一樣，可以先後媲美。他的詩不但字句和諧可讀，且描寫的情緒亦極深刻入微，我們看他的東飛伯勞歌，河中之水歌和子夜歌就可知了。簡文帝諱綱（503至551）字世纘是武帝第三子，昭明太子弟。他的詩辭藻艷麗，傷於綺靡，時號「宮體」，我們看他的詠內人晝眠和江南弄中的江南曲，龍笛曲就可知道是如何香艷了。元帝諱繹（508至554）字世誠是武帝第七子，詩亦如其父兄，有採蓮曲燕歌行等佳作。除三帝的宮體詩外，尚有昭明太子的文選，劉勰的文心雕龍，和鍾嶸的詩品。前者是文學的總集，後二者是文學的批評，那是有名的作品，是值得在此一提的。

東飛伯勞歌　　蕭衍

東飛伯勞西飛燕，黃姑織女時相見，誰家女兒對門居？開顏發艷照里閭，南窗北牖掛明光，羅幃綺帳脂粉香。女兒年幾十五六，窈窕無雙美如玉：三春已暮花從風，空留可憐與誰同！

子夜歌

恃愛如欲進，含羞未肯前。朱口發艷歌，玉指弄嬌絃。

階上香入懷，庭中草照眼。春心一如此，情來不可限。

詠內人晝眠　　蕭綱

北窗聊就枕，南簷日未斜，攀鈎落綺幛，插捩舉琵琶。夢笑開嬌靨，眠鬟壓落花，簟文生玉腕，香汗浸紅紗：夫壻恆相伴，莫誤是倡家。

江南曲

枝中木上春併歸。長楊掃地桃花飛。清風吹入光照衣。光照衣，景將夕。擲黃　66
金，留上客。

龍笛曲

金門玉堂臨水居，一嚬一笑千萬餘。遊子去還願莫疎。願莫疎，意何極？雙鴛鴦，兩相憶。

採蓮曲　　蕭繹

碧玉小家女，來嫁汝南王：蓮花亂臉色，荷葉雜衣香；因持薦君子，願襲芙蓉裳。

一〇、陳之君臣及其作品

（一）陳後主（553至604）諱叔寶，字元秀，吳興人。他上承梁代「宮體」的餘風，又加他是生性浪漫，好酒賦詩，日在美女隊中，聲樂場裏過生活，對於國家大事，政治得失，漠不關心，視天下如敝屣，以歌樂為要務，他真可稱為風流天子第一了。他的詩新穎綺麗，如玉樹後庭花，臨風樂，三婦艷詞及自君之出矣，都是他有名的作品。當時為後主所垂青的作家，要首數江總。總（519至594）字總持是江淹的同鄉。據陳書本傳說：「後主之世，總當權宰，不持政務，但日與後主游宴後庭，共陳暄孔範王瑳等十餘人，當時謂之狎客」。他的詩自然亦是和後主一派了，我們可看他的閨怨篇。陳代詩人，除後主與江總外，尚有可稱述者，爲徐陵。陵（507至583）字孝穆東海郯人，（今山東南部）亦是宮體健將，讀他的詠織婦等詩可知。且他編玉台新咏，將民歌採入的很多，如漢朝最有名的孔雀東南飛，就是由徐陵首先從民衆口頭上以文字寫定，放在他集子中的。這樣看來，他對於文學的見解，比昭明太子還要高了。

玉樹後庭花　　陳叔寶

麗宇芳林對高閣，新妝艷質本傾城。映戶凝嬌乍不進，出帷含態笑相迎。妖姬臉似花含露，玉樹流光照後庭。

三婦艷詞

大婦西北樓，中婦南陌頭。小婦初粧罷，回眉對月鉤。可憐還自覺，人看反更羞。

大婦愛恆偏，中婦意長堅。小婦獨嬌笑，新來華燭前。新來誠可惑，爲許得新憐。

自君之出矣

自君之出矣，房空帷帳輕。思君如晝燭，懷心不見明。

自君之出矣，綠草遍階生。思君如夜燭，垂淚著雞鳴。

閨怨篇　　江總

寂寂青樓大道邊，紛紛白雪綺窗前；池上鴛鴦不獨自，帳中蘇合還空然。屏風有意障明月，燈火無情照獨眠；遼西水凍春應少，薊北鴻來路幾千；願君關山及早度，念妾桃李片時妍。

詠織婦　　徐陵

纖纖運玉指，脈脈正蛾眉；振躡開交縷，停梭續斷絲。簷前初月照，洞戶朱帷垂；弄機行掩淚，彌令織素遲。

王褒庾信及其作品

（一）北朝因為是新興的民族，他們富有北方強悍之氣，無所謂南方綺麗之風。他們本沒有什麼作家，所以作品亦寥寥可數。能代表北朝文學的作家，還是由南朝而北來的王褒與庾信。王褒（500?至563?）字子淵，琅邪，臨沂人，本仕梁，及元帝降魏，王褒等俱至長安，後周帝甚信任之。他的詩以擬樂府體爲最好，如高句麗，及燕歌行等篇是。他的五言詩亦淸雅可誦，如渡河北，及咏月贈許椽等，都是精心結構之作。庾信（513—581）字子山，南陽，新野人。他的詩和徐陵都主「綺艶」，世人號爲「徐庾體」，一時有「南徐北庾」之稱。這「徐庾體」是繼續梁簡文帝「宮體」的新作，人多爭摹擬之。梁元帝時，使他出聘西魏，遂留長安，至周孝閔帝尤信用之，官至驃騎大將軍開府，儀同三司，世稱「庾開府。」其後南朝陳氏與周通好，南北寓人，可各回故土，惟周帝因愛其才，不放庾信及王褒回南，這是他們倆所同爲抱恨的，信的哀江南賦便是爲此而作。他的詩本主綺麗，後受北朝强悍之風，其詩遂另成一格，老杜稱其詩爲「淸新」，「老成」，我們看他的樂府舞媚娘，和詠懷詩便可見一斑。除這兩位南來的詩人，給北朝文學界添了些點綴，不致太寂寞外，尚有北魏胡太后作的楊白花，情韻自然，大有南朝綺麗之風。據說，這詩是因爲她的情人楊華怕得罪於朝，遂逃到南方，她思念之極，乃作這歌，使宮人連臂踏足同唱，這眞是愛情超越一切了。

高句麗　　王褒

蕭蕭易水生波，燕趙佳人自多：傾杯覆盌漼漼，垂手奮袖婆娑：不惜黃金散盡，只畏白日蹉跎。

詠月贈許椽

月色當秋夜，斜暉映薄帷：上弦如半璧，初魄似蛾眉，渡雲光忽駛，中天影更遲：高陽懷許椽，對此益相思。

舞媚娘　　庾信

朝來戶前照鏡，含笑盈盈自看；眉心濃黛直點，額角輕黃細安。祇疑落花謾去，復道春風不還，少年惟有歡樂，飲酒那得留殘！

詠懷詩二十七首之一

榆關斷音信，漢使絕經過：胡笳落淚曲，羌笛斷腸歌。纖腰減束素，別淚損橫波：恨心終不歇，紅顏無復多；枯木期塡海，青山望斷河。

楊白花　　胡太后

陽春二三月，楊柳齊作花。春風一夜入閨闥，楊花飄蕩入南家。含情出戶脚無力，拾得楊花淚沾臆。秋去春還雙燕子，願銜楊花入窠裏！

南北朝的民歌 南北朝的文學，多失之於矯揉造作而不自然，這是單指當時的文人作品而言，民間的歌謠，却在例外。他們無雕琢刻畫之弊，而有天真爛熳之美，這無論是南朝北朝的民歌，統是一樣的。不過要知道南北朝的民歌，亦大有不同處，即一是兒女文學，一是英雄文學。

中國文學因地域上的關係，自來就有南北之別，最早的如北方的詩經，是一部寫實的人生錄，南方的楚詞，是一部浪漫的幻想書，一樸實直爽，一纏綿婉轉。到了南北朝，因割據分裂的時期較長，又加南北民族的生活迴異，所以南北文學的不同，其色彩更爲濃厚。南朝詩人的作品，我們巳經知道是很綺靡淸麗的，民間的歌謠也是一樣的纏綿婉轉，柔媚多情，不過較詩人的作品自然罷了。我們可先看最著名的子夜歌，按子夜歌是有女子名子夜因甚哀苦，乃造此聲。不過歌有數百首，決非一人所作，大概都是民間的歌謠。子夜歌外，還有華山畿，懊儂歌，讀曲歌等，這些民歌都是字字生香，句句有情的作品，我們可稱之爲兒女文學。

北朝的文學和南朝就大不同了，文人的作品雖不算多，但民間的歌謠却不少，且充滿了北方民族的特性，慷慨激昂，尚武好勇，詞意都很直爽粗豪，可稱之爲英雄文學。如勅勒歌，折楊柳歌辭，隴頭歌，隴上歌，以及最有名的木蘭辭等，令人讀了都要爲之興奮激揚，精神一振的。至咏男女間的愛情，如地驅歌，折楊柳歌，捉搦歌等，也是直率灑落，乾脆得很。她們只會唱「老女不嫁蹋地喚天」，和「阿婆不嫁女，那得孫兒抱」？的真情實話，絕不會忸怩作態的歌「婉伸郎膝上，何處不可憐」，和「郎君未可前，待我整容儀」的柔媚話。今舉歌証之。

子夜歌

宿昔不梳頭，絲髮被兩肩。婉伸郎膝上，何處不可憐？

朝思出前門，暮思還後渚。語笑向誰道，腹中陰憶汝。

年少當及時，蹉跎日就老。若不信儂語，但看霜下草。

夜長不得眠，明月何灼灼！想聞歡喚聲，虛應空中諾。

子夜四時歌

春林花多媚，春鳥意多哀。春風復多情，吹我羅裳開。

反覆華簟上，屏帳了不施。郎君未可前，待我整容儀。

自從別歡來，何日不相思？常恐秋葉零，無復連條時。

塗澀無人行，冒寒往相覓。若不信儂時，但看雪上跡。

華山畿 錄四

奈何許！天下人何限，慊慊祗爲汝！

不能久長離。中夜憶歡時，抱被空中啼。

相送勞勞渚。長江不應滿，是儂淚成許。

未敢便相許。夜聞儂家論，不持儂與汝。

讀曲歌 錄四

打殺長鳴鷄，彈去烏臼鳥。願得連冥不復曙，一年都一曉。

逋髮不可料，憔悴爲誰睹？欲知相憶時，但看裙帶緩幾許。

折楊柳。百鳥園林啼，道歡不離口。

百花鮮。誰能懷春日，獨入羅帳眠？

敕勒歌

敕勒川，陰山下，天似穹廬，籠蓋四野。天蒼蒼，野茫茫，風吹草低見牛羊。

折楊柳歌辭

遙看孟津河，楊柳鬱婆娑。我是虜家兒，不解漢兒歌，

健兒須快馬，快馬須健兒，䟆跋黃塵下，然後別雄雌。

隴頭歌

隴頭流水，流離山下。念吾一身，飄然曠野。

早發欣城，暮宿隴頭。寒不能語，舌卷入喉。

隴頭流水，鳴聲幽咽。遙望秦川，心腸斷絕。

李波小妹歌

李波小妹字雍容，褰裳逐馬如轉蓬，左射右射必疊雙。女子尚如此，男子安可逢！

地驅歌

驅羊入谷，白羊在前。老女不嫁，蹋地喚天。

折楊柳歌

門前一株棗，歲歲不知老。阿婆不嫁女，那得孫兒抱？

捉搦歌

黃桑柘屐蒲子履，中央有絲兩頭繫。小時憐母大憐婿，何不早嫁論家計？

第五章　隋唐的詩歌

隋之作家及其作品

（隋文帝統一了南北以後，頗厭惡當時文人的駢儷體，曾下詔如有作雕琢淫艷文章的仕民，送官嚴辦，因此六朝綺靡之風，受一打擊。不料煬帝即位，（文帝次子名廣華陰人（580？至618）大反父道，好聲樂，喜艷詩，他的春江花月夜，簡直就是後主的玉樹後庭花。於是六朝淫麗之風，又恢復了舊態，這眞是文帝所料想不到的！按玉樹後庭花是陳時宮中演習的新調，春江花月夜是隋時宮中演習的新調，他們二君除好作艷體詩外，又都好聲樂。後主常擇艷詩譜成曲調，令宮女千餘人習唱之，煬帝更甚，常製艷曲，令許多女子，都穿錦綉綵繒的戲衣，以供演唱，歌樂之聲，遠達數十里。這二位亡國之君的好尚，前後如同一人，眞可稱無獨有偶」。煬帝的臣下能詩者，要推薛道衡爲最有名。道衡（540至609）字玄卿，河東汾陰人，性好學，有才名，他的詩亦佳，可惜爲煬帝所忌，竟因「空梁落燕泥」句而遭害，不能有深的造就，這眞是不幸的很！

春江花月夜　　楊廣

暮江平不動，春花滿正開。流波將月去，潮水帶星來。

夜露含花氣，春潭瀁月暉。漢水逢遊女，湘川値兩妃。

悲秋

故年秋始去，今年秋復來。露濃山氣冷，風急蟬聲哀。鳥擊初移樹，魚寒欲隱苦。斷霧時通日，殘雲尙作雷。

昔昔鹽　薛道衡

垂柳覆金堤，蘼蕪葉復齊；水溢芙蓉沼，花飛桃李蹊。採桑秦氏女，織錦竇家妻；關山別蕩子，風月守空閨。恆斂千金笑，長垂雙玉啼；盤龍隨鏡影，彩鳳逐帷低；飛魂同夜鵲，倦寢憶晨鷄；暗牖懸蛛網，空梁落燕泥；前年過代北，今歲往遼西；一去無消息，那能惜馬蹄。

人日思歸

據云道衡曾聘陳，爲人日詩，前二句作成時南人嗤之曰：「是底言！謂此虜解作詩」！及後二句成，乃喜曰「名下固無虛士」。

入春纔七日，離家已二年。人歸落雁後，思發在花前。

唐詩總論（中國詩到了唐朝，發達已及頂點，可謂集詩歌的大成了。以體言：什麼五七絕，五七律，什麼擬古，擬樂府，新樂府，什麼近體，古體，長短句，凡從前所已有，或未有的詩體，到了唐朝無不應有盡有。以格言：什麼神聖，仙凡，什麼妖艷，鬼怪，無所不有。以調言：什麼飄逸，雄渾，什麼精深博大，什麼綺麗清奇，無所不備。以人言：什麼帝王，將相，什麼村夫，野老，什麼僧道婦孺，無有不能。據全唐詩共有九百卷，作家二千二百餘人，詩四萬八千九百首，這三百年的成績，較自詩騷至隋末千餘年間要多過數倍，眞可稱爲詩歌的黃金時代了。至詩歌所以發達之故，約有以下數端：一，由於承襲六朝詩歌的蓬勃，而更擴大之。二，由於唐朝以詩歌取士，故獵官者爭相作詩以自效。三，由於明皇愛聲樂，好文學，提倡之功實爲最大。他是一個浪漫好美的皇帝，此時思想極其自由解放，一般文人自然受他的影響，要放言高論的吟咏了。四，由於唐詩多能合樂度腔，切于實用。此時民間文學和文士文學，合而爲一，從其中產生了不少的新辭新調，給詩界添了很大的異彩和光榮。此時民間的和文士的作品，幾無顯明的畛域了。

自來論唐詩者，多分初唐，盛唐，中唐，和晚唐四個時代。初唐的詩放縱綺靡，猶不脫六朝習氣；盛唐中唐萬彙畢集，稱爲極品；晚唐雕繪文縟，漸趨卑下。所謂物極必反，詩歌亦不能例外。今分述之：

第一期　初唐詩

——自高祖武德元年，至睿宗先天元年，凡九十五年（618至712）

初唐四傑及其作品

(一)四傑爲王楊盧駱。他們是駢體大家，但文字暢順，意旨明顯，較之六朝的駢體，已見革新，所以有人稱他們爲「當時體」。這個「當時體」，可以說是由六朝詩到唐詩所必經的一個階段。王名勃（650?至675）字子安，絳州龍門人，他是個短命詩人，活了不滿三十歲，因往交趾省父，不幸落水而死。從他過南昌時，作的滕王閣序可以想見他的才氣。序中的，「落霞與孤鶩齊飛，秋水共長天一色」，眞是絕妙對語，無怪閻公歎爲「眞天才也」！相傳他作文時，初不深思，先將墨磨好，蒙頭而睡，及醒一揮而成，不易一字，時人稱之爲「腹稿」。他的詩一如其文，駢麗而淸暢，如仲春郊外和思歸等，都是可誦的。楊名炯（650?至695?）華陰人，幼有神童之稱，爲文好用古人名字，時人號之爲「點鬼簿」。他對於四傑之名，曾說「我愧在盧前，恥居王後」。可見他的自負。

其詩如有所思折楊柳等，亦實不在王勃下。盧名照鄰（650?至689?）字昇之范陽人，他是個殘廢詩人，因身有宿疾，不堪其苦，自投潁水而死。他的遭遇實在太可憐了，我們看他的羸臥山中，和釋疾文等，可見他生活的一斑。駱名賓王（650?至684?）義烏人，他作文好用數目字，人稱之爲「算博士」。討武曌檄文中有警句云「一杯之土未乾，六尺之孤安在」，雖武后讀之，亦感佩不置，致有「宰相安得失此人」之嘆。他的詩多長篇，如疇昔篇長至一千二百餘字，是自敘他身世的一篇偉大作品。他們四人的作品，雖都稱「當時體」，亦不盡同。約言之：「王勃高華，楊烱雄厚，照鄰清藻，賓王坦易」，這是一般的批評。至於他們的遭際，除楊烱外，都是不得其死的。

在這個時代，尙有一個怪詩人王梵志者，他的詩純是白描素寫，毫無時下綺艷之風，更無雕琢之弊，可稱爲當時的白話說理詩人。他的詩被湮沒有千餘年，近因敦煌寫本發現，才被人知。據胡適在白話文學史上推定，他的年代約當590到660年，他的身世很奇怪，已經神話化了。在馮翊桂苑叢談內，有一條說：『王梵志，衞州黎陽人也。黎陽城東十五里有王德祖者，當隋之時，家有林檎樹，生癭如斗。經三年其瓤朽爛：德祖見之，乃撤其皮，遂見一孩兒抱胎而出，因收養之。至七歲能語，問曰，「誰人育我」？及問姓名，德祖具以實告：「因林木而生曰梵天—後改曰志，—我家長育，可姓王也」。作詩諷人，甚有義旨，蓋菩薩示化也」。因梵志既是菩薩示化，所以詩多說理諷人，在藝術上不得謂之詩，只可謂之格言，然亦有幾首描寫他貧而樂的生活的詩，非常的有趣，在當時的詩壇上，是很難得的作品。

仲春郊外　　王勃

東園垂柳徑，西堰落花津，物色連三月，風光絕四鄰。鳥飛村覺曙，魚戲水知春，初晴山院裏，何處染囂塵。

思歸

長江悲已滯，萬里念將歸。況復高風晚，山山黃葉飛。

折楊柳　　楊炯

邊地遙無極，征人去不還，秋容凋翠羽，別後損紅顏。望斷流星驛，心馳明月關，藁砧何處在，楊柳自堪攀。

釋疾文　　盧照鄰

歲將暮兮歡不再，時已晚兮憂來多。東郊絕此麒麟筆，西山秘此鳳凰柯。死去死去今如此，生兮生兮奈汝何！

在獄聞蟬　　駱賓王

西陸蟬聲唱，南冠客思侵。那堪玄鬢影，來對白頭吟？露重飛難禁，風多響易沈。無人信高潔，難爲表予心？

憶蜀地佳人

東西吳蜀關山遠，魚來雁去兩難聞；莫怪常有千行淚，只爲陽台一片雲！

王梵志的詩

吾有十畝田，種在南山坡。青松四五樹，綠豆兩三窠。熱即池中浴，涼便岸上歌。遨遊自取足，誰能奈我何！

梵志翻著襪，人皆道是錯。乍可刺你眼，不可隱我脚。

沈宋之律詩與陳張之古詩　（）四傑之後，有沈佺期與宋之問者。沈（650?至715?）字雲卿相州內黃人。宋（650?至712?）字延清汾州人一說弘農人。他們都是提倡聲律的，大開唐律之風，當時號爲「沈宋體」—所謂律詩者，於是就正式成立了。這與後來的詩歌很有影響，因此後講求格律，吟咏不能自如，常有强戲文情，或虛增蛇足之弊，詩的價値便多被抹煞了。這不是說律詩都無價値可言，不過因過於講求聲律，易束縛人的思想，不能自由抒寫罷了。

當時「沈宋體」甚爲風行，獨有陳子昂與張九齡不受他們的影響，特別創一風格，—五言古詩，掃除了當時艷麗的舊習，而趨於清勁質樸。唐代雖因沈宋而律時成立，但詩中常有漢魏遺風，不盡流於逶迤頹靡者，乃是受了陳張的作風的影響。陳子昂（656至698）字伯玉，梓州，射洪人。他有感遇詩三十八首，其風格和阮籍的咏懷，左思的咏史相似，蕭洒豪邁，自由成章，毫不受沈宋的牢籠。張九齡（673至740）字子壽，韶州曲江人，有感遇詩十二首，亦和子昂一樣，注重意境，不尚辭藻，總之：他們二人的詩，全不受時染，風骨頗高。此外不受沈宋影響者，還有劉希夷與張若虛輩。劉有代悲白頭翁，張有春江花月夜，都是不朽的名作。

古意呈補闕喬知之　　沈佺期

盧家少婦鬱金堂，海燕雙棲玳瑁梁。九月寒砧催木葉，十年征戍憶遼陽。白狼河北音書斷，丹鳳城南秋夜長。誰謂含愁獨不見，更教明月照流黃。

渡漢江　宋之問

嶺外音書斷，經冬復歷春。近鄉情更怯，不敢問來人。

度大庾嶺

度嶺方辭國，停軺一望家。魂隨南翥鳥，淚盡北枝花。山雨初含霽，江雲欲變霞。但令歸有日，不敢恨長沙。

感遇詩錄一　陳子昂

朔風吹海樹，蕭條邊已秋。亭上誰家子，哀哀明月樓。自言幽燕客，結髮事遠遊。赤丸殺公吏，白刃報私仇。避仇至海上，被役此邊州。故鄉三千里，遼水復悠悠。每憤胡兵入，常為漢國羞。何知七十戰，白首未封侯！

感遇詩錄一　張九齡

江南有丹橘，經冬猶綠林。豈伊地氣暖，自有歲寒心。可以薦嘉客，奈何阻重深。運命唯所遇，循環不可尋。徒言樹桃李，此木豈無陰！

代悲白頭翁

劉希夷

洛陽城東桃李花，飛來飛來落誰家？洛陽女兒好顏色，行逢落花常歎息！今年花落顏色改，明年花開誰復在？已見松柏摧爲薪，更聞桑田變成海。古人無復洛城東，今人還對落花風。年年歲歲花相似，歲歲年年人不同。寄言全盛紅顏子，應憐半死白頭翁。此翁白頭眞可憐！伊昔紅顏美少年。公子王孫芳樹下，淸歌妙舞落花前。光祿池台開錦繡，將軍樓閣畫神仙。一朝臥病無相識，三春行樂在誰邊？宛轉蛾眉能幾時，須臾鶴髮亂如絲。但看古來歌舞地，惟有黃昏鳥雀悲！

春江花月夜

張若虛

春江潮水連海平，海上明月共潮生。灩灩隨波千萬里，何處春江無月明？江流宛轉遶芳甸，月照花林皆似霰。空裡江霜不覺飛，汀上白沙看不見。江天一色無纖塵，皎皎空中孤月輪。江畔何人初見月？江月何年初照人？人生代代無窮已，江月年年望相似。不知江月待何人，但見長江送流水。白雲一片去悠悠，靑楓浦上不勝愁。誰家今夜扁舟子？何處相思明月樓？可憐樓上月徘徊，應照離人妝鏡台，玉戶簾中卷不去，擣衣砧上拂還來。此時相望不相聞，願逐月華流照君。鴻雁長飛光不度，魚龍潛躍水成文。昨夜閒潭夢落花，如何春半不還家。江水流春去欲盡，江潭落月復西斜。斜月沉沉藏海霧，碣石瀟湘無限路。不知乘月幾人歸，落月搖情滿江樹。

第二期 盛唐詩

自玄宗開元元年，至代宗永泰元年，凡五十三年。（713至765）

李白杜甫及其作品 ○能代表唐詩與中國詩的作家，我們可無疑的說就是李白和杜甫了。他們二人頗是友善，但作風完全不同。李白是代表南方的詩人，杜甫是代表北方的詩人。一個是浪漫的，出世的，受了道家的影響，贊美自然，崇拜酒色，頗有超脫之思。其詩飄逸淸駿，如天馬行空，汗漫自適，無往而不見其卓越的天才。一個是寫實的，入世的，本儒教的見地，悲嘆人生，感懷時事，大有救世之心。其詩沉靜莊肅，如明月麗天，循規蹈矩，自守其天才於繩墨之中。這是他們的不同處。

李白（701至762）字太白，號靑蓮，蜀人，少有逸才，志氣豪壯，生逢盛唐之文遇明皇，大可乘時會，登靑雲而直上，發展他的天才，實行他的懷抱，不料命運多乖，寃家路狹，竟因脫靴事，被高力士在貴妃前壞了他錦繡的前程，以致潦倒一生，放蕩不羈，過他及時行樂，浪漫厭世的生活。賀知章嘆他爲「天上謫仙人」，故後人稱爲詩仙。他的作品好的太多了，引不勝引，只看他的月下獨酌，春日醉起言志，寄遠，行路難長干行及當塗趙炎少府粉圖山水歌等，可見他的思想與作風之一斑。李白的詩，在樂府方面亦有絕大的貢獻：第一，樂府本起民間，只因文人受了六朝浮華文體的餘毒，不敢充分的運用民間的語言和風趣，到了李白容納民歌的風格，運用民間的語言，很少雕琢，最近自然。第二，別人作樂府歌辭，多先存求功名科第的念頭，無形中受了不少的束縛，李白奔放自由，如駿馬行空，不受一切羈絆，故能充分的解放詩體，爲後人開了不少的生路。第三，從前作樂府的詩人，很少能表現個性的，李白的樂府有時是酒後放歌，有時是離筵別曲，有時是在發議論，有時是頌贊山水，有時上天下地作神仙語，有時描摹小兒女情態，處處都可表現他的個性。—語見胡適白話文學史。

杜甫（712至770）字子美，號少陵，本襄陽人，後徙居河南鞏縣。爲人忠厚老喊，憂君愛民，因他生逢亂世，處處都是呼愁叫苦，個個都是心戰胆驚，所以他的詩由浪漫而回到寫實了，由天上而回到人間了，由華麗而回到平淡了，由活躍而回到嚴肅了。我們看他的作品，所描寫的都是赤裸裸的現實的人生，一點也沒有浪漫的色彩，神秘的意味，他詩中的「入門聞號咷，幼子飢已卒」，及「朱門酒肉臭，路有凍死骨」，是在李白詩中很少見的。杜甫雖逢亂世，遭流離，他却不灰心，不消極，我們看他的茅屋爲秋風所破歌，就可知他老先生雖受小兒的欺負，被風雨的侵襲，苦得不堪，而他還怡然自樂，在那裏幻想「廣廈千萬間，大庇天下寒士俱歡顏」呢。如果那幻想眞個成爲事實，雖其廬破人亡，亦所情願，這眞是所謂仁者之心了！在他自京赴奉先縣咏懷中，有「杜陵有布衣，老大意轉拙，許身一何愚，自比稷與契。……窮年憂黎元，嘆息腸內熱，取笑同學翁，清歌彌激烈。非無江海志，瀟灑送日月，直逢堯舜君，不忍便咏訣……兀兀遂至今，忍爲塵埃沒，終媿巢與由，未能易其節」。看他懷的報國濟世之心，而自比稷與契，寧可取笑同學翁，亦不願學巢與由，他的精神眞是積極的，入世的，和李白大不相同。所以在他一聽到官軍收了河南河北，他便興奮得要跳起來歡舞了。

總之：李白的詩，是浪漫的，婉麗的，活躍的，消極出世的，正是南方文學所有的特點。杜甫的詩，是寫實的，嚴肅的，沈鬱的，積極入世的，正是北方文學的特色。二人作風雖有南北之別，但是異曲而同工，一個結束了八世紀中葉以前的浪漫文學，一個開展了八世紀中葉以下的寫實文學。韓愈稱「李杜文章在，光燄萬丈長」，眞是的評！

月下獨酌　　李白

花間一壺酒，獨酌無相親。舉杯邀明月，對影成三人。月既不解飲，影徒隨我身。暫伴月將影，行樂須及春。我歌月徘徊，我舞影零亂。醒時同交歡，醉後各分散。永結無情遊，相期邈雲漢。

春日醉起言志

處世若大夢，胡爲勞其生。所以終日醉，頹然臥前楹。覺來眄庭前，一鳥花間鳴。借問此何時？春風語流鶯。感之欲嘆息，對酒還自傾。浩歌待明月，曲盡已忘情。

寄遠

長短春草綠，綠階如有情。卷施心獨苦，抽却死還生。覩物知妾意，希君種後庭。問時當採擷，念此莫相輕。

美人在時花滿堂，美人去後餘空牀。牀中綉被卷不寢，至今三載聞餘香。香亦竟不滅，人亦竟不來。相思黃葉落，白露溼青苔。

行路難

金尊清酒斗十千，玉盤珍羞值萬錢。停杯投筯不能食，拔劍四顧心茫然。欲渡黃河冰塞川，將登太行雪滿山。閑來垂釣碧溪上，忽復乘槎夢日邊。行路難！行路難！多岐路，今安在？長風破浪會有時，直掛雲帆濟滄海。

金陵酒肆留別

風吹柳花滿店香，吳姬壓酒勸客嘗。金陵子弟來相送，欲行不行各盡觴。請君試問東流水，別意與之誰短長？

羌村二首　　杜甫

崢嶸赤雲西，日脚下平地。柴門鳥雀噪，歸客千里至。妻孥怪我在，驚定還拭淚。世亂遭飄蕩，生還偶然遂。鄰人滿牆頭，感歎亦歔欷。夜闌更秉燭，相對如夢寐。

群鷄正亂叫，客至鷄鬥爭。驅鷄上樹木，始聞叩柴荆。父老四五人，問我久遠行。手中各有携，傾榼濁復清。苦辭酒味薄，黍地無人耕。兵革既未息，兒童盡東征。請爲父老歌，艱難媿深情。歌罷仰天歎，四座淚縱橫。

石壕吏

暮投石壕村，有吏夜捉人。老翁踰牆走，老婦出門看。吏呼一何怒，婦啼一何苦！聽婦前致詞：「三男鄴城戍。一男附書至，二男新戰死。存者且偸生，死者長已矣！室中更無人，惟有乳下孫。有孫母未去，出入無完裙，老嫗力雖衰，請從吏夜歸，急應河陽役，猶得備晨炊」。——夜久語聲絕，如聞泣幽咽。天明登前途，獨與老翁別。

茅屋爲秋風所破歌

八月秋高風怒號，卷我屋上三重茅。茅飛渡江灑江郊，高者挂罥長林梢，下者飄轉沈塘坳。南村群童欺我老無力，忍能對面爲盜賊，公然抱茅入竹去，脣焦口燥呼不得。歸來倚杖自嘆息。——俄頃風定雲墨色，秋天漠漠向昏黑。布衾多年冷似鐵，驕兒惡臥踏裏裂。牀頭屋漏無乾處，雨脚如麻未斷絕。自經喪亂少睡眠，長夜霑濕何由徹？——安得廣厦千萬間，大庇天下寒士俱歡顏，風雨不動安如山？嗚呼，何時眼前突兀見此屋？吾廬獨破受凍死亦足！

聞官軍收河南河北

劍外忽傳收薊北，初聞涕淚滿衣裳。却看妻子愁何在，漫卷詩書喜欲狂。白日放歌須縱酒，青春作伴好還鄉。即從巴峽穿巫峽，便下襄陽向洛陽。

絕句漫興

隔戶楊柳弱嫋嫋，恰似十五女兒腰。誰謂朝來不作意？狂風挽斷最長條。

江畔獨步尋花

黃四娘家花滿蹊，千朵萬朵壓枝低。留連戲蝶時時舞，自在嬌鶯恰恰啼。

王維孟浩然及其作品

(一)盛唐除李杜外，有號稱為「祖陶宗謝」的田園詩人，即王維與孟浩然是。王維（699至759）太原祁人，因好佛，故字摩詰，工書畫，能琵琶，善詩歌，不愧為一藝術家。晚年隱居輞川。他的詩畫，時人稱為，「詩中有畫，畫中有詩」。安史亂起，一度被拘，因詠「萬戶傷心生野烟，百僚何日更朝天?秋槐落葉深宮裏,凝碧池頭奏管絃」。亂平後,以此詩免罪。官至尙書右丞,故世人又以王右丞稱之。王漁洋論盛唐人詩,以李白好神仙,杜甫好儒,王維好佛,故有詩仙,詩聖,詩賢之說。他的詩除咏自然與田園生活外,還有寫征戍,田獵的。寫田園,叫我們讀後感覺到如一陣淸風,微微的拂過花徑,爲之怡然陶醉;寫征戍,亦頗沈鬱悲壯,令人感到邊塞風雪之苦。屬於前者:如渭川田家,終南別業山,居秋暝,田園樂等;後者:如觀獵,少年行,隴西行,出塞等。

孟浩然(689至740)襄陽人,少好節義,淡於功名,曾隱鹿門山不仕。其詩冲淡溫雅,一如其人。有名句:「微雲淡河漢,疏雨滴梧桐」,時人以爲妙絕,均不可及。王維是他的好友,一日私請他入內署,適明皇至,浩然伏匿床下,維不敢隱,因奏聞,帝喜曰:「朕素聞其人而未見也」。詔浩然出,令吟其詩,至「不才明主棄,多病故人疏」句,帝不樂道:「卿不求仕,朕何嘗棄卿,奈何誣我」!因未得仕。其實他對於功名心,本甚淡懷,後來又有人欲薦他於朝,至期,他竟與友人大飲酒肆,而忘所約。所以李白贈其詩道:「吾愛孟夫子,風流天下聞，紅顏棄軒冕，白頭臥松雲。醉月頻中聖，迷花不事君，高山安可仰，從此揖清芬」。他的人格是否如此清高，我們再看看他自己的詩如何。

過故人莊　孟浩然

故人具鷄黍，邀我至田家。綠樹村邊合，青山郭外斜。開筵面場圃，把酒話桑麻。待到重陽日，還來就菊花。

宿建德江

移舟泊煙渚，日暮客愁新；野曠天低樹，江清月近人。

終南別業　王維

中歲頗好道，晚家南山陲。興來每獨往，勝事祇自知。行到水窮處，坐看雲起時。偶然值林叟，談笑無還期。

山居秋暝

空山新雨後，天氣晚來秋。明月松間照，清泉石上流。竹喧歸浣女，蓮動下漁舟。隨意春芳歇，王孫自可留。

田園樂

桃紅復含宿雨，柳綠更帶朝烟。花落家童未掃，鶯啼山客猶眠。

輞川集 二十首之二

鹿 柴

空山不見人，但聞人語響。返景入深林，復照靑苔上。

竹里館

獨坐幽篁裏，彈琴復長嘯。深林人不知，明月來相照。

觀 獵

風勁角弓鳴，將軍獵渭城；草枯鷹眼疾，雪盡馬蹄輕。忽過新豐市，還歸細柳營；迴看射雕處，千里暮雲平。

少年行

新豐美酒斗十千，咸陽遊俠多少年。相逢意氣爲君飲，繫馬高樓垂柳邊。

出身仕漢羽林郎，初隨驃騎戰漁陽。孰知不向邊庭死，縱死猶聞俠骨香！

岑參高適及其作品 〇古無所謂邊塞詩，到了盛唐，岑高輩大概受了北朝民歌的影響，乃用北地的風物，邊塞的情況，咏爲邊塞詩，給壇詩開了一條新的出路。岑參（720?至770?）南陽人，少孤貧，好學，登天寶進士第，官至嘉州刺史。因嘗侍從代宗參與戎幕，對於邊塞生活，曾身領親受過，故他的作品多悲壯豪放，氣骨遒勁，把征夫役戍之苦，寫得淋漓盡致，讀後令人感嘆不置。據說，其詩「每一篇出，人競傳寫」，可見其動人之深了。

高適字達夫（700?至765）滄州渤海人，少不治生產，嘗求乞自活。年五十，始學爲詩，學而即工。據說：「數年之間，體格漸變，以氣質自高，每吟一篇，已爲好事者傳誦。」後作官至刑部侍郎，封渤海縣候。當時詩人中，官運亨通，無有出其右者。他曾爲猛將哥舒翰掌書記，故詩多咏邊塞戰爭之事。他的詩的風格，亦是慷慨悲壯，氣骨高古，和岑參一樣。

除岑高外，有王昌齡（京兆人，有「詩天子」之稱）的出塞及閨怨，王之渙（并州人）及王翰（晉陽人）的涼州詞，都是邊塞詩。王翰的涼州詞，稱爲「無瑕之璧」；之渙的涼州詞，是在旗亭中贏得優勝之名的。

涼州館中與諸判官夜集　　岑參

彎彎月出挂城頭，城頭月出照涼州。涼州七里十萬家，胡人半解彈琵琶。琵琶一曲腸堪斷，風蕭蕭今夜漫漫。河南幕中多故人，故人別來三五春。花門樓前見秋草，豈能貧賤相看老？一生大笑能幾回？斗酒相逢須醉倒。

走馬川行（奉送出師西征）

君不見走馬川行雪海邊，平沙莽莽黃入天。輪台九月風夜吼，一川碎石大如斗，隨風滿地石亂走。匈奴草飛馬正肥，金山西見烟塵飛，漢家大將西出師。將軍金甲夜不脫，半夜軍行戈相撥，風頭如刀面如割。馬毛帶雪汗氣蒸，五花連錢旋作冰。幕中草檄硯水凝。虜騎聞之應胆懾，料知短兵不敢接，車師西門佇献捷。

逢入京使

故園東望路漫漫！雙袖龍鐘淚不乾。馬上相逢無紙筆，憑君傳語報平安。

磧中作

走馬西來欲到天，辭家見月兩回圓。今夜不知何處宿，平沙萬里絕人烟。

燕歌行　　高適

漢家烟塵在東北，漢將辭家破殘賊。男兒本自重橫行，天子非常賜顏色。摐金伐鼓下榆關，旌旗逶迤碣石間。校尉羽書飛瀚海，單于獵火照狼山。山川蕭條極邊土，胡騎憑陵雜風雨。戰士軍前半死生，美人帳下猶歌舞。大漠窮秋塞草衰，孤城落日鬥兵稀。身當恩遇常輕敵，力盡關山未解圍。鐵衣遠戍辛勤久，玉筯應啼別離後。少婦城南欲斷腸，征人薊北空回首。邊風飄颻那可度，絕域蒼茫何所有？殺氣三日作陣雲，寒聲一夜傳刁斗。相看白刃血紛紛，死節從來豈顧勛？君不見沙場征戰苦，至今猶憶李將軍。

出塞　　王昌齡

秦時明月漢時關，萬里長征人未還。但使龍城飛將在，不教胡馬度陰山。

閨怨

閨中少婦不曾愁，春日凝妝上翠樓。忽見陌頭楊柳色，悔教夫壻覓封侯。

涼州詞　　王之渙

黃河遠上白雲間，一片孤城萬仞山。羌笛何須怨楊柳，春風不度玉門關。

涼州詞　　王翰

葡萄美酒夜光杯，欲飲琵琶馬上催。醉臥沙場君莫笑，古來征戰幾人回！

—自代宗大歷元年，至文宗太和九年，凡七十年。（766至535）

白居易及其詩友的作品

胡適在白話文學史上說：「李白結束八世紀中葉以前的浪漫文學，杜甫開展八世紀中葉以下的寫實文學」。到了白居易等，寫實的文學於是乃大盛行。杜甫的寫實文學，在當時是無意的，並無所謂主張，只是忍不住當時的憤慨與牢騷，有說直話而已。白等不但忍不住要直說，且有他們的主張。主張爲何？便是「爲君，爲臣，爲民，爲物，爲事而作，不爲文而作也」。—白之新樂府自序語—換句話說：他們的文學主張，就是文學是爲人生作的，是爲救人救世作的，不是無所爲而作的。拿文學上的新術語來說：他們的文學，是「人生的藝術」，不是「藝術的藝術」。這在中國文學史上是一個值得紀念的轉變！

白居易（772至846）字樂天，號香山居士，太原人。（一說陝西下邽人）幼甚穎悟，生六七月，即識「之無」二字，百試不爽；五六歲便學爲詩，眞可稱爲神童了。相傳居易初入舉時，名尙不大，嘗以詩歌投謁顧況。況見其名，戲之曰：「長安米貴，居大不易」。及披讀其芳草詩，至「野火燒不盡，春草吹又生」句。乃曰：「有才如此，居亦不難！我謂斯文遂絕，今復得子矣，老夫前言戲之耳」。他的詩完全是杜派，要用詩歌來諷刺時政，批評社會，實寫人生，與從前之徒發牢騷，或咏風弄月者，大不相同。詩句明白如話，老嫗都解，他眞可稱為一個平民文學家。他的作品之多，為唐以來所未有。他與元稹書曾說：「自長安抵江西三四千里，凡鄉校逆旅行舟之中，往往有題僕詩者；士庶僧徒，孀婦處女之口，每有詠僕詩者」。相傳每一詩出，可易一金，甚至高麗日本均有來購者，其聲譽之高且廣，可想見了。他官至左贊善大夫，後因事貶江州司馬，最有名的琵琶行，即作於斯時。與琵琶行齊名的，尚有長恨歌。故唐宣宗弔白居易詩有：「童子能解長恨曲，胡兒能唱琵琶篇」之句。至其他不朽之作亦頗多，如賣炭翁，新豐折臂翁，秦中咏等，皆是與世道人心有關的作物，血和淚的結晶。所謂「篇篇無空文，皆歌生民痛」，眞非虛語。有白氏長慶集傳世。

元稹（779至831）字微之，河南人，（洛陽附近）本是北魏拓跋氏帝室的後代，曾一度為宰相，以詩著名，嘗傳入禁中，宮人皆能歌唱，稱之為元才子。他的詩完全由社會的環境中逼出來的，所以寫得格外動人，與白居易相友善，互相酬咏，世稱「元白」，號爲「元和體」。他的詩，我們看他的長篇連昌宮詞，和短章行宮等，便可知其作風之一斑了。有元氏長慶集，及會眞記傳世。

劉禹錫(772至843)字夢得，彭城人，曾爲監察御史，後因依附王叔文被貶爲朗州司馬。嘗和樂天微之相酬唱，元死後，與白齊名，世稱「劉白」。他因久在蠻方，作風不甚與元白相同，他的短歌多受蠻人情歌的影響，這看他的竹枝詞便知。

張籍(765?至830?)字文昌東郡人，(今河北濮陽附近)但亦有人說他是蘇州吳人或和州烏江人的，不易斷定。曾登進士第，爲太常寺太祝，晚年爲國子司業，時人號爲張司業。相傳他很佩服杜甫，曾將杜詩一卷，燃成灰燼，和蜜糖食之，曰：「令我肝腸，從此改易」。因之他的詩很近於杜甫，和白居易一派──社會詩人。他的作品中，尤以樂府詩爲最好，白居易讀他的古樂府云：「張君何爲乎？業文三十春，尤工樂府詞，舉代少其倫。爲詩意如何？六義互鋪陳，風雅比興外，未嘗著空文。讀君學仙詩，可諷放佚君。讀君董公詩，可誨貪暴臣。讀君商女詩，可感悍婦仁。讀君勤齊詩，可勸薄夫敦。上可裨教化，舒之濟萬民，下可理情性，卷之善一身。……………」這可爲推崇備至了。籍因詩宗杜甫，故社會色彩頗濃厚，社會問題中他尤關心于婦女問題，他常代她們鳴冤訴告，可稱爲一個最早的婦女解放運動者。

新豐折臂翁（新樂府）　白居易

新豐老翁八十八，頭鬢眉鬚皆似雪，玄孫扶向店前行，左臂憑肩右臂折。問翁臂折來幾年，兼問致折何因緣？翁云貫屬新豐縣，生逢聖代無征戰，慣聽梨園歌管聲，不識旗槍與弓箭。無何天寶大徵兵，戶有三丁點一丁。點得驅將何處去？五月萬里雲南行。聞道雲南有瀘水，椒花落時瘴煙起。大軍徒涉水如湯，未過十人二三死。村南村北哭聲哀，兒別爺娘夫別妻，皆云前後征蠻者，千萬人行無一回。是時翁年二十四，兵部牒中有名字，夜深不敢使人知，偷將大石搥折臂。張弓簸旗俱不堪，從此始免征雲南。骨碎筋傷非不苦，且圖揀退歸鄉土。此臂折來六十年，一肢雖廢一身全。至今風雨陰寒夜，直到天明痛不眠。痛不眠，終不悔，且喜老身今獨在。不然當時瀘水頭，身死魂孤骨不收，應作雲南望鄉鬼，萬人冢上哭呦呦。老人言，君聽取：君不聞開元宰相宋開府，不賞邊功防黷武？又不聞天寶宰相楊國忠，欲求恩幸立邊功？邊功未立生人怨，請問新豐折臂翁。

買花（秦中吟之一）

帝城春欲暮，喧喧車馬度。共道牡丹時，相隨買花去。貴賤無常價，酬直看花數。灼灼百朵紅，戔戔五束素。上張幄幕庇，旁織笆籬護。水灑復泥封，移來色如故。家家習爲俗，人人迷不悟。有一田舍翁，偶來買花處，低頭獨長嘆，此嘆無人喻：一叢深色花，十戶中人賦。

賣炭翁（新樂府）

賣炭翁，伐薪燒炭南山中。滿面塵灰烟火色，兩鬢蒼蒼十指黑。賣炭得錢何所營？身上衣裳口中食。可憐身上衣正單，心憂炭賤願天寒。夜來城上一尺雪，，曉駕炭車輾冰轍，牛困人飢日已高，市南門外泥中歇。翩翩兩騎來是誰？黃衣使者白衫兒。手把文書口稱敕，迴車叱牛牽向北。一車炭重千餘斤，宮使驅將惜不得。半匹紅紗一丈綾，繫向牛頭充炭直。

田家詞　元稹

牛吒吒，田確確，旱塊敲牛蹄趵趵，種得官倉珠顆穀。六十年來兵蔟蔟，月月食糧卑轆轆。一日官軍收海服，驅牛駕車食牛肉。歸來收得牛兩角，重鑄鋤犂作斤劚。姑舂婦擔去輸官，輸官不足歸賣屋。願官早勝仇早覆，農死有兒牛有犢，誓不遣官軍糧不足！

行宮

寥落古行宮，宮花寂寞紅。白頭宮女在，閑坐說玄宗。

竹枝詞　劉禹錫

山桃紅花滿上頭，蜀江春水拍山流。花紅易衰似郎意，水流無限似儂愁！

楊柳青青江水平，聞郎江上踏歌聲。東邊日出西邊雨，道是無晴還有晴。

烏衣巷

朱雀橋邊野草花，烏衣巷口夕陽斜。舊時王謝堂前燕，飛入尋常百姓家。

烏夜啼引　張籍

秦烏啼啞啞，夜啼長安吏人家。吏人得罪囚在獄，傾家賣產將自贖。少婦起聽夜啼烏，知是官家有赦書，下牀心喜不重寐，未明上堂賀舅姑。少婦語啼烏：汝啼慎勿虛！借汝庭樹作高巢，年年不令傷爾雛。

征婦怨

九月匈奴殺邊將，漢軍全沒遼水上。萬人無人收白骨，家家城下招魂葬。婦人依倚子與夫，同居貧賤心亦舒。夫死戰場子在腹，妾身雖存如晝燭。

節婦吟

君知妾有夫，贈妾雙明珠。感君纏綿意，繫在紅羅襦。妾家高樓連苑起，良人執戟明光裏。知君用心如日月，事夫誓擬同生死。還君明珠雙淚垂，恨不相逢未嫁時。

韓愈及其詩友的作品 (一)韓愈(768至824)字退之，河內南陽人。(今河南沁陽附近)其先世居昌黎，故稱韓昌黎，曾作監察御史，因愛說話，屢得罪政府，後來被貶潮州刺史，就是因為諫迎佛骨而惹的禍。他是個古文家，亦是個詩人，不過因文名太高，將詩名遮掩住了。他因提倡古文，反對當時的駢體，所以作起詩來，一如作文。然他的「作詩如作文」，開了宋人「作詩如說話」的風氣，這不能不算是詩的一種解放與進步。但是有不少的人，對於他的作風不大贊成，如沈括說：「退之詩押韻之文耳，雖健美富瞻，然終不是詩」。王世貞說：「

韓退之于詩本無所僻，宋人呼爲大家，直是勢利」！這可見人的眼光不同了。最近章太炎批評韓愈的詩，可稱平允。他說：「昌黎之詩，習杜之遺風，更愛用典故，並愛用難識的字，每況愈下了。但自然之風尚存，所以得列於詩林」。我們看他的詩，是否作詩如作文，自然之風尚存，在寄廬仝詩有這樣開首的兩句話：「玉川先生洛城裏，破屋數間而已矣」。他的山石詩完全是一種說話式的詩體，豪放痛快，極其自然，這在韓愈作品裏，可稱爲上乘，宋詩受其影響不淺。

孟郊（751至814）字東野湖州武康人，少隱居嵩山，故亦稱洛陽人。他是一個不遇的詩人，與韓愈爲「忘形交」。愈很佩服他的詩，甚而比之杜甫。他屢舉不第，年至五十始成進士，有詩云：「昔日齷齪不足嗟，今朝曠蕩思無涯，青春得意馬蹄疾，一日看盡長安花」。年已半白，而猶稱青春，眞是得意忘形，不知老之將至了。但是他的官運不亨，生活常在窮愁失意中，如他有詩道：「食薺腸亦苦，強歌聲無歡，出門即有礙，誰謂天地寬」？又道：「本望文字達，今因文字窮，影孤別離同，衣破道路中」。——嘆命，這可見他鬱鬱不得志的情形。因他生活如此，故詩亦蹇澀窮僻，常帶有寒酸氣，這在他的作品中可處處看到的。

賈島（788至843）字浪仙，范陽人（今河北北平附近）初爲僧，後因韓愈勸他還俗而中進士。曾爲長江主簿，時號賈長江。他同孟郊是一樣的苦吟者，二人齊名，有「郊寒島瘦」之稱，且同爲韓愈所賞識。愈有贈島詩：「孟郊死葬北邙山，日月星辰頓覺閒。天恐文章中斷絕，再生賈島在人間」。可見推崇他們二人之一斑。島少時，嘗騎驢過街，時秋風正緊，黃葉可掃，即吟得一句，「落葉滿長安」，再求一聯而不可得，遂不知身之所往，竟衝犯了京兆尹劉栖，被拘了一夜，後來他終於得到一聯爲，「秋風吹渭水，落葉滿長安」。當他在法乾寺爲僧時，宣宗一日微行到寺，取閱他桌上的詩集，島不知是宣宗，把詩集搶過說：「你也會做詩麼」？宣宗不動聲色的走了。所以秙鑄說他，「騎驢衝太尹，奪卷忤宣宗」。據傳當他赴舉在京時，一日驢上得句云：「鳥宿池邊樹，僧敲月下門」，思易「敲」爲「推」，因不能決，引手作推敲之勢，時韓愈爲京兆尹，車騎方出，島不覺又衝犯了愈，愈乃爲之決定用「敲」字。島又嘗得一聯云，「獨行潭底影，數息樹邊身」，並自注道，「二句三年得，一吟雙淚流，知音如不賞，歸臥故山秋」。這亦可見他苦吟之一斑了。

李賀（790至816）字長吉，是唐室的支裔，籍貫不詳，有人說是昌谷人。他性情孤冷，身纖瘦，通眉，長指爪，善感多愁，不與衆合。幼有奇才，七歲便能辭章，以高軒過見知於韓愈，故得名頗早。相傳他每天騎驢漫游，使小奚奴背古錦囊相從，偶得佳句，輒疾書投其中，夜晚歸來，在燈下加以整理，即成爲詩。其母嘗使奴婢探囊中，見詩句多，即曰：「是兒要嘔出心血乃已耳」。他的詩奇詭桀敖，有「太白天才，長吉鬼才」之說。他只活了二十七歲，和王勃是同樣的短命詩人，據摭言謂：「李賀嘗以詩卷謁韓退之，韓暑臥方倦，欲使閽人辭之。開其詩，卷首乃雁門太守行，讀而奇之，乃束帶出見」，現在我們就舉這首詩，當爲他的代表作罷。

盧仝（790?至835）是賈島的同鄉，一說是濟源人。初隱登封縣少室山，自號玉川子。他的詩怪誕奇特，比李賀還利害，其中充滿了迷信，滑稽的意味，句子長短不拘，且多是白話成篇。他有長詩名月蝕，約一千八百餘言，因常和韓愈相酬唱，愈曾將此詩改刪爲五六百字，較原詩固稱簡鍊，但盧仝奇特的語言，和大胆創造的精神却沒有了。

山石　　　　韓愈

山石犖确行徑微，黃昏到寺蝙蝠飛。升堂坐階新雨足，芭蕉葉大梔子肥。僧言古壁佛畫好，以火來照所見稀。舖床拂席置羹飯，疏糲亦足飽我飢。夜深靜臥百虫絕，清月出嶺光入扉。天明獨去無道路，出入高下窮煙霏。山紅澗碧紛爛漫，時見松櫪皆十圍。當流赤足蹋澗石，水聲激激風吹衣。人生如此自可樂，豈必局束爲人鞿？嗟哉吾黨二三子，安能至老不更歸？

聞砧　　　　孟郊

杜鵑聲不哀，斷猿啼不切。月下誰家砧，一聲腸一絕！杵聲不爲客，客聞髮自白；杵聲不爲衣，欲令遊子歸。

感懷

晨登洛陽坂，目極天茫茫，羣物歸大化，六龍頹西荒，豺狼日已多，草木日已霜。饑年無遺粟，衆鳥去空場。路傍誰家子？白首離故鄉！含酸望松柏，仰面訴穹蒼。去去勿復道，苦飢形貌傷。

題李款幽居　　賈島

閑居少鄰並，草徑入荒村。鳥宿池邊樹，僧敲月下門。過橋分野色，移石動雲根。暫去還來此，幽期不負言。

雁門太守行　　李賀

黑雲壓城城欲摧，甲光向日金鱗開。角聲滿天秋色裏，塞上胭脂凝夜紫。半捲紅旗臨易水，霜重鼓寒聲不起，報君黃金台上意，提攜玉龍爲君死。

示添丁　　盧仝

春風苦不仁，呼逐馬嘶行人家。慚愧癡氣却憐我，入我憔悴骨中爲生涯。數日不食強強行，何忍索我抱看滿樹花？不知四體正困憊，泥人啼哭聲呀呀。忽來案上翻墨汁，塗抹詩書如老鴉。父憐母惜摑不得，却生癡笑令人嗟。宿舂連曉不幾米，日高始進一椀茶。氣力龍鍾頭欲白，憑仗添丁莫惱爺。

村醉

村醉黃昏歸，健倒三四五。摩挲青莓苔，莫嗔驚著汝。

韋應物柳宗元及其作品

○自晉之陶謝開田園詩派的作風後，盛唐有王孟繼之，到了中唐，又有韋柳稱爲後期的田園詩人。韋應物（735?至830?）長安京兆人，曾爲蘇州刺史，人稱韋蘇州。他的詩高雅閑澹，自成一家，有人比之陶潛，故有「陶韋」之稱。詩尤以五言爲最擅長，蘇東坡有詩云：「樂天長短三千首，却遜韋郎五字詩」。可知其五言之造詣甚深了。

柳宗元（773至819）字子厚河東人，（今山西永濟附近）詩名亦如韓愈被文名所掩，其實他的詩精瑩動人，亦是一位有名的田園詩家。初黨于王叔文，後王失敗，柳被貶爲永州司馬。此後因環境關係，詩文日有進步，田園詩多作於永州。後遷柳州刺史而卒，人稱之爲柳柳州。

除韋柳外，尙有劉長卿（河間人），秦系（會稽人），及顧況（海鹽人）等，皆是田園派詩人。當時尙有所謂大歷十才子者，即韓翃，盧綸，錢起，李端，司空曙，崔峒，吉中甫，耿湋，苗登，夏侯審，皆喜爲五言詩，彼此唱和，字句力求工秀整齊，不免有雕琢不自然之譏。他們中間以韓（南陽人）盧（河中蒲人）錢（吳興人）李（趙郡人）四人爲最出名，其他就稍差了。

滁州西澗　　韋應物

獨憐幽草澗邊生，上有黃鸝深樹鳴。春潮帶雨晚來急，野渡無人舟自橫。

寄全椒山中道士

今朝郡齋冷，忽憶山中客；澗底拾枯松，歸來煮白石。欲持一瓢酒，遠寄風雨夕。落葉徧空山，何處尋行迹？

漁翁　　柳宗元

漁翁夜傍西巖宿，曉汲清湘然楚竹。烟消日出不見人，款乃一聲山水綠。廻看天際下中流，岩上無心雲相逐。

江雪

千山鳥飛絕，萬逕人蹤滅；孤舟簑笠翁，獨釣寒江雪。

送靈澈　　劉長卿

蒼蒼竹林寺，杳杳鐘聲晚。荷笠帶斜陽，青山獨歸遠。

晚秋拾遺朱放訪山居　　秦系

不逐時人後，終年獨閉關；家中貧自樂，石上臥常閑。墜栗添新味，寒花帶老顏。侍臣當献納，那得到空山？

題明霞台　　顧况

野人本自不求名，欲向山中過一生。莫嫌憔悴無知己，別有烟霞似弟兄。

閑居自述

榮辱不關身，誰爲疏與親？有山堪結屋，無地可容塵。白髮偏添壽，黃花不笑貧。一樽朝暮醉，陶令果何人？

寒食詩　　韓翃

春城無處不飛花，寒食東風御柳斜。日暮漢宮傳臘燭，青烟散入五侯家。

塞下曲　　盧綸

月黑雁飛高，單于夜遁逃。欲將輕騎逐，大雪滿弓刀，

第四期　晚唐詩

—自文宗開成元年，至昭宗末年，凡七十一年。（836至906）

詩至晚唐，乃隨國勢而日下，不但作家比不上盛唐和中唐，就是作品亦委靡不振，國勢與文運，眞有密切的關係。當時有名的詩人，不過三五而已。他們沒

有創造力，多是摹倣前人字句，只求堆切雕琢，意思儘尚艷麗淫靡，這便是晚唐詩的特色。

温庭筠李商隱及其作品○温庭筠字飛卿（820?至870?）太原人，才思艷麗，好狹邪遊，因他作賦常八叉手而成，故時人號之爲「温八叉。」他的詩與李義山齊名，稱爲「温李。」有樂府倚曲三十二篇，多是寫兒女之情的。此外他的詞亦很好，五代的詞人多受他的影響，爲後來花間派之冠，可見被詞人推崇之至了。

李商隱（813至858）字義山，自號玉溪子，懷州河內人，性情和温庭筠相似。據近人的考據，他交接的女性比温還多，宮中的宮女和菴中的尼姑，多有在暗中同他發生關係的。—見蘇雪林著李義山戀愛事跡考—他的詩寓意隱晦，字句雕琢，喜用典故，好寫愛情，他的錦瑟詩，至今尚議論紛紜，不知他究竟用意何在。他寫戀愛的詩，大都題作「無題」，描寫女方心理者尤多。他的作風，所以如此者，這對於他的爲人很有關係罷。後來宋朝有所謂「西崐體」者，即以李爲祖師。他對於詩上的影響，和温對於詞一樣。

三洲詞　　　　温庭筠

團圓莫作波中月，潔白莫爲枝上雪。月隨波動碎潾潾，雪似梅花不堪折。李娘十六青絲髮，畫帶雙花爲君結。門前有路輕別離，唯恐歸來舊香滅。

題分水嶺

溪水無情似有情，入山三日得同行。嶺頭便是分頭處，惜別潺湲一夜聲。

無題　暮春閨思　　李商隱

相見時難別亦難，東風無力百花殘。春蠶到死絲方盡，蠟炬成灰淚始乾。曉鏡但愁雲鬢改，夜吟應覺月光寒。蓬萊此去無多路，青鳥殷勤爲探看。

半夜

三更三點萬家眠，露欲爲霜月墮烟。鬥鼠上堂蝙蝠出，玉琴時動倚窗絃。

杜牧韓偓及其作品

〇杜牧（803至852）字牧之，京兆，萬年人，因別於杜甫，時人稱爲小杜。他的詩豪邁中而有秀麗氣，爲人放蕩不羈，有「十年一覺揚州夢，贏得青樓薄倖名」的艷語。他喜愛李杜韓柳的作品，在冬至日寄小侄阿宜詩云：「爲摘屈宋艷，濃薰班馬香，李杜泛浩浩，韓柳摩蒼蒼；近者四君子，與古爭強梁。」其中尤推崇韓杜，讀韓杜集有「杜詩韓集愁來讀，似倩麻姑癢處」之句。所以韓的奇險，杜的緊鍊，在牧之詩集中，亦頗可尋得之。有樊川集。

韓偓字致堯小字冬郎和牧之是同鄉，好作艷體詩，李義山甚稱許之，有香奩集，後人倣之，覺成為「香奩體。」他的詩多寫男女的私情，閨閣的燕昵，詞雖艷麗，而意不猥褻，故為世人所傳誦。他的作風，近於義山，不過沒有那麼隱晦罷了。

此外尚有吳融（越州山陰人），皮日休（襄陽人，）陸龜蒙（蘇州人），司空圖（河中人，）羅隱（餘杭人，）許渾（丹陽人，）及鄭谷（袁州人）等，都算是晚唐詩人中，較為著名者。

清明　　杜牧

清明時節雨紛紛，路上行人欲斷魂。借問酒家何處有？牧童遙指杏花村。

泊秦淮

煙籠寒月水籠紗，夜泊秦淮近酒家。商女不知亡國恨，隔江猶唱後庭花。

赤壁懷古

戟沈折沙鐵未銷，自將磨洗認前朝。東風不與周郎便，銅雀春深鎖二喬。

偶見　　韓偓

鞦韆打困解羅裙，指点醍醐索一尊。見客入來和笑走，手搓梅子掩中門。

聞雨

香侵蔽膝夜寒輕，聞雨傷春夢不成：羅帳四垂紅燭背，玉釵敲着枕函聲。

半睡

抬鏡仍嫌重，更衣又怕寒；宵分未歸帳，半睡待郎看。

情　　吳融

依依脉脉兩如何？細似輕絲渺似波。月不長圓花易落，一生惆悵爲伊多。

寂寞　　鄭谷

江郡人稀便是村，踏青天氣欲黃昏。春愁不破還成醉，衣上淚痕和酒痕。

謝亭送別　　許渾

勞歌一曲解行舟，紅葉青山水急流。日暮酒醉人已遠，滿天風雨下西樓。

別離　　陸龜蒙

丈夫非無淚，不灑離別間。杖劍對樽酒，恥爲遊子顏。蝮蛇一螫手，壯士疾解腕。所思在功名，離別何足歎？

綿谷廻寄蔡氏昆仲　羅隱

一年兩度錦江游，前值東風後値秋。芳草有情皆礙馬，好雲無處不遮樓。山將別恨和心斷，水帶離聲入夢流。今日因君試回首，淡烟喬木隔綿州。

幾個女作家及其作品(一)隋煬帝是個沈迷於女色的昏主，日夜留連迷樓，不問政事，迷樓中所選入的美麗宮女很多，不知怎的將一位容貌妍俊，文才富贍的侯夫人，如漢朝昭君似的給失選了。侯夫人自知恐沒有一見顏色的機會，與其將終老長門受永遠的孤寂，倒不如一死痛快，免得春華秋月，觸景傷懷，於是乃自縊於棟下。遺作有自感看梅和自傷等詩。

到了唐朝是詩歌的黃金時代，女作家更多了，今擇最著名的幾位，略爲一述。徐惠諡賢妃是太宗的妃子，湖州人，生五月即能言語，四歲通論語，及詩經，八歲已善屬文。她長於駢賦，詩亦端雅可誦，有粧殿答太宗等詩。

江采蘋是楊貴妃的情敵，莆田人，性愛梅，所居遍種梅花。梅花開時留連花下，常至夜半，玄宗戲呼之曰，梅妃。只因性懦，爲玉環所勝，遷於上陽東宮。一日玄宗忽想念她，密賜珍珠一斛，妃不受，報之以詩，名一斛珠。後祿山叛亂，不死幸於兵燹中。

李治字季蘭烏程人，美姿容，性蕭洒，善彈琴，尤工詩。後爲女道士，曾與文士交遊，浪漫雅謔，不拘小節，因此人多輕之。我們看她的相思怨，寄朱放，和淡閻（伯均）廿六赴剡縣等篇，可知她熱烈的情緒，和清雅的詩詞了。

魚玄機字幼微，一字蕙蘭，長安人，好讀書，尤工詩。曾嫁李億爲妾，甚得寵愛，只以爲大婦所虐，不能相安，遂出家做女道士去了。她雖是個弱女子，意志却非常豁達，所以情人很多，我們看她的贈隣女，寄李子安，冬夜寄溫飛卿和迎李近仁員外等詩，可知她的生活之一斑。她的結果很不好，因她笞死了女僮綠翹，亦被定了斬首的死刑。今有唐女郎魚玄機詩一卷傳於世。

晁采小字試鶯，大歷時人，幼和鄰生文茂相愛，約爲夫婦，後來果然達到目的，有情人成了眷屬了。在她們未達到目的前，不曉說是常寄詩通情的，她曾作子夜歌多首，寄給她的愛人，詞頗婉轉淒艶，亦不下於六朝時的子夜歌的。

薛濤字洪度，本長安人，生於元和時代，父名鄖，因官流寓於蜀。幼有詩才，一日她的父親指井上梧桐對她說：「庭除一古桐，聳幹入雲中」；她應聲續成，「枝迎南北鳥，葉送往來風」。此詩就是她將來生活的預兆，她父親聞之，愀然不樂，及父死後，果然流入樂籍中了。當時詩人如元稹，白居易劉禹錫等皆樂與之往來唱和，不過以清白自持，她嘗有蟬詩以明志。卒時年已七十二，有詩五百首，現存者僅餘百首。其中要以春望詞為最好，不但在藝術上有「眞善美」的價值，更可藉以表現作者的人格，無怪為一般人所愛讀了。至杜秋娘（李錡妾）的金縷曲，和關盼盼（張建封妾）的燕子樓詩，亦都是佳作。總之：唐朝詩人之多，不惟男作家超乎前代，女作家亦是空前所未有的。

自感三首　侯夫人

庭絕玉輦跡，芳草漸成科。隱隱聞簫鼓，君恩何處多？

欲泣不成淚，悲來翻強歌。庭花方爛熳，無計奈春何。

春陰正無際，獨步意如何？不及閒花柳，翻承雨露多。

看梅二首之一

砌雪無消日，捲簾時自顰。庭梅見吾有憐意，先露枝頭一點春。

粧殿答太宗　　徐惠

朝來臨鏡台，粧罷暫徘徊。千金始一笑，一召詎能來？

一斛珠　　江采蘋

桂葉雙眉久不描，殘妝和淚污紅綃。長門盡日無梳洗，何必珍珠慰寂寥。

相思怨　　李冶

人道海水深，不抵相思半。海水尚有涯，相思渺無畔。攜手上高樓，樓虛月華滿，彈得相思曲，絃腸一時斷。

送閻二十六赴剡縣

流水閶門外，孤舟日復西。離情遍芳草，無處不萋萋。妾夢經吳苑，君行到剡溪。歸來重相訪，莫學阮郎迷。

湖上臥病喜陸鴻漸至

昔去繁霜月，今來苦霧時。相逢仍臥病，欲語淚先垂！強勸陶家酒，還吟謝客詩，偶然成一醉，此外欲何之？

贈鄰女　　魚玄機

羞日遮羅袖，愁春懶起粧。易求無價寶，難得有心郞！枕上潛垂淚，花間暗斷腸。自能窺宋玉，何必恨王昌！

冬夜寄溫飛卿

苦思搜詩燈下吟，不眠長夜怕寒衾。滿庭木葉愁風起，透幌紗窗惜月沉。疏散未閑終遂願，盛衰空見本來心。幽棲莫定梧桐處，暮雀啾啾空繞林。

子夜歌　　晁采

夜夜不成寐，擁被啼終夕。郎不信儂時，但看枕上跡。
相思百餘日，相見苦無期；褰裳摘藕花，要蓮敢恨池！
花池多芳水，玉杯挹贈郞；避人藏袖裏，溼却素羅裳。
感郞金鍼贈，欲報物俱輕；一雙連素縷，與郞聊定情。
寒風響枯木，通夕不得臥；早起遺問郞，昨宵何以過？
輕巾手自製，顏色爛含桃；先懷儂袖裏，然後約郞腰。

蟬詩　　薛濤

露滌清音遠，風吹故葉齊，聲聲似相接，各在一枝棲！

春望詞　錄二

花開不同賞，花落不同悲；若問想思處，花開花落時！
風花日將老，佳期猶渺渺；不結同心人，空結同心草。

金縷詞　杜秋娘

勸君莫惜金縷衣，勸君惜取少年時。花開堪折直須折，莫待無花空折枝！

燕子樓詩　關盼盼

樓上殘燈伴曉霜，獨眠人起合歡床，相思一夜情多少，地角天涯不是長。
北邙松柏鎖愁烟，燕子樓中思悄然。自埋劍履歌塵散，紅袖香銷已十年。

第六章　兩宋的詩歌

總論（一）五代是詞的萌發時期，詩無可稱。到了宋朝，最初因受唐末五代的靡麗衰頹之風，一般作家僅知標竊李義山的詞句，而不會推陳出新，有所創作。當時有所謂「西崑體」者，詩格卑下，較之晚唐尤有甚焉。迨歐陽修及蘇軾等天才詩人出，才把當時的脂粉綺靡的詩風打倒了。此後宋詩的造詣，雖沒有楚詞的幽怨，漢魏的淒遠，唐人的清逸，而另有一種幽奇的風趣。曹學佺謂宋詩：「取材廣而命意新，不剿襲前人一句。」吳之振亦稱：「宋人之詩，變化於唐，而出其自得，皮毛盡落，精神獨存。」據二子之說，亦可見宋詩的眞面目之一斑了。

西崑體之盛行及其反動○西崑體的領袖爲楊億（字大年建州蒲城人）劉筠（字子儀大名人）及錢惟演（字希聖，吳越王錢俶之子）三人。他們有西崑酬唱集，作風是專尙修辭，一宗義山，彼此唱和，競相摹擬，以漁獵撥拾爲博，以儷花鬥果爲工，嫣然華美，而氣骨不存，他們雖號稱江東三虎，這虎也是病的，沒有生氣。只因他們官高名大，當時士人摹倣此派作風者甚衆，故號為「西崑體」。」在古今詩話上說：「……後進效之，多竊取義山語。嘗御賜白宴，優人有裝為義山者，衣服敗裂，告人曰：為諸官職撏撦至此，聞者大噱。」歐陽修亦曾說：「楊大年與錢劉唱和，自西崑集出，時人爭效之，詩體一變，而先生老輩患其多用故事，至於語僻難曉，殊不知自是學者之敝」。由以上兩說，可見西崑體的風行，及其內容了。

當西崑體風行之時，有力矯其弊而不與之同流者，為蘇舜欽梅堯臣等。蘇（1008至1048）字子美，梓州桐山人。曾居蘇州築滄浪亭以自適。其詩豪放俊爽，軒昂不羈，筆力矯健，風骨橫絕。梅（1002至1060）字聖俞，宣城人，有宛陵集。其詩古淡深遠，精微一似韋柳。河南王曙謂「其詩有晉宋遺風，白杜子美沒後，二百年不見此作矣。」與蘇子美並稱，號為「蘇梅」。歐陽修評以詩道：「子美氣尤雄，萬竅號一噫；……梅翁事清切，石齒漱寒瀨」。一個超邁橫絕，一個深遠閒淡，這是他們的不同點。

和聖俞庭菊　　蘇子美

不謂花草稀，實愛菊色好。先時自封植，坐待秋氣老。頗敎翠羽枝，已高金爵小。嚴霜發層英，益見化匠巧。擷疑光艷落，折恐叢薄少。一日三四吟，一吟三四遶。賞專情自迷，美極語難了。得君所賦詩，爛漫恆懷抱。朗詠慣此心，清樽爲之倒。

夏　意

別院深深夏簟清，石榴開遍透簾明，樹陰滿地日當午，夢覺流鶯時一聲。

淮中晚泊犢頭

春陰垂野草青青，時有幽花一樹明。晚泊孤舟古祠下，滿川風雨看潮生。

魯山山行　　梅聖俞

適與野情愜，千山高復低。好峯隨處改，幽徑獨行迷。霜落熊升樹，林空鹿飲溪。人家在何許？雲外一聲鷄。

田　家

高樹蔭柴扉，靑苔照落暉。荷鋤山月上，尋徑野煙微。老叟扶童穉，羸羊帶犢歸。燈前飯何有？白薤露中肥。

歐陽王蘇及其作品

（一）歐陽修（1007至1072）字永叔，謚文忠，晚號六一居士，廬陵人，四歲即孤，母鄭氏甚賢，嘗教以畫荻學書。彼不惟在詩上有所革新，在古文上亦有很大的貢獻，實可稱爲有宋一代的文宗。歐陽的古文是學昌黎的，其詩亦然，不過除韓外又參以李杜，故其詩雄深雅健，毫無西崑綺靡之敝。他的作品，以廬山高及明妃曲爲最佳。他嘗自稱：「廬山高今人莫能爲，惟李太白能之；明妃曲後篇，太白不能爲，惟杜子美能之，而於前篇則子美亦不能，惟吾能之也」。其自許有如斯者！

王安石（1021至1086）是一位大政治家，而兼詩人，字介甫，號半山，臨川人。他是一代的怪傑，詩才殊高，所作皆以險絕爲功，多未經人道語，有臨川集。他與蘇軾同受知於歐陽修，修有詩贈之云；「翰林風月三千首，吏部文章二百年」，可見推許之深。他的詩以五絕和七絕爲特好，浪滄詩話謂：「公絕句最高，其得意處，高出蘇黃陳之上」。寒廳詩話亦稱：「王半山備衆體，精絕句」。這可見安石的絕句在當時很負盛名了。

蘇軾（1036至1101）字子瞻號東坡，眉州，眉山人。與父洵弟轍，並稱三蘇。爲人英辯奇偉，豪放爽朗，他的詩文與詞均如其人。說者稱他的詩是豪邁天成，氣象宏闊；也有說是才思橫溢，觸處生春。總之：他的詩風是近於太白，他的詩體是近於昌黎，將二家融會於一了。趙甌北曰：「以文爲詩，始自昌黎，至東坡益大放厥辭，別開生面。天生健筆一枝，有必達之隱，無難顯之情，此所以繼李杜而爲一大家也」。東坡之詩，不但以豪放著，且能在豪放外，又有冲淡閒遠之致，這是很難能的。他不惟上可以追梅歐，下也可以啓山谷後山。他在北宋如杜甫在唐朝一樣，眞不愧稱爲一位承前啓後的大作家了。

明妃曲　　歐陽修

漢宮有佳人，天子初未識。一朝隨漢使，遠嫁單于國。絕色天下無，一失難再得。雖能殺畫工，於事竟何益？耳目所及尚如此，萬里安能制夷狄？漢計誠已拙，女色難自誇。明妃去時淚，灑向枝上花。狂風日暮起，飄泊落誰家？紅顏勝人多薄命，莫怨東風當自嗟！

豐樂亭遊春

紅樹青山日欲斜，長郊草色綠無涯。遊人不管春將老，來往亭前踏落花。

江上　　王安石

江水漾西風，江花脫晚紅。離情被橫笛，吹過亂山東。

竹裏

竹裏編茅倚石根，竹莖疎處見前村。閑眠盡日無人到，自有春風爲掃門。

書湖陰先生壁

茆簷長掃靜無苔，花木成畦手自栽。一水護田將綠遶，兩山排闥送青來。

遊金山寺　　蘇軾

我家江水初發源，宦遊直送江入海。聞道潮頭一丈高，天寒尚有沙痕在。中泠南畔石盤陀，古來出沒隨濤波。試登絕頂望鄉國，江南江北青山多。羈愁畏晚尋歸楫，山僧苦留看落日。微風萬頃靴紋細，斷霞半空魚尾赤。是時江月初生魄，二更月落天深黑。江心似有炬火明，飛焰照山棲鳥驚。悵然歸臥心莫識，非鬼非人竟何物？江山如此不歸山，江神見怪驚我頑。我謝江神豈得已，有田不歸如江水。

雨晴後

雨過浮萍合，蛙聲滿四鄰。海棠眞一夢，梅子欲嘗新。拄杖閑挑菜，鞦韆不見人。殷懃木芍藥，獨自殿餘春。

六月二十七日望湖樓醉書

黑雲翻墨未遮山，白雨跳珠亂入船。捲地風來忽吹散，望湖樓下水如天。

黃庭堅與江西詩派

（黃庭堅（1045至1105）字魯直，號山谷道人，又號涪翁，洪州分寧人，（今江西修水附近）爲江西詩派的祖師。他雖爲蘇門四學士之一，（其他三人爲秦觀字少游，高郵人；張耒字文潛，淮陰人；晁補之字無咎，鉅野人）但因詩名甚高，與子瞻齊名，並稱「蘇黃」。其詩奇崛古奧，即隻字半句不輕出，同時作家及後人受其影響者甚多。迨其末流，乃至生澀拗拙，幾不能讀；不過當魯直之世，尚無此弊。劉後村曰：「國初詩人，如潘閬魏野，規規晚唐格調，寸步不敢走作。楊劉則又專爲西崑體，故優人有撏扯義山之誚。蘇梅二子，稍變以平淡豪俊，而和之者尙寡。至六一，坡公，巍然爲大家數，學者宗焉。然二公亦各極其天才，筆力之所至而已，非必鍛鍊勤苦而成也。豫章稍後出，會萃百家句律之長，究極歷代體制之變，蒐獵奇書，穿穴異聞，作爲古律，自成一家。雖隻字半句不輕出，遂爲本朝詩家宗祖」。由此可見山谷之詩，及其影響爲何如了。

江西詩派之說，發自呂本中。呂字居仁，曾作江西詩社宗派圖，說明陳師道等二十五人詩法相傳，皆出自黃庭堅。其實所列舉者，除陳師道，韓駒，及晁沖之等少數人外，並無甚著名之作家。且二十五人中，亦非全是江西產。呂本中之作江西詩派圖大概他別有用心罷。

陳師道（1053至1101）字無己，號後山，彭城人。其詩雖師山谷，而實遠祖少陵。葉石林曰：「世言陳無己每登覽得句，即急歸臥一榻，以被蒙之，謂之吟榻。家人知之，即貓犬皆逐去，嬰兒稚子亦皆抱持至鄰家」。山谷有詩句云：「閉門覓句陳無己，對客揮毫秦少游」其苦吟可見一斑。呂本中因其詩格極高，故選江西宗派以之嗣山谷，其餘諸子皆不足當。

臨河道中　　黃山谷

村南村北禾黍黃，穿林入塢岐路長。據鞍夢歸在親側，弟妹婦女笑兩廂。甥姪跳梁暮堂下，惟我小女始扶床。屋頭撲棗爛盈斗，嬉戲喧爭挽衣裳。覺來去家三百里，一園兎絲花氣香。可憐此物無根本，依草着木浪自芳。風烟雨露非無力，年年結子飄路傍。不如歸種秋柏實，他日隨我到冰霜。

題小景扇

草色青青柳色黃，桃花零落杏花香。春風不解吹愁却，春日偏能惹恨長。

登燕子樓　陳師道

綠暗連村柳，紅明委地花。畫梁初着燕，廢沼已鳴蛙。鷗沒輕春水，舟横看淺沙。相逢千歲語，猶說一枝花。

妾薄命

主家十二樓，一身當三千。古來妾薄命，事主不盡年。起舞爲主壽，相送南陽阡；忍著主衣裳，爲人作春妍。有聲當徹天，有淚當徹泉。死者恐無知，妾身長自憐。

南宋四大家及其作品 宋南渡後，言詩者多稱陸游，范成大，楊萬里尤袤四人。其中以陸爲第一，堪稱南宋的代表作家，范楊稍次，尤詩多散佚，僅知其長於律，平談雋永而已。四人雖都曾受江西詩派的影響，但不依傍其門戶，而能自創新格。這固因有天才詩人出來了，不肯再拘屈於黃陳的故套中，亦實因時勢改變了，宋爲外侮所迫，不得不偏安於江左，一般愛國志士，對此風雨飄泊，將有亡國的局勢，怎能還在江西詩派中鑽研呢？

陸游（1125至1210）字務光，因不拘禮法，人譏其放，乃自號放翁，山陰人。（今浙江紹興附近）其詩凡三變：初喜藻繪，中務宏肆，晚歸恬澹。總其全集而論，不但清新拔俗，而且悲壯慷慨，實不失爲一愛國詩人。劉後村曰：「近歲詩人，雜博者堆隊仗，空疎者窘材料，出奇者費搜索，縛律者少變化。惟放翁記問足以貫通，力量足以驅使，才思足以發越，氣魄足以陵暴，南渡而下，故當爲一大宗」。有劍南詩稿八十五卷，錄詩一萬四千餘首，眞可稱爲一大作家了。

范成大（1126至1193）字致能，號石湖居士，吳縣人。其詩多咏田園生活，稱田園詩人。楊萬里最佩服他，嘗稱其詩曰：「縟而不釀，縮而不窘，清新嫵媚，奄有飽謝；奔俊逸偉，窮追太白」。有石湖詩集三十四卷，凡古今體詩一千九百餘首。

楊萬里（1124至1206）字庭秀，號誠齋，吉水人。嘗自稱其詩之淵源，謂初學江西，既學后山，半山，晚學唐人，後忽有悟，遂棄其前學，而自成一家，時號「誠齋體。」其詩淺近易曉，可稱爲宋朝的白話詩人。其中雖時雜俚語，而意境幽雅，至其狀物寫情，無不入妙。有人稱其詩「筆端有口，句中有眼，」確非虛語。他有詩集九種，四十二卷，都四千餘首。

北望　　　　陸　游

昔我初生歲，中原失太平，寧知墓木拱，不見塞塵清。京洛無來信，江淮尚宿兵。何時青海月，重照漢家營。

示　兒

死去元知萬事空，但悲不見九州同。王師北定中原日，家祭無忘告乃翁。

劍南道中遇微雨

衣上征塵雜酒痕，遠遊無處不銷魂。此身合是詩人未，細雨騎驢入劍門。

野步

蝶舞蔬畦晚，鳩鳴麥野晴。就陰時小息，尋徑復微行。村婦窺籬看，山翁拂席迎。市朝那有此，一笑慰餘生。

夏日田園雜興之一　　范成大

晝出耘田夜績麻，村莊兒女各當家。兒童未解供耕織，也傍桑陰學種瓜。

自橫塘橋過黃山

陣陣輕寒細馬驕，竹林茅店小帘招。東風已綠南溪水，更染溪南萬柳條。

小雨　　楊萬里

雨來細細復疎疎，縱不能多不肯無。似妒詩人山入眼，千峯故隔一簾珠。

蝶

籬落疎疎一徑深，樹頭先綠未成陰。兒童急走追黃蝶，飛入菜花無處尋。

庚子正月五日曉過大皋渡

霧外江山看不見，只憑鷄犬認前村。渡船滿板霜如雪，印我青鞋第一痕。

永嘉四靈及其作品　(一)四靈：爲徐照，徐璣，翁卷及趙師秀，因他們都是永嘉人，照字靈暉，璣字靈淵，卷字靈舒，師秀號靈秀，他們的字又都有個「靈」字，故稱永嘉四靈。四靈同一主張，乃是江西詩派之反動者。蓋自南宋中葉以還，除陸范楊等，多承江西派之末流，而失於拘束粗澀。於是四靈乃效晚唐以清新便利，來矯正江西派之粗獷，不過因矯枉過正，亦不免有纖弱之誚。總之，四靈詩雖純模倣唐音，不能別開生面，而詩中全不用典，能道人所知，而不能道者，令人讀後爽口沁心，較之末流之江西派，不曾一清涼劑也。

妾薄命　　徐照

初與君相知，便欲肺腸傾。只擬君肺腸，與妾相似生。徘徊幾言笑，始悟非眞情。妾悔不可收，悔思淚盈盈。

五里牌邊　　徐璣

路繞山根石磴斜，小橋流水樹交加。柴門半掩人稀到，五里牌邊三四家。

中村步月　　翁卷

幽興苦相引，水邊行復行。不知今夜月，曾動幾人情？光逼流螢斷，寒侵宿鳥驚。欲歸獨未忍，淸露滴三更。

約客　　　　趙師秀

黃梅時節家家雨，靑草池塘處處蛙。有約不來過夜半，閑敲棋子落燈花。

遼金之詩人及其作品（遼以塞北一部落，契丹乘北宋的衰弱，而以兵馬蹂躪中原，其本身原無文化，何有文學？及金起滅遼，伐宋，據有北方，采取遼宋的遺制，文運因之漸興，一時詩人輩出。其中如黨懷英字世傑，泰安人，一說陝西馮翊人。趙秉文字周臣，磁州人，自號閑閑道人，各主文壇盟主者，殆三十年。而尤以金末之元好問爲最知名之詩人，可稱金朝唯一的代表作家。元字裕之號遺山，太原定襄人。因作箕山琴台二詩，被趙秉文所稱賞，謂少陵以後無此作，招以書，於是名聲震京師，稱爲「元才子」。後金亡於元，不仕，以著作自娛。史稱其詩：「奇崛而絕雕劌，巧縟而謝綺麗」。趙甌北曰：「蘇陸古體，行墨之間尙多排偶，一以肆其博辨，一以侈其藻繪，固才人之能事也。遺山專以單行，絕無偶句，構思窅渺，十步九折，愈折而意愈深，味愈雋，雖蘇陸不及也。唐以來律詩可歌可泣者，少陵十數聯外，絕無嗣響。遺山往往有之，沈摯悲涼，自為聲調」。遺山詩，所以能造詣到這般田地，一因其生長北方，原有豪健英傑之氣，又值金室覆亡，更有宗社邱墟之感，所以詩工意壯，悲歌慷慨。有此二因，再加以有詩的天才，無怪其成為一大作家了。有中州集，將金朝詩家的作品，搜羅殆盡，為研究金詩者一絕好資料。相傳遺山有妹亦能詩，立志不嫁，張平章嘗揆，欲娶之，。其妹乃賦詩以拒之曰：「補天手段暫施張，不許纖塵落畫堂，寄語新來雙燕子，移巢別處覓雕梁。」論者謂大有乃兄之風云。

西樓曲　元好問

游絲落絮春漫漫，西樓曉晴花作團。樓中少婦弄瑤瑟，一曲未終坐長歎。去年與郎西入關，春風浩蕩隨金鞍。今年疋馬妾東還，零落芙蓉秋水寒。并刀不剪東流水，湘竹年年露痕紫。梅枯石爛兩鴛鴦，只合雙飛便雙死。重城車馬紅塵起，乾鵲無端為誰喜。鏡中獨語人不知，欲挿花枝淚如洗。

橫波亭為青口帥賦

孤亭突兀插飛流，氣壓元龍百尺樓。萬里風濤接瀛海，千年豪傑壯山丘。疎星淡月魚龍夜，老木清霜鴻雁秋。倚劍長歌一杯酒，浮雲西北是神州。

賦癸巳五月三日北渡

道旁僵臥滿纍囚，過去旃車似水流。紅粉哭隨回鶻馬，爲誰一步一回頭!?

第七章　元明的詩歌

元代詩人及其作品(一)元興，統一中原，其文學除戲曲特別發達外，詩人亦有可稱者，楊載詩如百戰健兒，范梈詩如唐臨晉帖，揭傒斯詩如美女簪花，虞集詩如漢廷老吏，而尤以元末之楊維楨爲一代作家。楊（1296至1370）字廉夫號鉄崖會稽人，因其詩名在當時甚盛，號爲「鉄崖體」。張甫稱其古樂府「出入少陵二李間，有曠世金石聲」。宋濂稱其詩：「震蕩凌厲，鬼沒神施，典麗之中，別饒雋致」。不過因元季詩歌纖弱，彼矯枉過直，又有失之於怪誕晦澀之處，這是美中的不足。

武昌舟中　揭傒斯

船頭放歌船尾和，篷上雨鳴篷下坐。推篷不省是何鄉，但見雙飛白鷗過。

漫興　楊維楨

楊花白白綿初迸，梅子青青核未生。大婦當壚冠似瓠，小姑喫酒口如櫻。

明詩總論(一)明代文學，除傳奇及小說承了元代的遺風餘韻，頗爲可觀外，詩文二者，實不足道。其故，在不脫摹倣前人之窠臼，而不能自創新格。當時所謂一般作家，不是摹倣漢魏，便是盛唐，不是宗尚東坡，便是香山。這固在中國文人好古成習，舊痾難除，亦因明太祖嫌忌太甚，只恐有人取而代之，故對於思想方面，一味束縛，不重陽明的良知良能，而一守程朱的舊說。又以八股文取士，使天下才士，盡入其彀中。因之有明一代，論文學之精神，則不如唐之雄偉精壯，思想不如宋之湛深綿密；但論派別之繁，才子之多，任何時代恐亦不及。派別：僅明初即有五個詩派，後又有台閣體與復古派，公安派與竟陵派，及幾社與復社。才子：有「明初四傑」，與「吳中四子」，「前七子」與「後七子」，「十才子」與「五才子」，還有「後五子」「廣五子」「續五子」與「末五子」，眞是熱鬧得很。茲爲愛惜篇幅起見，無暇細論這麼多的「派」與「子」，僅擇其要者一述之。

高啟袁凱及其作品

(一)高啓（1336至1374）字季迪，號青丘子，長州人，爲吳中四傑之冠。其餘爲楊基，張羽，徐賁三人。作詩凡千七百餘首，王子充稱，「季迪之詩，雋而淸麗，如秋空飛隼，盤旋自折，招之不肯下。又如碧水芙蕖，不假雕飾，翛然塵外」。淸四庫大全集提要曰：「啓天才高逸，實據明一代詩人之上，其於詩擬漢魏似漢魏，擬六朝似六朝，擬唐似唐，擬宋似宋，凡古人之所長，無不兼之。振元末纖穠縟麗之習，而返之於古，啓實爲有力」。惜太祖猜忌過甚，因爲魏觀撰上梁文，被腰斬於市，年僅三十九，不能有所大成。著有吹台，鳳台，缶鳴等集。

袁凱字景文，華亭人，自號海叟，背戴烏巾，倒騎黑牛，游行九峯，間好事者，至繪爲圖。程孟陽論其詩曰：「海叟詩氣骨高妙，天然去雕飾，天容道貌，即之冷然。古意二十首，高古激越，雄視一代。七言古詩，筆力豪宕，尠不如意。七言律詩，自宋元來，學杜未有如叟之自然者。野逸元澹，疎蕩傲兀，往往得老杜興會」。有在野集。以白燕詩得名，人呼之「袁白燕」。此外有劉基者，字伯溫，靑田人，他的詩造詣雖不甚高，但所作尚能自備一格，不全依傍前人。

白燕　　　袁凱

故國飄零事已非，舊時王謝見應稀。月明漢水初無影，雪滿梁園尙未歸。柳絮池塘香入夢，梨花庭院冷侵衣。趙家姊妹多相忌，莫向昭陽殿裏飛。

京師得家書

江水三千里，家書十五行。行行無別語，只道早還鄉。

張節婦詞　　高啓

靈壽張明府嫡母早寡守志。

誰言妾有夫？中路棄妾身先殂。誰言妾無子？側室生兒與夫似。兒讀書，妾辟纑，空房夜夜聞啼烏。兒能成名妾不嫁，良人瞑目黃泉下！

築城詞

去年築城卒，霜壓城下骨。今年築城人，汗洒城下塵。大家舉杵莫作手！城高不用官軍守。

李夢陽何景明及其作品（）此二人爲明代復古派之健將，亦即前七子之領袖。先是繼高袁而起者爲三楊—士奇，榮，溥—之台閣體。當永樂至成化八十年間，海內昇平，三楊歷執國政，其所作詩文，平和寬博，雍容文雅，是謂台閣體，—官僚文學。及至末流，日趨膚淺，毫無生氣。李東陽及其門生李夢陽何景明乃倡議復古，一洗台閣體之陋習。明詩至此，乃起一大變化。李東陽初宗唐宋，而李夢陽何景明更進一步，以主張秦漢之文，盛唐之詩相號召。他們主張，「不讀唐以後書」，和「古文之法亡於韓」的。總之：在他們的心目中，是「漢以後無文，唐以後無詩」。其復古之態度，可見一斑。

李夢陽（1472至1529）字獻吉，號空峒子，慶陽人，因慶陽爲古北地郡，故世稱北地。性傲岸乖戾，才思雄鷙，以復古自命。王維楨論其詩曰：「七言律自杜甫以後，善用頓挫倒插之法，惟夢陽一人。」他的作風豪邁高古，氣魄宏大，頗有北方剛勁之風。

何景明（1483至1521）字仲默號大復，信陽人，性耿介，尙節義，鄙榮利，與夢陽初甚相得，後因主張稍有不同，互相詆醜。夢陽主模倣，景明主創造，各不相下。說者謂景明之才不如夢陽，而其詩秀逸穩稱，反爲過之。沈歸愚評二人之詩曰：「北地以雄渾勝，信陽以秀朗勝，同是憲章少陵，而所造各異，未易軒輊。」故天下論詩文者，必以李何並稱也。前七子除李何外，尙有邊貢徐禎卿康海，王九思及王廷相五人。

贈王文熙　何景明

行子夜中起，月沒星尙爛。天明出城去，暮薄長河岸。草際人獨歸，烟中鳥初散。解纜忽以遙，川光夕淩亂。

懷沈子

沈生南國去，別我獨悽然。落日淸江樹，歸人何處船？

河之水歌有序　李夢陽

河水之歌，李子爲其子作也，以子追不及。

河之水，流濺濺；望父不見立河干。

童謠

鷄鳴倉黃起，抛孩爺懷裏。我但知添水煮糜，豈料南村買罩籬，歸來爛了糜！公則罵，婆則打，小姑下牀摋頭髮。一縷髮，一縷麻；我母聞知心痛殺。

李攀龍王世貞及其作品○繼前七子而爲復古派者，有後七子，即李攀龍，王世貞，謝榛，宗臣，梁有譽，徐中行，吳國倫。此七人亦稱嘉靖七子。七子中以李王爲領袖，與前七子之李何，並稱李何王李。李攀龍（1514至1570）字于鱗，號滄溟歷城人，爲人英邁傲物，才思雄勁。其詩尚聲調，好摹古，因之不免有生吞活剝，優孟衣冠之誚。他的七律詩高華矜貴，脫去凡庸，較之五古與樂府，勝似多了。

王世貞（1526至1590）太倉人字元美，號鳳洲，又稱弇洲山人。他的才學與作品，都高於攀龍，無怪攀龍對人簡傲，獨心重世貞。攀龍死後，世貞主持文壇有二十年之久，因才高望重，一時學者莫不奔走其門下，大有一登龍門，聲譽驟起之概。他主張「文必西漢，詩必盛唐。」不過藻飾太過，亦蹈摹古之弊。論其詩：樂府古體高出攀龍，七言近體亦規模大家，實後七子中的佼佼者，不愧爲一代領袖作家也。

送明卿之江西　　李攀龍

青楓颯颯雨淒淒，秋色遙看入楚迷。誰向孤舟憐逐客？白雲相送大江西。

夜度娘

儂來星始集，儂去月將夕。不是地上霜，無人見儂跡。

幽州馬行客歌　王世貞

女郎初嫁時，日日稱阿母。女郎抱兒歸，日日稱兒父。

莫州謠

兄何在，南伐吳。弟何在，北防胡。老父何在，呼役夫。少婦具晨餔，大婦行喚姑。行喚姑：姑不起。溺牀下，波瀰瀰！

送妻弟魏生還里

阿姊扶牀泣，諸甥繞膝啼。平安只兩字，莫惜過江題。

公安體與竟陵體（一）復古派經前七子與後七子的提倡，與鼓吹，曾風靡一時，學者雖亦有反對的，只因寡不敵衆，未能改變風氣，挽狂瀾於旣倒。自袁宗道兄弟出，始正式樹反對復古派的旗幟。他們主張作詩要獨抒性靈，不拘格調，要信腕信口，皆成律度，不贊成摹倣古人，剿襲舊套。於是明代詩風至此又一變。因袁氏兄弟爲公安人，故稱公安體。袁氏長者爲宗道，次者爲宏道，小者爲中道，三人皆有才名，而尤以宏道爲最著。宏道字無學號中郎嘗與丘長孺書曰：「大抵物眞則貴，眞則我面不同君面，而況古人之面貌耶？」在他的敍小修詩內說：「……蓋詩文至近代而卑極矣。文則必欲準於秦漢，詩則必欲準於盛唐。剿襲模擬，影響步趨。見人有一語不相肖者，則共指以爲野狐外道。曾不知文準秦漢矣，秦漢人曷嘗字字準六經歟？詩準盛唐矣，盛唐人曷嘗字字學漢魏歟？秦漢而學六經，豈復有秦漢之文？盛唐而學漢魏，豈復有盛唐之詩？……」由此可見他主張的一斑，並可知當時文壇的情形了。袁氏弟兄的詩，以清新輕俊勝，不過間有戲謔嘲笑，鄙俚欠雅處。如西湖詩云：「一日湖上行，一日湖上坐，一日湖上住，一日湖上臥，」並非好詩，直滑稽之詞耳。

後有鍾惺及譚元春者出，因見於袁氏弟兄的作品鄙俚欠雅，復一變而爲幽深孤峭，以矯公安之弊。二人同評選唐人之詩，爲唐詩歸，又評隋以前詩爲古詩歸，於是鍾譚之名滿天下。因均爲竟陵人，故稱竟陵體。然二人識解多怪僻，不免爲通人所譏。總之，以上兩派都有點矯枉過直，一失之淺率，一失之晦澀。這大概因明之國運日微，而詩運亦隨之日下了。

橫塘渡　　袁宏道

橫塘渡——郎西來，妾東去，感郎千金顧。妾家住紅橋，朱門十字路。認取辛夷花，莫過楊柳樹！

途中口占

文字讀未倦，心情放去閑。夢回無一事，只有看西山。

丁酉初度

天涯隨處是生涯，闊帽寬衫似老年。算馬與人三十日，賣奴及宅五千錢。一心槁木寒灰去，幾度拋書抱枕眠。古佛閣前溫坑裏，找將紅袖夜談禪。

吳中詩人及其作品在復古派盛行之下，而不受其影響，作風自成一格，他們以抒寫性情爲主，雖有時不免傷於綺靡，常雜凡俗語，但這正可以看出他們的天眞來。這些詩人以唐寅爲中心，祝允明文徵明及張靈附和之。唐寅（1470至1523）字伯虎，一字子畏號六如，吳縣人，有六如居士集。家貧，常以賣畫爲生。錢謙益評其詩，謂：「子畏詩，晚益自放，不計工拙，興寄爛熳，時復斐然」。此評甚是的當。祝允明（1460至1526）字希哲號枝山，又枝號指生，爲人狂放，不事生產，其詩多效齊梁體，富有畫意者不少。文徵明（1470至1559）名璧，原籍衡山，他的畫最有名，其詩工力甚深，而或病其纖弱。張靈字夢晉，也善畫能詩，其疏狂尤過於伯虎枝山。清人錢竹初有乞食圖一劇，寫靈事，殊哀艷動人。

曉起圖　　唐寅

獨立茅門懶拄笻，鬢絲涼拂豆花風。曉鴉無數盤旋處，綠樹枝頭一綫紅。

對酒　　張靈

隱隱江城玉漏催，勸君須盡掌中杯。高樓明月清歌夜，知是人生第幾回！

把酒對月歌　　唐寅

李白前時原有月，惟有李白詩能說。李白如今已仙去，月在青天幾圓缺？今人猶歌李白詩，明月還如李白時。我學李白對明月，月與李白安能知？李白能詩復能酒，我今百杯復千首。我愧雖無李白才，料應月不嫌我醜。我也不登天子船，我不也上長安眠，姑蘇城外一茅屋，萬樹梅花月滿天。

第八章　清代的詩歌

清詩總論（一）前淸的文學，可稱歷代之冠，詩，詞，戲曲，小說，和古文，駢文，作家之多，好如過江之鯽，而尤以康熙乾隆兩朝爲最盛。其故有三：一，學術發達，前淸漢學，宋學二者俱臻極盛，故考據與名理各有特長，所以發乎文章，自成佳構。二，國勢强盛，前淸版圖之廣，武力之盛，除元朝外，歷代未有。康乾兩朝，域內昇平，文人輩出，故能在太平歌舞之世，優游於文藝之囿，因之鴻篇巨製，層見叠出。三，朝廷獎進，自滿淸入主中華，深懼漢人異動，有所報復，故特獎進文學開博學鴻詞科，編纂圖書，以籠絡人心，使天下有才之士，都在故紙堆中和筆桿頭上討生活。一般文人的氣節，雖被懷柔政策給銷沈下去了，但文學却因之大昌。有了以上三因，所以前淸的文學特別發達。今先就詩歌方面而敘述之：

清初詩人及其作品　○錢謙益與吳偉業爲清初最有名之詩人，同爲有明遺臣而仕清者。不過一出自願，一由被動，有所不同。錢（1582至1664）字受之，號牧齋，常熟人，崇禎初爲禮部尚書，清兵下江南，謙益迎降，時人恥之。其詩出入李杜韓白間，才力富健，學問淵博，所著有初學有學二集。因其甘爲貳臣，乾隆朝詔燬其集，故在沈德潛的清詩別裁中，連他一首也未入選，不過不能以人廢言，他的詩沈鬱藻麗，高情逸致，亦不在梅村下。

吳偉業（1609至1671）字駿公，號梅村，太倉人。明亡，侯方域曾勸他勿仕新朝，後來失節事清，完全是被迫而然的，故在他臨死時，遺囑：「斂以僧服，墓前樹一圓石，題詩人吳梅村之墓」。看他遺囑的用意，比錢謙益的迎降要好多了。在清四庫梅村集提要論他的詩道：「其少作大抵才華艷發，吐納風流，有藻思綺合，清麗芊眠之致；及乎遭逢喪亂，閱歷興亡，激楚蒼涼，風骨彌爲遒上，暮年蕭瑟，論者以庾信方之。其中歌行一體，尤所擅長，格律本乎四傑，而情韻爲深；敘述類乎香山，而風華爲勝，韻協宮商，感均頑艷，一時尤稱絕調。……」此外有合肥龔鼎孳與錢吳齊名，只因作品較差，故從略。

獄中雜詩　錢謙益

良友冥冥恨下台，寡妻稚子尺書來。平生何限彈冠意，死後空餘挂劍哀！千載汗青終有日，十年碧血未成灰。白頭老淚西窗下，寂寞封題一雁回！

悼亡　吳梅村

秋風蕭索響空幃，酒醒更殘淚滿衣；辛苦共嘗偏早去，亂離知否得同歸？君親有愧吾還在，生死無端事總非；最是傷心看稚女，一窗燒火照鳴機！

自嘆

誤盡平生是一官，棄家容易變名難；松筠敢厭風霜苦，魚鳥猶思天地寬。鼓枻有心逃甫里，推車何事出長干？旁人休笑陶弘景，神武當年早掛冠。

南施北宋及其作品　(一)錢吳以後的詩人，則推施潤章與宋琬，因彼二人爲南北名家，故有「南施北宋」之稱。施潤章（1624至1689）字尙白，號愚山，安徽宣城人，有學餘堂集。爲人和善，好談忠孝節義事，因此負笈來學者甚多，其詩以温柔敦厚勝。

宋琬（1614至1673）字玉叔，號荔裳，山東萊陽人，有安雅堂集。性孝友，虛懷下士，如愚山。惜與三桂陷成都時，因妻子皆在蜀，憂憤而卒。其詩以磊落雄健勝，與愚山適相反。這大概因他們所生長之地不同，所以氣質就有剛柔之別了。

妾薄命　施潤章

妾如木槿花，朝榮愁日暮。君如楊白花，東飛復西去。去去何時還，西度榆林關。不怨妾憔悴，念君非故顏。

過湖北山家

路迴臨石岸，樹老出牆根，野水合諸磵，桃花成一村。呼鷄過籬柵，行酒命兒孫。去矣吾將隱，前峰恰對門。

九日同姜如龍王西樵程穆倩諸君登慧光閣　宋琬

塞雁猶未到燕城，載酒登樓雨乍晴。山色淺深隨夕照，江流日夜變秋聲；上方鍾磬疎林滿，十里笙歌畫舫明。苶負黃花羞短鬢，寒衣三澣客心驚！

神韻派詩人王士禎及其作品

(一)王士禎（1634至1171）字貽上，號阮亭，自稱漁洋山人，世爲山東新城右族，仕至刑部尚書。他有見於宋詩的質直，元詩的縟艷，乃主神韻說，倡爲「不着一字盡得風流」之言。觀其選唐賢三昧集，不取李杜而取王維，可見他用意的所在。因其名高望重，主盟詩壇有五十年之久，天下士子，莫不仰之如泰山北斗，翕然奉以爲宗，甚至尊之爲清代第一詩人。其詩旖旎風華，情致綿密。錢牧齋評之曰：「貽上之詩，文繁理富，佩實銜華，感時之作，愴惻於杜陵，緣情之什，纏綿於義山」。施愚山曰：「先生詩，舉體遙傳，寄興超遠，殆得三唐之秀，而上溯乎晉魏，旁采於齊梁」。此美之者的贊語。而知之者，有汪琬說他：「喜用僻事新字；」趙執信詆他「縹渺無着；」袁枚譏他「主修飾而略性情。」不過平心論之：其詩清新俊逸，秀韻瀟遠，是其特長，而尤因神韻之妙，在一片天機興會，不宜長詩，故絕句最爲擅場，太白之後，幾無其匹。

與王齊名者，有朱彝尊（1629至1709）字錫鬯，號竹垞秀水人，浙江嘉興少聰慧絕人，讀書過目不忘，他的詩文詞均工，可稱多方面的著作家。詩牢籠萬有蒼勁跌宕，與漁洋並峙，為南北二大宗，有曝書亭集。

寄陳伯璣金陵詠柳　王士禎

東風作意吹楊柳，綠到垂楊第幾橋？欲折一枝寄相憶，隔江殘笛雨蕭蕭！

青山

晨雨過青山，漠漠寒烟織，不見秣陵城，坐愛秋江色。

眞州絕句

曉上江樓最上層，去帆婀娜意難勝；白沙亭下潮千尺，直送離心到秣陵。

雁門關　朱竹垞

白登雁門道，騁望勾注巔；山岡鬱參錯，石棧紛鈎連。度嶺風漸生，入關寒凜然；層冰如玉龍，萬丈懸蜿蜒。飛光一相射，我馬忽不前；抗迹懷古人，千載多豪賢，郅都守長城，烽火靜居延；劉琨發廣莫，吟嘯扶風篇。時來英雄奮，事去陵谷遷；古人不可期，勞歌為誰宣；嗷嗷中澤鴻，聆我慷慨言！

反神韻派的詩人及其作品

○王漁洋所主張的神韻說，曾風行海內，一時無比，而首唱異議，反對此說者，爲趙執信。到乾隆時，有袁枚等大張旗鼓，提倡性靈說，排斥漁洋。至是神韻派漸衰，而無昔時之盛了。趙執信（1661至1741）字伸符，號秋谷，晚號飴山老人，山東益都人，與漁洋爲甥舅。時人以漁洋爲宗，而趙獨不肯執弟子禮。他的詩注重聲調，專從事於古詩聲調的發揮與摹擬，與漁洋的神韻縹渺，大不相同。有飴山堂詩文集。

袁枚（1716至1797）字子才，號簡齋，錢塘人，世稱隨園先生。爲人放蕩，不拘形骸，以名士自居，嘗收女弟子十三人，教以詩畫，亦當時文壇上的艷聞。他反對漁洋，以爲詩是人的性情，性情以外無詩，所謂神韻，當然不是詩的眞諦。他的作品，因才力橫肆，縱筆所至，言無不盡，不過因才氣太露，好弄小巧，未免有輕纖之譏。與枚齊名者，有趙翼，蔣士銓，當時稱爲江左三大家。

趙翼（1726至1813）字雲松，號甌北，陽湖人。其詩才氣縱橫，莊諧並作，筆致靈活可愛，語意明白如話，不過常有因詼諧過甚，而少渾厚處。彼嘗曰：「吾詩自爲趙詩，何知唐宋？」由此可知他亦是主張自抒心性的詩人。有甌北集。

蔣士銓（1725至1784?）字心餘，一字苕生，號淸容，江西，鉛山人，有忠雅堂集。爲人有至情，詠忠孝節義事，悽愴激楚，令人感奮。有人評他的叙事諸作，謂：「以班馬之才，行杜韓之法，沈鬱頓挫，變化錯綜」。他有詩才而兼史識，可稱爲一部詩史。洪亮吉評他們三人的詩道：「袁如通天神狐，醉便露尾；趙如東方正諫，時帶諧謔；蔣如劍俠入道，尙餘殺機」。這可見三大家詩的特點。

此外有沈德潛（1673至1769）字確士，號歸愚，長州人。他亦反對神韻說，不過不主張性靈，而提倡格律，他嘗說：「詩以聲爲用者也，其微妙在抑揚抗墜之間」。因選古詩源，和王朝詩別裁集，以作規範。高宗最愛他的詩，和御製詩頗多。但因其講究格律，時有摹擬的痕跡，比之袁趙蔣三家，稍爲遜色。

隴上作　　袁枚

憶昔童孩小，曾蒙大母憐。勝衣先取抱，弱冠尙同眠。髻影紅燈下，書聲白髮前。倚嬌頻索果，逃學免施鞭。敬奉先生饌，親裝稚子棉。掌珠眞護惜，軒鶴望騰騫。行藥常扶背，看花屢撫肩。親鄰驚寵極，姊妹妒恩偏。玉陛臚傳夕，秋風榜發天。望兒終有日，道我見無年。渺渺言猶在，悠悠歲幾遷。果然宮錦服，來拜墓門烟。反哺心雖急，含飴夢已捐。恩難酬白骨，淚可到黃泉。宿草翻殘照，秋山泣杜鵑。今宵華表月，莫向隴頭圓。

吳門雜詩之一　　趙翼

形容老盡舊交遊，獨有先生髩不秋。白髮誰言最公道，逡巡也避貴人頭。

漫興

絕頂樓台人倦後，滿堂袍笏戲闌時。與君醒眼從旁看，漏盡鐘鳴最可思。

落葉詩　　蔣士銓

古道無人拾墮樵，啼鳥來往獨魂銷。一林冷月露山寺，十里清霜生板橋。舊事幾添搖落感，離情不記短長條。高樓試奏哀蟬曲，滿耳秋風咽玉簫！

遠遊之一

初日照林莽，積靄生庭闈。長跪拜慈母，有淚不敢垂。『連年客道路，兒生未遠離。力學既苦晚，可復無常師？負笈出門去，白日東西馳。遠遊幸有方，母心毋念之，兒食有鹽粥，母毋念兒飢；兒服有敝裘，母毋念兒衣，倚閭勿盼望，歲暮兒當歸。俯首聽兒言，丁寧語兒知』！小妹不解事，視母爲笑嘻。新婦亦善愁，含淚無言詞；緊憂未能語，匪但離別悲。父車旣已駕，我行復遲遲。豈無寸草心？珍重三春暉。仰看林間鳥，繞樹啞啞飛。

歲暮到家

愛子心無盡，歸家喜及辰。寒衣鍼綫密，家信墨痕新；見面憐清瘦，呼兒問苦辛。低回愧人子，不敢歎風塵。

隨園雜興　袁枚

君莫笑樓高，樓高固亦好。君來十里外，我已見了了。君來莫乘車，車聲驚我鳥；君來莫騎馬，馬口食我草；君來毋清晨，山人怕起早；君來毋日暮，日暮百花老。

野步　趙翼

峭寒催換木棉裘，倚杖郊原作近遊，最是秋風管閒事，紅他楓葉白人頭！

乾隆以後的詩人及其作品 (一)有清一代，以乾隆朝為極盛時期。要知物極必反，乾隆以後，國勢即漸露衰象，而詩人亦如之。自袁趙蔣三家，至清之亡國，一百餘年間，可稱為大詩人，能代表一時代者幾無其人。每朝雖亦有不少作家，但多出於摹倣，不是學唐詩，便是學宋詩，亦間有學本朝漁洋者。所謂同光體，或所謂江西詩派，無非是埋沒自己的個性，而去摹擬他人，一點時代性亦沒有。其中如王闓運所謂一代作家，查他的作品全是模倣古人，幾乎沒有「我」在，無怪江西派詩人陳衍在石遺室詩話挖苦他道：「湘綺（王闓運）五言古，沈酣於漢魏六朝者至深，，雜之古人集中，直莫能辨正；惟其莫能辨，不必其為湘綺之詩矣！……蓋其墨守古法，不隨時代風氣為轉移，雖明之前後七子，無以過之也」。樊增祥（樊山）亦說他：「六朝人物一湘潭」。（王湘潭人）他雖生在近代，也不過是活着的六朝人能了。百年來摹倣古人的作家太多了，我們也無暇細述，現在僅介紹幾個尚能代表抒寫個性的詩人於下：

黃景仁（1749至1783）字仲則，武進人，生平很清苦，年三十五死於異鄉的客舍。著有兩當軒詩集。所作多雄坒悲壯，哀怨動人。洪亮吉與他齊名，而質不及他。洪稱他的詩爲：「秋虫咽露，病鶴舞風」。因他的環境不佳，故所咏不是愁病，便是貧苦，他眞是一個生不逢辰的窮愁詩人！

鄭燮（1693至1765）字克柔，號板橋，興化人，有板橋集，詩書畫均工，有鄭虔三絕之稱。爲人疏宕瀟洒，有至情。他的詩差不多都是由性靈中自然流露出來的，矯揉造作處甚少，語句淸白，一如香山。有道情十首，雖是警世作品，志在致人，但無陳腐氣。作風質樸淸利，一如其人，無怪百年後的今日，還有人在歌唱呢。

金和（1818至1885）字亞匏，上元人，有秋蟪吟館詩鈔。他是個愛國詩人，因生逢長髮之亂，又困居南京圍城中，故所咏多關乎離亂事，能代表一個時代。他在城中曾結識了許多髮兵，欲爲官軍內應，而官軍屢次失約，和官恨軍無能，乃作痛苦篇六月初二日紀事一百韻來嘲罵他們。他的詩嘲笑中帶有詼諧味，所謂詼諧不是輕薄，乃是欲哭而無淚的强笑。我們讀了他的詩，自可見其作風之一斑。與金和並稱者，尙有貴州詩人鄭珍。鄭（1806至1864）字子尹，遵義人。其詩沈鬱嚴整，爲當時一大家。

此外最有革新的精神，一洗前人及當時作家摹倣之風者，爲黃遵憲。黃（1848至1905）字公度，廣州，嘉應州人，有人境廬詩草。他做過二三十年的外交官，到過日本，英國，美國，南洋等處。他的詩能獨闢境界，鎔鑄新理想，以入舊風格。因他生逢淸末，國勢凌弱，外患日急，故所咏多慨慷激昂，悲憤抑鬱，憂時感事之作。他自述作詩之法，謂：「自曹鮑陶謝李杜韓蘇，訖於小家，不名一格，不專一體，要不失乎爲我之詩」。因他不依傍古人，獨自創作，故有「我手寫我口，古豈能拘牽？卽今流俗語，我若登簡編，五千年後人，驚爲古斑爛」之語。而他不避方言俗諺，運用新思想，新詩料，在古舊的詩體範圍中，創造出詩的新生命，眞不愧爲二十世紀的作家，和新詩的前驅者。至其他詩人，如陳三立的惡熟，不肯作一習見語；樊增祥的不肯用眼前的故實，只在典故上求淸新，和江西詩派的摹古，以致多詰詘不可誦，都無介紹的必要了。

途中遘病頗劇愴然作詩之一　　黃景仁

搖曳身隨百丈牽，短檠孤照病無眠。去家已過三千里，墮地今將二十年。事有難言天似海，魂應盡化月如烟。調糜調水人誰在？況值傾囊無一錢。

雜感五篇之一　　　　黃遵憲

大塊鑿混沌，渾渾旋大圜；隸首不能算，知有幾萬年？羲軒造書契，今始歲五千。以我視後人，若居三代先。俗儒好尊古，日日故紙研，六經字所無，不敢入詩篇。古人棄糟粕，見之口流涎，沿習甘剽盜，妄造叢罪愆。黃土同摶人，今古何愚賢！即今忽已亡，斷自何代前？明窗敞琉璃，高爐爇香煙。左陳端溪硯，右列薛濤箋。我手寫我口，古豈能拘牽？即今流俗語，我若登簡編，五千年後人，驚為古斑爛。

山歌九首之一

一家女兒做新娘，十家女兒看鏡光。街頭銅鼓聲聲打，打着中心只說「郎」！

下灘　　　　鄭珍

前灘風雨來，後灘風雨過。灘灘若長舌，我舟為之唾。岸竹密走陣，沙洲圓轉磨。指梅呼速看，著橘怪相左。半語落上巖，已向灘脚坐。榜師好嬾槳，篙律遵定課。却見上水路，去速勝于我。入舟將及旬，歷此不計箇，費日捉急流，險狀胆欲懦，灘頭心夜歸，寫覓強伴和。

雨後泛青溪　　金　和

青溪雨過濕濛濛，畫舫輕移似碧空。芳草生時江水綠，春山明處夕陽紅。榜邊帘影低迎月，樓上簫聲暗度風。最是亂鶯啼歇後，卷簾人在柳花中。

初五日紀事

前日之戰未見賊，將軍欲赦赦不得。或語將軍難盡誅，姑使再戰當何如？昨日黃昏忽傳令，謂「不汝誅貸汝命。今夜攻下東北城，城不可下無從生」。三軍拜謝呼刀去，又到前回酣睡處。空中烏烏狂風來，沈沈雲陰轟轟雷。將謂士曰雨且至，士謂將曰此可避。回轅十里夜復晴，急見將軍天未明。將軍巳知夜色晦，「此非汝罪汝其退」。我聞在楚困天寒，縮手而戰難乎難。近來烈日惡作夏，故兵之出必以夜。此後又非進兵時，月明如畫賊易知。乃予片刻是雲變，可以一戰亦不戰。吁嗟乎，將軍作計必萬全，非不滅賊皆由天。安得青天不寒亦不暑，日月不出不風雨！

七歌之一　　鄭　燮

我生三歲我母無，叮嚀難割襁中孤。登床索乳抱母臥，不知母歿還相呼。兒昔夜啼啼不已，阿母扶病隨啼起。婉轉噢撫兒熟眠，燈昏母咳寒窗裏。嗚呼二歌兮夜欲半，鴉棲不穩庭槐斷！

道情

老漁翁，一釣竿。靠山崖，傍水灣。扁舟來往無牽絆。沙鷗點點輕波遠，荻港蕭蕭白晝寒。高歌一曲斜陽晚，——一霎時，波搖金影；驀抬頭，月上東山。

老樵夫，自砍柴。綑青松夾綠槐。茫茫野草秋山外。豐碑是處成荒塚，華表千尋臥碧苔。墳前石馬磨刀壞，——倒不如，閒錢沽酒，醉醺醺，山徑歸來。

老書生，白屋中。說黃虞，道古風。許多後輩高科中。門前僕從雄如虎，陌上旌旗去似龍。一朝勢落成春夢，——倒不如，蓬門僻巷，教幾個，小小蒙童。

儘風流，小乞兒。數蓮花，唱竹枝。千門打鼓沿街市。橋邊日出猶酣睡，山外斜陽已早歸。殘杯冷炙饒滋味，——醉倒在，迴廊古廟，一憑他，雨打風吹。

第二編　詞

第一章　詞的來源

詞的發達，比詩晚得多。他的胚胎期，是在晚唐，最早是在中唐；萌芽期，是在五代；到了宋朝，乃為長大期。宋代的詞，如唐代的詩一樣，在中國文學史上佔了同等的位置，——黃金時代。

詞一名詩餘，所謂「詞者詩之餘也」。又稱長短句，因詞的本身不是像從前整齊的五七言詩，乃是極不整齊的長短句。為什麼由整齊的詩變為長短句的詞呢？在朱子語類中說：「古樂府只是詩，中間却添許多泛聲，後來人怕失了那泛聲，逐一泛聲，添個實字，遂成長短句，今曲子便是」。在香研居詞麈說：「唐人所歌多五七言絕句，必雜以散聲，然後可被之管絃。……後來遂譜其散聲，以字句實之，而長短句興焉。故詞者，所以濟近體之窮，而上承樂府之變也」。這樣看來，長短句的發生，是由於詩中有泛聲和散聲，經人填入文字，就成長短句的詞了。

至詩中爲什麽有泛聲和散聲呢？這完全是音樂上的關係。我們知道唐代的律絕，多有樂調可歌，如旗亭畫壁的故事。不過律絕是整整齊齊的句子，而樂調可自由伸縮，不必和歌詞一樣整齊。那末樂工和伶人爲音調好聽起見，自然就有泛聲和散聲了。這時詩人作詩（整齊的律絕），樂工伶人作譜，（自由變化的樂調）兩不相干。後來詩人有通音律的，既然覺得整齊的律絕，不適宜於樂，於歌是就自作與樂歌相諧的句子，即所謂長短句。這時詩人依曲拍的長短，而作歌詞，不像從前讓樂工或伶人把整齊的詩歌，勉強譜入不整齊的調子了。這樣的詩人，大概是自中唐起，晚唐以後，更爲盛行。溫庭筠是晚唐提倡長短句最有功的人，在舊唐書說他：「能逐絃吹之音，爲側艷之詞」。可知他的確是先依曲拍而後填詞了，故詞亦稱填詞。

胡適之在他的詞選裏說：「凡填詞有三個動機：一，樂曲有調而無詞，文人作歌詞填進去，使此調由此更容易流行。二，樂曲本已有了歌詞，但作於不通文獻的伶人娼女，其詞不佳，不能滿人意。於是文人給他另作新詞，使美調得美詞而流行更久遠。三，詞曲盛行之後，長短句的體裁，漸漸得文人的公認，成爲一種新詩體。於是詩人常用這種長短句體作新詞，形式是詞，其實只是一種借用詞調的新體詩。這種詞未必不可歌唱，但作者並不注重歌唱」。這三種動機，我們可以說，唐五代的作家是屬於前二種的，宋代及宋後的作家是屬於第三種的。

以上所說詞的來源，間接是由古樂府流變的，直接是從唐代律絕中生出來的。最近有人主張：詞是一種新生的詩體，他的來源雖說在文體的統系上，與樂府是同類，都是可歌唱的，卻與五七言律絕無多大關係。因為唐之律絕，不儘可歌唱，能歌唱亦是偶然的。這樣看來，不能說詞是直接由唐之律絕生出來的，不能說他是詩餘，是五七言之餘，是五七言詩添上了泛聲而成的。

詞的本身是譜與辭已具於一體的，每個詞都已有了譜，按譜填詞，不過亦間先有詞，而後製新譜以歌唱的。他的來源，有的是舊詞，有的是新製，有的是民間原有之物，有的是外邦輸入之品。歐陽炯說：「楊柳，大堤之句，樂府相傳；芙蓉，曲渚之篇，豪家自製」。這足可知詞的來源，一是舊有，一是新製了。在舊唐樂音樂志上說：「自開元以來，歌者雜用胡夷里巷之曲」。這又可知詞的來源一是民間，一是外邦了。胡夷之曲，可考見於中國舊籍者：如太平樂曲，破陣樂曲，天仙子，涼州，甘州，伊州，烏夜啼，憶漢月……等。里巷之曲，見於詞中者，如竹枝詩，楊柳枝，浪淘沙，憶江南，調笑，三台……等。自胡夷里巷之曲盛行後，歌者作者，無不靡然成風。文人先擬胡夷里巷之曲以作詞，後來更由此而別創新聲，製新譜，所謂「豪家自製」。經過這三個時期——：胡夷里巷之曲盛行時期，文人倣胡夷里巷之曲作詞時期，豪家自製時期——便成了詞的黃金時代。這樣說來，詞的來源並不是出於唐之律絕，乃是受了樂府的舊詞，豪家的新製，及胡夷里巷之曲的影響。這兩種主張，究竟何者爲是呢？我以爲各有所見，不能絕對的否認任何一說，因爲一種新的文學之發生，是受了多方面的影響，並不單是一方面，所謂一條線下去的。總之：詞的來源，可說有五：一由可歌唱的樂府流變的，二由律絕中的泛聲演出的，三由豪家出自心裁新製的，四受了胡夷樂調，五及里巷俗曲的影響。

詞的本身，在文學上，原是進化的，作者想用長短句，自由抒情，打破一切形式上的束縛，如五七言律絕，整齊的詩體。故自晚唐至兩宋，有很多的絕妙好詞，尤其是在宋朝成了詞的黃金時代，如唐之詩，元之曲一樣的可稱。不料後來作家缺少天才，不能創作新調，一依前人的舊規，專事模倣，把名家的作品，作爲圖譜，分題立章，依圖填詞，隨譜諧聲，完全泥於形式，拘於法度，沒有一點自由餘地，自明以後，詞即奄奄無生氣，不過只在戲曲中留些殘影罷了。

第二章　唐代的詞

唐朝不但是詩的黃金時代，亦是詞的啓發時代。據一般論者，多主詞是起於中唐，大流行於晚唐及五代之間，這大概是不錯的。至有人上推明皇與李白爲詞曲之祖，就未免有點臆測了。——按明皇的好時光，與李白的菩薩蠻，憶秦娥都是贋品——今將中唐與晚唐的詞人，擇其要者，而敘述之：

中唐詞人及其作品

張志和（730至810）字子同，金華人。肅宗朝待詔翰林，後被貶，遂隱居不仕。此後便放浪江湖，自號爲「煙波釣徒」，著有玄眞子。爲人瀟灑瀞靜，吐屬雋妙，李德裕曾比之嚴光。他曾做當時的漁歌，作漁父詞。這首詞完全把作者的瀟洒恬淡的人格，表現出來了。據傳他的哥哥張松齡，因他浪遊不歸，曾和其韻以招之。原詞見羅湖野錄，亦詞史之逸話也。

王建（750?至835?）字仲初，潁川人，——河南許昌附近——大曆十年進士，他作宮詞百首，傳誦頗廣。在唐代詩人中，與張籍齊名。他有調笑令等詞，多是咏失寵的婦女的，詞甚哀惋凄艷。

此外中唐詩人兼作詞者，有戴叔倫（字幼公，潤州，金壇人）的調笑令，韋應物的調笑令，二者寫的都是邊塞征人的愁苦。劉禹錫與白居易都有憶江南詞，二者寫的都是春光易逝的可悲；這幾個作家，都可稱爲詞的先驅者。

漁　父　　張志和

西塞山前白鷺飛，桃花流水鱖魚肥。青箬笠，綠蓑衣，斜風細雨不須歸。

漁　父　　張松齡

樂是風波釣是閑，草堂松徑已勝攀；太湖水，洞庭山，狂風浪起且須還。

調笑令　　土　建

團扇，團扇，美人並來遮面，玉顏顦顇三年，誰復商量管絃？絃管，絃管，春草昭陽路斷。

調笑令　　韋應物

河漢，河漢，曉掛秋城漫漫，愁人起望相思，塞北江南別離。離別，離別，河漢雖同路絕。

調笑令　　戴叔倫

邊草，邊草，邊草盡來兵老。山南山北雪晴，千里萬里月明。明月，明月，胡笳一聲愁絕。

憶江南　白居易

江南好，風景舊曾諳：日出江花紅勝火，春來江水綠如藍，能不憶江南？

憶江南　一名春去也　劉禹錫

春去也，共惜艷陽年。猶有桃花流水上，無辭竹葉醉尊前，惟待見青天。

晚唐詞人及其作品

（一）湯庭筠不但是晚唐時代的著名詩人，亦是詞的初期的大作家。詞的發生，固由於中唐詩人的嘗試，與啓發，可是對於後來詞壇影響最大，而且最遠的，莫過於他。在他以前，可稱是詩歌的時代，自他以後，就由詩歌而轉入詞的時代了。據舊唐書說庭筠，「能逐絃吹之音，爲側艷之詞」。他旣懂音律，又好綺語，故詞婉轉柔媚，多兒女氣，無怪花間集以他爲首選了。他創的詞調多至六十餘首，占全集的十分之一以上，在詞史上他眞可稱爲一位開山大師。總之，唐代的詞，除溫庭筠外，其他都是模倣里巷，或胡夷的曲譜，甚至曲詞而作的。詞的情調和筆調，一如所模倣者，並無新色彩，新情趣。到了溫庭筠乃大胆的造出了文人所特有的筆調和情調的詞來，於是便由里巷和胡夷之曲的模擬，而入了文人創作的時代了。

除溫庭筠外，晚唐詞人之知名者，尚有司空圖（837至908）字表聖，河中虞鄉人。他有酒泉子一詞，詞意深長，把他晚歲歸隱的高士風，完全流露於字裏行間了。以作艷體詩聞名的韓偓，亦善作詞，有生查子，浣溪沙等，多是描寫女兒的情態和風致的。作風同詩一樣，都以綺艷稱。

憶江南　　溫庭筠

梳洗罷，獨倚望江樓。過盡千帆皆不是，斜暉脈脈水悠悠，腸斷白蘋州

更漏子

玉爐香，紅蠟淚，偏照畫堂秋思。眉翠薄，鬢雲殘，夜長衾枕寒。

梧桐樹，三更雨，不道離情正苦！一葉葉，一聲聲，空階滴到明！

訴衷情

鶯語，花舞，春晝午，雨霏微。金帶枕，宮錦，鳳凰帷。柳弱蝶交飛，依依。

遼陽音信稀，夢中歸。

酒泉子　　司空圖

買得杏花，十載歸來方始折。假山西畔藥闌東，滿枝紅。旋開旋落旋成空。白髮多情人更惜，黃昏把酒祝東風，且從容。

生查子　　韓偓

侍女動壯奩，故故驚人睡。那知本未眠，背面偸垂淚。懶卸鳳凰釵，羞入鴛鴦被。時復見殘燈，和烟墜金穗。

第三章　五代的詞

詞是五代唯一的文學，除了詞，幾無文學之可言。當時的文人，受了中唐晚唐作家的影響，尤以受溫庭筠作風的影響爲最深。於是詞家之多，作品之豐，乃超乎前朝之上，五代的詞，精巧自然，渾厚含蓄，是其特色。

當時中國文學的中心，不在中原，而在中國的南部與西部。這是因爲五代擾攘，兵戈連年，中原的作家，如韓偓韋莊牛嶠等都避居西蜀，此外惟有李存勗和凝二人了。故中原的文壇，一時大現冷落之象，反不如南唐及西蜀文風之盛了。

中原的詞人及其作品

〇李存勗（885?至926）（後唐莊宗）爲李克用長子，其先本西突厥人。他酷好音樂，又能自作曲子，他雖是一個入中國籍未久的武夫，但其詞深情婉約，風格旖旎，絕不像是個武人。可惜在位僅有四年，因好與伶人嬉遊，竟被伶人高從謙所弒，伶人們曾將他的樂器和尸首一同焚化了。

和凝（898至955）字成績，鄆州，須昌人。他少時即好爲曲，當時號爲「曲子相公」。除曲外，所作詩文亦甚富，不愧稱爲當時的一個偉大作家。他雖生逢亂世，宦運却很亨通，中原曾數易主，但他和長樂老的馮道一樣，始終沒有失了他的富貴的地位。他和馮道的遭遇，可稱無獨有偶了。

如夢令　　李存勗

曾宴桃源深洞，一曲清歌舞鳳，長記別伊時，和淚出門相送。如夢，如夢，殘月落花煙重。

一葉落

一葉落，搴朱箔，此時景物正蕭索。畫樓月影寒，西風吹羅幕。吹羅幕，往事思量着。

薄命女　　和凝

天欲曉，宮漏穿花聲繚繞，窗裡星光少。冷露寒侵帳額，殘月光沈樹杪。夢斷錦幃悄悄，強起愁眉小。

江城子

竹裏風生月上門，理秦箏，對雲屏，輕發朱絃，恐亂馬嘶聲。含恨含嬌獨自語：今夜約，太遲生。

又

斗轉，星移，玉漏頻；已三更。對棲鶯，歷歷花間，似有馬蹄聲。含笑整衣開繡戶，斜斂手，下階迎。

西蜀的詞人及其作品

（一）五代時，中原政局不定，變亂頻仍，蜀地遠處西南隅，又是山川明媚之鄉，故當時作家多由中原避難而趨赴之。且前蜀主王建王衍，和後蜀主孟昶都好作詞，無怪詞風甚盛。看蜀人趙崇祚所編的花間集有十卷之多，自溫飛卿而下凡十八人，作品五百首，可稱為蜀中詞人的總集了。

韋莊（850？至910）字端已，杜陵人。他是五代詞人中，有名作家之一。—其他為李後主與馮延已二人—因在長安應舉時，遇到黃巢之亂，自已適在圍城中，離亂的情形，曾目覩身嘗，遂作了一首千六百餘字的秦婦吟長詩。當時此詩很有名，人稱之為「秦婦吟秀才」。後來此詩不知為何竟而失傳，近來才由燉煌石室中把他發現了。莊因中原大亂，乃赴蜀爲王建書記，後便爲他的宰相。其詞清新明白，不事雕斲，在庭筠及其他花間詞人之上。觀其作品內容有二：一是寫懷念故鄉之情的，一是寫悽婉的戀愛之情的，不過前者較少，以詠兒女間之離愁別恨爲多。

前蜀主王衍與後蜀主孟昶均喜作詞，所作雖不算多，却頗可稱。如王衍的醉粧詞，孟昶的玉樓春。一流利直捷，一靜穆疏爽，都可稱爲佳作。此外如顧敻的訴衷情，歐陽炯的賀明朝，毛文錫的醉花間，牛嶠的江城子，及其兒子希濟的生查子等，均是蜀中有名的作家與作品。

菩薩蠻　韋莊

洛陽城裏春光好，洛陽才子他鄉老。柳暗魏王堤，此時心轉迷。桃花春水綠，水上鴛鴦宿。凝恨對斜暉，憶君君不知。

謁金門

空相憶，無計得傳消息，天上嫦娥人不識，寄書何處覓。新睡覺來無力，不忍把伊書跡。滿院落花春寂寂，斷腸芳草碧。

女冠子

作夜夜半，枕上分明夢見，語多時。依舊桃花面，頻低柳葉眉。半羞還半喜，欲去又依依。覺來知是夢，不勝悲。

荷葉杯

記得那年，花下深夜，初識謝娘時。水堂西面畫簾垂，携手暗相期。惆悵曉鶯殘月，相別從此隔香塵。如今俱是異鄉人，相見更無因，

據傳上二詞均為思念其愛姬而作，因其姬為王建奪入宮中，後見莊所作之荷葉杯，不食而死。

醉妝詞　王衍

者邊走，那邊走，只是尋花柳。那邊走，這邊走，莫獻金杯酒。

玉樓春　孟昶

冰肌玉骨清無汗，水殿風來暗香滿。繡簾一點月窺人，欹枕釵橫雲鬢亂。起來瓊戶啓無聲，時見疏星渡河漢。屈指西風幾時來，只恐流年暗中換。

訴衷情　顧夐

永夜拋人何處去，絕來音。香閣掩眉斂，月將沉，爭忍不相尋。怨孤衾，換我

心爲你心，始知相憶深。

賀明朝　歐陽炯

憶昔花間初識面，紅袖半遮粧臉，輕撚石榴裙帶，故將玉指纖纖，偸撚雙鳳金線。碧梧桐鎖深深院，誰料得兩情何日教繾綣。羨春來雙燕，飛到玉樓，朝暮相見。

醉花間　毛文錫

休相問，怕相問，相問還添恨。春水滿塘生，鸂鶒還相趁。昨夜雨霏霏，臨明寒一陣，偏憶戍樓人，久絕邊庭信。

江城子　牛嶠

鵁鶄飛起郡城東，碧江空，半灘風。越王宮殿，蘋葉藕花中。簾捲水樓魚浪起，千片雪，雨濛濛。

生查子　牛希濟

春山煙欲收，天澹星稀小。殘月臉邊明，別淚臨清曉。語已多，情未了。回首又重道。記得綠羅裙，處處憐芳草。

南唐的詞人及其作品

(一)南唐的詞和西蜀一樣地發達。西蜀有王氏與孟氏皆好文而喜士，南唐的中主和後主亦然。若真個比較起來：西蜀二主的詞，遠不如南唐二主。其詞臣之多，亦不在花間之下，不過沒有好事者像趙崇祚一流人，把他們彙集起來罷了。

李璟（916至961）字伯玉，徐州人，爲李昇長子，曾被封齊王，昇卒，他嗣立，是謂中主。周世宗時，去帝號稱唐國主。此後他主張保境安民，偏安於江南的一隅，不敢爭雄中原，因之江南文物，頗極一時之盛。他的詞雖不多，但甚高雋。璟嘗戲問馮延己道：『「吹皺一池春水」，干卿底事』？延己答道：『未若陛下「小樓吹徹玉笙寒」也』。這眞是詞話中的一件軼聞。

李煜（937至978）字重光，璟之子，是爲後主。後曹彬克金陵，肉袒出降，同他的家人，近臣數十人，遷到宋京。宋太祖封他爲違命候，此後他便由帝王一變而爲俘擄了。他對於治國，實在是個昏主庸才，但他在文學上富有天才，不愧爲一代大作家。除善作詞外，又工書畫，諳音律。他的詞可分兩個時期：一是未亡國前，耽於富貴榮華生活中的作品。一是亡國後，終日以淚洗面，忍辱含羞生活中的作品。前者是帝王時代所處的環境，是嬉笑歡愉，柔情蜜意；後者是俘虜時代所處的環境，是愁苦悲憤，監獄牢卒。二者相差有天淵之別。故前期的詞不過風華綺麗，尚未到深刻工夫；後期的詞就哀感頑艷，使人讀之不禁爲之掬一把傷心淚了。據樂府紀聞說：「後主歸宋後，賦浪淘沙和虞美人諸詞，舊臣聞之有泣下者。七夕—後主生日在賜第作樂，太宗怒，更得其詞，因命人賜牽機藥毒死之」。後主的遭遇可謂極人間之慘痛了！

馮延巳（903至960）字正中，廣陵人。—今江蘇江都附近—曾爲中主宰相，君臣相處甚得，觀其「吹皺一池春水」與「小樓吹徹玉笙寒」的問答，可見一斑。他的詞清新綺麗，而兼蘊藉渾厚，在五代詞人中，除韋莊後主外，無有可與之比肩的。宋初的詞人，如晏殊，歐陽修以及後來賀鑄晏幾道等，都受過他詞風的影響。王國維在人間詞話中說：「馮正中詞雖不失五代風格，而堂廡特大，開北宋一代風氣」，確是的評！有陽春集一卷傳於世。

浣溪沙　　李璟

菡萏香銷翠葉殘，西風愁起綠波間。還與韶光共憔悴，不堪看。細雨夢回雞塞遠，小樓吹徹玉笙寒。多少淚珠無限恨，倚闌干。

長相思　　李煜

雲一緺，玉一梭，澹澹衫兒薄薄羅，輕顰雙黛螺。秋風多，雨相和，簾外芭蕉三兩窠，夜長人奈何！

清平樂

別來春半，觸目愁腸斷，砌下落梅如雪亂，拂了一身還滿。雁來音信無憑，路遙歸夢難成。離恨却如春草，更行更遠還生。

浪淘沙

簾外雨潺潺，春意闌珊。羅衾不耐五更寒；夢裏不知身是客，一晌貪歡。獨自莫凭闌，無限江山，別時容易見時難。流水落花春去也，天上人間。

虞美人

春花秋月何時了？往事知多少？小樓昨夜又東風，故國不堪回首月明中！雕闌玉砌應猶在，只是朱顏改。問君能有幾多愁？恰似一江春水向東流。

謁金門　　馮延巳

風乍起，吹皺一池春水。閑引鴛鴦芳徑裏，手挼紅杏蕊。鬥鴨，闌干獨倚，碧玉搔頭斜墜。終日望君君不至，舉頭聞鵲喜。

阮郎歸

南園春半踏青時，風和聞馬嘶。靑梅如豆柳如絲，日長蝴蝶飛。花路重，草煙低，人家簾幕垂。鞦韆慵困，解羅衣，畫梁雙燕棲。

長命女

春日宴，綠酒一杯歌一遍，再拜陳三願：一願郎君千歲；二願妾身長健；三願如同梁上燕，歲歲長相見！

第四章　北宋的詞

總論　㈠詞至北宋，其發達已至頂點，無論文士，武夫，小官，大臣，沒有不喜歡作詞的。他們無論在任何場所，不是塡詞，便是唱詞。詞這樣東西，幾成他們生活中所不可缺者。所以北宋乃成了詞的黃金時代了。

北宋的詞比起五代來，進步得多，從前僅有小令，（五十字以內）中調，（九十字以內）並無慢詞，（九十字以上）至柳永後，慢詞流行，對於抒意表情上，更加自由了。從前的詞未脫古典的桔桎，至此俚言俗語，運用自如，較前解放多了。從前的詞多是婉約一派，脫不了花間的氣息，至此有蘇東坡的豪放派，爲詞又打出一條新途徑來。且新詞的創作，較前亦加多，不僅拘拘於胡夷里巷的舊調了。不過物極則反，蘇派的詞因太自由了，從可歌的詞一變而不能歌了。因之有他的反動派起來，提倡樂府詞特別注重音律格調，使之能以歌唱，恢復詞的本來面目。

總之：北宋的詞是詞的黃金時代，變化極多，約可分爲四期：第一期是小詞的時期，作者尚未完全脫離晚唐五代的淸切婉麗的詞風，這時期的詞人，以晏氏父子及歐陽修等爲代表。第二期是慢詞的時期，作者巳由小詞演變而爲長調了。這時期的詞人，以柳永秦觀及張先等爲代表。第三期是詩人的詞的時期，作者不拘舊格，詞體雖因之大爲解放，但多有不能歌者，這時期的詞人以蘇軾及黃庭堅等爲代表。第四期是樂府詞的時期，作者注重詞的聲律格調，使詞仍然可以歌唱。這時期的代表作家，爲周邦彥及李清照等。茲分述之：

第一期的詞人及其作品

○晏殊（991至1055）字同叔，江西，臨川人，七歲便能屬文，有神童之稱。爲人剛直，官至宰相，范仲淹歐陽修皆出其門。他的詞，意境淸利，音調婉和，受五代花間集的影響不少。宋劉攽在中山詩話中說：「元獻（殊之謚號）喜延己歌詞，其所自作亦不減延己」。有珠玉詞集行於世。

晏幾道字叔原，殊之幼子。黃庭堅稱其詞，謂：「寓以詩人之句法，淸壯頓挫，能動搖人心」。他詞中的麗句艷語，尤勝于乃父，仍未脫花間的作風。有

「小山詞」一卷。若彼父子相較：大晏官運亨通，位極人臣，他的詞常有安富樂榮，及時行樂之意。小晏官運乖蹇，大不如其父，故他的詞不免有窮愁牢騷之作。因此小晏較大晏的詞，自易深刻動人了。

歐陽修是北宋的詩人兼古文家，這我們在前編裏已經說過了。他不但是個詩人兼古文家，他還是當時的一位鼎鼎有名的大詞家呢。在他的詩文裏，我們看不出他的真性格來，只知道他是個道貌儼然的學者，誰知道這全是他的假面具。我們讀了他的詞，可以看出他的性格和生活，全是很活潑，很生動的，實不愧為一個偉大的抒情作家。他的詞，抒寫情懷，婉轉纏綿而真摯，描述自然生動親切而雋妙，我們若讀他的六一詞集，怕不會認他為提倡「文以載道」的先生吧。

訴衷情　　晏殊

芙蓉金菊鬥馨香，天氣欲重陽。遠村秋色如畫，紅樹間疏黃。流水淡，碧天長，路茫茫。憑高目斷，鴻雁來時，無限思量。

清平樂

紅牋小字，說盡平生意。鴻雁在雲魚在水，惆悵此情難寄。斜陽獨倚西樓，遙山恰對簾鉤。人面不知何處，綠波依舊東流。

浣溪沙　　晏幾道

家近旗亭酒易酤，花時長得醉工夫，伴人歌笑嬾妝梳。戶外綠楊春繫馬，牀前紅燭夜呼盧，相逢還解有情無。

菩薩蠻

個人輕似低飛燕，春來綺陌時相見。最恨兩橫波，惱人情緒多。長留青鬢住，莫放紅顏去！占取艷陽天，且教伊少年！

生查子　　歐陽修

去年元夜時，花市燈如晝；月上柳梢頭，人約黃昏後。今年元夜時，月與燈依舊；不見去年人，淚濕春衫袖。

玉樓春

別後不知君遠近，觸目淒涼多少悶。漸行漸遠漸無書；水闊魚沈何處問？夜深風竹敲秋韻，萬葉千聲皆是恨。故欹單枕夢中尋，夢又不成燈又燼！

長相思

花似伊，柳似伊，花柳青春人別離，低頭雙淚垂。長江東，長江西，兩岸鴛鴦兩處飛，相逢知幾時。

南歌子

鳳髻金泥帶，龍紋玉掌梳；走來窗下笑相扶，愛道「畫眉深淺入時無」？弄筆偎人久，描花試手初，等閒妨了繡工夫，笑我雙鴛鴦字怎生書。

第二期的詞人及其作品

○柳永（990?至1050?）初名三變，字耆卿，福建，崇安人，官至屯田員外郎，故世稱「柳屯田」。有樂章集。他的詞有幾點特色處：第一，慢詞由永大為發達，從前的詞人多作小令，重含蓄不盡，永作慢詞，重盡情流露。李端叔批評耆卿的詞，謂：「鋪敘展衍，備足無餘，較之花間所集，韻終不勝」。這是他的短處，亦正是他的長處，因為脫盡了花間的含蓄，而別創一番境界，—流暢透辟。鄭振鐸在他的中國文學史中說：「花間的好處在於不盡，在於有餘韻；耆卿的好處，卻在於盡，在於「鋪敘展衍，備足無餘」。花間諸代表作，如絕代少女，立於絕細絕薄的紗簾之後，微露丰姿，若隱若現，可望而不可即。耆卿的作品，則如初成熟的少婦，「偎香倚暖」恣情歡笑，無所不談，亦無所不盡」。這個比喻恰好，前者是在含蓄，後者是在奔放，把五代和耆卿的詞，完全給分開了。第二，用白話入詞，從前的詞家，都重典雅，俚言俗語絕無僅有，自耆卿大胆把「恁地」「則個」和「麼」等白話，運用作詞，詞的流傳更爲廣大。據說「凡有井水飲處，即能歌柳詞」。他的詞和白居易的詩一樣地被人歡迎。第三，詞多綺語艷辭，涉於淫媟，這是由於他性好嫖妓，寧可不作官，妓院是不能不去的。據傳因他有「忍把浮名換了淺斟低唱」之句，而被仁宗所斥，不能取士做官。因之他的一生潦倒妓院，每日的生活差不多都是在「淺斟低倡」，和「依紅偎翠」中度過的。他不但善於作詞，且長音律，常爲妓女寫詞，令其歌唱。後來他死在襄陽，身後頗爲蕭條，葬資完全由羣妓捐籌，葬於襄陽花山，每遇清明時節，多載酒肴祭之，稱吊柳會。耆卿生前雖不得志，死後能得群妓眷念，亦可含笑於九泉了。

張先（990至1078）字子野，吳興人，曾爲都官郎中，有安陸集詞一卷。外號張三影，因他詞中有「雲破月來花弄影」，「嬌柔懶起，簾壓捲花影」，及「柳徑無人隨飛絮無影」。此三影中尤以雲破月來花弄影爲最著。相傳宋祁往見他時，告曰：『尙書欲見「雲破月來花弄影」郎中』子野道：『得非「紅杏枝頭春意鬧」尙書耶』？由此可知他這幾的名句無人不曉了。他的詞小令優於長調，這大概他缺乏豪邁奔放的氣魄，和健全創造的毅力罷。

秦觀（1049至1100）字少游，高郵人，與黃庭堅齊名，時稱「秦七黃九」。有淮海詞集。他的詞在當時頗有名，晁補之說：『近來作者皆不及少游，如「斜陽外寒鴉數點，流水遶孤村」，雖不識字人，亦知是天生好言語』。蔡伯世說：『子瞻辭勝乎情，耆卿情勝乎辭；辭情相稱者，惟少游而已』。張綖說：『少游多婉約，子瞻多豪放，當以婉約爲主』。他雖是蘇門四學士之一，但受東坡的影響，却不及耆卿和花間之深，我們只要一看他的小令及慢詞就可知道了。

賀鑄（1063至1120）字方回，衞州人，自號慶湖遺老，有東山樂府。詞尙婉約，不脫花間之習，他的靑玉案和石州引可代表其詞風。鑄有小築在姑蘇盤門外十餘里處，地名橫塘，常往來其間，曾作靑玉案以紀之。此詞盛傳於世，後黃庭堅贈以詩道：『解道江南腸斷句，只今惟有賀方回』。因該詞有「梅子黃時雨」之句，時人呼為賀梅子。此外又有賀鬼頭之綽號。前者因佳句而得雅稱，後者因貌醜而得渾名，二者迥然不同。方回雖醜，據傳嘗眷一姝，甚相愛好，曾寄別詩與之。有「深思縱似丁香結，難展芭蕉一寸心」。方回乃賦石州引相答，此亦詞中佳話也。

晝夜樂　　柳永

洞房記得初相遇，便只合長相聚。何期小會幽歡，變作離別情緒。況值闌珊春色暮，對滿目亂花狂絮，直恐好風光，盡隨伊歸去。　一場寂寞憑誰訴？算前言總輕負。早知恁地難拚，悔不當時留住。其奈風流端正外，更別有繫人心處。一日不思量，也攢眉千度。

雨霖鈴

寒蟬淒切，對長亭晚，驟雨初歇。都門悵飲無緒，留戀處蘭舟催發，執手相看淚眼，竟無語凝噎。念去去千里烟波，暮靄沈沈楚天闊。　多情自古傷離別，更難堪冷落清秋節。今宵酒醒何處？楊柳岸曉風殘月。此去經年，應是良辰好景虛設。便縱有千種風情，更與何人說。

憶帝京

薄衾小枕涼天氣，乍覺別離滋味。展轉數寒更，起了還重睡。畢竟不成眠，一夜長如歲。也擬把却回征轡，又爭奈已成行計！萬種思量，多方開解，只恁寂寞厭厭地！繫我一生心，負你千行淚。

天仙子　　張先

水調數聲持酒聽，午醉醒來愁未醒。送春春去幾時回？臨晚鏡，傷流景，往事後期空記省。沙上並禽池上瞑，雲破月來花弄影。重重簾幕密遮燈，風不定，人初靜，明日落紅應滿徑。

更漏子

錦筵紅，羅幕翠，侍宴美人姝麗。十五六，解憐才，勸人深酒杯。黛眉長，檀口小，耳畔向人輕道：「柳陰曲，是兒家，門前紅杏花」。

玉樓春　　宋祁　字子京安陸人

東城漸覺風光好，縠皺波紋迎客棹。綠楊煙外曉寒輕，紅杏枝頭春意鬧。浮生長恨歡娛少，肯愛千金輕一笑，爲君持酒勸斜陽，且向花間留晚照。

畫堂春　　秦觀

落紅鋪徑水平池，弄晴小雨霏霏。杏園顦顇杜鵑啼，無奈春歸。柳外畫樓獨上，凭闌手撚花枝。放花無語對斜暉，此恨誰知。

南歌子

香墨彎彎畫，胭脂淡淡匀，揉藍衫子杏黃裙，獨倚玉闌無語點檀脣。人去空流水，花飛半掩門。亂山何處覓行雲？又是一鈎新月照黃昏。

滿庭芳

山抹微雲，天粘衰草，畫角聲斷譙門。暫停征棹，聊共引離尊。多少蓬萊舊事，空回首煙靄紛紛。斜陽外，寒鴉數點，流水遶孤村。消魂當此際，香囊暗解，羅帶輕分，謾贏得青樓薄倖名存。此去何時見也，襟袖上空染啼痕。傷情處，高城望斷，燈火已黃昏。

青玉案　　賀鑄

淩波不過橫塘路，但目送芳塵去。錦瑟年華誰與度？月臺花榭，綺窗朱戶，惟有春知處。碧雲冉冉蘅皋暮，綵筆新題斷腸句。試問閑愁都幾許？一川烟草，滿城風絮，梅子黃時雨。

石州引 一作柳色黃

薄雨催寒，斜照弄晴，春意空闊。長亭柳色才黃，遠客一枝先折。烟橫水際，映帶幾點歸鴉。東風消盡龍沙雪，還記出門時，恰而今時節。將發，畫樓芳酒，紅淚清歌，頓成輕別，已是經年，杳杳音塵都絕。欲知方寸，共有幾許清愁：芭蕉不展丁香結，枉望斷天涯，兩厭厭風月。

第三期的詞人及其作品(一)蘇軾的詞

屬於豪放一派，是詞中的一個別枝，開後來南宋辛劉作風的先河。晁補之說他的詞，『橫放傑出，自是曲子中縛不住者』。陸游也說：『試取東坡諸詞歌之，曲終，覺天風海雨逼人』。我們看他的大江東去，有多麼雄邁奔放，眞是又爲詞開了一個新天地，不像花間派動輒作婦女語者可比。在吹劍續錄中說：『東坡在玉堂日，有幕士善歌，因問我詞何如柳七？對曰「柳郎中詞只合十七八女郎，執紅牙板，歌楊柳外曉風殘月；學士詞，須關西大漢，銅琵琶，鐵綽板，唱大江東去」。東坡爲之絕倒』。不過詞是一種純然抒情的東西，像東坡這類「橫放傑出」的詞，總是詞之變體，不得爲之正宗派。東坡是一個天才絕頂的作家，他的詞並非完全是豪放的，亦有不少是清空靈隽，細賦婉約的。張炎說『東坡詞清麗舒徐處，高出人表，周秦諸人，所不能到』。我們若看他婉約的詞，和大江東去比起來，就宛若兩人了。

黃庭堅是江西詩派的開山祖，他的詩多重古典，流弊甚大，這在宋詩內已經說過了。至於他的詞，却和詩不同。有山谷詞，詞中很多是俗語，較柳七更爲解放。若和他的詩比較起來，好像不是一個時代，一個作家寫的。他的詞雖似俚近，實則眞摯可喜，雖似鄙俗，實則深刻動人，不能以「時出俚淺，可稱傖父」—陳師道語—便一筆抹煞的。

念奴嬌　蘇軾

大江東去，浪淘盡千古風流人物。故壘西邊，人道三國周郎赤壁。亂石穿空，驚濤拍岸，捲起千堆雪。江山如畫，一時多少豪傑。遙想公瑾當年，小喬初嫁了，雄姿英發。羽扇綸巾談笑間，強虜灰飛烟滅。故國神遊，多情應笑我早生華髮，人間如夢，一尊還酹江月。

水調歌頭

明月幾時有？把酒問青天。不知天上宮闕，今夕是何年。我欲乘風歸去，又恐瓊樓玉宇，高處不勝寒。起舞弄清影，何似在人間。 轉朱閣，低綺戶，照無眠。不應有恨，何事長向別時圓？人有悲歡離合，月有陰晴圓缺，此事古難全。但願人長久，千里共嬋娟。

蝶戀花

花褪殘紅青杏小，燕子飛時，綠水人家繞。枝上柳綿吹又少，天涯何處無芳草？牆上鞦韆牆外道，牆外行人，牆裏佳人笑。笑漸不聞聲漸杳，多情却被無情惱！

望江東　　黃庭堅

江水西頭隔煙樹，望不見江東路。思量只有夢來去，更不怕江闌住。 燈前寫了書無數，算沒個人傳與。直饒尋得雁分付，又還是秋將暮。

好女兒

粉淚一行行，啼破曉來妝。嬾繫酥胸羅帶，羞見繡鴛鴦。 擬待不思量，怎奈向日下恓惶？假饒來後，教人見了，卻去何妨？

清平樂

春歸何處？寂寞無行路。若有人知春去處，喚取歸來同住。　春無蹤跡誰知，除非問取黃鸝。百囀無人能解，因風吹過薔薇。

第四期的詞人及其作品

（周邦彥（1056至1121）字美成，號清眞，錢塘人。他曾在宋徽宗所創設的大晟府裏，主持過關於詞的音律和歌調，因之他的詞，完全有曲拍可以歌唱，較之蘇軾以詩爲詞，或以古文爲詞，那樣的自由奔放，不能入歌，相差徑庭。這一期的詞人，可以說是前期的反動者。據宋史說他：「好音樂，能自度曲，製樂府長短句，詞韻清蔚，傳於世」。南宋沈義父亦說：「作詞當以清眞爲主，蓋清眞最爲知音」。因之他的詞，音律諧美，下字用韻，皆有一定法度，故後來作家，多以他的詞爲規矩準繩，來按譜塡腔，不敢稍失尺寸。查其詞不但合於音律，好唱好聽，且善融詩句入詞，不露痕跡。有清眞集，內容多述兒女情思，和柳永相彷彿。故有「周情柳思」之說。不過周詞的風格較柳詞爲高

，這在他作品中可以看到的

李清照（1081至1145?）號易安居士，濟南人，有漱玉詞集。她父親李格非有文名，母親是狀元王拱辰的女兒，亦能作文章，故她得天者獨厚，而能成爲一代女詞家，在中國文學史上占一個很重要的位置。她嫁於趙明誠爲妻，趙亦是個學者。據傳明誠幼夢誦一書曰：「言與司合，安上已脫，芝芙草拔」。明誠父告以『此離合字「詞女之夫」也』。嫁後，夫婦愛好彌篤，生活甚是愉快，我們看她的采桑子，浣溪沙，及減字木蘭花，可知其閨房燕樂之一斑。結褵不久，明誠遠游，她作一剪梅詞以表相思之意，寫在錦帕上送他。後又填寄醉花陰詞，明誠思勝之，謝絕一切，廢寢忘食者三日夜，做得五十餘首，把清照所作混在一起，請友人陸德夫加以品評。德夫說，「有三句絕佳」。問以那三句，乃清照的「莫道不消魂，簾捲西風，人比黃花瘦」也。她曾作詞論，批評當時有名的作家，如論柳永「雖協音律而詞語塵下」。論晏殊歐陽修及蘇軾等詞，「皆句讀不葺之詩耳，又往往不協音律」。這可見她不但注重詞的修句，且很講求詞的音律了。她一生最幸福的生活，是和她丈夫趙明誠在歸來堂共同讀書，研究金石學的時候。及後金人南犯，把她快樂的家庭打破，便和她丈夫渡江過逃亡的生活，後來她丈夫不幸又一病而死了。唉，以一個孱弱的嫠婦，孤獨的到處避難，她這時的生活，真算悲苦極了。

少年遊　周邦彥

并刀如水，吳鹽勝雪，纖指破新橙。錦幄初溫，獸香不斷，相對坐調笙。低聲問，向誰行宿？城上已三更，馬滑霜濃，不如去休，直是少人行。

按此詞是美成與汴妓李師師相愛情篤師師欲嫁之而未能一夕徽宗幸師師家美成倉卒不能出遂匿複壁間因製此詞以紀其事

紅窗迥

幾日來眞個醉！不知道窗外亂紅已深半指，花影被風搖碎。擁春醒乍起。有個人人生得濟楚，來向耳邊問道：「今朝醒未」？情性兒慢騰騰地，惱得人又醉！

聲聲慢　李淸照

尋尋，覓覓，冷冷，淸淸，悽悽，慘慘，戚戚。乍暖還寒時候，最難將息。三杯兩盞淡酒，怎敵他晚來風急？雁過也，正傷心，却是舊時相識。滿地黃花堆積；憔悴損，而今有誰堪摘？守着窗兒，獨自怎生得黑！梧桐更兼細雨，到黃昏點點滴滴。這次第，怎一個愁字了得！

武陵春

風住，塵香，花已盡：日晚倦梳頭。物是，人非，事事休！欲語淚先流。聞說雙溪春尚好，也擬汎輕舟。只恐雙溪舴艋舟，載不動許多愁。

醉花陰

薄霧濃雲愁永晝，瑞腦消金獸。佳節又重陽，寶枕紗櫥，半夜涼初透。東籬把酒黃昏後，有暗香盈袖。莫道不消魂，簾捲西風，人比黃花瘦。

一剪梅

紅藕香殘玉簟秋，輕解羅裳，獨上蘭舟。雲中誰寄錦書來，雁字回時，月滿西樓。　花自飄零水自流，一種相思，兩處閑愁。此情無計可消除，才下眉頭，卻上心頭。

第五章　南宋及南宋以後的詞

總論　南宋的詞雖比較不如北宋，但亦有不少偉大的作家，和作品貢獻於後世。這一時代的詞，約可分爲前後兩個時期：宋剛南遷時，如辛棄疾陸游等人的詞，都很豪放自然，淺白明暢；及後偏安之局稍定，如姜夔吳文英等人的詞，便變靡麗雕琢，典雅古奧了。前期的豪放自然，與後期的靡麗雕琢，都與環境有密切的關係。因爲宋室南渡，大好中原，陷於胡人之手，一般憂時之士，見國事蜩螗，金人橫行，怎能不悲憤激昂，以圖恢復舊山河呢？故他們所歌唱的，多是奔放雄豪，有如「大江東去」一類的詞。後來金人內亂，未遑南侵，宋室得偏安江左，於是大家又把國事忘懷，盡情享樂，依然是過的歌舞昇平時代。於是辛陸豪邁的詞，已歸淘汰，「大江東去」一類的作品，已視爲粗暴而遭唾棄。當時的作家，如姜夔專着意於寫雋語，吳文英用全力於造辭句。總之：他們的字句是精斲細磨的，他們的詞意是絮語低吟的，較之前期的自然和豪放就大不相同了。

前期的詞人及其作品　(一)辛棄疾(1140至1207)字幼安，號稼軒，歷城人，是南宋的唯一作家。他的才氣橫秋，意志高邁，所作之詞，或悲壯激烈，能傳達其深厚的感情；或放恣流動，能抒寫其曲折的意思，無論小令或慢詞，做得都非常佳妙。詞以豪放自然稱，與蘇軾同。他的豪放自然，是由於時勢的造成，因爲他生性任俠，素有大志，眼看宋室南遷，受辱異族，故不覺悲憤塡膺，歌而出之。其詞固以豪放著稱，但亦有不少婉約多情之作，較之專擅情語的秦柳或未必多讓能。有人批評他的詞好「掉書袋」，音律亦不諧合，這與他整個的詞，沒有大影響的。有稼軒長短句十二卷，傳於世。

浪淘沙　山寺夜半聞鐘

身世酒杯中，萬事皆空。古來三五個英雄。雨打風吹，何處是漢殿秦宮？夢入少年叢，歌舞匆匆。老僧夜半誤鳴鐘，驚起西窗眠不得，捲地西風。

南鄉子　登京口北固亭

何處望神州？滿眼風光北固樓。千古興亡多少事，悠悠，不盡長江滾滾流。

少年萬兜鍪，坐斷東南戰未休！天下英雄誰敵手，曹劉！生子當如孫仲謀。

尋芳草　嘲陳莘叟憶內

有得許多淚，更閑卻許多鴛被；枕頭兒放處都不是。舊家時，怎生睡？更也沒書來！那堪被雁兒調戲，道無書卻有書中意：排幾個「人人」字！

武陵春

走去走來三百里，五日以爲期。六日歸時已是疑，應是望多時。　鞭個馬兒歸去也，心急馬行遲。不免相煩喜鵲兒，先報那人知。

醜奴兒近　博山道中效李易安體

千峰雲起，驟雨一霎兒價；更遠樹斜陽，風景怎生圖畫。青旗賣酒，山那畔別有人家。只消山水光中，無事過者一夏！午醉醒時，松窗竹戶，萬千瀟灑。野鳥飛來，又是一般閒暇。卻怪白鷗覷着人，欲下未下。舊盟都在，新來莫是別有說話？

陸游是南宋的大詩家，這在前篇內已經說過了，他的詞雖不及詩，但在當時亦頗負盛名，與稼軒並稱。他少有大志，和辛一樣，欲恢復中原，故詞多豪放雄快，不過旖旎婉約的却也不少。楊慎稱：「放翁詞纖麗處似淮海，雄快處似東坡」。這看他的釵頭鳳和雙頭蓮自可想見。據傳放翁與其妻唐氏愛情甚篤，祗因其母不喜唐氏，遂出之，唐氏即改嫁於同郡趙士程。後來春日出遊，相過於沈園，唐語士程爲致酒肴。陸悵然賦釵頭鳳，唐氏和之，未幾即怏怏卒。放翁後日復過沈園，更賦一詩以紀之：「落日城頭畫角哀，沈園非復舊池台，傷心橋下春波綠，曾見驚鴻照影來」。觀乎此，可知放翁不惟在政治上鬱鬱不得志，家庭的生活亦不能令其滿意，無怪自號放翁以自嘲了。

雙頭蓮

華髮星星，驚壯志成虛，此身如寄。蕭條病驥，向暗裏消盡當年豪氣。夢斷故國山川，隔重重烟水身萬里。舊社凋零，青門俊遊誰記！ 盡道錦里繁華，歎官閑晝永，柴荊添睡，清愁自醉。念此際付與何人心事。縱有楚柁吳檣，知何時東逝！空悵望，鱠美菰香，秋風又起。

夜遊宮 記夢

雪曉淸笳亂起！夢遊處不知何地。鉄騎無聲望似水。想關河，雁門西，青海際。睡覺寒燈裏，漏聲斷，月斜窗紙，自許封侯在萬里。有誰知，鬢雖殘，心未死。

釵頭鳳

紅酥手，黃藤酒，滿城春色宮牆柳。東風惡，歡情薄，一懷愁緒，幾年離索，錯，錯，錯！春如舊，人空瘦，淚痕紅浥鮫綃透。桃花落，閒池閣。山盟雖在，錦書難托，莫，莫，莫！

釵頭鳳　　陸游妻唐氏

世情薄，人情惡。雨送黃昏花易落。曉風乾，淚痕殘。欲箋心事，獨語斜闌，難，難，難！人成各，今非昨，病魂嘗似秋千索。角聲寒，夜闌珊。怕人尋問，咽淚妝歡，瞞，瞞，瞞！

朱敦儒（1080?至1175?）字希眞，洛陽人，有樵歌三卷，內存詞約二百餘首。他在南北宋之交的詞人中，是很負聲望的。論行輩他長於稼軒，而且又是一個極有天才的人，當然不會受到辛派作風——豪放——的多大影響，不過他們生同一個時代，——南還——對於二宗的不返，中原的淪陷，與辛陸有共同的感憤，故不知不覺間在他的作品中，和辛陸一樣的充滿了悲壯慷慨，但亦有其婉麗清暢處，不僅是豪放而已。黃昇的花菴詞選說他：「天資曠逸，有神仙風姿」，這在他的作品中很可看到的。

鷓鴣天

曾爲梅花醉不歸，佳人挽袖乞新詞，輕紅遍寫鴛鴦帶，濃碧爭斟翡翠巵。人已老，事皆非。花前不飲，淚沾衣。如今但欲關門睡，一任梅花作雪飛。

好事近漁父詞

搖首出紅塵，醒醉更無時節。活計綠蓑青笠，慣披霜衝雪。 晚來風定釣絲閑，上下是新月。千里水天一色，看孤鴻明滅。

劉過（1154至1206）字改之，江西，廬陵人，亦有說是太和或襄陽人的，有龍洲詞。他是個慷慨豪放的血性男兒，本有志仕宦，屢向宮局陳恢復中原策，可惜均未見用，他便去過放浪江湖的生活了。他的詞完全是學稼軒的，黃昇說，「改之，稼軒之客，詞多壯語，蓋學稼軒者也」。不過其詞亦有纖麗可愛，造句贍逸處。

西江月

堂上謀臣尊俎，邊頭將士干戈。天時，地利，與人和：燕可伐歟？曰，可。今日樓台鼎鼐，明年帶礪山河。大家齊唱大風歌，不日四方來賀。

醉太平

情高，意眞，眉長，鬢靑。小樓明月調箏，寫春風數聲。思君，憶君，魂牽，夢縈。翠綃香煖雲屏，更那堪酒醒！

天仙子　初赴省，別妾於三十里頭。

別酒醺醺渾易醉，回過頭來三十里！馬兒不住去如飛。牽一憩，坐一憩，斷送煞人山與水！　是則是功名終可喜，不道恩情拚得未！雲迷村店酒旗斜：去也是？住也是？煩惱自家煩惱你！

劉克莊（1187至1269）字潛夫，號後村，莆田人，官至煥章閣學士，有後村長短句，存詞約二百餘首。他是最崇拜辛稼軒和陸放翁的，所以他的詞亦很豪放自然，詩文均佳，在南宋不愧爲一個有名的作家。

玉樓春　戲林推

年年躍馬長安市，客裏似家家似寄。青錢喚酒日無何，紅燭呼盧宵不寐。易挑錦婦機中字，難得玉人心下事。男兒西北有神州，莫滴水西橋畔淚。

賀新郎　送陳子華知眞州

北望神州路，試平章這場公事，怎生分付！記得太行山百萬，曾入宗爺駕馭。今把作握蛇騎虎。君去，京東豪傑喜，想投戈下拜「眞吾父」！談笑裏，定齊魯。　兩河蕭瑟惟狐兔！問當年祖生去後，有人來否？多少新亭揮淚客，誰夢中原塊土！算事業須由人做！應笑書生心胆怯，向車中閉置如新婦；空目送，塞鴻去。

清平樂　贈陳參議師文家侍兒

宮腰束素，只怕能輕擧。好築避風台護取，莫遣驚鴻飛去。　一團香玉溫柔，笑顰俱有風流。貪與蕭郎眉語，不知舞錯伊州。

朱淑貞是南宋唯一的女詞家，自號幽棲居士，錢塘人，大約較李清照後數十年，不但生死不可考，連她父母的姓氏，亦無可查究。綜觀她的作品，當是大家閨秀，在未出閣前，有很美滿的處女生活；不過因所適非人，她幸福的命運，一到嫁後便失去了。她的丈夫是誰，也考失，大概是一個孜孜爲利的「市儈」，不是一個雅潔清高的詩人，所以二人的性情不合。看她的愁懷及舟行即事詩，即可窺見其隱衷。讀了他的詩詞，大概那不融洽的丈夫，後來把她拋棄，另有所戀。她呢，爲反抗那不自由的婚姻，亦別有所歡，不過男子多薄倖，他的新戀人不久也和她隔絕了。如果事情屬實，淑真的遭遇眞算太可憐了。她的詞清新自然，哀婉動人，有斷腸集。

謁金門

春已半，觸目此情無限。十二闌干倚遍，愁來天不管。　好是風和日暖，輸與鶯鶯燕燕。滿院落花簾不捲，斷腸芳草遠。

菩薩蠻

山亭水榭秋方半，鳳幃寂寞無人伴。愁悶一番新，雙蛾只暗顰。　起來臨繡戶，時有疏螢度。多謝月相憐，今宵不忍圓。

江城子

斜風細雨作春寒，對尊前，憶前歡，曾把梨花寂寞淚闌干。芳草斷烟南浦路，和別淚，看青山。昨宵結得夢因緣，水雲間，悄無言，爭奈醒來愁恨又依然。！展轉衾裯空懊惱，天易見，見伊難！

後期的詞人及其作品（姜夔（1155?至1235?）字堯章，號白石，鄱陽人，因世亂不仕。常與范成大楊萬里相唱和，登山遊水以自適。他通音律，每作新詞即自吹簫，令愛妾小紅歌而和之。曾詠垂虹詩，以紀其事道：「自作新詞韻最嬌，小紅低唱我吹簫，曲終過盡松陵路，回首烟波十四橋。」他的詞清雋精工，合於音律，因選字鍊句，詞稿輒經旬始爲改定，所以作品不免有雕琢不自然之譏。當時人對於他的暗香疏影二詞，推崇備至，張炎且稱之爲「前無古人，後無來者，自立新意，眞是絕唱！」其實不過是詠物詩的兩篇名作，未有何深刻高妙處。在我們看，還不如淡黃柳，和長亭怨慢，有眞實的情緒表現呢。總之，後期的詞人，過重音律，和雕琢字句的風氣，是由白石提倡起的。這種風氣影響於詞的本身者爲：因重音律，常有犧牲詞的內容的；因重辭句，常有流於晦澀難讀的。他的作品有白石道人歌曲，傳於世。

長亭怨慢

漸吹盡枝頭香絮，是處人家，綠深門戶。遠浦縈廻，暮帆零亂向何許？閱人多矣，誰得似長亭樹。樹若有情時，不會得青青如此！　日暮望高城不見，只見亂山無數。韋郎去也，怎忘得玉環分付：第一是早早歸來，怕紅萼無人爲主。算只有幷刀，難翦離愁千縷。

淡黃柳

空城曉角，吹入垂楊陌，馬上單衣寒惻惻。看盡鵝黃嫩綠，都是江南舊相識。正岑寂，明朝又寒食。強攜酒小喬宅，怕梨花落盡成秋色。燕燕飛來，問春何在，唯有池塘自碧。

吳文英（1205?至1270?）字君特，號夢窗，四明人，有夢窗詞集。尹煥說：「求詞於吾宋，前有淸眞，後有夢窗，此非余之言，四海之公言也。」可見他的詞，在當時已頗風行，不過一究其實，他的詞多是古典和套語堆切而成，並沒有眞情緒，眞意境。張炎說：「吳夢窗詞，如七寶樓台，眩人眼目，拆碎下來，不成片段。」眞是不錯！他的詞自然佳妙者雖不多，但亦頗有幾首好的，如唐多令，張炎以為「最為疏快不質實。」風入松亦確有「不經人道」語。總之：白石與夢窗的詞，氣魄都不大，遂走入精密細膩一途。他們只知雕琢字句，以纖麗為工；他們只知致力新語，以奇巧為妙，像辛陸一派的豪放自然的詞風，早已過去了。

唐多令

何處合成愁？離人心上秋，縱芭蕉不雨也颼颼。都道晚涼天氣好，有明月，怕登樓。　年事夢中休，花空烟水流。燕辭歸客尚淹留，垂柳不縈裙帶住，謾長是繫行舟。

風入松

聽風聽雨過清明，愁草瘞花銘。樓前綠暗分攜路，一絲柳，一寸柔情。料峭春寒中酒，交加曉夢啼鶯。　西園日日掃林亭，依舊賞新晴。黃蜂頻撲秋千索，有當時纖手香凝。惆悵雙鴛不到，幽階一夜苔生。

蔣捷（1245?至1310）字勝欲，宜興人，有竹山詞一卷。他和周密，王沂孫張炎為宋末元初的四大家。詞尚典雅純正，其內容多是詠物的，很少有感時的悲憤情緒表現出來。他們雖丁亡國之際，好像和這個紛亂的時代，沒有發生過什麼關係。

這固由於在異族鐵蹄之下，不能自由抒懷，亦實因此時的作風，惑於典雅，認為憤慨的豪放語為外道了。不過在四大家中，蔣捷的詞還算最有自然之趣，比較能超脫詞律的束縛的。

霜天曉角

人影窗紗，是誰來折花？折則從他折去，知折去向誰家？　檐牙枝最佳，折時高折些。說與折花人道：須插向鬢邊斜。

虞美人

少年聽雨歌樓上，紅燭昏羅帳。壯年聽雨客舟中，江闊雲低，斷雁叫西風。而今聽雨僧廬下，鬢已星星也。悲歡離合總無情，一任階前點滴到天明。

周密（1232至1308）字公謹，號蕭齋，濟南人僑居吳興。有草窗詞二卷，又編絕妙好辭，為詞選中的佳作。他的詞穠麗隱約，意境和辭語有時作的很好，與吳文英齊名，當時稱為「二窗」，並有「樂府妙天下」之說。

南樓令

開了木芙蓉，一年秋已空。送新愁千里孤鴻。搖落江蘺多少恨，吟不盡，楚雲峯。往事夕陽紅，故人江水東，翠衾寒，幾夜霜濃。夢隔屏山飛不去，隨夜鵲，繞疎桐。

王沂孫（1240?至1290?）字聖與，號碧山，會稽人，有碧山樂府一名花外集。他亦長於咏物，清代詞人周濟很贊許他說：「詠物最爭托意。隸事處以意貫串，渾化無痕，碧山勝場也」。其實他的詠物詞，多晦澀好似燈謎費猜，到不如高陽台一類的詞有感慨，而且自然呢。

高陽台　和周草窗寄越中諸友韻

殘雪庭陰，輕寒簾影，霏霏玉管春葭。小帖金泥，不知春在誰家！想思一夜窗前夢，奈個人水隔雲遮！但淒然，滿樹幽香，滿地橫斜。　江南自是離愁苦；況遊驄古道，歸雁平沙？怎得銀箋，殷勤與說年華！如今處處生芳草，縱凭高，不見天涯！更消他，幾度東風，幾度飛花？

張炎（1248至1320?）字叔夏號玉田生，又號樂笑翁，西秦人，是南渡名將張俊的後裔，有玉田詩三卷，又作詞源一書。他的詞以咏物著名，如「咏春水」詞，絕唱今古，人以張春水目之。」——鄧牧語——此外咏孤雁亦有名，至有張孤雁之稱。

其實甚而並沒有多大情感和意境，倒不如其他的詞有情致動人呢。總之：南宋的詞到了張炎，可稱為當時樂府詞壇上最後的一位「殿軍」。此後，詞的運命，便日就沒落了。

高陽台 西湖春感

接葉巢鶯，平波捲絮，斷橋，斜日，歸船。能幾番遊，看花又是明年！東風且伴薔薇住，到薔薇春已堪憐！更淒然，萬綠西泠，一抹荒煙！ 當年燕子知何處？但苔深章曲，草暗斜川！見說新愁，如今也到鷗邊！無心再續笙歌夢，掩重門淺醉閑眠，莫開簾！怕見飛花，怕聽啼鵑！

清平樂

候蛩淒斷，人語西風岸。月落，沙平，江似練；望盡蘆花無雁。 暗教愁損蘭成，可憐夜夜關情。只有一枝梧葉，不知多少秋聲。

南宋以後的詞人及其作品 詞一到了南宋以後，便完全爲雅正古典派所佔有，從前所謂悲壯豪放，活潑生動的作品，就很少見了。當時的作家，第一，要講求音律的諧合，第二，要注重文辭的工整典雅。作家在這樣雙重的嚴豐之下拘泥自守，除摹倣舊調外，不敢創作新詞。他們不是學東坡耆卿，便是學夢窗，白石，因之南宋以後的詞，離開民衆一天遠似一天，他們的作品只是士大夫階級的玩藝兒，不是大多數所能了解的東西。總之：南宋以後的詞，不但與民衆斷絕了關係，並且與優倡階級也絕了緣，特獨的成爲一種文人學士的無聊消遣品了。論詞者以爲詞經金元以至明朝是爲詞的衰微期，迨至滿淸作家蜚出，是爲詞的復興期，但較之南宋所差遠甚。茲擇其要者一略述之：

金代作家以元遺山爲最著，在他所編的中州集中附有中州樂府一卷，爲金人詞唯一的選本。元代作家趙孟頫有松雪詞一卷，趙妻管道昇亦有詞名，薩都剌有雁門集詞一卷，張翥有蛻巖樂府三卷，均稱名作。明代作家雖多，不下三百餘家，而特出者頗少，惟明末陳子龍以天然之神韻，寫悱惻之深情，淸麗婉轉，不愧爲一代作家。

清初文風甚盛，詞家承明末陳子龍之風，作家蔚然而起。當時號稱能手者：如吳梅村溫柔宛轉，流麗穩貼，詞如其詩。毛西河詞溫麗精深，更諳音律。顧貞觀有彈指詞，兼有南北兩派之長。彭羨門有延露詞，長詞小令均稱佳妙。王士禎有衍波詞，體備唐宋，而小令尤為獨步。厲鶚有樊榭山房詞，最為世所稱道。曹貞吉有珂雪詞，脫習花間，而寄託遙深。納蘭性德(1655至1685)有飲水詞，其悽惋清麗處，不下南唐二主。至清代最著名的詞人，當推朱彝尊與陳其年。朱(1639至1709)字錫鬯號竹垞，秀水人，曾編詞綜卅六卷，有曝書亭詞。陳維崧(1625至1682)字其年，號迦陵，宜興人，有烏絲詞，二人素相友好，合刻所著曰朱陳村詞，一般作家受他們的影響很大，康乾間言詞者多稱之，及其末流，不免有纖巧雕琢之病。後有陽湖張惠言(1761至1802)張琦兄弟二人選唐宋詞四十四家，為詞選一書，力矯其弊，所作自然疏快，一反朱陳之雕琢，所謂常州詞派者是。此外有吳藻字蘋香，仁和人，為清代惟一的女詞家，曾嫁於同邑黃某為妻，晚年寡居，生活甚苦，著有花簾詞。鄭板橋的詞多吊古悲今，富於感懷，為近代難得的至情作品。至於其他作家：惲敬有兼塘詞，黃景仁有竹眠詞，王鵬運有半塘詞，龔自珍有定窗詞等，眞是作家如林，不勝臚舉了。

紅豆詞　　朱竹垞

凝珠吹黍，似早梅乍萼，新桐初乳，莫是珊瑚零落。敲殘石家樹，記得南中舊事：金齒屐，小鬟蠻女，向西岸樹底，盈盈拾素手，摘新雨延佇；碧雲暮，休逗入茜裙，欲尋無處。唱歌歸去，先向綠窗飼鸚鵡，惆悵檀郎路遠，待寄與相思猶阻；燭影下，開玉合，背人暗數。

憶江南　　納蘭性德

昏鴉盡，小立恨因誰？急雪乍翻香閣絮，輕風吹到膽瓶梅，心字已成灰！

采桑子

而今才道當時錯，心緒淒迷，紅淚偷垂，滿眼春風百事非。情知別後來無計，強說歡期。一別如斯，落盡梨花月又西。

閒情詞

夢裏蘼蕪靑一剪，玉郎經歲音書遠；暗鐘明月不歸來，梁上燕，輕羅扇，好風又落桃花片。

玉樓春　張惠言

一春長放秋千靜，風雨和愁都未醒。裙邊餘翠掩重簾，上釵落紅傷晚鏡。朝雲卷盡雕闌暝，明月還未照孤凭。東風飛過悄無蹤，却被楊花微送影。

如夢令　吳藻

燕子未隨春去，飛到繡簾深處。軟語話多時，莫是要和儂住？延佇，延佇，含笑回他不許。

浪淘沙——和洪覺範瀟湘八景　錄三　鄭燮

山市晴嵐

雨淨又風恬，山翠新添；薰蒸上接蔚藍天。惹得王孫芳草色，醞釀春田。朝景尚拖煙，日午澄鮮；小橋山店倍增妍。近到略無些色相，遠翠依然。

漁村夕照

山迴暮雲遮，風緊寒鴉；漁舟個個泊江沙。江上酒旗飄不定，旗外煙霞。爛醉作生涯，醉夢清佳；船頭雞犬自成家。夜火秋星渾一片，隱躍蘆花。

遠浦歸帆

遠水淨無波，蘆荻花多。暮帆千疊傍山坡。蝸裏欲行還不動，紅日西矬。名利竟如何？歲月蹉跎。幾番風浪幾晴和。愁水愁風秋不盡，總是南柯。

戲管夫人詞　趙孟頫

我為學士，你做夫人，豈不聞陶學士有桃葉桃根，蘇學士有朝雲暮雲？我便多娶幾個吳姬越女何過分。你年紀也過四旬，只管占住玉堂春。

答詞　管夫人

你儂我儂，忒煞情多。情多處，熱似火。把一塊泥，捻一箇你，塑一個我。將咱兩個，一齊打破，用水調和。再捏一箇你，再塑一箇我。我泥中有你，你泥中有我。我和你生同一箇衾，死同一箇槨。

按松雪欲納姬，以前詞戲管夫人。夫人作此詞答之，遂止。

西江月—靈巖聽法　吳偉業

昔日君王舞榭，而今般若經臺。千年霸業總成灰，只有白雲無礙。看取庭前柏樹，那些石上青苔。殘山廢塔講堂開，明月松間長在。

醉春風—閨夜

眼底桃花媚，羅襪鈎人處，四肢紅玉軟無言，醉，醉，醉。小閣廊深，玉壺茶暖，水沈香細。　重簾蘭膏膩，偷解羅襦繫，知心侍女下簾鈎，睡，睡，睡。皓腕頻移，雲鬟低擁，羞眸斜睇。

憶秦娥—楊花　陳子龍

春漠漠，香雲吹斷紅文幕。紅文幕，一簾殘夢，任他飄泊。　輕狂無奈東風惡，蜂黃蝶粉同零落。同零落，滿池萍水，夕陽樓閣。

清平樂—春繡

繡簾花散，難與東風算，拈起金針絲又亂，尚剩檀心一半。　幾回黛蹙雙蛾，斜添紅縷微波。閒看燕泥欲墮，柳綿吹滿輕羅。

相見歡—閨情　毛西河

倚牀還繡芙蓉，對花叢，牽得絲絲柳線翠烟籠。　愁思遠拋金剪，唾殘絨，羞殺鴛鴦啣去一絲紅。

謁金門—春景　張蓋

溪水沒，岸口小橋衝斷，沽酒人家門巷短，柳陰旗一半。　細雨鳴鳩相喚，曲港落花流滿，兩兩睡紅鸂鶒暖，惱人春不管。

清平樂——春閨　　元好問

離腸宛轉，瘦覺妝痕淺。飛來飛去雙乳燕，消息知郎近遠。　樓前小雨珊珊，海棠簾幕輕寒。杜宇一聲春去，樹頭無數青山。

繫裙腰——咏裙　　陳維崧

滿園草色綠迢迢，都吹上，小裙腰。棲鸞宿蝶風流甚，暗暈紅潮，輕攏處，稱垂髫。　有時沈在簾兒底，依稀微露輕綃。隔花綉帶無風轉，淺立春宵，想應拂遍落花嬌。

小闌干——感舊　　薩都剌

去年人在鳳凰池，銀燭夜彈絲。沈水香消，梨雲夢暖，深院繡簾垂。今年冷落江南夜，心事有誰知。楊柳風柔，海棠月澹，獨自倚闌時。

蝶戀花——閨思　　王士楨

涼夜沈沈花漏凍，欹枕無眠，漸聽荒雞動。此際閒愁郎不共，月移窗罅春寒重。　憶共錦衾無半縫，郎似桐花，妾似桐花鳳。往事迢迢徒入夢，銀箏斷續連珠弄。

賀新郎—咏鴉　曹貞吉

鴉陣來沙渚，逗輕寒，霜天一抹，晚紅如縷。掠下晴窗驚帛裂，影逐斷雲歸去。伴黃葉，蕭蕭亂舞，寒話空林飛且止。似商量，明日風兼雨，聲啞啞，倩誰訴。　黃雲城畔知無數，趁星稀，月明三匝，一枝休妬。雁字橫斜分幾點，極目江村烟樹。惆悵煞，落霞孤鶩，啼向碧紗堪憶遠。最淒涼，織錦秦川女，空房宿，泪偷注。

如夢令—惜別　顧貞觀

顛倒鏡鸞釵鳳，纖手玉台呵凍。惜別儘俄延，也只一聲珍重。如夢，如夢，傳語曉寒休送。

图书在版编目(CIP)数据

《中国纯文学史纲》导读／刘经庵编著. —上海：
上海科学技术文献出版社,2020
（近代名家首版著作导读丛书）
ISBN 978 -7 -5439 -8053 -2

Ⅰ. ①中…　Ⅱ. ①刘…　Ⅲ. ①中国文学—古代文学史—文学史研究　Ⅳ. ①I209.2

中国版本图书馆 CIP 数据核字(2020)第 004682 号

组稿编辑：张　树
责任编辑：苏密娅

《中国纯文学史纲》导读

刘经庵　编著

*
上海科学技术文献出版社出版发行
（上海市长乐路 746 号　邮政编码 200040）
全 国 新 华 书 店 经 销
四川省南方印务有限公司印刷
*
开本 880 ×1230　1/32　印张 16　字数 320 000
2020 年 5 月第 1 版　2020 年 5 月第 1 次印刷
ISBN 978 -7 -5439 -8053 -2
定价：198.00 元（上下册）
http://www.sstlp.com

第三編 戲曲

第一章 戲曲的演變

中國戲曲的成立，較之印度和希臘都晚得多—至少晚千餘年。但關於優伶的記載，在春秋時已有所謂優孟其人了。不過那時的優伶，僅爲娛樂帝王貴族，以愉快的，滑稽的行動，和鋒利機警的言談，引帝王們發笑，或自省，他們乃是所謂「弄人」之流，並非正式的演劇家，對於一般民衆，更無關係。後來雖曾有「大面」—亦稱代面—「撥頭」，「踏謠娘」，及「參軍戲」等的演變，但在十三世紀之前，我們却不能找到一本流傳於今的劇本，和著名的戲曲作家。至今可考知的戲曲作家和劇本，乃始於金末元初之時，即十三世紀之前半期。若問中國戲曲的成立爲何一遲至此？其原因不外有二：一，中國文人一向以戲曲爲下等的藝術，弄人們的專業，不屑去注意，以失自己的身分。二，中國文人以做官爲目的，但得官的階梯是詩賦，不是戲曲，故注全力於詩賦，而無暇於戲曲。到了金元之時，科舉久廢，文士無所用心，又適當時民間演劇之風盛行，於是文人轉其注意力於民衆的藝術上，而戲曲的偉大作家，因之遂產生了。且元人素無文化，其征服中原全賴乎武力，中國原有的古典文學，他們不能領會，只好提倡通俗的戲曲文學了。至臧晉叔謂元代以雜劇取士，故元曲發達。此說不見正史，恐怕是「想當然」的揣測罷。

中國戲曲和詩詞一樣地有南北之分。北曲稱爲雜劇，僅限四折，不足用時，可加楔子。是一折，一調，一韻，且一人獨唱，不是正末，就是正旦，其他雜色雖入場，只說白而不唱曲。南曲稱爲傳奇，不限制齣數，可有三四十齣之多，一齣不限一調，且許換韻，又把一人獨唱之例打破了。這是在體製上的不同。北曲的韻無入聲，但在平聲裏有陰陽的分別，至於韻書是根據中原音韻的。南曲反是，有入聲，而平聲無陰陽，韻書是多依洪武正韻。在閒情偶寄中說：「北曲有北音之字，南曲有南音之字；北字近於粗豪，易入剛勁之口；南音悉多嬌媚，便施窈窕之人」。這是在音韻聲調上的不同。至於作風，北曲質樸豪邁，悲壯沈雄；南曲艷麗婉約，清柔曲折。總之：北曲不脫北人勁健之風；南曲難免南人婉約之氣。今就元明的戲曲而比較之：北曲盛於元朝，作家：如馬致遠，關漢卿白仁甫，鄭德輝爲元曲四大家，均北方人。雜劇：如王粲登樓，韓信胯下，關大王單刀會，和趙太祖風雲會，不特命詞高俊無比，而意象亦悲壯萬分。我們看太和正音譜評馬致遠的戲曲道：「其詞典雅清麗，可與靈光景福相頡頏，有振鬣長鳴，萬馬皆瘖之意」。眞有見地！

雜劇的作家多爲北方的平民，所以作品難免有粗俗之譏，爲南方文士所不滿。迨至元末，南方作家蠭出，遂用秀雅的辭句，解放的體裁，來創造一種新穎的戲曲，名爲傳奇，盛行於南方。此後戲曲的創作，遂由平民移于文士之手，逐漸「優雅化」，和「美麗化」，造句務求其雅，選字務求其麗，即賓白也駢四儷六，語語工整。其甚者，如浣紗記和祝髮記，竟通劇無一散語。南曲：如高則誠的琵琶記，湯顯祖的牡丹亭。和號稱四大傳奇的「荊，劉，拜，殺」均稱名作。其中最受人熱烈歡迎的，爲琵琶記與牡丹亭，二者哀艷婉轉，悽愴動人，均堪稱爲南方文學的代表作品。

曲，原有散曲，與戲曲之別：散曲爲小令與套數，戲曲爲雜劇與傳奇。散曲是由宋詞演變的，戲曲是由散曲綴成的，故稱曲亦曰詞餘，這與稱詞爲詩餘，其來由是一樣的。曲雖源於詞，但二者迥不同，詞只是善於抒情，而曲除抒情外，兼可敘事，或代言；詞僅講平仄，曲則須將平上去三聲，一一區分之；（元曲無入聲）詞是長短句，而曲於長短句中更加襯字；詞固可歌唱，而曲除歌唱外，又須表演。表演時兩人問答謂之賓，一人自道謂之白，所有行動謂之科，或曰介。以上三者合組而成的歌唱與動作，始稱爲戲劇。查古昔敬神時，常合樂歌舞幷奏，——這是戲劇的濫觴——不過雖合奏而歌舞未必相應。到了唐朝有蓮花鏃歌舞者，所舞與歌者所歌之詞，稍有相應，然內中無事實之可演。至宋趙令時作商調鼓子詞譜西廂傳奇始有事實，尚無演白。迨董解元爲絃索西廂曲中夾白，搊彈，念唱，統歸一人，但此時僅是坐唱，並無扮演之舉。絃索調更進而爲連廂，不惟有扮演人，且有舞台之雛形。不過此時舞者不唱，唱者不舞。及元劇興，舞者與歌者始合爲一人，且在歌唱時有音樂以和之，於是眞正的戲曲才正式成立了。

第二章　元代以前的戲曲

唐代的歌舞及古劇

○梨園樂—唐明皇是一享個樂主義者，他好文學，通音樂，在蓬萊宮之旁，置內教坊，奬進散樂唱優之伎，挑選坐部伎（分坐部與立部，前者坐於堂上，後者立於堂下以奏樂。）弟子三百人於梨園，明皇親教之。又有外教坊同內教坊，並稱爲左右教坊。當時名伶如李龜年，雷海青，賀懷智等，均精音樂，工歌舞。舞的種類：有軟舞，健舞等；歌有霓裳羽衣曲，。這是最有名的舞曲之一。在歌舞之外，又有戲劇，如大面，撥頭，踏謠娘，蘇中郎，及參軍戲等，流行一時。

大面—亦稱代面，原起自北齊，蘭陵王長恭，因他有才善戰，而容貌如婦人，他恐不足以威敵，乃刻木作假面以臨陣，大破周師。齊人壯之，遂作此舞，稱爲「蘭陵王入陣曲」。唐之大面戲，即本此，演者被着大面，身穿紫衣，腰帶金刀，執鞭而舞。

撥頭—亦稱缽頭，原出西域，據稱有一胡人爲猛虎所害，他的兒子上山尋見其屍，大爲哀慟，遂殺虎以報仇。演者披髮穿素衣，扮着喪事的裝束和哭喪的臉。據王國維宋元戲曲史說，這戲原發生於北史西域傳的拔豆國，撥頭與拔豆同爲譯音—經龜茲等國，始傳入中土。

踏謠娘—據傳北齊有姓蘇著，並無官職，而自號「郎中」。好飲酒，醉則輒歐其妻，其妻美而能歌，乃合悲作怨苦之辭，哀訴於鄰里。演者作婦人裝，且行且歌，每一疊旁人齊和之。不久其夫來，乃作吵鬧狀，以博笑樂。—按踏謠即一面走，一面歌之意。

蘇中郎—相傳後周有蘇葩者，嗜酒而落魄，自號中郎，不論何處有宴會，他就走進去，獨自乘興舞蹈。演者穿緋衣，戴帽，面塗赤色，以表醉狀。此爲代面的進步，不用假面而改塗面，後世伶人的臉譜，實始於此。

參軍戲—原本於後漢館陶令石耽的故事，耽曾犯贓罪，和帝免其罪，每宴樂使穿白夾衫，—俳人衣—令優伶戲弄以辱之，耽後爲參軍故名。近據王國維考証，謂漢世無參軍之官，恐怕是後趙石勒的參軍周延之誤。在唐朝此戲甚爲流行，不過所演多離開本事，而成爲一綠衣秉簡的官人，以一鶉衣髽髻的蒼頭爲對手，而做的滑稽戲了。總之，唐朝的戲劇有兩種：一以歌舞爲主，一以滑稽嘲笑爲主，所演者均爲一種故事，其中已有裝扮脚色的痕跡可尋了。

宋代的雜劇及鼓子詞

（一）雜劇之名，始於宋代，相當時小兒隊，女童隊之舞，其爲宮庭宴饗時，用以助興的玩藝。以滑稽取笑爲主，不過於調笑中含有譏諫的意思罷了。宋初循舊規，設教坊四部，他們所奏的有所謂十八調，四十大曲的名目。在輟耕錄上也有「三千小令，四十大曲」之說。太宗更通曉音律，親製之曲，據稱有三百餘。仁宗時，天下太平，遊戲文章更多。徽宗雖爲亡國之君，但他明白樂曲，對於藝術的獎進和保護，不下唐之明皇。他曾用周邦彥爲大晟樂府的長官，製作新聲，又以爨國來朝，遂作五花爨弄雜劇。及南渡以後，雜劇依然盛行。朱子曾譏評當時的詩風，如村裏雜劇一般，可見那時的雜劇，不獨流行於都城，連鄉村亦有了。祝允明在他的猥談裏亦說過：「南戲出於宣和之後，南渡之際，謂之溫州雜劇」。這時的雜劇，就不像北宋的單純，僅限於滑稽嘲笑，而要扮演一故事，有唱曲，有說白，已開金元雜劇的端緒了。

鼓子詞是北宋末趙德麟的元微之崔鶯鶯商調蝶戀花詞，因合鼓而歌，故稱鼓子詞。他截取元微之的會眞記，作爲散序，賦與調蝶戀花詞十闋，前後又加二闋，以述其著作的原由。散序誦而不歌，詞曲合樂器而歌唱，和雜劇一樣沒有白，亦沒有科，惟有序有詞。不僅以滑稽調笑爲主，必扮演一故事，首尾一貫，可稱爲近代戲曲之祖。鼓子詞到南宋時盛行於民間，陸放翁有捨舟步歸詩道：「斜陽古柳趙家庄，負鼓盲翁正作場，死後是非誰管得，滿村聽唱蔡中郎」。按這蔡中郎，即元南曲中最有名的琵琶記的主要男脚色蔡伯喈。

金人的雜劇搊彈詞及連廂詞

㈠金人攻陷了汴京，與高宗的南渡，這不但在中國政治史上劃分一個新時期，就是在中國文學史上亦是一樣的。這個時期，實是後世南北曲的分歧點。宋樂流入於金的，即爲元代北曲的先趨；宋樂傳於江南的，即爲明代南曲的源流。金熙宗時曾設敎坊，從樂工二百五十四人，後至世宗章宗與宋朝講和，南北相通，雜劇遂勃興。輟耕錄曾舉金院本六百九十種。所謂「院」，即行院倡伎的居所，專爲倡優演唱之用，故稱院本。

搊彈詞是合琵琶而歌的，故金人董解元的西廂搊彈詞，一稱絃索西廂，題材是取自會眞記，更加入幾個人物和事件於其中，錯綜變化，編成了一大詩史。後來北曲西廂記的人物，全是依據此書。莊嶽委談稱董曲爲古今傳奇之鼻祖，金元一代文獻盡於此。不過此曲是供優伶絃索彈唱的，並不能扮演於舞台。

趙德麟的鼓子詞，僅有詞而無演白，董解元的搊彈詞曲白都有，但爲叙說體，一人一面搊彈，一面念唱，是一種琵琶上彈奏的故事，不能拿到舞台上扮演。於是更進而爲連廂詞，有司唱一人，而和以琵琶，笙笛各一以唱詞，優人上舞台，男名末流，女名旦兒，並雜色人等，隨唱詞而演。不過舞者不唱，唱者不舞，好像現在的雙簧一樣。到了元朝又進一步，將司唱者取消，登場的伶人，且唱且舞，動作與唱詞全歸一人，所謂戲曲才正式告成了。

絃索西廂　　董解元

送別

（大石調）（玉翼蟬）蟾宮客，赴帝闕，相送臨郊野。恰俺與鶯鶯鴛幃暫相守，被功名使人離缺。好緣業，空悒快；頻嗟歎，不忍輕離別。早是恁悽悽涼涼受煩惱，那堪値暮秋時節！雨兒作歇，向晚風如漂冽。那聞得衰柳蟬鳴悽切！未知今日別後，何時重見也？衫袖上盈盈揾淚不絕，幽恨眉峯暗結，好難割捨！縱有千種風情何處說？

（尾）莫道男兒心如鐵！君不見滿川紅葉，盡是離人眼中血！

（越調）（上西平纏令）景蕭蕭，風淅淅，雨霏霏，對此景怎忍分離，僕人催促，雨停風息日平西。斷腸何處唱陽關，執手臨歧。蟬聲切，蛩聲細，角聲韻，雁聲悲，望去程依約天涯，且休上馬，苦無多淚與君垂。此際情緒，你爭知更說甚湘妃！

（鬥鵪鶉）囑付情郎若到帝里，帝里酒釅花濃，萬般景媚，休取次共別人便字連理！少飲酒，省遊戲，記取奴言語，必登高第。專聽着伊家寶冠霞帔。妾守空閨，把門兒緊閉；不拈絲管，罷了梳洗，你咱是必把音書寄。

（雪裏梅花）莫煩惱！莫煩惱！放心地！放心地！是必——是必休恁做病做氣！俺也不似別的，你情性俺都識。臨去也！臨去也！且休去，聽俺勸伊。

（錯煞）我郎休怪强牽衣，問你西行幾日歸？着路裏小心呵！且須在意。省可裏晚眠早起。冷茶飯莫吃，好將息，我專倚着門兒專望你。

生與鶯鶯離別

夫人勸曰：「送君千里，終有一別」。

（仙呂調）（戀香衾）苒苒征塵動行陌，杯盤取次安排。三口兒連法聰外更無別客。魚水似夫妻正美滿，被功名等閒離拆。然終須相見，奈時下難捱！君瑞啼痕汚了衫袖，鶯鶯粉淚盈腮。一個止不定長吁，一個頓不開眉黛。君瑞道：「閨房裏保重」！鶯鶯道：「途路上寧耐」！兩邊的心緒，一樣的愁懷。

（尾）僕人催促，怕晚了天色，柳隄兒上把瘦馬兒連忙解。夫人好毒害，道：「孩兒每回，取個坐車兒來」！

生辭夫人及聰，皆曰：「好行」！夫人登車。

生與鶯鶯別。

（大石調）（驀山溪）離筵已散，再留戀應無計。煩惱的是鶯鶯，受苦的是清河君瑞。頭西下控着馬，東向馭坐車兒。辭了法聰，別了夫人，把罇俎收拾起。臨上馬還把征鞍倚，低語使紅娘，更告一盞，以爲別禮。鶯鶯君瑞彼此不勝愁；斷覷者，總無言，未飲心先醉。

（尾）滿酌離杯長出口兒氣，比及道得個「我兒將息」，一盞酒裏，白冷冷的滴彀半盞來淚。

夫人道：「教郎上路，日色晚矣」！鶯啼哭，又賦詩一首贈郎。詩曰：「棄擲今何道，當時且自親；還將舊來意，憐取眼前人」。

（黃鐘宮）（出隊子）最苦是離別，彼此心頭難棄捨。鶯鶯哭得似痴呆，臉上啼痕都是血；有千種恩情何處說？夫人道。「天晚教郎疾去」。怎奈紅娘心似鐵，把鶯鶯扶上七香車，君瑞攀鞍空自攧，道得個「冤家寧耐些」！

（尾）馬兒登程，坐車兒歸舍；馬兒往西行，坐車兒往東拽。兩口兒一步兒離得遠如一步也！

（仙呂調）（點絳脣纏令）美滿生離，據鞍兀兀離腸痛；舊歡新寵，變作高唐夢。回首孤城，依約青山擁。西風送戍樓寒重，初品梅花弄！

（瑞蓮兒）衰草淒淒一徑通，丹楓索索滿林紅。平生蹤跡無定着，如斷蓬；聽寒鴻啞啞的飛過暮雲重！

〔風吹荷葉〕僞得枕鴛衾鳳，今宵嘗半璧兒沒用。觸目悽涼千萬種，見滴流流的紅葉，淅零零的微雨，率剌剌的西風。

〔尾〕驕鞭半裊，吟肩雙聳，休問離愁輕重！向個馬兒上駝也駝不動！

離蒲西行三十里，日色晚矣！野景堪畫。

〔仙呂調〕〔賞花時〕落日平林噪晚鴉，風袖翩翩瘦馬，一徑入天涯；荒涼古岸，衰草帶霜滑。瞥見個孤林端入畫，籬落蕭疏帶淺沙，一個老大伯捕魚蝦。橫橋流水，茅舍映荻花。

〔尾〕駝腰的柳樹上有漁槎，一竿風旆茅簷上挂。澹煙瀟灑，橫鎖着兩三家。

生投宿於村店。

第三章　元代的戲曲

總論　○戲曲到了元代，已經完全成立。當時的雜劇有曲，有白，有科，體製方面無不全備；登場的伶人，自已唱曲，說白，並動作也與之一致。王國維說：「宋人大曲皆爲叙事體，金之諸宮調雖有代言之處，而大體只可謂之叙事，獨元雜劇於科白中叙事，而曲文全爲代言，不可謂非戲曲上一大進步」。不過當時唱曲者只限於一人，還是按照「連廂詞」的司唱屬於一人的舊例。這樣看來，元代的雜劇，可無疑的說是直接出於金之院本和連廂詞了。元劇以大都—北平—爲中心，故稱爲北曲。

元曲的作家，大致可分三個時期：第一期爲蒙古時代（1234至1276）自太宗取中原，至世祖統一南北。第二期爲一統時代（1277至1340）自世祖至元十六年，至順帝後至元。第三期爲元末時代，（1341至1367）即順帝至正年間。元曲的作家，以第一期爲最盛，其中除一李直夫是女眞人，餘皆爲北方之漢人，而以大都爲中心。第二期多南方人，或北方人而僑寓南方者，以杭州爲中心。第三期就不足道了。

時／地	大都	
第一期	✡關漢卿（五八）✡王實甫（十四） 庚天錫（十五）✡馬致遠（十三） ✡王仲文（十）✡楊顯之（八） ✡紀天祥（六） 費君祥（一） 費庚臣（三）✡張國賓（三） 梁進之（二）✡孫仲章（二） 趙明道（二） 李子中（二） ✡石子章（二） 李寬甫（一） 李時中（二）紅字李二（三）京兆 ✡王伯成（二） 涿州	✡李好古（三）保定彭伯威（一）保定 ✡白朴（十五）眞定✡李文蔚（十二） 眞定✡尙仲賢（十）眞定✡戴
第二期	✡曾瑞（一）	✡宮天挺（六）大名 ✡趙良弼（一）東平 陳無安 東平
第三期		高君瑞 眞定

中書省所屬

尙輔(五)定眞　侯正卿(一)眞定史九山人(一)眞定　江澤民(一)眞定☆鄭廷玉(二三)彰德趙文殷(三)彰德　李進取(三)大名　陳寧甫(一)大名王廷秀(四)益都☆武漢臣(十)濟南☆岳伯川(二)濟南☆康進之(二)棣州☆高文秀(三二)東平　張時起(一四)東平顧仲淸(二)東平☆張壽卿(一)東平☆吳昌齡(十九)西京大同☆李壽卿(十)太原劉唐卿(二)太原☆石君寶(十)平陽于伯淵(六)平陽　趙公輔(二)平陽☆狄君厚(一)平陽☆孔文卿(一)平陽☆李行甫(一)絳州☆李直夫(十一)女眞

☆喬吉甫(十一)太原☆鄭光祖(十七)平陽李顯卿　東平

河南江北等處行中書省所屬

趙天錫（二）汴梁
陸顯之（一）汴梁
✡姚守中（三）洛陽
✡孟漢卿（一）亳州

睢景臣（三）揚州

孫子羽（一）揚州
張鳴善（二）揚州

江浙等處行中書省

廖　毅　建康
✡金仁傑（七）杭州
✡范　康（二）杭州
沈　和（五）杭州
鮑天祐（八）杭州
陳以仁（二）杭州
范居中　杭州
施　惠　杭州
黃天澤　杭州
沈　拱　杭州
吳本世　杭州
周文質（四）
胡正臣　杭州

✡秦簡夫（五）杭州
✡蕭德祥（五）杭州
陸登善（二）杭州
✡王　曄（三）杭州
王仲元（三）杭州
徐再思　嘉興
吳　朴　平江
黃公望　姑蘇
錢　霖　松江
顧德潤　松江
張可久　慶元
汪勉之　慶元
趙善慶（五）饒陽

所屬	未詳
	趙子祥(三) 李郎(二)
杭州 俞仁夫 湖州 張以仁 松江 顧廷玉 松江 李用之	屈彥英 王思順 蘇彥文 李齊賢 劉宣子
	吳仁卿(四) 高可道 屈子敬(五) 李邦傑 ☆朱凱(二) 曹明善 高敬臣 高安道 王守中

附註一，各作者姓名下的數目字，是表示作曲之數。

二，此表完全依據鍾嗣成的錄鬼簿，故所載作曲之數與現在所知者略有不同，如關之劇本，今知有六十三種。

三，作者姓名上有一☆符號，是表示他們的劇本，至今尚有存者。

四，作者姓名下無數目字，是錄鬼簿上原無者。

我們看了這表，可以明白元曲變遷的大勢：第一期的作家十五六人，其生地多爲北方，江浙沒有一人，這時作者的中心地，是在大都。到了第二期，作者僅有三十八，而南方的人已占去十七，尤以杭州爲最多。北方的作者，僅有七人，如曾瑞後半生居於杭州，鄭光祖及趙良弼俱爲杭州的官吏，喬吉甫與李顯卿也住在杭州，只有宮天挺沒有到過南方。到了第三期北方的作家，僅有高君瑞一人爲南方所用知，其餘的都爲南方人。在這兩期中，南方的杭州已代大都而爲戲曲作家的中心地了。但以作家與作品論：以第一期爲最多，第二三期的作家，似都已疲乏，無有第一期那麼蓬勃有力了。他們的作品流傳於今者，亦較第一期少得多。

在這許多的作家中，以第一期的關漢卿，馬致遠，白朴，王實甫，及第二期的鄭光祖喬吉甫爲最有名，世稱爲六大家。

關漢卿及其作品（一）關漢卿（1214?至1300?）大都人，號已齋叟，曾做過太醫院尹，金亡不仕。他是元曲的開山大師，王國維稱他，「一空依傍，自鑄偉詞，其言曲盡人情，字字本色，故當為元人第一」。太和正音譜評其詞，為：「如瓊筵醉客」。他作的戲曲有六十三種，大多數都散佚了，存於今的僅餘十四種，即玉鏡台，謝天香，金線池，竇娥冤，魯齋郎，救風塵，蝴蝶夢，望江亭，西蜀夢，拜月亭，單刀會，調風月，緋衣夢，及續西廂記。其中有寫戀愛的，有寫公案的，也有寫英雄的。而劇中的主人翁，除玉鏡台，魯齋郎兩部英雄傳奇外，都是女子。由此可知漢卿是個善於描寫女性的大家。他這十四種戲曲，要以竇娥冤及續西廂為最著名。竇娥冤（為今之京劇六月雪所本）的情節，是說楚州蔡婆生有一子，家產很富，有窮秀才竇天章曾向她借銀數十兩，因不能償還，便把女兒端雲給了她為兒媳，改名竇娥。蔡婆又給天章些盤費，讓他上京應舉去了。當時有個賽盧醫亦借了蔡婆的錢，不能償還，便把她誘至郊外，要用繩勒死她。這時恰遇張驢兒父子過來，盧醫逃跑了，把蔡婆救了活命。張驢兒父子仗着救她的恩惠，欲父娶蔡婆，他娶竇娥——時蔡子已死。——但竇娥不肯，張驢兒想達到目的，便請賽盧醫給他些毒藥，要把蔡婆害死，不料被他父親誤吃而死，驢兒不得已，强說是竇娥毒死的，告了官家，將她定為死罪。在此劇寫竇娥被殺一折，是世間最悽苦的文字之一，什麼人讀了亦要為她悲憤的。竇娥臨死時，向官說，如她若冤枉的，頭血便將飛濺在丈二的白練上，那時雖是六月，亦將下雪，且那地方將大旱三年，後來果然都應了她的預言。最後她的父親竇天章做了廉訪使，到了楚州，娥的鬼魂向他訴了冤，便捉到張驢兒和賽盧醫給她報仇了。中國的悲劇是很少的，這可算是所有悲劇中最偉大的。

西廂記是王實甫依據董解元的西廂搊彈詞做的。搊彈詞裏原有張君瑞 崔鶯鶯團圓的一段事實，不知怎的王實甫只止於「草橋夢鶯鶯」便擱筆了。因之漢卿又續上「張君瑞慶團圓」的一幕，成了五本的西廂記，以補足王氏未完的四本。不過關的續本，金聖歎說是「狗尾續貂」，攻擊的很利害。這大概因他沒有見到董西廂，不知原本的情節就是如此。且續本裏的好詞句亦不少，我們不能因他把張崔續團圓了，而一概抹煞加以厚非的。

竇娥冤第二折

(鬥蝦蟆)空悲戚，沒理會，人生死，是輪廻。感着這般病疾，値着這般時勢，可是風寒暑溼，或是飢飽勞役，各人證候自知。人命關天關地，別人怎生替得，壽數非干一世，相守三朝五夕。說甚一家一計，又無羊酒緞匹，又無花紅財禮，把手爲活過日，撒手如同休棄。不是竇娥忤逆，生怕旁人論議。不如聽咱勸你，認個自家悔氣，割捨的一具棺材，停置幾件布帛，收拾出了咱家門裏，送入他家墳地。這不是你那從小兒年紀指脚的夫妻，我其實不關親，無半點悽愴淚。休得要心如醉，意似癡，便這等嗟嗟怨怨，哭哭啼啼。

續西廂　第四折

(沈醉東風)不見時準備着千言萬語，得相逢都變做短嘆長吁，他急穰穰却才來，我羞答答怎生覷?將腹中愁恰待申訴，及至相逢，一句也無，剛道個：「先生，萬福」！

又第一折

(醋葫蘆)我這里開時和淚開，他那裡修時和淚修。多管是擱着筆尖兒未寫淚先流，寄將來淚點兒兀自有。我這新痕把舊痕湮透，這的是一重愁翻做兩重愁。

王實甫及其作品○王實甫名德信，大都人，其生平不詳，大約與關漢卿同時。太和正音譜稱其劇詞：「如花間美人，鋪叙委婉，深得騷人之趣。極有佳句，若玉環之出浴華清，綠珠之采蓮洛浦」。所作劇本凡十四種，今僅存麗堂春（作於金朝未亡之前）和西廂記二種。而西廂記尤爲戲曲中最名貴，最有價值的作品。劇中的情節，是寫張君瑞與崔鶯鶯戀愛的故事，大凡是中國讀書的士女，對這故事，沒有不諳熟艷稱的。在這個劇本裏所寫的人物，雖不甚多，但各有各的個性，寫得不但婉曲細膩，且都是活潑潑地，現在紙上。其中佳句眞是美不勝收，相傳他寫到「碧雲天，黃花地，西風緊，北雁南飛」諸語時，忽嘔血而死。這樣的傳說，固不可深信，但亦足知作者是如何的竭他畢生的精力在西廂上了。

西廂記　第四本第三折

長亭送別

（正宮）（端正好）碧雲天，黃花地，西風緊，北雁南飛。曉來誰染霜林醉？總是離人淚！

（滾繡球）恨相見得遲，怨歸去得疾。柳絲長，玉驄難繫。恨不倩疏林挂住斜暉。馬兒迍迍的行，車兒快快的隨。卻告了相思迴避，破題兒又早別離。聽得一聲去也，鬆了金釧；遙長見十里長亭，減了玉肌。此恨誰知！

（叨叨令）見安排着車兒馬兒，不由人熬熬煎煎的氣。有甚麼心情花兒靨兒，打扮的嬌嬌滴滴的媚！准備着被兒枕兒，則索昏昏沉沉的睡。從今後衫兒袖兒，都搵做重重叠叠的淚。兀的不悶殺人也麼哥！兀的不悶殺人也麼哥！久以後書兒信兒，索與我悽悽惶惶的寄。

（脫布衫）下西風，黃葉紛飛；染寒煙，衰草萋迷。酒席上，斜簽着坐的，蹙愁眉，死臨侵地。

（小梁州）我見他閣淚汪汪不敢垂，恐怕人知。猛然見了把頭低；長吁氣，推整素羅衣。

（么篇）雖然久後成佳配，奈時間怎不悲啼！意似癡，心如醉，昨宵今日，清減了小腰圍。

（上小樓）合歡未巳，離愁相繼。想着俺前暮私情，昨夜成親，今日別離。我諗知這幾日相思滋味，卻元來此別離情更增十倍。

（么篇）年少呵，輕遠別。情薄呵，易棄擲。全不想腿兒相挨，臉兒相偎，手兒相攜。你與俺崔相國做女壻，妻榮夫貴。但得一個並頭蓮，煞强如狀元及第。

（滿庭芳）供食太急，須臾對面，頃刻別離。若不是酒席間子母每當廻避，有心待與他舉案齊眉。雖然是厮守得一時半刻，也合着俺夫妻每共桌而食。眼底空留意，尋思起就裏，險化做望夫石。

（快活三）將來的酒共食，嘗着似土和泥。假若便是土和泥，也有些土氣息，泥滋味。

（朝天子）煖溶溶玉醅，白冷冷似水，多半是相思淚。眼面前茶飯怕不待要吃，恨塞滿愁腸胃。蝸角虛名，蠅頭微利，拆鴛鴦在兩下裏。一個這壁，一個那壁，一遞一聲長吁氣！

（四邊靜）霎時間杯盤狼藉。車兒投東，馬兒向西。兩意徘徊，落日山橫翠。知他今宵宿在那裏，有夢也難尋覓。

（耍孩兒）淋漓襟袖啼紅淚，比司馬青衫更溼。伯勞東去燕西飛，未登程，先問歸期。雖然眼底人千里，且盡人前酒一杯。未飲心先醉，眼中流血，心裏成灰。

（五煞）到京師，服水土，趁程途，節飲食，順時自保千金體。荒村雨露宜眠早，野店風霜要起遲。鞍馬秋風裏，最難調護，最要扶持！

（四煞）這憂愁訴與誰，相思只自知，老天不管人憔悴。淚添九曲黃河溢，恨壓三峯華嶽低。到晚來悶把西樓倚，見了些夕陽古道，衰柳長隄。

（三煞）笑吟吟一處來，哭啼啼獨自歸。歸家若到羅幃裏，昨宵個繡衾暖留春住，今夜個翠被生寒有夢知。留戀你，別無意，見據鞍上馬，閣不住眼淚愁眉。

（二煞）你休憂文齊福不齊，我則怕你停妻再娶妻。休要一春魚雁無消息！我這裏青鸞有信頻須寄；你却休，「金榜無名誓不歸」。此一節，君須記：若見了那異鄉花草，再休似此處棲遲！

（一煞）青山隔送行，疏林不做美，淡煙暮靄相遮蔽。夕陽古道無人語，禾黍秋風聽馬嘶。我爲甚麼懶上車兒內？來時甚急，去後何遲！

（收尾）四圍山色中，一鞭殘照裏。遍人間煩惱塡胸臆，量這些大小車兒如何載得起！

白朴及其作品。。。。

○白朴字仁甫，後改字太素，號蘭谷，眞定人，行輩較晚於關王。金亡亦不仕，後徙家金陵，放情於山水間以自遣。所作劇本有十五種，今僅存二種，即梧桐雨與牆頭馬上，二者都是寫兩性間的戀愛，尤以梧桐雨爲有名。梧桐雨是寫唐明皇與楊貴妃的故事，乃一本極高超，極完美的悲劇。其中最好的是寫唐明皇於貴妃死後，秋夜獨聽梧桐雨的一段，其哀感頑艷，亦不下西廂的長亭送別。論者稱他的曲高華雄渾，有如「鵬搏九霄。」但其言情處亦極委婉細膩，實不愧爲元曲的第一流作家！

梧桐雨　第四折

（笑和尚）原來是滴溜溜，遶閑堦敗葉飄；疏剌剌刷落葉被西風掃；忽魯魯，風閃得銀燈爆；厮琅琅，鳴殿鐸；撲簌簌，動朱箔；吉丁當，玉馬兒向簷間鬧。

（叨叨令）一會價緊呵，似玉盤中萬顆眞珠落；一會價響呵，似玳筵幾簇笙歌鬧；一會價清呵，似翠岩頭一派寒泉瀑；一會價猛呵，似綉旗下數面征鼙操。

元的不惱殺人也麼哥，元的不惱殺人也麼哥，則被他諸般兒雨聲相聒噪。（三煞）潤濛濛，楊柳雨，淒淒院宇侵簾幕；細絲絲，梅子雨，粧点江干滿樓閣；杏花雨，紅濕欄干；梨花雨，玉容寂寞；荷花雨，翠蓋翩翻；豆花雨，綠葉蕭條；——都不似你驚魂破夢，助恨添愁，徹夜連宵！莫不是水仙弄嬌，蘸楊柳，洒風飄？

馬致遠及其作品

馬致遠，號東籬，大都人，曾任江浙省行省務官，他的生年比關王較後。太和正音譜稱他：「如朝陽鳴鳳。其詞典雅清麗，可與靈光景福相頡頏，有振鬣長鳴，萬馬皆瘖之意。又若神鳳飛鳴于九霄，豈可與凡馬共語哉？宜列群英之上」。他作劇有十四種，傳於今者，現有七種，即漢宮秋，薦福碑，岳陽樓，黃粱夢，青衫淚，陳摶高臥及三度任風子。這七種多是敘寫神仙奇蹟的，他大概是一個悲觀的憤世者，看破了世上的紛擾和人間的名利罷。這是與關王不同的一點。他的作品瀟洒自然，不像關之凝重，王之婉曲。漢宮秋可稱是他的代表作品，內容是王昭君出塞的故事。這個故事雖亦為一般讀書人所素知，且感動了不少的詩人來咏唱這事，但所寫的多側重昭君，而此劇不然，其中心是在漢元帝，不在昭君，這是與別的作品大不同處。劇中以昭君與元帝相別的一幕，爲最高點，寫得極悽涼，極悲慘，無怪使數百年後的讀者，仍爲之掩卷太息呢。東籬除雜劇外兼長散套小令，而百歲光陰一套，尤爲一時所稱。藝苑巵言謂：「馬致遠百歲光陰放逸宏麗，而不離本色，押韻尤妙，元人稱爲第一，眞不虛也」。其小令天淨沙亦爲千古絕唱。

漢宮秋 第三折

灞橋送別

（七弟兄）說甚麼大王不當戀王嬙，兀良！怎禁他臨去也回頭望。那堪這散風雪旌節影悠揚，動關山鼓角聲悲壯。

（梅花酒）呀，對這迥野淒涼，草色已添黃，兎起早迎霜，犬褪得毛蒼，人搠起纓鎗，馬負着行裝，車運着餱糧，打獵起圍場。她，她，她，傷心辭漢主；我，我，我，携手上河梁。她部從，入窮荒；我鑾輿，返咸陽。返咸陽，過宮牆；過宮牆，繞迴廊；繞迴廊，近椒房；近椒房，月昏黃；月昏黃，夜生涼；

夜生凉，泣寒蛩；泣寒蛩，綠紗窗；綠紗窗，不思量。

（收江南）呀，不思量，除是鐵心腸，鐵心腸也愁滴淚千行！美人圖今夜掛昭陽，我那裏供養，便是我高燒銀燭照紅妝。

秋　思　百歲光陰

（雙調夜行船）百歲光陰如夢蝶，重回首往事堪嗟！昨日春來，今朝花謝，急罰盞夜闌燈滅。（喬木查）秦宮漢闕，做衰草牛羊野，不恁漁樵無話說。縱荒墳，橫斷碑，不辨龍蛇。（慶宣和）投至狐蹤與兎穴，多少豪傑。鼎足三分半腰折，魏耶晉耶？（落梅風）天教富，不待奢，無多時好天良夜，看錢奴硬將心似鐵，空辜負錦堂風月。（風入松）眼前紅日又西斜，疾似下坡車，晚來清鏡添白雪，上床與鞋履相別。莫笑鳩巢計拙，葫蘆提一就裝呆。（撥不斷）利名竭，是非絕，紅塵不向門前惹。綠樹偏宜屋角遮，青山正補牆東缺，竹籬茅舍。（離亭宴煞）蛩吟罷一枕才寧貼，鷄鳴後萬事無休歇，算名利何年是徹，密匝匝蟻排兵，亂紛紛蜂釀蜜，鬧穰穰蠅爭血。裴公綠野堂，陶令白蓮社，愛秋來那些？和露摘黃花，帶霜烹紫蟹，煮酒燒紅葉。人生有限杯，幾個登高節？

囑付與頑童記者，便北海探吾來，道東籬醉了也。

天淨沙

枯藤老樹昏鴉，小橋流水人家，古道西風瘦馬，夕陽西下，斷腸人在天涯。

鄭光祖及其作品（一）鄭光祖字德輝平陽人，是第二期最負盛名的作家。鍾嗣成說他：「名聞天下，聲振閨閣；伶倫輩稱鄭老先生，皆知其爲德輝也」。所作劇本有十九種，今僅存四種，即王粲登樓，周公攝政，倩女離魂，和傷梅香。前二種是歷史劇，後二種是愛情劇，比較起來，以後二種爲佳。倩女離魂是敘張鎰女倩娘與王文舉相愛，文舉赴京應試，倩娘的魂離了軀殼，偕他同去的故事。傷梅香是敘白敏中與裴度之女小蠻相戀，由一個婢女梅香在其中傳遞信息，全劇的結構，極似西廂記。

倩女離魂　第三折

「醉春風」空服徧暝眩藥不能痊，知他這腤臢病何日起。要好時，直等的見他時，也只爲這症候因他上得。得！一會家縹渺呵，忘了魂靈。一會家精細呵，使著軀殼。一會家混沌呵，不知天地。

（迎仙客）日長也，愁更長；紅稀也，信尤稀；春歸也，奄然人未歸。我則道，相別也數十年，我則道，相隔着數萬里。爲數歸期，則那竹院裏偏刻琅玕翠。

㑳梅香　第二折

（隨煞尾）你聽那禁鼓鼕鼕將黃昏報，等的宅院裏沈沈都睡却，悠悠的聲揭譙樓品畫角，璫璫的水滴銅壺玉漏敲，刷刷的風刮芭蕉鳳尾搖，脈脈的月上花稍樹影高，悄悄的私出蘭房離繡幕，擦擦的行過闌干上甬道，霍霍的搖動珠簾，你等着巴巴的彈響窗櫺，恁時節的是俺來了。

喬吉甫及其作品○喬吉甫字夢符，太原人，號笙鶴翁，又號惺惺道人，和同時的鄭光祖及第一期的關王馬白齊名，稱爲元劇六大家。他作曲十一種，今存三種，都是戀愛劇。金錢記是敍韓翃和柳眉兒戀愛故事的。楊州夢是敍杜牧與張好好戀愛故事的。兩世姻緣是敍韋臯和韓玉簫戀愛故事的。三者大都取材於唐人的傳奇。

此外元之戲曲作家，第一期的如高文秀有雙獻功，誶范叔及遇上皇；鄭廷玉有楚昭王，後庭花，忍字記，看錢奴及崔府君。李壽卿有伍員吹簫，及月明和尚；尚仲賢有柳毅傳書，三奪槊，氣英布及尉遲恭。武漢臣有老生兒，玉壺春及生金閣。吳昌齡有風花雪月與東坡夢。楊顯之有臨江驛與酷寒亭。石君寶有秋胡戲妻，曲江池及紫雲庭。張國賓有汗衫記，薛仁貴，與羅李郎。第二期的如金仁傑有蕭何追韓信，宮天挺有范張雞黍，曾瑞有留鞋記。第三期的如秦簡夫有東堂老與趙禮讓肥，蕭德祥有殺狗勸夫，均為元代第二流的作家，今不一一細述了。

兩世姻緣　第二折

（柳葉兒）兀的不寂寞了菱花粧鏡，自覷了自害心疼！將一片志誠心寫入了冰綃鮫，這一篇相思令寄與多情，道是人憔悴不似丹青！

第四章　明代的戲曲

元朝是雜劇最盛行的時代，不過到了元之末季，雜劇即已衰微，又因雜劇的作家多爲平民，作品既易粗俗，體格又極拘嚴，爲一般文士所不滿，於是遂有人用比較秀雅的詞句，自由的體裁，創造一種新穎的戲曲，名爲「傳奇。」因作者多爲南方人，所以又名「南曲」——南曲與北曲不同，見劇之緒論——不久，明太祖攻陷大都，又把蒙古人驅逐到邊塞去，在南方的政治之下，北方的雜劇當然不受歡迎，所以南方的傳奇就格外的發達了。

四大傳奇（一）明初有所謂四大傳奇者，即荆釵記，劉知遠，拜月亭與殺狗記，簡稱爲「荆劉拜殺」。這四大傳奇：劉知遠與殺狗記文辭非常質樸顯明，就是曲文亦很明白，一般人都可瞭解，大概是當時民間流傳的劇本，不是文人的手筆。拜月亭與荆釵記，雖較文雅，但在民間當時亦很流行。李笠翁曾批評這四大傳奇說：「頭緒繁多，傳奇之大病也。荆劉拜殺之得傳於後，止爲一線到底。」這可見這四大傳奇不惟詞句通俗，結構亦很好的。

荊釵記爲明初寧獻王朱權所作。權爲朱元璋子，自號丹丘，又號涵虛子。他長於音律，曾著太和正譜音，及雜劇多種。—當時雜劇之風並未全滅—明代戲曲的發達，他的提倡是很有力量的。荊釵記共四十八齣，劇情是宋朝王十朋與錢玉蓮相愛而定婚，因王家窮，以荊釵爲聘禮。時富人孫汝權愛玉蓮色美，亦欲娶她。她的繼母等都勸逼她嫁汝權，她不從，遂與十朋草草的結了婚。後十朋上京赴試，將母妻寄住岳家，到京中了狀元，萬丞相欲招之爲婿，他堅不從。此時孫汝權亦在京，遂改寫十朋的家信，說十朋已娶丞相女，欲休玉蓮。她的繼母又逼她改嫁汝權，她不聽，乃投江自殺，幸爲錢安撫所救，收爲義女，同赴福建任上去了。後來十朋升任吉安，錢安撫欲將玉蓮嫁他，因不知是玉蓮，堅執不肯，後來經了幾番曲折，二八才得重圓了。

劉知遠一名白兔記，不知作者姓氏，全劇三十三齣，內敘劉知遠被繼父所逐，飄泊在外，李文奎遇之於廟中，憐其飢寒，收養在家。一天他見知遠晝寢，火光透天，更有蛇穿竅出入，知他將大貴，遂把女兒三娘嫁他。迨文奎死後，三娘的兄嫂驅逐知遠，且逼寫休書。知遠走後，兄嫂逼她改嫁，不聽，假使她白天挑水，夜間推磨。不久生一子，因自己咬斷了臍帶，故名爲咬臍郎。兄嫂欲害此子，她便託人帶給知遠，時知遠已別娶。後討賊有功，升爲安撫使，咬臍郎亦長大。一日獵一白兎，追至沙陀村，遇三娘於井旁，遂迎三娘與其父同居了。

拜月亭一名幽閨記，相傳爲施惠作。施字君美一云姓沈，杭州人，或以爲是做水滸的耐菴居士，但亦不能確指。全劇四十齣，內叙將世隆與妹瑞蓮一日在家讀書，忽有一人避入他們的花園中，問之始知是主抗元人的金之大臣海牙的兒子興福。此時元人南侵，金主不聽海牙抗敵的主張，把他殺了，且將逮捕其子，所以興福在倉促中，就逃到蔣家。世隆與他結拜爲弟兄，把他暗暗的送走了。此時兵部尚書王鎮奉命到邊庭緝査軍情，其女瑞蘭與母同居家中。及元兵南下，各處大亂，世隆兄妹與瑞蘭母女，都各自走散了。世隆在逃難的人群中低呼着：「瑞蓮！瑞蓮！」的名字，瑞蘭以爲是母親在喚自己，便過到那裡，誰知是聽錯了，於是將錯就錯，假認爲夫妻同走了。瑞蓮呢，雖沒找到她的哥哥，却遇到瑞蘭的母親，亦結伴同行了。在逃難中，世隆與瑞蘭爲盜所執，誰知盜的領袖，就是興福。興福送給他們些盤纏，二人在旅舍中就正式成了婚。婚後，世隆忽病，恰遇王鎮過此，對於他們的婚姻，很不滿意，便強將瑞蘭帶去。後又遇到瑞蘭的母親，及瑞蓮，於是王家一家便歡樂團圓了。不久，元軍退去，興福被赦而歸，道遇世隆，待其病痊，二人一同赴京應考，中了文武狀元。王鎮要招他們二人為壻，興福和瑞蓮固不成問題，惟瑞蘭因想念世隆不願嫁別人，世隆亦戀着瑞蘭不肯從命。後兄妹相見，說明一切，方知要結婚的不是別人，正是彼此所想念的人。本劇就在兩對璧人兒的交拜成親中閉幕了。

殺狗記相傳為明初徐畛所作。畛字仲由，淳安人，此劇是根據元蕭德祥殺狗勸夫而成，共三十六齣，較蕭作增大了四倍。劇中敘孫華好與小人交往，其弟榮勸諫不聽，因之弟兄不和，將榮逐出。榮在外備受飢寒，華妻楊氏不忍，乃設計以殺狗為殺人，待夫醉歸而告之。華大懼，四出求友助其掩埋，但均不應，因而夫婦同至破窰中尋得其弟，時榮慨然赴兄之難，即夜運屍城外掩埋了。華自此覺悟，知交惡友，不如和胞弟，遂與兄弟和好如初。次日華之酒肉朋友來訪，華責其不義，不予招待，因大憤，遂告孫華殺人於官。及官令人開棺相驗，誰知是一衣冠整齊的死狗，並非真人。官問故，華妻將殺狗的經過說了，官大加獎賞，並將這些酒肉朋友重重的給責罰了。

荊釵記

赴試

(甘州歌)自離故里，謾回首家鄉，極目何處，萱親年老。一喜又還不懼，晨昏幸託年少妻，深感岳丈相憐一處居。(合)蒙囑咐，牢記取，教我成名先寄數行書。休悒怏，莫嘆嗟，白衣換却錦衣歸。

(前腔)芳春景最奇，正可人，不暖不寒天氣。千紅萬紫，開遍滿目芳菲。香車寶馬逐隊隨，不見來往遊人渾似蟻。(合)爭如我，折桂枝，十年身到鳳凰池。身榮貴，回故里，人人都道狀元歸。

(前腔)迤邐松篁逕裏，見野塘溶溶，水沒沙嘴；鷗鷺來往，出沒又還驚飛。危橋跨澗人過稀，只見漠漠平沙接遠堤。(合)途中趣，真是奇，綠楊枝上囀黃鸝。難禁受，聞子規，聲聲叫道不如歸！

(前腔)聞知皇都近矣，尚還隔幾重烟水。餐風宿水，豈憚路途迢遞，一心指望入試闈，恨不得脅生雙翅飛。(合)尋宿處，莫待遲，竹籬茅舍掩柴扉。天將暮，日墜西，漁翁江上釣魚歸。

（尾）問牧童，歸村市，香醪同飲典春見，鬪得今宵沉醉歸。

拜月亭

走雨

（破陣子）況是君臣分散，那看母子臨危。嚴父東行何時返，天子南遷甚日回？（合）家邦無所依。

（漁家傲）天天不念去國愁人助慘悽，淋淋的雨若盆傾，風如箭急，侍妾從人皆星散，各逃生計。（合）身居處華屋高堂，但尋常珠繞翠圍，那曾經地覆天翻受苦時。

（剔銀燈）迢迢路不知是那裏，前途去安身何處？一點點雨間着一行行悽惶淚，一陣陣風對着一聲聲愁和氣。（合）雲低，天色傍晚，子母命存亡兀自尚未知。

（攤破地錦花）繡鞋兒，分不得幫和底，一步步提。百忙裏褪了跟兒，冒雨盪風，帶水拖泥。（合）步難移，全沒些氣若力」。

(麻婆子)路途路途行不慣，心驚胆顫搖。地冷地冷行不止，人慌語亂催。年高力弱怎支持，泥滑跌倒在凍田地，款款扶將起。(合)心急步行遲。

與西廂記齊名的琵琶記　○琵琶記是明初高明所撰，實爲南曲之祖。高字則誠永嘉人，他的琵琶記頗爲當時人所稱許。朱元璋亦甚喜此劇，曾說：「五經四書如五穀，家家不可缺；高明琵琶記如珍饈百味，富貴家豈可缺哉？」所以即位後，欲官之，他以老病辭。該劇共四十二齣，敘蔡邕與趙五娘結婚不久，即赴京應舉，到京得中狀元，牛太師以女妻之。此時他的家鄉因遭饑荒，甚是窮困，只有五娘一人在家侍奉公婆。公婆吃飯，自已吃糠。及公婆病死，她將頭髮剪賣，用以辦理葬事，又用麻裙包土築墳，然後背着公婆的遺容，拿着琵琶，到京城尋她丈夫。及相見，知道丈夫並非喜新忘舊，不肯回家，乃是被迫留此。邕知他的父母業已全死，甚是悲痛，牛小姐亦有賢德，與五娘相處很好，三人便共同過着快樂的生活。劇詞典雅，較之白殺兎狗雅俗殊異。據傳則誠居鄞之櫟社沈氏樓作琵琶記，時案頭夜燃雙燭，寫至吃糠一齣，「糠和米本一處飛」句，雙燭光交合爲一，因名其樓爲「瑞光樓」。這雖是一種傳說，亦可見其如何驚策動人了。王鳳洲說：「南曲以琵琶爲冠，是一道陳情表，讀之使人歔戲欲涕。」誠然，誠然。

琵琶記之聲價，實不下於西廂記。此二者堪稱爲中國南北曲之二大傑作，不過內容完全不同，一是北曲雜劇，一是南曲傳奇；一以艶麗稱，一以淸雅名。胡元瑞曾說：「西廂主韻度風神，太白之詩也；琵琶主倫理名敎，少陵之作也」。陳眉公亦說：「西廂琵琶皆之畫圖：西廂是一幅着色牡丹，琵琶是一幅水墨梅花；西廂是一幅艶裝夫人，琵琶是一幅白衣大士」。可稱的評！

琵琶記

高堂稱慶

（雙調引子）（寳鼎現）（外）小門深巷，春到芳草，人閒淸晝。（淨）人老去星星非故，春又來年年依舊。（旦扮趙五娘上）最喜今朝春酒熟，滿目花開如繡。（合）願歲歲年年人在花下，常斟春酒。

（雙調過曲）（錦堂月）（生）簾幙風柔，庭幃晝永，朝來峭寒輕透，親在高堂，一喜又還一憂，惟願取百歲椿萱，長似他三春花柳。（合）酌春酒，看取花下高歌共祝眉壽。

(前腔)(旦)輻輳，獲配鸞儔，深慚燕爾，持杯自覺嬌羞，怕難主蘋蘩，不堪侍奉箕帚，惟願取偕老夫妻，長侍奉暮年姑舅。(合前)

(前腔)(外)還愁，白髮蒙頭，紅英滿眼，心驚去年時候，只恐時光催人去也難留，孩兒未願取黃卷靑燈，及早換金章紫綬。(合前)

(前腔)(淨)還憂，松竹門幽，桑榆暮景，明年知他健否安否，歎蘭玉蕭條，一朵桂花堪茂，媳婦惟願取連理芳年，得早遂孫枝榮秀，(合前)

(醉翁子)(生)回首，歎瞬息烏飛兎走，喜爹媽雙全，謝天相佑。(旦)不謬，更清淡安閒，樂事如今誰更有。(合)相慶處，但酌酒高歌，共祝眉壽。

(前腔)(外)卑陋，論做人，要光前耀後。勸我兒，靑雲萬里，早當馳驟。(淨)聽剖，眞樂在田園，何必區區公與侯。(合前)

(僥僥令)(生旦)春花明彩袖，春酒泛金甌，但願歲歲年年人長在，父母共夫妻相歡酧。

(前腔)(外淨)夫妻好廝守，父母願長久，坐對兩山排闥靑來好，看將一水護田嚀絲繞流。

（十二時）山青水綠還依舊，嘆人生青春難又，惟有快活是良謀。

（外）逢時對景且高歌　（淨）須信人生能幾何

（生）萬兩黃金未爲貴　（旦）一家安樂値錢多

吃糠

（商調過曲）（山坡羊）（旦）亂荒荒不豐稔的年歲，遠迢迢不回來的夫壻，急煎煎不耐煩的二親，輭怯怯不濟事的孤身體。衣典盡寸絲不掛體，幾番拚死了奴身已，爭奈沒主公婆教誰看取。思之，命飄飄命怎期，難捱，實丕丕災共危。

（前腔）滴溜溜難窮盡的珠淚，亂紛紛難寬解的愁緒，骨崖崖難扶持的病身，戰兢兢難捱過的時和歲。這糠，我待不吃你呵，教奴怎忍飢？我待吃你呵，教奴怎生吃？思量起來不如奴先死，圖得不知親死時。思之，虛飄飄命怎期，難捱，實丕丕災共危。奴家早上，安排些飯與公婆吃，豈不欲買些鮭菜，怎奈無錢可買。不想公婆抵死埋怨，只道奴家背他自吃了甚麼東西，不知奴家吃的是米膜糠粃。又不敢教他知道，便使他埋怨煞我，我也不敢分說。苦這些糠粃，怎生吃得下？

（雙調過曲）（孝順歌）（旦）嘔得我肝腸痛，珠淚垂，喉嚨尙兀自牢嗄住。糠那！你遭礱被舂杵，篩你簸揚你，吃盡控持，好似奴家身狼狽，千辛萬苦皆經歷。苦人吃著苦滋味，兩苦相逢，可知道欲吞不去。

（前腔）（旦）糠和米本是相依倚，被簸揚作兩處飛。一貴與一賤，好似奴家與夫壻，終無相見期。丈夫便是米呵，米在他方沒處尋！奴家便似糠呵，怎的把糠來救得人飢餒？好似兒夫出去，怎的教奴供膳得公婆甘旨。

臨川四夢。。湯顯祖（1550至1617?）字義仍，號若士，江西臨川人。萬歷年進士官至禮部主事。列朝詩集論他的爲人道：「義仍窮老蹭蹬，所居玉茗堂文史狼藉，賓朋雜坐，鷄塒豕圈，接跡庭戶，蕭閒詠歌，俯仰自得」。他是明代傳奇作家中最偉大的一個，在當時無有可與之比肩者。所作傳奇凡五種，即牡丹亭，南柯記，邯鄲記，紫釵記及紫簫記，除紫簫外，以上四種合稱「四夢」，最爲風行。紫簫爲紫釵的初稿，且同是一事，故知者較少。

牡丹亭亦名還魂記，爲四夢中最著名者，凡五十五齣。把一般少女的心情，刻畫得頗爲盡致，曾博得許多婦女的同情淚。此劇不但爲文士佳人所愛讀，且常常在劇場上扮演，和北曲之西廂一樣。相傳婁江女子俞二娘，因酷嗜其詞，至斷腸而死。又傳馮小青嘗題一詩於其上曰：「冷雨幽窗不可聽，挑燈閒讀牡丹亭，人間亦有癡于我，豈獨傷心是小青」？其感人之深，可見一斑。劇情是寫杜麗娘和柳夢梅生死戀愛的故事。杜麗娘爲宋朝南安太守杜寶之女—杜甫的後裔—時待字閨中，尚未定婚。一日和婢女春香在書房伴讀，讀到關關雎鳩章，甚受感動，深歎青春易逝，而自己的終身大事，尚無着落，心中悶悶，無以爲歡，便偕春香遊園，因意懶情倦，倚几假寐，夢中遇一公子名柳夢梅於牡丹亭下，互相戀愛，遂成婚好。不料醒來，原是夢幻，因之鬱鬱不樂，懨懨成病，不得已，乃自畫容像，並題「他年得傍蟾桂客，不是梅邊是柳邊」詩句於其上，以寄所懷。不久病死，葬花園梅花菴中。至柳夢梅確有其人，—是柳宗元的後代—一日郊行跌雪，爲麗娘之師所救，將他送到梅花菴中養息，夢梅無意中拾得麗娘的自畫像，驚爲絕色，便懸掛室中，早晚向之焚香參拜。麗娘已死三年，他的禱祝感動了她的幽魂，遂來相聚，成爲夫婦。夢梅偷開其棺，她便復活過來，二人同到他處幽居了。後來夢梅中了狀元，乃偕麗娘與他的父母相見，全劇至此，即告結束。

除還魂記外，其餘三夢都是根據唐之傳奇而作的：南柯記凡四十四齣，是依據於李公佐的南柯太守傳，淳于棼夢入蟻國的故事。邯鄲記凡三十，依據於沈既濟的枕中記，山東盧生在邯鄲旅舍假呂洞賓的仙枕而入夢的故事。——元馬致遠亦曾因之作黃粱夢——紫釵記凡五十三齣，依據蔣防的霍小玉傳寫詩人李益與霍小玉相愛的故事。不過將傳中說李是一個負心男子，小玉因李見棄竟絕而死，紫釵則把他二人的分離，歸罪於奸人，後來復爲夫妻如初，這是二者不同的。

義仍的傳奇，因他不受任何拘束，故曲文多有不合韻律處，歌者常改易原文以合伶人之口，義仍深爲不滿。曾說：「余意所至，不妨拗折天下人嗓子」。這可見他是如何的瀟洒絕俗，抒寫自如了。當時與湯齊名者，有沈璟。璟嚴守曲律，循規蹈矩，與顯祖之不守繩墨，恰成一對照。璟字伯英，號寧菴，世稱詞隱先生，吳江人，萬曆間進士，他曾作劇二十一種，以義俠記，桃符記，紅蕖記爲最有名。

牡丹亭

驚夢

（遶地遊）夢回鶯囀，亂煞年光遍。人立小亭深院，炷盡沈烟，抛殘繡線，恁今春關情似去年。

（步步嬌）嫋晴絲吹來閒庭院，搖漾春如線，停半晌，整花鈿，沒揣菱花，偷人半面，迤逗的彩雲偏。步香閨怎便把全身現。

（醉扶歸）你道翠生生出落的裙衫兒茜，艷晶晶花簪八寶填，可知我常一生兒愛好是天然，恰三春好處無人見，不隄防沉魚落雁鳥驚喧，則怕的羞花閉月花愁顫。

（皂羅袍）原來奼紫嫣紅開遍，似這般都付與斷井頹垣。良辰美景奈何天，賞心樂事誰家院。（合）朝飛暮捲，雲霞翠軒，雨絲風片，煙波畫船，錦屏人忒看的這韶光賤。

（好姐姐）偏青山啼紅了杜鵑，荼蘼外煙絲醉軟。牡丹雖好，他春歸怎占的先。（合）閑凝眄，生生燕語明如剪，嚦嚦鶯歌溜的圓。

（隔尾）觀之不足由他繾，便賞遍了十二亭台是惘然，到不如興盡回家閒過遣。

（山坡羊）沒亂裏春情難遣，驀地裡懷人幽怨，則爲俺生小嬋娟，揀名門一例一例裏神仙眷。甚良緣？把青春拋的遠，俺的睡情誰見？則索因循腼腆，想幽夢誰邊，和春光暗流轉。遷延，這衷懷那處言；淹煎，潑殘生除問天。

（山桃紅）則爲你如花美眷，似水流年，是答兒閑尋遍，在幽閨自憐。轉過這芍藥欄前，緊靠着湖山石邊，和你把領扣鬆，衣帶寬，袖梢兒，搵着牙兒苫也，則待你忍耐溫存一晌眠。（合）是那處曾相見，相看儼然，早難道這好處相逢無一言？

（山桃紅）這一霎天留人便，草藉花眠，則把雲鬟點，紅鬆翠偏。見了你緊相偎，慢廝連，恨不得肉兒般，團成片也，逗的個日下胭脂雨上鮮。

（綿搭絮）雨香雲片，才到夢兒邊，無奈高堂，喚醒紗窗睡不便。潑新鮮，冷汗黏煎，閃的俺心悠步嚲，意軟鬟偏。不爭多費盡神情，坐起誰忺，則待去眠。

〔尾聲〕困春心，遊賞倦，也不索香熏繡被眠。天呵，有心情那夢兒還去不遠。

阮大鋮的燕子箋。阮大鋮是明末的有名傳奇家，他不惟長於寫作，且能粉墨登場，工於扮演，所以他的戲曲，多合音律，不像義仍只求自然，不惜拗折天下人嗓子。大鋮字集之，號圓海，又號百子山樵，懷寧人，官至兵部尚書。他因依附閹黨，爲文士所不齒，但所著燕子箋，春燈謎，雙金榜，牟尼合，忠孝環，五種傳奇，即反對之者，亦莫不推許之。此五劇尤以燕子箋爲最著，凡四十二齣內敍唐霍都梁至京會試，與妓華行雲相戀，乃畫二人合像，送裱裝店揭裱。同時，禮部尚書酈安道有女飛雲，貌肖行雲，亦送去一幅觀音像，令爲裱裝。不料裱好後，店中人送錯了，飛雲見二人合像，一個像她自已，一個却是風度翩翩的少年，上題着「茂陵霍都梁寫贈雲娘妝次」，不禁爲之驚喜。乃作詞一首，以詠此事，詞爲燕子啣去，恰落都梁前。後都梁爲友所陷，逃於他方。時安祿山反，天下大亂，飛雲與母逃難相失，行雲亦逃難在外，與飛雲之母相遇，認爲義女一路同行，恰遇安道。飛雲則爲其父執賈南仲所收容，亦認爲義女。這時都梁在南仲幕中獻奇策平安亂，南仲以飛雲妻之，二人相見，大爲驚異，遂結爲夫婦。不久行雲亦歸於都梁。此劇在當時極負盛名，扮演者幾無虛日。此外春燈謎亦很好，凡四十齣，劇情共有十錯，故一名十認錯。

此外較著名的傳奇尙有王世貞的鳴鳳記，梁辰魚的浣紗記，張鳳翼的紅拂記，屠隆的彩毫記，陸采的明珠記，梅鼎祚的玉合記，徐復祚的紅梨記，及東郭記，高濂的玉簪記和李日華的南西廂等。

燕子箋寫牋

（步步嬌）驀風兒吹得花零亂，你看雙蝶依稀見，撲面掠雲鬟，紅紫梢頭，恁般留戀，欲去又飛還，將紛鬚兒釘住裙沒線。

（風馬兒）瑣窗午夢，線慵拈，心頭事忒廉纖！晴簷鐵馬無風轉，被啄花小鳥弄得響珊珊。

（鶯啼序）似鶯啼恰恰到耳邊，那紛蝶餔香雙翅軟，入花叢，若個兒郎一般樣，粉撲兒衣香人面，若不是燕燕于歸，怎便沒分毫靦腆，難道是綺塘野合雙鶯？

（集賢賓）烏紗小帽紅杏衫，與那人小立花前，擲果香車應不忝，女兒們家常熟慣，恁般活現。平白地陽台欄占，心自轉，自有翟郎姓字，描寫雲鬟。

（啼鶯兒）烏絲一幅全粉箋，春心委的淹煎，並不是織錦廻文，那些個題紅宮怨。寫心情一紙尖愁，瀉眼睛，片時美滿，悶懨懨，又聽梁間春燕，不住的話喃喃。

（貌兒墜）飛飛燕子，雙尾貼妝鈿，啣去多情一片箋，香泥零落向誰邊？天天，莫不是玄鳥高媒，輻湊姻緣。

（四季花）畫裏遇神仙，見眉稜上腮窩畔，風韻翩翩天然。春纖衫子紅杏單，香肩那人偎半邊，兩廻眸情萬千。蝶飛錦翅，鶯啼翠烟，遊絲小掛雙鳳鈿，光景在眼前。那些要陽台雲現，縱山遙水遠人遠，書使非遠！

（柰子花）二三春月日長天，往常時兀自懨煎，那禁閒事恁那牽挽！畫中人幾時相見？待見才能說與般般。

明代的雜劇　明代是傳奇最盛行的時代，但雜劇作家也不少，不過作品的內容和文辭，漸走向典雅的路上，較之元代的質樸的作品大不同了。明初雜劇作家最有名的是朱有燉（1377至1452）他是朱元璋的孫子，生平作雜劇有二十七種之多，存於今者有二十四種，總名爲誠齋樂府。有燉死後數十年，有康海者，字德涵，著東郭先生誤救中山狼雜劇，這是一本很好的「寓言劇」。本劇把狼牛和杏都人格化了，寫其性格談吐，極其生動，在中國劇台上實是一種特創。

徐渭（1527至1593）字文長山陰人，他是中國文人中最奇特的一個。他的言行流傳於民間，成了許多有趣的智慧故事，——見林蘭編的徐文長故事一二三集——他著有四聲猿四個雜劇，即漁陽弄，翠鄉夢，雌木蘭，女狀元爲他生平最著名的作品。後人仿此體而作者甚多，清朝桂馥的後四聲猿，即是其一。此外梁辰魚的紅線女，吳偉業的通天台，及楊慎的宴清都等，皆明代雜劇較有名者。總計明代雜劇作品，至少在百種以上，亦可見雜劇在當時並未受傳奇的多大排擠，仍保有了他相當的地位了。

第五章　清代的戲曲

有人稱清代是中國舊文化的總結束期，以前有的種種文化，到了清代無不一一的重現，即以文學來說，所謂「漢賦」，「六朝駢文」，「唐宋古文」，「唐詩」，「五代宋詞」「元曲」及「明傳奇小說」，莫不一一重現於文壇。大凡一切事物，都是盛極必衰的，中國舊文化到了清代，可稱爲全盛時期，無怪到了清之末季，文學的衰微，就隨國勢而日下，及至民國成立，有新文化運動的發生了。

清代的戲曲作家，對於雜劇與傳奇都有很好的作品傳於世，他們的成績較之元曲實有過之而無不及。茲擇其可以代表的作家和作品，論述於下：

李漁的十種曲

(一)李漁字笠翁，蘭溪人，他是清初極負盛名的戲曲作家。他作的十種曲，爲奈何天，比目魚，蜃中樓，憐香伴，風箏誤，慎鸞交，凰求鳳，巧團圓，玉搔頭及意中緣皆爲傳劇。除此最流行的十種外，尚有其他六種。他作劇力求通俗，所以詞極明顯，但結構極嚴。總之：他的劇本以精確適當，綿密快利稱，對於表演方面，最爲合宜。因他性好滑稽浪漫，故曲中多諷世罵俗之語，這在他的十種曲中，可以處處看到的。在他的作品裡，還有一個特點，就是不喜歡摹仿古人的文章，因之他的十種曲，多是屬於創造方面的，曲情新奇而有趣。如憐香伴與意中緣一個是寫的女子同性愛，一個是講到男子同性愛，凰求鳳則女子追求男子，比目魚的戲中做戲，都是超乎凡俗的意境之上的。

凰求鳳　籌婚

（一剪梅）孀鬢從來易得霜，風燭難防，婚嫁宜忙。眼前誰可效鸞凰，偌大名邦，沒個才郎！

（解三醒）非是我假道學恢宏私量，背情理，強制柔腸，要把潘曹付與鑪錘匠，使他才與貌得成雙。乘龍僅得魚蝦伴，跨鳳才招燕雀行。倘若把心兒降，少甚麽泥鰍伴鯉，山雉求凰。

（前腔）越三五，正當佳況，逾二八，漸減容光，不比男兒三十才爲壯，鬚未白，尚呼郎。嬌花隔宿能鋪徑，粉蝶隨春易過牆，好教我心難放，怎能勾舒開笑口，撇却愁腸！

（尾聲）辨雌黃，分中上，要在佳人隊裏訪才郎。定有個檀口傳來的姓字香。

蔣士銓的九種曲

蔣士銓與袁枚趙翼號爲乾隆三大詩人，其實與其稱爲詩人，倒不如稱爲是個大戲曲家。總觀他一生的著作，戲曲的成績，比詩詞好得多。他作曲共有十三種，以香祖樓，空谷香，冬青樹，臨川夢，桂林霜，雪中人，四絃秋，一片石，及第二碑爲最有名。論其在民間的流行，與笠翁的十種曲，同其盛況。這九種曲，前六種爲長劇，後三種爲短劇，合稱爲紅雪樓九種曲。

空谷香凡三十齣，據他說此劇作成後，一日在行舟中，擊唾壺而歌其詞，回視同舟之客，皆欷歔感歎，泣數行下，可見其寫得深刻動人了。冬青樹凡三十八齣，是寫文天祥謝枋得等遺民的悲痛，和孤臣的失意的。這是他最後的作品，據說是在落葉打窗風雨蕭寂中，以三日之力寫成的。文詞悽麗悲憤，慷慨激昂，曾賺了不少人的眼淚與同情。

桂林霜凡二十四齣，是寫清初馬文毅闔家死廣西之難事，他在據中以二十日之力寫成的。有人對他說：「讀右空谷香如飲吾越醍，雖極清冽，猶醇醴也；此文則北地燒春，其辣愈甚」。其他如四絃秋是演白居易的琵琶行，臨川夢演是湯顯祖的臨川四夢。總之他的作品，較笠翁爲高，笠翁因求通俗，有時不免流於粗率，他少有此弊，大都是細膩秀雅的。

四絃秋

秋夢

（霜天曉角）空船自守，別恨年年有。最苦寒江似酒，將人醉過深秋。

（小桃紅）曾記得一江春水向東流，忽忽的傷春後也，我去來江邊，怎比她閨中少婦不知愁。纔眼底，又在心頭，捱不過夜潮生，暮帆收，雁聲來趁着虫聲逗。也祟牙牆，數遍更籌，難道是我教他，教他去覓封侯。

（下山虎）半肩舞袖，一串歌喉，紅粉人非舊。銀箏自搊。但弄着鵾絃，讓伊好手，便風月烟花一例休。二等人隨處有，一等人難與求，百事皆將就，甚人害羞，數不盡重抱琵琶過別舟。

（五韻美）戲芳叢抛紅豆，黃金論筋珠論斗，把愛錢人買得笑歪口。尋花問柳，要聽你琵琶新奏，讚時送實處收，君不見到酒散歌闌，大家撒手。

（五般宜）當日個試花驄，伴君冶遊，今日個擎玉盞，勸君款留。還只怕彈出半林秋，你看這一點半點暈痕，原有天長地久，總交鳳友。但只願洗不淡的濃情，沁奴心，都似酒。

（山麻楷）看戰馬風雲馳驟，他爲甚帶劍飛行不肯停留，休，休，他生來不像能長壽，分做了塵沙鬼魅，干戈魂魄，粉黛骷髏。

（黑麻令）拋撇下青樓翠樓，更飄零江州，外州，訴不盡新愁，舊愁，做了個半老佳人，斷守定蘆洲，荻洲，渾不是花柔，柳柔，結果在漁舟，釣舟，剩當時一面琵琶，斷送了紅粧白頭。

（江神子）我道是低迷燕子樓，卻依然身落扁舟，爲此枕邊現出根由，聽孤城畫角咽江流，問誰向夢兒中最久。

（尾聲）少年情事堪尋究，淚珠兒把闌干紅透。咳，不知他那幾擔的新茶，可曾賣去否？

孔尙任的桃花扇（一）孔尙任字季重，號東塘，又號雲亭山人，山東曲阜人，是孔子的後代。他作桃花扇與小忽雷二劇，以桃花扇爲最有名，共四十二齣。內容雖是敘侯方域與李香君戀愛的故事，但劇中寓有亡國的悲痛，讀至諸鎭之爭權，奸臣之誤國，及史可法之死節，都要使讀者爲之淚下的。這簡直是一部國亡家破的痛史，並不是寫生旦的離合悲歡，如其他傳奇一樣。劉中柱論桃花扇曰：「一部傳奇描寫五十年遺事，君臣，將相，女兒，友朋，無不人人活現，遂成天地間最有關係文章。往昔之湯臨川，近今之李笠翁皆非敵人」。鄭振鐸在他的文學大綱亦說：「我少時嘗讀之，一再讀之，至鄙夷西廂，拜月不欲再看，至於燕子箋則直拋擲之廡下而已。」這可見桃花扇的崇高偉大，能博得一般熱情少年的愛好了。

本劇的取名，是因爲淸兵入關，崇禎殉國，南都迎立福王，權臣阮大鋮當國，陷害一般正人君子，侯方域乃逃於外以避禍。時撫臣田仰以三百金購侯之愛人李香君爲妾，香君不屈，曰：「我立志守節，豈在溫飽哉？寧忍凍寒，決不下此翠樓。」言畢，以頭搶地，血濺扇上。楊龍友即藉扇上之血漬，點綴成一枝桃花，寄於方域，故劇名爲桃花扇。後清兵統一江南，侯與李俱逃難山中，做了修道的僧尼，以悲劇結束。同時有顧彩字天石者，爲尚任之友，大概不忍侯李的下場，乃將桃花扇改作南桃花扇，使生旦當場團圓，這未免落於陳腐，有點多事罷。桃花扇作成後，因其艷處似臨風桃蕊，其哀處似著雨梨花，所謂哀感頑艷，兼而有之，所以當時士大夫傳抄殆遍，表演無虛日，除洪昇的長生外，無有出其右者。

桃花扇

寄扇

（甜水令）你看疎疎，密密，濃濃，淡淡，鮮血亂照，不是杜鵑拋，是臉上桃花做紅雨兒飛落，一點點濺上冰綃。

（折桂令）叫奴家揉開雲髻，折損宮腰，睡昏昏似妃葬坡平，血淋淋似妾墮樓高。怕傍人呼號，捨着俺軟丟答的魂靈沒人招。銀鏡裏，朱霞殘照，鴛枕上，紅淚春潮。恨在心苗，愁在眉梢，洗了胭脂，浣了鮫綃。

（錦上花）一朵朵傷情，春風懶笑，一片片消魂，流水愁漂。摘的下嬌色天然嬾好，便妙手徐熙怎能畫到櫻脣上調朱，蓮腮上臨稿，寫意兒幾筆紅桃，補襯些翠枝青葉，分外夭夭，薄命人寫了一幅桃花照。

餘韻

（哀江南）（北新水令）山松野草帶花挑，猛抬頭秣陵重到。殘軍留廢壘，瘦馬臥空壕。村郭蕭條，城對着夕陽道。

（駐馬聽）野火頻燒，護墓長楸多半焦。田羊群跑，守陵阿監幾時逃？鴿翎蝠糞滿堂抛，枯枝敗葉當街罩，誰祭掃？牧兒打碎龍碑帽。

（沈醉東風）橫白玉八根柱倒，墮紅泥半堵牆高。碎琉璃瓦片多，爛翡翠軒窗櫺少。舞丹墀燕雀常朝，直入宮門一路蒿，住幾個乞兒餓莩。

（折桂令）問秦淮舊日窗寮，破紙迎風，壞檻當潮。目斷魂消。當年粉黛，何處笙簫？罷燈船，端陽不鬧；收酒旗，重九無聊。白鳥飄飄，綠水滔滔。嫩黃花有些蝶飛，新紅葉無個人瞧。

（沽美酒）你記得跨青谿半里橋？舊紅板沒一條。秋水長天人過少，冷淸淸的落照，剩一樹柳彎腰。

（太平令）行到那舊院門，何用輕敲？也不怕小犬哰哰。無非是枯井頹巢，不過些磚苔砌草。手種的花條柳梢，盡意兒採樵。這黑灰是誰家廚竈？（離亭宴帶歇拍煞）俺曾見金陵玉殿鶯啼曉，秦淮水榭花開早，誰知容易冰消？眼看他起朱樓，眼看他讌賓客，眼看他樓塌了！這青苔碧瓦堆，俺曾睡風流覺。將五十年興亡看飽。那烏衣巷不姓王，莫愁湖鬼夜哭，鳳凰台棲梟鳥。殘山夢最真，舊境丟難掉。不信這輿圖換稿，謅一套哀江南，放悲聲唱到老。

洪昇的長生殿

洪昇（？至1704）字昉思，號稗畦，錢塘人，與孔尙任齊名，時稱南洪北孔。作劇有九種，除四嬋娟爲雜劇外，餘八種皆爲傳奇，其名爲同文鐸，迴龍院，錦繡圖，鬧高唐，節孝坊，舞霓裳，沈香亭及長生殿。在這些作品中，以長生殿爲最有名。長生殿凡五十齣，是根據白居易的長恨歌和陳鴻的長恨歌傳而寫的。唐明皇與楊貴妃的故事，在從前一般人看，楊貴妃是亡國敗家的妖孽，是傾國傾城的尤物，本劇把她寫成了一個痴情的可憐的少婦，只覺其美，不覺其惡，這可說是作者大成功處。自元以來，寫楊貴妃故事的，有白朴的梧桐雨，明人的驚鴻記，屠隆的綵毫記，然均不及長生殿之感人。全劇的頂點，及劇名之由起，則爲密誓一齣，即所謂「七月七夕長生殿，夜半無人私語時，在天願爲比翼鳥，在地願爲連理枝」者是。

全劇寫得非常深刻眞摯，而且悱惻賦麗，當時演奏之盛，幾駕桃花扇之上。相傳諸伶人曾於某國忌日公演此劇，以爲作者壽，後爲人告發，作者乃被編管山西，詩人趙執信亦因與宴會，亦被削職。時人有詩道：「可憐一曲長生殿，斷送功名到白頭」，即是詠此事的。作者的功名雖然斷送，但長生殿却因之更爲流傳了。

長生殿

尸解

（沙州令）風前蕩漾影難留，歎前路誰投？死生離別兩悠悠。人不見，情未了，恨無休！

（一犯漁家傲）躊躇，往日風流。記盒釵初賜，種下這恩深厚，癡情只守。又誰知慘禍分離驟。並沒有人登畫樓，並沒有花開並頭，並沒有奏新謳；端的有荒涼，滿目生愁。淒然，不由人淚流！這壁廂是咱那日陳瓜果夜香來乞巧，那璧廂是他那時向牛女憑肩私拜求。

（二犯傾杯序）凝眸，一片清秋。望不見寒雲遠樹峨眉秀。苦憶蒙塵，孤影體倦，病馬嚴霜，萬里橋頭。知他健否？縱然無恙，料也爲咱消瘦。我只道輕魂弱魄飛能去，又誰知千水萬山途轉修！

（錦纏道犯）漫回頭。夢中緣，花飛水流。只一点故情留，似春蠶到死，尚把絲抽。劍門關離宮自愁；馬嵬坡，夜台空守。想一樣恨悠悠。幾時得金釵鈿盒完前好，七夕盟香續斷頭。

聞鈴

（武陵花）淅淅零零，一片淒然心暗驚！遙聽隔山隔樹戰，合風雨，高響低鳴，一点一滴又一聲，一点一滴又一聲，和愁人，血淚交相迸。對這傷情處，轉自憶荒塋。白楊蕭瑟雨縱橫，此際孤魂淒冷，鬼火光寒，草間濕亂螢。只悔倉皇，負了卿，負了卿，我獨在人間，委實的不顧生，語娉婷，相將早晚伴幽冥。一慟空山寂，鈴聲相應，閣道崚嶒，似我廻腸恨怎平！

（尾聲）迢迢前路愁難罄，招魂去國兩關情，望不盡雨後尖山萬點青。

其他戲曲作家○李玉字玄玉，吳縣人，作劇凡卅三種，以「一，人，永，占，」四劇，爲最著名。論者謂可以追步湯顯祖的四夢。一，即一捧雪，敘莫懷古以一玉杯，名「一捧雪」仍禍事。人，即人獸關，敘施濟樂善好施事。永，即永團圓，敘蔡文英與江蘭芳離合事。占，即占花魁，敘賣油郎秦鍾與花魁女莘瑤琴遇合事。玄玉的作品，在當時作家中是最受人贊許者，觀新傳奇品謂：「李玄玉之詞如康衢走馬，操縱自如」。可見他的戲曲之評價了。

尤侗（1618至1704）字同人，一字展成，號西堂，長洲人。他作傳奇雖僅鈞天樂一種，但感人之深切，諷罵之尖刻，無有出其右者。此劇是敘科場之黑暗，爲一般文人吐氣不少。侗自序謂：「逆旅無聊，追尋往事，忽忽不樂，漫填詞爲傳奇，率日一齣，齣成則以酒澆之，歌哭自若，閱月而竣」。據聞此劇每登場一唱，座上貴人未有不色變者。此外尙作雜劇五種，即讀離騷，吊琵琶，桃花源，黑白衞及淸平調是。

萬樹字花農，一字紅友，宜興人，曾作傳奇雜劇各八種。雜劇爲珊瑚珠，舞霓裳，藐姑仙，靑錢賺，焚書鬧，罵東風，三茅宴，玉川宴。傳奇爲風流棒，空青石，念八翻，錦蒲帆，十串珠，萬金甕，金神鳳，資齊鑑，以風流棒，空青石，念八翻三種爲最著名。

楊潮觀字宏度，號笠湖，無錫人。他是一個最好的短劇作家，曾作吟風閣凡四卷，包含短劇卅二種。焦循劇說謂：「吟風閣雜劇中，有寇萊公罷宴一折，淋漓慷慨，音能感人，阮大中丞巡撫浙江，偶演此劇，中丞痛哭，時亦爲之罷宴」。實則吟風閣中感人的作品，不僅這一折，如偷桃一劇，尤滿含着極冷雋的諷刺，爲許多傳奇雜劇中所難得的。相傳笠湖官臨邛時，就卓文君粧樓遺址，築吟風閣，閣成，命士庶各植一花，自選吟風閣古今可歌可泣之事，編爲短劇，以慶新樓的落成。這就是吟風閣短劇三十二種的由來。

桂馥1736至1805）字未谷，曲阜人，也是一個很好的短劇作家，不過他的短劇多寫人家的纏綿悲惻的戀愛故事，不像楊潮觀多寫自己的悲憤抑鬱的牢騷情懷。他所作後四聲猿包含四種短劇，即放楊枝是寫白香山與名妓樊素戀愛的故事。謁府帥是寫蘇東坡爲鳳翔判官時，不得志的故事。題園壁，是寫陸放翁與妻唐氏伉儷甚篤，因母命而離異，後來相遇的故事。投溷中是寫詩人李長吉死後，被他的中表黃生將他的詩稿，因宿恨投之溺中的故事。這後四聲猿雖是摹倣徐文長的四聲猿而作，但亦不弱。

黃憲清字韻珊，海鹽人，貌甚醜，而作劇頗好。相傳有女慕其才欲嫁之，及見其面而止。作品有七種，即茂陵弦，帝女花，脊令原，鴛鴦鏡，凌波影，桃谿雪及居官鑑，號爲倚晴樓七種曲，作風以綺膩清秀見長。

此外大興舒位作卓女當壚，樊姬擁髻，酉陽修月及博望訪星四種，總名瓶笙齋修簫譜。唐英作雙釘案，梅龍鎮，面缸笑，英雄報等十二種，總名爲古柏堂傳奇。江寧張堅作夢中緣，梅花簪，懷沙記，及玉獅墜，總名爲玉燕堂四種曲。周文泉作補天石傳奇八種。陽湖陳烺作玉獅堂十種曲。長沙楊恩壽作坦園十種曲。至其他作家尙多，不能一一的細敍了。

崑曲與二簧　(一)崑曲的起源、是由於崑山魏良輔的創造，和其同邑梁辰魚的倡和而盛行的。在崑曲未起之先，南方的傳奇，並沒有一定的音律，又各囿於地域，往往同一戲文而各地的腔調不同。有所謂弋陽腔者，有所謂餘姚腔者，又有所謂海鹽腔者，這可見在當時南戲的唱法極不一致。及崑山魏良輔出，乃一手創作崑腔，方漸漸的征服了其他腔調，統一了南戲的樂器與唱法。並且除南戲原用之簫管外，又把北劇所用的弦索合爲一堂，增大了南戲的音樂的效力。簫管笙琶合奏於一舞台，實爲魏良輔所首創。自這繁音合奏的優雅的崑腔一出，遂把其他單調而喧鬧的腔調都打倒了。後來崑腔不但盛行於南方，其勢力亦漸侵入了北方。沈德符顧曲雜言說：「自吳人重南曲，皆祖崑山魏良輔，而北詞幾廢」。同時又有梁辰魚字伯龍者，亦崑山人，乃利用這個新腔，來作他的浣紗記劇本。這雖不是一部偉大的名著，卻是一部崑腔的典型的劇本。筆談有云：「譜傳藩邸戚畹，金紫熠爚之家，取聲必宗伯龍氏，謂之崑腔」。這可見魏良輔與梁辰魚對於崑腔的影響有多大了。

崑曲之盛行，一直到了乾隆時期，始見衰微。其原因是由於傳奇所依據的崑曲，被新興的二黃西皮壓倒了。傳奇本是一種歌劇，藉着歌唱扮演而盛行的，只因用崑腔而作的傳奇，流於呆板，沒有生氣，不適合於演唱的要求，所以抵不住新興皮黃的勢力，就日漸消沈下去了。

二黃初盛行於湖北黃陂，漸傳至湖南廣東等處，遂被稱爲湖廣調。在最初的湖廣調，不過只是一種極自由的牧歌式的曲調，並無所謂二黃西皮之說，後來湖廣調受了安徽調的影響，遂變成現在的二黃；由安徽流傳到北京，便變成了京二黃。因徽調中的「高撥子」腔，只有二黃絃，故名。又有一部分湖廣調受了秦腔，——又名梆子腔——的影響，秦腔只有西皮絃，便變成西皮。京戲的樂曲，即以皮黃爲主，因皮黃所用的腔調是兼容並收，不限一種，他能容納各種的腔調，所以能取崑曲而代之。

清代自乾隆以後，舊有的傳奇，日漸消沈，而新興的皮黃則大見發達。因崑曲的死板不靈，詞句的幽深難懂，不爲一般民衆所歡迎；新興的皮黃，文詞俚俗，最易了解。作者大都不是咬文嚼字的文人，所以寫來多近自然，如打魚殺家，捉放曹，馬前潑水，武家坡，玉堂春，花田錯等，都是極雋妙的作品，自有其藝術上的價値，不可以其俚俗，而抹殺的。近年又有新的歌舞劇和話劇由西洋輸入中國，將來二黃的地位是否和從前崑曲一樣的被人取而代之，就要看二黃自身的掙扎力如何了。

第四編 小說

第一章 小說的發達

小說的誕生，較詩歌爲晚——這是世界文學演進的公例，都是韻文在先，散文在後，——但中國小說的淵源，亦頗早。見於古籍者，如楚詞莊子等書中，都有不少的小說材料——傳說與神話——。到了漢朝，在班氏的漢書藝文志中，乃有小說家流之說。考藝文志所列舉的有十五家小說，千三百八十篇作品，其中作家以虞初爲第一。這一千三百多作品，虞初竟占有九百，所謂「小說九百，本自虞初」者是。班氏既列小說在藝文志裏——他雖然沒有把小說家列入了流——可見漢朝小說，較之前代大爲發達。雖以儒家自許，並不重視小說的班氏，亦不得不稱小說爲一家了。不過按之實際，漢朝的小說，亦是略具雛形，並沒有多大進步。即世人所稱爲漢朝作品的如神異經，及十洲記，題爲東方朔撰；漢武故事及漢武內傳題爲班固撰；別國洞冥記題爲郭憲撰；飛燕外傳題爲伶玄撰；雜事秘辛題爲漢無名氏作，其實皆是僞託。除雜事秘辛外，多係六明人手筆。所以現在所流傳的中國小說，多爲六朝以後的作品，兩漢以前的多佚散無存。因之論中國小說史者，應起自兩晉南北朝，以前只有缺疑而已。

中國小說淵源之古，既如上述，爲什麽自戰國至兩漢四五百年間，沒有偉大的作品傳下？其故有二：一，在晉末南渡以前，中國文化的中心是在黃河流域，我們知道黃河一帶是天然恩惠比較缺乏的區域，凡生於斯土者，必得時常與自然界作生存的鬥爭，因之養成一種務實際，斥空想的人生觀。他們既缺少高遠的，幻想的意念，如何能有偉大的作品出現？所以終漢之世，中國僅有片段的神話傳說流傳於當時的社會。二，孔子在世時，雖無多大勢力，但死後的影響却不小。孔子是中國北方務實際，排空想的典型代表，他生平主張反對「怪力亂神」的，故這一派學者對於神話是鄙夷不屑道，因之稱小說爲小道，不足登大雅之堂的玩藝。兩晉以前的社會環境是如此，這怎能產生偉大的小說？故小說之產生，要待之於兩晉以後的新社會環境了。

第二章　六朝的小說

中國之有小說，實自兩晉始，晉人因感時事不靖，喪亂頻仍，故多侫佛老，尚淸談，以圖自娛，將儒敎中務實際，涉空想的主張給打破了，因之關於神怪的小說，遂以發生。這是與社會的環境很有關係的。

六朝的小說，可分爲兩類：一，是神怪小說，一是人事小說，以前者爲最盛。可惜大部分已佚亡，今所存者除一部分散見於太平廣記，太平御覽及法苑珠林外，尚有如秦人王嘉撰拾遺記十卷，完全是摹倣的郭憲洞冥記。內容雖荒誕不經，文章却豐艷可觀。干寶撰搜神記二十卷—此書爲後來剪燈新語及聊齋志異所宗—。寶爲東晉新蔡人，據傳寶因感於父婢的再生，兄病歿的復悟，遂撰集古今神祇靈異人物變化，而作搜神記二十卷。書成，劉惔贊嘆之爲「鬼董狐」，可見其內容之一斑。陶潛撰搜神後記十卷，這大概是僞託，不知是誰何之作。宋彭城劉敬叔撰異苑十卷，梁吳興人吳均撰續齊諧記一卷，此二書雖爲本人作，但已非原本。至稱梁任昉撰述異記二卷，乃係唐宋間人僞作，不過假其名，和陶潛的搜神後記一樣。此外尚有顏之推的還魂志，太原人王琰的冥祥記等，皆是此類作物。

第二類是人事小說，從前作者多注重於主觀的寫意，不注重客觀的記載，自六朝起，寫意之作固不少，但客觀的人事記載亦頗流行。這類小說，今分兩方面來說：一是寫宮闈艷事的，如漢武故事，漢武內傳，飛燕外傳等；一是記雋語佚聞的，如宋臨川王劉義慶的世說新語八卷，無名氏作的西京雜記五卷，梁沈約作的俗說三卷——今佚——。世說新語原爲世說，劉義慶作八卷，梁劉孝標爲之作註，成十卷，今存者三卷。今本世說新語爲宋人晏殊所删併，於註亦稍削，然不知何人又加新語二字。至世說一體，影響於後世者頗衆，如唐有王方慶的續世說新書，宋有王讜的唐語林，明有何良俊的何氏語林，清有梁維樞的玉劍尊聞等，皆世說一流的東西。總之：六朝的小說是中國小說的序幕，在結構上雖不甚完善，是描寫亦不甚深刻，但從此養成了做小說的風氣，爲唐宋以後的作家開了先河，所以到了明清兩代，能有偉大的作品出現，造成了中國小說的黃金時代，我們飲水思源，當然不能忘了六朝的小說了。

搜神記一則

阮瞻字千里，素執無鬼論，物莫能難，每自謂此理足以辨正幽明。忽有客通名詣瞻，寒溫畢，聊談名理，客甚有才辨，瞻與之言良久，及鬼神之事，反復甚苦，客遂屈，乃作色曰：「鬼神古今聖賢所共傳，君何得獨言無？即僕便是鬼！」於是變爲異形，須臾消滅。瞻默然，意色大惡，歲餘而卒。

拾遺記一則

劉向於成帝之末，校書天祿閣，專精覃思。夜有老人著黃衣，植青藜杖，登閣而進，見向暗中獨坐誦書，老父乃吹杖端，烟燃，因以見向，說開闢已前。向因受五刑洪範之文，恐辭說繁廣忘之，乃裂帛及紳，以記其言，至曙而去。向請問姓名，云「我是太一之精，天帝聞卯金之子有博學者，下而觀焉」。乃出懷中竹牒，有天文地圖之書，「余略授子焉」。至向子歆，從向授其術。向亦不悟此人焉。

異苑一則

東莞劉邕性嗜食瘡痂，以爲味似鰒魚。嘗詣孟靈休，靈休先患灸瘡，痂落在牀，邕取食之，靈休大驚，痂未落者悉褫取飴邕。南康國吏二百許人，不問有罪無罪，遞與鞭，搶痂落，常以給膳。

飛燕外傳一則

后所通宮奴燕赤鳳者，雄捷能超觀閣，兼通昭儀。赤鳳始出少嬪館，后適來幸。時十月五日，宮中故事，上靈安廟，是日吹損擊鼓，歌連臂踏地，歌赤鳳來曲。后謂昭儀曰：「赤鳳爲誰來」？昭儀曰：「赤鳳自爲姊來，寧爲他人乎」？后怒，以杯抵昭儀裙，曰：「鼠子能嚙人乎」？昭儀曰：「穿其衣，見其私，足矣，安在嚙人乎」？昭儀素卑事后，不覺見答之暴，熟視不復言。樊嫕脫簪叩頭出血，扶昭儀爲拜后。昭儀拜且泣曰：「姊寧忘共被夜長苦寒不成寐，使合德擁姊背耶？今日垂得貴皆勝人，且無外搏，我姊弟其忍內相搏乎」？后亦泣持昭儀手，抽紫玉九雛釵爲昭儀簪髻。乃能。帝微聞其事，畏后不敢問，以問昭儀。曰：「后妬我耳。以漢家火德，故以帝爲赤龍鳳」。帝聞之，大悅。

世說新語一則

石崇每要客燕集，常令美人行酒，客飲酒不盡者，使黃門交斬美人。王丞相與大將軍嘗共詣崇。丞相素不能飲，輒自勉强，至於沈醉。每至大將軍，固不飲以觀其變。已斬三人，顏色如故，尚不肯飲。丞相讓之，大將軍曰：「自殺伊家人，何預卿事」？

第三章 唐代的小說

總論 ○中國小說的淵源雖早，但一直到了唐代才開始有有意的創作小說。從前的作品，都是斷片的記敘，絕少完美的結構。且從前的作家，對於某一記述爲信仰而記載，態度非常嚴肅，故文字亦無甚情致可觀。唐人則不然，作品雖多是短篇，然關於一人或一事的聯絡，結構得非常完密。至作家的態度，與六朝亦不同，一是文藝的，一是歷史的，所以唐代的小說，不惟取材新奇可喜，情節亦悽惋有致。因作者多是當代的名人，或下第不遇的才士，故文字華麗，而又富於風韻，這我們由胡應麟和洪邁論唐人小說的話，可以看出。胡應麟說：「變異之談，盛於六朝。然多是傳錄舛訛，未必盡幻設語。至唐人乃作意好奇，假小說以寄筆端」。洪邁說：「唐人小說，不可不熟，小小事情，悽惋欲絕，洵有神遇，而不自知者。與詩律可稱一代之奇」。這樣看來，唐代小說雖不如詩歌的聲譽之隆，但在中國文學史上，自有其特殊的地位的。

唐代小說對於文學上的影響，和唐代詩歌一樣。宋元明淸的戲曲，取材於唐代小說者甚多：元白仁甫的梧桐雨，明屠長卿的綵毫記，吳世美的驚鴻記，淸洪昉思的長生殿皆出自長恨歌傳。宋趙德麟的商調鼓子詞，金董解元的西廂搊彈詞，元王實甫的西廂記，關漢卿的續西廂記，明李日華的南西廂，皆出於會眞記。元尙仲賢的柳毅傳書，李好古的張生煮海，淸李笠翁的蜃中樓皆出於柳毅傳。元石君寶的曲江池，明薛近兗的繡襦記，皆出於李娃傳。明凌初成的虬髯翁，及張太和的紅拂記，皆出於虬髯客傳。其他如明梁伯龍的紅線記，出於紅線傳。陸天池的明珠記出於劉無雙傳。湯臨川的紫釵記出於霍小玉傳。南柯記邯鄲記出於南柯記及枕中記。元鄭德輝的倩女離魂出於離魂記。……由此可知唐代小說對於後來戲曲的影響了。

唐代小說多記載於唐人說薈與太平廣記二書內，除海山記迷樓記與開河記梅妃傳及太眞外傳皆爲宋人僞作不計外，茲就其性質之不同，分爲三類敍論之：

一，豪俠類——計有紅線傳袁郊作，舊題楊巨源作；劉無雙傳薛調作；虬髯客傳，杜光庭作，舊題張說作；謝小娥傳李公佐作；崑崙奴傳，與聶隱娘傳俱爲裴鉶作。其中以虬髯客傳紅線傳及劉無雙傳爲代表作。虬髯客傳的作者杜光庭，字實聖，括蒼人，曾在天台山爲道士，後事蜀之王衍，所著甚多，但以此爲最有名。傳內敘李靖去謁楊素，素身旁一執紅拂妓，識靖爲當代英雄，夜往奔之，相偕逃亡，路遇虬髯客，相談甚得。虬髯客亦非常人也，頗有爭中原之志，及靖偕之見李世民，始知中原有主，便將所有贈靖使佐李興唐，自赴海外，後殺扶餘國主，自立爲王。紅線傳的作者袁郊字之儀，郎山人，曾官虢州刺史，著述甚富，該傳見於他的甘澤謠中。係述紅線爲潞州節度使薛嵩的靑衣，田承嗣想吞併他，嵩憂懼，紅線乃夜往盜取承嗣的床頭金盒，嵩使人送還，承嗣大驚，遂戢其野心，重修舊好。事後紅線飄然別去，不知所往。劉無雙傳的作者薛調，乃河中寶鼎人。此傳述無雙幼許配於王仙客，因兵亂相失，無雙被召入後宮，仙客悲痛欲絕，遂訪俠士古押衙求助，古生許之。時逾半年，茫無消息，忽傳有宮女被殺，是夜古生抱宮女屍至，果是無雙，灌以藥，得復蘇，仙客與無雙遂成眷屬。而古生乃盡殺此案關係人，並自刎以滅口。蓋豪俠小說，在唐朝所以盛行者，因自安史亂後，藩鎮權大，多有私蓄死士刺客，以殺異己之事，故豪俠小說遂大盛行了。

虬髯客傳　　杜光庭

隋煬帝之幸江都也，命司空楊素守西京。素驕貴，又以時亂，天下之權重望崇者，莫我若也，奢貴自奉，禮異人臣。每公卿入言，賓客上謁，未嘗不踞牀而見，令美人捧出，侍婢羅列。頗僭於上，末年益甚，無復知所負荷，有扶危持顛之心。一日，衛公李靖以布衣來謁，獻奇策。素亦踞見。公前揖曰：『天下方亂，英雄競起。公爲帝室重臣，須以收羅豪傑爲心，不宜踞見賓客』。素斂容而起，謝公，與語，大悅，收其策而退。當公之騁辯也，一妓有殊色，執紅拂，立於前，獨目公。公既去，而執拂者臨軒指吏曰：『問去者處士第幾？住何處』？吏具以對，妓誦而去。公歸逆旅，其夜五更初，忽聞叩門而聲低者，公起問焉。乃紫衣戴帽人杖揭一囊。公問誰。曰『妾楊家之紅拂妓也』。公遽延入。脫衣去帽，乃十八九佳麗人也。素面畫衣而拜。公驚答拜。曰：『妾侍楊司空久，閱天下之人多矣，無如公者，絲蘿非獨生，願託喬木，故來奔耳』。公曰：『楊司空權重京師，如何』？曰：『彼屍居餘氣，不足畏也。諸妓知其無成，去者衆矣。彼亦不甚逐也。計之詳矣，幸無疑焉』。問其姓。曰：『張』。問伯仲之次。曰：『最長』。觀其肌膚，儀狀，言詞，氣性，眞天人也。公不自意獲之，愈喜愈慄，瞬息萬慮不安。而窺戶者無停屨。數日亦未聞追訪之聲，意亦非峻。乃雄服乘馬，排闥而去，將歸太原。行次靈石旅舍，既設牀，爐中烹肉且熟，張氏以髮長委地，立梳牀前。公方刷馬，忽有一人，中形，赤髯而虬，乘蹇驢而來。投革囊於爐前，取枕欹臥，看張梳頭。公怒甚，未決，猶刷馬。張氏熟視其面，一手握髮，一手映身搖示公，令勿怒。急急梳頭畢，斂袂前問其姓。臥客答曰：『姓張』。對曰：『妾亦姓張，合是妹』。遽拜之。問第幾。曰：『第三』。問妹第幾。曰：『最長』。遂喜。曰：『今日幸逢一妹』。張氏遙呼：『李郎且來見三兄』！公驟拜之。遂環坐。曰：『煮者何肉』？曰：『羊肉，計已熟矣』。客曰，『飢』。公出市胡餅，客抽腰間匕首，切肉共食。食竟，餘肉亂切送驢前食之，甚速。客曰：『觀李郎之行，貧士也。何以致斯異人』？曰：『靖雖貧，亦有心者焉。他人見問，故不言。兄之問，則不隱耳』。具言其由。曰：『然則將何之』？曰：『將避地太原』。曰：『然吾故非君所能致也』。曰：『有酒乎』？曰：『主人西，則酒肆也』。公取酒一斗。既巡，客曰：『吾有少下酒物，李郎能同之乎』？曰：『不敢』。於是開革囊，取一人頭幷心肝。卻頭囊中，以匕首切心肝，共食之。曰：「此人天下負心者，銜之十年，今始獲之，吾憾釋矣」。又曰。又曰」觀李郎儀形器宇，眞丈夫也。亦聞太原有異人乎」？曰：「嘗識一人，愚謂之眞人也。其餘，將帥而已」。曰：「何姓」？曰「靖之同姓」。曰：「年幾」？曰：「僅二十」。曰：「今何爲」？曰：「州將之子」。曰：「似矣。亦須見之。李郎能致吾一見乎」？曰：「靖之友劉文靜者，與之狎，因文靜見之可也。然兄何爲」？曰：「望氣者言太原有奇氣，使訪之。李郎明發，何日到太原」？靖計之日。曰：「達之明日方曙，候我於汾陽橋」。言訖，乘驢而去，其行若飛，回顧已失。公與張氏且驚且喜，久之，曰：「烈士不欺人，固無畏」。促鞭而行。及期，入太原。果復相見。大喜，偕詣劉氏。詐謂文靜曰：「以善相者思見郎君，請迎之」。文靜素奇其人，一旦聞有客善相，遽致使迎之。使回而至，不衫不履，裼裘而來，神氣揚揚，貌與常異。虬髯默居末坐，見之心死，飲數杯，招靖曰：「眞天子也」！公以告劉，劉益喜，自負。既出，而虬髯曰：「吾見十八九矣。然須道兄見。李郎宜與一妹復入京，某日午時，訪我於馬行東酒樓下。下有此驢及瘦驢，即我與道兄俱在其上矣。到即登焉」。又別而去，公與張氏復應之。及期訪焉，宛見二乘。攬衣登樓，虬髯與一道士方對飲，見公驚喜，召坐。圍飲十數巡，曰：「樓下櫃中有錢十萬，擇一深隱駐一妹，某日復會我於汾陽橋」。如期至，即道士與虬髯已到矣。俱謁文靜。時方奕棋，揖而話心焉。文靜飛書迎文皇看棋。道士對奕，虬髯與公傍侍焉。俄而文皇到來，精采驚人，長揖而坐。神氣清朗，滿座風生，顧盼煒如也。道士一見慘然，下棋子曰：「此局全輸矣！於此失卻局哉！救無路矣！復奚言」！罷奕而請去。既出，謂虬髯曰：「此世界非公世界，他方可也。勉之，勿以爲念」。因共入京。虬髯曰：「計李郎之程，某日方到。到之明日，可與一妹同詣某坊曲小宅相訪。李郎相從一妹，懸然如磬。欲令新婦祗謁，略議從容，無前卻也」。言畢，吁嗟而去。公策馬而歸。及到京，遂與張氏同往，乃一小板門子，扣之，有應者，拜曰：「三郎令候李郎一娘子久矣」。延入重門，門愈壯。婢四十人羅列廷前。奴二十人，引公入東廳。廳之陳設，窮極珍異，箱中粧奩冠鏡首飾之盛，非人間之物。巾櫛粧飾畢，請更衣，衣又珍異。既畢，傳云：「三郎來！」乃虬髯紗帽褐裘而來，亦有龍虎之狀，歡然相見。催其妻出拜，蓋亦天人耳。遂延中堂，陳設盤筵之盛，雖王公家不侔也。四人對饌訖，陳女樂二十人，列奏於前，似從天降，非人間之曲，食畢，行酒。家人自堂東舁出二十牀，各以錦繡帕覆之。旣陳，盡去其帕，乃文簿鑰匙耳。虬髯曰：『此盡寶貨泉貝之數，吾之所有，悉以充贈。何者？欲以此世界求事，當龍戰三二十年，建少功業。今旣有主，住亦何爲？太原，李氏，眞英主也。三五年內，卽當太平。李郎以奇特之才，輔淸平之主，竭心盡善，必極人臣。一妹以天人之姿，蘊不世之藝，從夫之貴，以盛軒裳。非一妹不能識李郎，非李郎不能榮一妹。起陸之貴，際會如期，虎嘯風生，龍吟雲萃，固 偶然也。持余之贈，以佐眞主，贊功業也，勉之哉！此後十年，當東南數千里外有異事，是吾得事之秋也，一妹與李郎可瀝酒東南相賀』。因命家僮列拜曰：『李郎一妹，是汝主也』！言訖，與其妻從一奴，乘馬而去，數步，遂不復見。公據其宅 乃爲豪家，得以助文皇締構之資，遂匡天下。貞觀十年，公以左僕射平章事。適南蠻入奏曰：『有海船千艘，甲兵十萬，入扶餘國，殺其主自立，國已定矣』。公心知虬髯得事也，歸告張氏，具衣拜賀，瀝酒東南祝拜之。乃知眞人之興也，非英雄所冀，況非英雄乎？人臣之謬思亂者，乃螳臂之拒走輪耳。我皇家唯福萬葉，豈虛然哉。或曰：『衛公之兵法，半乃虬髯所傳耳』。

二，艷情類－計有游仙窟張鷟作；霍小玉傳蔣防作；李娃傳白行簡作；會眞記元稹作；飛烟傳皇甫枚作；章台柳傳許堯佐作；楊倡傳房千里作；長恨歌傳陳鴻作：離魂記陳元佑作。其中以霍小玉傳李娃傳會眞記及長恨歌傳爲代表作。蔣防字子徵義興人，歷官翰林學士，中書舍人。霍小玉傳敍詩人李益初與名妓霍小玉相戀，只因母命與盧氏訂婚，遂與小玉絕音問。小玉思益得病，而益不見來。後有黃衫豪士強邀益到霍家，小玉責其負心。傳中有『……玉乃側身轉面，斜視生良久，遂擧杯酒，酬地。曰：「我爲女子，薄命如斯。君是丈夫，負心若此。韶顏稚齒，飲恨而終。慈母在堂，不能供養。綺羅絃管，從此永休。徵痛黃泉皆君所致。李君李君，今當永訣！我死之後，必爲厲鬼，使君妻妾，終日不安」！乃引左手握生臂，擲杯於地，長慟號哭，數聲而絕。……』這眞是一幕悽惻動人的戀愛悲劇，讀了沒有不爲之掩卷歎息的。白行簡字知退下邽人，是白居易的季弟。李娃傳敘長安名妓李娃與鄭生的離合故事。鄭生因愛上了李娃，把功名忘記了，因而墮落流爲乞丐，後終爲李娃所救，讀書成名，結爲美滿婚姻。元稹是唐朝有名的詩人，他作會眞記，係敘張君瑞與崔鶯鶯相戀愛的故事。傳中的張生即是稹的化名，個中人寫個中事，所以寫的格外濃艷，格外動人，爲後來西廂記所本。陳鴻字大亮，與白居易友好，因居易曾作長恨歌，鴻乃爲之作傳，成長恨歌傳。是敘唐玄宗與楊貴妃相戀愛的故事，與會眞記同爲戀愛的悲劇。凡該傳爲後來梧桐雨及長生殿所本，其影響於後來的文學，亦不在會眞以下。

長恨歌傳 見魯迅編唐宋傳奇 陳鴻

開元中，泰階平，四海無事。玄宗在位歲久，倦于旰食宵衣，政無大小，始委於右丞相，稍深居游宴，以聲色自娛。先是，元獻皇后武淑妃皆有寵，相次即世，宮中雖良家子千數，無可悅目者。上心忽忽不樂。時每歲十月，駕幸華清宮，內外命婦，熠燿景從，浴日餘波，賜以湯沐，春風靈液，澹蕩其間，上心油然，若有所遇，顧左右前後，粉色如土。詔高力士潛搜外宮，得弘農楊玄琰女于壽邸，既笄矣。鬢髮膩理，纖穠中度，舉止閑冶，如漢武帝李夫人。別疏湯泉，詔賜澡瑩。既出水，體弱力微，若不任羅綺。光彩煥發，轉動照人。上甚悅。進見之日，奏霓裳羽衣曲以導之；定情之夕，受金釵鈿合以固之。又命戴步搖，垂金璫。明年，册爲貴妃，半后服用。由是冶其容，敏其詞，婉孌萬態，以中上意。上益嬖焉。時省風九州，泥金五嶽，驪山雪夜，上陽春朝，與上行同輦，居同室，宴專席，寢專房。雖有三夫人，九嬪，二十七世婦，八十一御妻，暨後宮才人，府樂妓女，使天子無顧盼意。自是六宮無復進幸者。非徒殊豔尤態致是，蓋才智明慧，善巧便佞，先意希旨，有不可形容者。叔父昆弟皆列位清貴，爵爲通侯。姊妹封國夫人，富埒王宮，車服邸第，與大長公主侔矣。而恩澤勢力，則又過之，出入禁門不問，京師長吏爲之側目。故當時謠詠有云：「生女勿悲酸，生男勿喜歡。」又曰：「男不封侯女作妃，看女卻爲門上楣。」其人心羨慕如此。天寶末，兄國忠盜丞相位，愚弄國柄。及安祿山引兵嚮闕，以討楊氏爲詞。潼關不守，翠華南幸，出咸陽，道次馬嵬亭。六軍徘徊，持戟不進。從官郎吏伏上馬前，請誅晁錯以謝天下。國忠奉氂纓盤水，死於道周。左右之意未快。上問之。當時敢言者，請以貴妃塞天下怨。上知不免，而不忍見其死，反袂掩面，使牽之而去。倉皇展轉，竟就死於尺組之下。既而玄宗狩成都，肅宗受禪靈武。明年，大赦改元，大駕還都。尊玄宗爲太上皇，就養南宮。自南宮遷于西內。時移事去，樂盡悲來。每至春之日，冬之夜，池蓮夏開，宮槐秋落，梨園弟子，玉琯發音，聞霓裳羽衣一聲，則天顏不怡，左右歔欷。三載一意，其念不衰。求之夢魂，杳不能得。適有道士自蜀來，知上皇心念楊妃如是，自言有李少君之術。玄宗大喜，命致其神。方士乃竭其術以索之，不至。又能游神馭氣，出天界，沒地府以求之，不見。又旁求四虛上下，東極天海，跨蓬壺。見最高仙山，上多樓闕，西廂下有洞戶，東嚮，闔其門，署曰：「玉妃太眞院」。方士抽簪叩扉，有雙鬟童女，出應其門。方士造次未及言，而雙鬟復入。俄有碧衣侍女又至，詰其所從。方士因稱唐天子使者，且致其命。碧衣云：「玉妃方寢。請少待之。」于時雲海沈沈，洞天日曉，瓊戶重闔，悄然無聲。方士屏息斂足，拱手門下。久之，而碧衣延入，且曰：「玉妃出。」見一人冠金蓮，披紫綃，珮紅玉，曳鳳舄，左右侍者七八人，揖方士問皇帝安否，次問天寶十四載已還事。言訖憫然，指碧衣取金釵鈿合，各折其半，授使者曰：「爲我謝太上皇，謹獻是物，尋舊好也。」方士受辭與信，將行，色有不足。玉妃固徵其意。復前跪致詞：「請當時一事，不爲他人聞者，驗於太上皇。不然，恐鈿合金釵，負新垣平之詐也。」玉妃茫然退立，若有所思，徐而言曰：「昔天寶十載，侍輦避暑於驪山宮。秋七月，牽牛織女相見之夕，秦人風俗，是夜張錦繡，陳飲食，樹瓜華，焚香于庭，號爲乞巧。宮掖間尤尙之。時夜殆半，休侍衞於東西廂，獨侍上。上凭肩而立，因仰天感牛女事，密相誓心，願世世爲夫婦。言畢，執手各嗚咽。此獨君王知之耳。」因自悲曰：「由此一念，又不得居此。復墮下界，且結後緣。或爲天，或爲人，決再相見，好合如舊。」因言：「太上皇亦不久人間，幸惟自安，無自苦耳。」使者還奏太上皇，皇心震悼，日日不豫。其年夏四月，南宮宴駕。元和元年冬十二月，太原白樂天自校書郎尉于盩厔。鴻與琅邪王質夫家于是邑，暇日相攜遊仙遊寺，話及此事，相與感歎。質夫舉酒於樂天前曰：「夫希代之事，非遇出世之才潤色之，則與時消沒，不聞于世。樂天，深於詩，多於情者也。試爲歌之。如何？」樂天因爲長恨歌。意者不但感其事，亦欲懲尤物，窒亂階，垂於將來者也。歌既成，使鴻傳焉。世所不聞者，予非開元遺民，不得知。世所知者，有玄宗本紀在。今但傳長恨歌云爾。

三，神怪類——計有枕中記，任氏傳均沈既濟作；柳毅傳，李朝威作；南柯記，李公佐作；秦夢記，沈亞之作。其中以枕中記與南柯記爲代表作。沈既濟爲蘇州吳人，官至禮部員外郎。枕中記叙道士呂翁行邯鄲道中，遇盧生於旅舍，見他窮困歎息，乃授之一枕。謂枕此當富貴，生即夢娶美妻，登顯宦，子孫滿堂，年八十餘而死。生一覺醒來，時主人蒸黃粱尚未熟也。李公佐字顓蒙，隴西人，嘗舉進士，爲江淮從事。南柯記的結構與意境，較枕中記爲尤妙，內叙淳于棼在槐樹下晝寢，夢到槐安國當了國王的女壻，統治槐安國三十年。後兵敗，公主又死，因而罷官回鄉。及醒，誰知是一夢幻，見槐樹下有一蟻穴，即所謂槐安國是也。至秦夢記與柳毅傳等亦爲神怪小說中知名者。其他如白猿記，周秦行記，杜子春傳，李衛公別傳，人虎記等，皆屬神怪一類，由此可見唐代神怪小說之盛了。

枕中記　見魯迅編唐宋傳奇　　沈既濟

開元七年，道士有呂翁者，得神仙術，行邯鄲道中，息邸舍，攝帽弛帶，隱囊而坐。俄見旅中少年，乃盧生也。衣短褐，乘青駒，將適于田，亦止於邸中，與翁共席而坐，言笑殊暢。久之，盧生顧其衣裝敝褻，乃長歎息曰：「大丈夫生世不諧，困如是也！」翁曰：「觀子形體，無苦無恙，談諧方適，而歎其困者，何也？」生曰：「吾此苟生耳。何適之謂？」翁曰：「此不謂適，而何謂適？」答曰：「士之生世，當建功樹名，出將入相，列鼎而食，選聲而聽，使族益昌而家益肥，然後可以言適乎。吾嘗志于學，富於游藝，自惟當年，青紫可拾。今已適壯，猶勤畎畝，非困而何？」言訖，而目昏思寐。時主人方蒸黍。翁乃探囊中枕以授之，曰：「子枕吾枕，當令子榮適如志。」其枕青甆，而竅其兩端。生俛首就之，見其竅漸大，明朗。乃舉身而入，遂至其家。數月，娶清河崔氏女。女容甚麗，生資愈厚。生大悅，由是衣裝服馭，日益鮮盛。明年，舉進士，登第；釋褐秘校；應制，轉渭南尉；俄遷監察御史；轉起居舍人，知制誥。三載，出典同州，遷陜牧。生性好土功，自陜西鑿河八十里，以濟不通。邦人利之，刻石紀德。移節汴州，領河南道採訪使，徵爲京兆尹。是歲，神武皇帝方事戎狄，恢宏土宇。會吐蕃悉抹邏及燭龍莽布支攻陷瓜沙，而節度使王君㚟新被殺，河湟震動。帝思將帥之才，遂除生御史中丞，河西道節度。大破戎虜，斬首七千級，開地九百里，築三大城以遮要害。邊人立石於居延山以頌之。歸朝冊勳，恩禮極盛。轉吏部侍郎，遷戶部尙書兼御史大夫。時望淸重，羣情翕習。大爲時宰所忌，以飛語中之，貶爲端州刺史。三年，徵爲常侍。未幾，同中書門下平章事。與蕭中令嵩裴侍中光庭同執大政十餘年，嘉謨密命，一日三接，獻替啓沃，號爲賢相。同列害之，復誣與邊將交結，所圖不軌。下制獄。府吏引從至其門而急收之。生惶駭不測，謂妻子曰：「吾家山東，有良田五頃，足以禦寒餒，何苦求祿？而今及此，思衣短褐，乘靑駒，行邯鄲道中，不可得也，」引刃自刎。其妻救之，獲免。其罹者皆死，獨生爲中官保之，減罪死，投驩州。數年，帝知冤，復追爲中書令，封燕國公，恩旨殊異。生五子，曰儉，曰傳，曰位，曰倜，曰倚，皆有才器。儉進士登第，爲考功員外；傳爲侍御史；位爲太常丞；倜爲萬年尉；倚最賢，年二十八，爲左襄。其姻媾皆天下望族。有孫十餘人。兩竄荒徼，再登台鉉，出入中外，徊翔臺閣，五十餘年，崇盛赫奕。性頗奢蕩，甚好佚樂，後庭聲色，皆第一綺麗。前後賜良田，甲第，佳人，名馬，不可勝數。後年漸衰邁，屢乞骸骨，不許。病，中人候問，相踵於道，名醫上藥，無不至焉。將歿，上疏曰：「臣本山東諸生，以田圃爲娛。偶逢聖運，得列官敘。過蒙殊獎，特秩鴻私，出擁節旄，入昇台輔。周旋中外，綿歷歲時。有忝天恩，無裨聖化。負乘貽寇，履薄增憂，日懼一日，不知老至。今年逾八十，位極三事，鍾漏並歇，筋骸俱耄，彌留沈頓，待時益盡。顧無成效，上答休明，空負深恩，永辭聖代。無任感戀之至。謹奉表陳謝。」詔曰：「卿以俊德，作朕元輔。出擁藩翰，入贊雍熙，昇平二紀，實卿所賴。比嬰疾疹，日謂痊平。豈斯沈痼，良用憫惻。今令驃騎大將軍高力士就第候省。其勉加鍼石，爲予自愛。猶冀無妄，期於有瘳。」是夕，薨。盧生欠伸而悟，見其身方偃於邸舍，呂翁坐其傍，主人蒸黍未熟，觸類如故。生蹶然而興，曰：「豈其夢寐也？」翁謂生曰：「人生之適，亦如是矣。」生憮然良久，謝曰：「夫寵辱之道，窮達之運，得喪之理，死生之情，盡知之矣。此先生所以窒吾欲也。敢不受教。」稽首再拜而去。

第四章　宋代的小說

總論。○宋代小說雖然沒有特異的作品，她的傳奇不如唐人之深刻，她的章回不如元明之偉大，但在中國小說史上，實是一個大關鍵。關鍵爲何？即由筆記小說到章回小說—由短篇小說變爲長篇小說—，由文言文學到白話文學—由貴族文學變爲平民文學—的過渡時代。宋人模倣唐人而作筆記小說者，亦很不少，如徐鉉的稽神錄，吳淑的江淮異人錄，樂史的綠珠傳，楊太眞外傳，無名氏的開河記，迷樓記，大業拾遺記，海山記，梅妃傳，秦醇的趙飛燕別傳，驪山記。北宋之末，又有郭彖的睽車志五卷，洪邁的異堅志四百廿卷。此外非宋人作品，而爲李昉所監修的太平廣記凡五百卷，係採集漢晉至宋初的一部巨大的小說筆記書。宋人的傳奇—筆記小說—因爲是摹仿人的，所以意境不甚高雋，題材也不動人，較之唐人相差就遠了。不過她的白話式的章回小說，影響於後來者頗大。宋人的白話小說，一名諢詞小說，又叫平話，這是宋代民間游藝的一種—說話—以此爲業者稱爲「說話人」，很像如今的「說書」。這種說話多半都有底本，即謂之話本。當時所用的話本，可分爲三類：

一，銀字兒—說烟粉靈怪傳奇的。

二，說公案—談搏拳，提刀，趕棒，及發跡變態之事的。

三，說鐵騎兒—記士馬金鼓之事的。

以上的平話現存於世者，有大宋宣和遺事，新編五代史平話大唐三藏法師取經詩話，京本通俗小說等數種，茲分述之。

大宋宣和遺事—是由文言過渡到白話的東西，文筆很近三國志演義，文言白話兼而有之，共分四集，是敘徽宗，欽宗，高宗三代的軼事的。內中關於徽宗幸李師師家的醜聞，梁山泊英雄的聚義，及二帝北狩的慘痛等，寫得非常動人。後來一部偉大的水滸傳，便脫胎於此書。

新編五代史平話—原有十卷，不過現已不全，作者姓名，和大宋宣和遺事一樣地不知其詳，大約是經過好幾次修改的「話本」。內容是講梁唐晉漢周五代的軍事，每代二卷，首尾皆附以詩，今本各缺梁漢史下卷。此書爲中國長篇歷史演義小說的初祖，後來的三國演義，隋唐演義等，都是倣五代史平話而作的。

大唐三藏法師取經詩話——共分三卷十七章，因每章均有詩有話，故稱詩話。內容是記唐三藏往西方取經，途中歷經妖魔鬼怪的故事，是後來西遊記的藍本。按此書舊本在日本，爲羅振玉借來影印而成。

京本通俗小說——這是宋人遺留下的一部殘缺可貴的小說，現存僅卷十至卷十六，及卷二十一，每卷有一篇小說，共計八篇。其篇名爲碾玉觀音，菩薩蠻，西山一窟鬼，志誠張主管，拗相公，錯斬崔寧，馮玉梅團圓及金虜海陵王荒淫。這八篇大抵是南宋人的作品，每篇開始往往先說些閒話，或與本篇類似的故事爲引子，然後歸入正文。他們的特色處，全是用當時的流行的俗語俗字寫的，在馮玉梅團圓一篇中，有「話須通俗方傳遠，語必關風始動人」。這可見宋人一般的作風了。後來的醒世恆言，醉醒石，及今古奇觀等故事小說，即是繼京本通俗小說而起的。

以上四種：五代史平話是「講史書」的話本；京本通俗小說是「小說」的話本；至於大唐三藏取經詩話和大宋宣和遺事，與前二者的話本又不同，其體裁「近講史而非口談，似小說而無捏合」，故有人稱之為「擬話本」。

馮玉梅團圓僅錄前數段

簾捲水西樓，一曲新腔唱打油。宿雨眠雲年少夢，休謳，且盡生前酒一甌。明日又登舟，卻指今宵是舊遊。同是他鄉淪落客，休愁，月子彎彎照幾州。

這首詞末句，乃是借用吳歌成語。吳歌云：

月子彎彎照幾州， 幾家歡樂幾家愁。 幾家夫婦同羅帳， 幾家飄散在他州。

此歌出自我宋建炎年間，述民間離亂之苦。只為宣和失政。奸佞專權；延至靖康，金虜淩城，擄了徽欽二帝北去；康王泥馬渡江，棄了汴京，偏安一隅，改元建炎。其時東京一路百姓，懼怕韃虜，都跟隨車駕南渡，又被虜騎追赶，兵火之際，東逃西竄，不知折散了幾多骨肉！往往父子夫妻，終身不復相見。其

中又有幾個散而復合的，民間把作新聞傳說。正是

劍氣分還合，荷珠碎復圓。萬般皆是命，半點盡由天。

話說陳州有一人姓徐名信，自小學得一身好武藝。娶妻崔氏，頗有容色，家道豐裕，夫妻二人正好過活。却被金兵入寇，二帝北遷，徐信共崔氏商議，此地安身不牢，收拾細軟家財，打做兩個包裹，夫妻各背一個，隨着衆百姓曉夜奔走。行至虞城，只聽得背後喊聲震天，只道韃虜追來，卻原來是南朝殺敗的潰兵。只因武備久弛，軍無紀律，教他殺賊，一個個膽寒心駭，不戰自走；及至遇着平民，搶虜財帛子女，一般會耀武揚威。徐信雖然有二分本事，那潰兵如山而至，寡不敵衆，捨命奔走，但聞四野號哭之聲，回頭不見了崔氏。亂軍中無處尋覓，只得前行。行了數日，嘆了口氣，沒奈何只索罷了。……誰知今日一雙兩對，恰恰相逢，眞個天緣湊巧！彼此各認舊日夫妻，相抱而哭。當下徐信遂與劉俊卿八拜爲交，置酒相待。至晚將妻子兌轉，各還其舊。從此通家往來不絕。有詩爲證：

夫換妻來妻換夫，這場交易好糊塗。相逢總是天公巧，一笑燈前認故我

此段話題做「交互姻緣」，乃建炎三年建康城中故事。同時又有一事，叫做「雙鏡重圓」，說來雖沒有十分奇巧，論起夫義婦節，有關風化，到還勝似幾倍。正是：

話須通俗方傳遠　語必關風始動人。

話說高宗建炎四年，關西一位官長，姓馮名忠翊，職授福州鹽稅，此時七閩之地，尙然全盛。忠翊帶領家眷赴任，一來遇山負海，東南都會富庶之邦；二來中原多事，可以避難。—於本年起程，到次年春間打從建州經過。與他志說建州碧水丹山，爲東閩之勝地。今日合着了古語兩句：

洛陽三月花如錦　偏我來時不遇春

自古「兵荒」二字相連，金虜渡河，兩浙都被殘破；閩地不遭兵火也就見個荒年。此乃天數。話中單說建州飢荒，斗米千錢，民不聊生。卻爲國家正値用兵之際，糧餉要緊，官府只顧催征上供，顧不得民窮財盡。常言巧媳婦煮不得沒米粥，百姓旣沒有錢粮交納，又被官府鞭笞偪勒，禁受不過，三三兩兩逃入山間，相聚爲盜。蛇無頭而不行，就有草頭天子出來。此人姓范名汝爲仗義執言，救民水火。群盜從之如流，嘯聚至十餘萬，無非是：

風高放火，　月黑殺人。　無糧同餓，　得肉均分。……

綠珠傳 見魯迅編唐宋傳奇

樂史

綠珠者，姓梁，白州博白縣人也。州則南昌郡，古越地，秦象郡，漢合浦縣地。唐武德初，削平蕭銑，於此置南州，尋改爲白州，取白江爲名。州境有博白山，博白江，盤龍洞，房山，雙角山，大荒山。山上有池，池中婢妾魚。綠珠生雙角山下，美而豔。越俗以珠爲上寶，生女爲珠娘，生男爲珠兒。綠珠之字，由此而稱。晉石崇爲交趾采訪使，以眞珠三斛致之。崇有別廬在河南金谷澗。澗中有金水，自太白源來。崇即川阜置園館。綠珠能吹笛，又善舞明君（明君，昭君也。避晉文帝諱，改昭爲明）。明君者，漢妃也。漢元帝時，匈奴單于入朝，詔王嬙配之，即昭君也。及將去，入辭，光彩射人，天子悔焉，重難改更，漢人憐其遠嫁，爲作此歌。崇以此曲教之，而自製新歌曰：「我本良家子，將適單于庭。辭別未及終，前驅已抗旌。僕御流涕別，轅馬悲且鳴。哀鬱傷五內，涕泣霑珠纓。行行日已遠，遂造匈奴城。延佇於穹廬，加我閼（於速切）氏（音支）名。殊類非所安，雖貴非所榮。父子見陵辱，對之慚且驚。殺身良不易，默默以苟生。苟生亦何聊，積思常憤盈。願假飛鴻翼，乘之以遐征。飛鴻不我顧，佇立以屏營。昔爲匣中玉，今爲糞上英。朝華不足歡，甘與秋草并。傳語後世人：遠嫁難爲情」。崇又製懊惱曲以贈綠珠。崇之美豔者千餘人，擇數十人，妝飾一等，使忽視之，不相分別。刻玉爲倒龍佩，縈金爲鳳凰釵，結袖繞楹而舞。欲有所召者，不呼姓名，悉聽佩聲，視釵色。佩聲輕者居前，釵色豔者居後，以爲行次而進。趙王倫亂常，賊類孫秀使人求綠珠。崇方登涼觀，臨淸水，婦人侍側。使者以告，崇出侍婢數百人以示之，皆蘊蘭麝而披羅縠。曰：「任所擇。」使者曰：「君侯服御，麗矣。然受命指索綠珠，不知孰是？」崇勃然曰：「吾所愛，不可得也。」秀因是譖倫族之。收兵忽至，崇謂綠珠曰：「我今爲爾獲罪。」綠珠泣曰：「願效死於君前」。崇因止之，於是墜樓而死。崇棄東市。時人名其 曰綠珠樓。樓在步庚里，近狄泉。狄泉在正城之東。綠珠有弟子宋褘，有國色，善吹笛。後入晉明帝宮中。今白州有一派水，自雙角山出，合容州江，呼為綠珠江。亦猶歸州有昭君灘，昭君村，昭君場；吳有西施谷，脂粉塘，蓋取美人出處為名。又有綠珠井，在雙角山下。耆老傳云：「汲此井飲者，誕女必多美麗。里閭有識者以美色無益於時，因以巨石鎮之。爾後雖有產女端妍者，而七竅四肢多不完具。」異哉！山水之使然。昭君村生女皆炙破其面，故白居易詩曰：「不取往者戒，恐貽來者冤。至今村女面，燒灼成瘢痕。」又以不完具而惜焉。牛僧孺周秦行記云：「夜宿薄太后廟，見戚夫人，王嬙，太真妃，潘淑妃，各賦詩言志。別有善笛女子，短鬟窄衫具帶，貌甚美，與潘氏偕來。太后以接坐居之，令吹笛，往往亦及酒。太后顧而謂曰：『識此否？石家綠珠也。潘妃養作妹。』太后曰：『綠珠豈能無詩乎』？綠珠拜謝，作曰：『此日人非昔日人，笛聲空怨趙王倫。紅殘鈿碎花樓下，金谷千年更不春。』太后曰：『牛秀才遠來，今日誰人與伴？』綠珠曰：『石衛尉性嚴忌。今有死，不可及亂。』」然事雖詭怪，聊以解頤。噫，石崇之敗，雖自綠珠始，亦其來有漸矣。崇常刺荊州，劫奪遠使，沈殺客商，以致巨富。又遺王愷鴆鳥，共為鴆毒之事。有此陰謀，加以每邀客宴集，令美人行酒，客飲不盡者，使黃門斬美人。王丞相與大將軍嘗共訪崇，丞相素不能飲，輒自勉强，至於沈醉。至大將軍，故不飲以觀其變，已斬三人。君子曰：「禍福無門，惟人所召。」崇心不義，舉動殺人，烏得無報也。非綠珠無以速石崇之誅，非石崇無以顯綠珠之名。綠珠之墜樓，侍兒之有貞節者也。比之於古，則有曰六出。六出者，王進賢侍兒也。進賢，晉愍太子妃。洛陽亂，石勒掠進賢渡孟津，欲妻之。進賢罵曰：「我皇太子婦，司徒公女。胡羌小子，敢干我乎！」言畢投河。六出曰：「大既有之，小亦宜然。」復投河中。又有窈娘者，武周時喬知之寵婢也。盛有姿色，特善歌舞。知之教讀書，善屬文，深所愛幸。時武承嗣驕貴，內宴酒酣，迫知之將金玉賭窈娘。知之不勝，便使人就家强載以歸。知之怨悔，作綠珠篇以叙其怨。詞曰：「石家金谷重新聲，明珠十斛買娉婷。此日可憐無復比，此時可愛得人情。君家閨閣未曾難，嘗持歌舞使人看。富貴雄豪非分理，驕矜勢力橫相干。辭君去君終不忍，徒勞掩面傷紅粉。百年離別在高樓，一旦紅顏爲君盡。」知之私屬承嗣家閽奴傳詩於窈娘。窈娘得詩悲泣，投井而死。承嗣令汲出，於衣中得詩，鞭殺閽奴。諷吏羅織知之，以至殺焉。悲夫，二子以愛姬示人，掇喪身之禍。所謂倒持太阿，授人以柄。易曰：「慢藏誨盜，冶容誨淫，」其此之謂乎。其後詩人題歌舞妓者，皆以綠珠爲名。庾肩吾曰：「蘭堂上客至，綺席清絃撫。自作明君辭，還教綠珠舞」。李元操云：「絳樹搖歌扇，金谷舞筵開。羅袖拂歸客，留歡醉玉杯。」江總云：「綠珠含淚舞，孫秀强相邀。」綠珠之沒已數百年矣，詩人尙詠之不已，其故何哉？蓋一婢子，不知書，而能感主恩，憤不顧身，其志烈懍懍，誠足使後人仰慕歌詠也。至有享厚祿，盜高位，亡仁義之性，懷反覆之情，暮四朝三，惟利是務，節操反不若一婦人，豈不愧哉。今爲此傳，非徒述美麗，窒禍源，且欲懲戒辜恩背義之類也。季倫死後十日，趙王倫敗。左衞將軍趙泉斬孫秀於中書，軍士趙駿剖秀心食之。倫囚金墉城，賜金屑酒。倫慚，以巾覆面曰：「孫秀誤我也。」飲金屑而卒。皆夷家族。南陽生曰：此乃假天之報怨。不然，何梟夷之立見乎！

第五章　元代的小說

總論（一）白話的長篇小說，到了元代已大有可觀，其故因爲蒙古人入主中原，好求娛樂，所以雜劇與小說特別發達。再加以元人要知道中國的社會風俗，更不能不借助於小說了。元代小說最有名的，要推水滸傳和三國志演義。此二書和明代的西遊記，金瓶梅合稱小說界四大奇書。

水滸傳——我們都知道他是根據於宣和遺事而作的，此外宋元數百年間，於梁山泊英雄故事的傳說，亦採取了不少。

他的作者——這部小說的作者傳說不一，約有以下數說：

一，施耐菴作　胡應麟的莊嶽委談說：「元人施某所編水滸傳特爲盛行。世率以其鑿空無據，要不盡然也。余偶閱一小說序，稱：「施某嘗入市肆，細閱故書於敝楮中，得宋張叔夜擒賊招語一通，備悉其一百八人所由起，因潤飾成此編。」

二，羅貫中作　此說出於郎瑛的七修類稿，王圻的續文獻通考也說：「水滸，傳羅貫著。貫字本中，杭州人，編撰小說數十種，而水滸傳敘宋江事，奸盜脫騙，機械甚詳。然變詐百端，壞人心術，說者謂子孫三代皆啞，天道好還之報如此』。

三，兩人合作　李卓吾本的水滸傳，題為施耐庵集撰羅貫中纂修。

四，施作羅續　金聖嘆謂前七十回為施作，其後為羅續，並謂續作大不如前七十回。

總之：施羅二人之傳均不詳，作者究是何人，姑不必深求，因為這與水滸傳本身的價值，並無多大關係。無論說是錢塘施耐庵作的，或杭州羅貫中作的，或是二人合作的，均無確憑。據鄭振鐸的文學大綱說：『我們或可以說這書在元時原有一種草創的本子，或為施耐庵作，或為其他人作，其後曾經羅貫中，或其他人的潤飾，至於現在流傳的通行本，則又曾經明人的大大潤飾了」。不過現在一般的說法，均稱是施耐庵作。

他的版本——作者既傳說不一，他的版本當然亦不一致。其板本之不同，舉其要者，有下列四種：

一，一百十五回本忠義水滸傳，前署「東原羅貫中編輯」。明崇禎末曾與三國演義合刻爲英雄譜，單行本未見。

二，一百回本忠義水滸傳，前署「錢塘施耐菴的本，羅貫中編次」。此外另有一百回本，有李贄序及批點，或謂此本出於明郭勛家，而改題爲施耐菴集撰，羅貫中纂修。

三，一百二十回本忠義水滸全書，亦題「施耐菴集撰，羅貫中纂修」與李贄序百回本同。

四，七十回本水滸傳，題「東都施耐菴撰」。爲金聖嘆所傳，自稱是古本，七十回以下爲羅貫中所續，斥之爲「惡札」。

總之：以上四種版本，可別之爲二派：甲派，是代表明人的政治見解的，爲百回以上本水滸傳，冠以忠義二字，稱宋江等爲忠義的英雄，曾經招安爲國平定四寇—遼國，田虎，王慶，方臘—。乙派，是代表清人的政治見解的，爲七十回本，即金聖嘆所稱之古本，罵宋江等爲流寇，結果他們不是被殺，即是服毒自盡，招安平寇之事，完全不提。前者是把水滸傳的後半部擴大了—明代各種水滸本後者是把水滸傳的後半部截去了，清代水滸本。至其所以不同之故，可說完全是環境關係，百回本稱之爲忠義者，因南宋至元是中國被異族侵略最利害的時代，在這樣的環境中，所需要的是反抗的英雄，故明人冠水滸傳以忠義二字。七十回本罵宋江爲賊寇者，因環境變遷，明朝所以亡國，大原因在流寇的橫行，故金聖嘆覺得强盜是應口誅筆伐，不能再加以提倡的，所以在七十回本的水滸傳，於宋江受天書後，即以盧俊義夢全夥被縛於張叔夜而終。俞萬春的結水滸傳一名蕩寇志亦與聖嘆不同，這是兩派的異点，爲研究水滸傳者，所不可不知的。

他的批評——水滸傳是中國長篇白話小說最早成功的一部，較之「唐人傳奇，」「宋人話本，」進步多了。你看他寫那一百單八位英雄，個個都如生龍活虎，有聲有色。如魯智深大鬧五台山，林教頭風雪山神廟，汴梁城楊志賣刀，景陽岡武松打虎，都是寫得入神的文章。且將每個英雄的環境，出身，都寫得沒有重複，性格同樣剛强的人，他們的神采行動，亦寫得各如其人，絕不相同。世傳施耐菴作水滸時，曾將書中人物各畫其像，張諸壁上，每日眺望凝神揣摩，故寫得躍躍如生，無怪金聖嘆擊節賞歎說：「天下之文章無出水滸右者！」把他合莊騷馬史杜詩稱爲天下第五才子書了。

總之：水滸傳在文學上的價値，約有以下三端：

一，描寫個性，極其深刻，生動，活潑，一百八人的性格，沒有一些重複，是中國長篇小說第一部成功的傑作。

二，這是一部純然的時代的反映作品，把一百八人的上梁山，都寫出不得不如此來，所謂「官逼民反」，刻畫的情景如畫。

三，這是方言文學，平民文學，而非傳統的古典文學。此書一出，民衆文學才走上了最高峯。

魯智深大鬧五台山　　節錄水滸傳第四回

魯智深在五台山寺中，不覺攪了四五個月。時遇初冬天氣，智深久靜思動，當日晴明得好。智深穿了皂布直裰，繫了鵶青縧，換了僧鞋，大踏步走出山門來。信步行到半山亭子上，坐在鵝項懶凳上，尋思道：「干鳥麼？俺往常好酒好肉，每日不離口，如今呼洒家做了和尚，餓得乾癟了。趙員外這幾日又不使人送些東西來與洒家喫，口中淡出鳥來。這早晚怎地得些酒來喫也好。」正想酒哩！只見遠遠地一個漢子，挑着一付擔桶，唱上山來。上面蓋着桶蓋。那漢子手裏拿着一個鏇子，唱着上來，唱道：「九里山前作戰場，牧童拾得舊刀鎗。順風吹動烏江水，好似虞姬別霸王』。

魯智深觀見那漢子挑擔桶上來，坐在亭子上，看這漢子，也來亭子上，歇下擔桶。智深道：『兀那漢子，你那桶裏，甚麼東西』？那漢子道：『好酒』！智深道：『多少錢一桶』？那漢子道：『和尚，你真個也是作耍』？智深道：『洒家和你耍甚麼』？那漢子道：『我這酒挑上去，只賣與寺內火工道人，直廳轎夫，老□□□生活的喫。本寺長老已有法旨：但賣與和尚們喫了，我們都被長老責罰，追了本錢，赶出屋去。我們見關着本寺的本錢，見住着本寺的屋宇，如何敢賣與你喫』？智深道：『真個不賣』？那漢子道：『殺了我也不賣』！智深道：『洒家也不殺你，只要問你買酒喫』。那漢子見不是頭，挑了擔桶便走。智深赶下亭子來，雙手拿着匾擔，只一脚，交襠踢着，那漢子雙手掩着，做一堆蹲在地下，半日起不得。智深把那兩桶酒都提在亭子上，地下拾起鏇子，開了桶蓋，只顧舀冷酒喫。無移時，兩大桶酒喫了一桶。智深道：『漢子，明日來寺裡討錢」。那漢子方才疼止。又怕寺裏長老得知，壞了衣飯，忍氣吞聲，那裏敢討錢。把酒分做兩半桶挑了，拿了鏇子，飛也似下山去了。

只說魯智深在亭子上坐了半日，酒卻上來；下得亭子，松樹根邊又坐了半歇，酒越湧上來。智深把皂直裰褪膊下來，把兩隻袖子纏在腰裏，露出脊背上花繡來，搧着兩個膀子上山來。但見：

頭重腳輕，眼紅面赤，前合後仰，東倒西歪。浪浪蹌蹌上山來，似當風之鶴；擺擺搖搖回寺去，如出水之蛇。指定天宮，叫罵天蓬元帥；踏開地府，要拿催命判官。裸形赤體醉魔君，放火殺人花和尚。

魯達看看來到山門下，兩個門子遠遠的望見，拿着竹篦來到山門下，攔住智深，便喝道：「你是佛家弟子，如何噇得爛醉了上山來？你須不瞎，也見庫局裏貼的曉示：但凡和尚破戒喫酒，決打四十竹篦，赶出寺去。如門子縱容醉的僧人入寺，也喫十下。你快下山去，饒你幾下竹篦」。魯智深一者初做和尚，二來舊性未改，睜起雙眼罵道：「直娘賊，你兩個要打洒家，俺便和你厮打」。門子見勢頭不好，一個飛也似入來報監寺，一個虛拖竹篦攔他。智深用手隔過，搶開五指，去那門子臉上只一掌，打得踉踉蹌蹌；卻待掙側，智深再復一拳，打倒在山門下，只是叫苦。智深道：「洒家饒你這廝」。踉踉蹌蹌，攧入寺裏來。監寺聽得門子報說，叫起老郎火工，直廳轎夫，三二十人，各執白木棍棒，從西廊下搶出來，卻好迎着智深。智深望見，大吼了一聲，卻似嘴邊起個霹靂，大踏步搶入來。衆人初時不知他是軍官出身；次後見他行得兇了，慌忙都退入藏殿裏去，便把亮槅關上。智深搶入堦來，一拳一腳，打開亮槅，三二十人都趕得沒路，奪條棒，從藏殿裏打將出來。

監寺慌忙報知長老，長老聽得，急引了三五個侍者直來廊下，喝道：「智深不得無禮」！智深雖然酒醉，卻認得是長老，撇了棒，向前來打個問訊。指着廊下對長老道：「智深喫了兩碗酒，又不曾撩撥他們，他衆人又引人來打洒家。」長老道，「你看我面，快去睡了，明日卻說」。魯智深道：「俺不看長老面，洒家直打死你那幾個禿驢」！長老叫侍者扶智深到禪牀上，撲地便倒了，齁齁地睡了。衆多職事僧人圍定長老告訴道：「向日徒弟們曾諫長老來，今日如何？本寺那裏容得這個野貓，亂了清規」！長老道：「雖是如今眼下有些囉啅，後來却成得正果，無奈何，且看趙員外檀越之面，容恕他這一番；我自明日叫去埋冤他便了』。衆僧冷笑道：『好個沒分曉的長老』！各自散去歇息。次日早齋罷，長老使侍者到僧堂裏坐禪處喚智深時，尙兀自未起。待他起來，穿了直裰，赤着脚，一道烟走出僧堂來，侍者喫了一驚。趕出外來尋時，却走在佛殿後撒屎，侍者忍笑不住。等他淨了手，說道：『長老請你說話』。智深跟着侍者到方丈，長老道：『智深雖是個武夫出身，今來趙員外檀越剃度了你，我與你摩頂受記，敎你「一不可殺生，二不可偷盜，三不可邪淫，四不可貪酒，五不可妄語：」此五戒乃僧家常理。出家人第一不可貪酒，你如何夜來喫得大醉？打了門子，傷壞了藏殿上朱紅槅子，又把把火工道人都打走了，口出喊聲，如何這般所爲』？智深跪下道：『今番不敢了』。長老道：『既然出家，如何先破了酒戒，又亂了清規？我不看你施主趙員外面，定赶你出寺！再後休犯』！智深起來合掌道：『不敢，不敢』。長老留在方丈裏，安排早飯與他喫；又用好言語勸他；取一領細布直裰，一雙僧鞋，與了智深，敎回僧堂去了。昔有一名賢，走筆作一篇口號，單說那酒。端的做得好！道是：

從來過惡皆歸酒，我有一言爲世剖。
地水火風合成人，麪麯米水和醇酎。
酒在瓶中寂不波，人未酣時若無口。
誰說孩提即醉翁，未聞食糯顛如狗。
如何三杯放手傾，遂令四大不自有！
幾人涓滴不能嘗，幾人一飲三百斗。
亦有醒眼是狂徒，亦有醺醄神不謬。
酒中賢聖得人傳，人負邦家因酒覆，
解嘲破惑有常言，「酒不醉人人醉酒」。

但凡飲酒，不可盡歡，常言：「酒能成事，酒能敗事」，便是小膽的喫了，也胡亂做了大膽，何況性高的人？

再說這魯智深自從喫酒醉鬧這一場，一連三四個月，不敢出寺門去。忽一日，天氣暴煖，是二月間天氣，離了僧房，信步踱出山門外立地，看着五臺山，喝采一回。猛聽得山下叮叮噹噹的響聲，順風吹上山來。智深再回僧堂裏取了些銀兩，揣在懷裏，一步步走下山來，出得那五臺福地的牌樓來。看時，原來卻是一個市井，約有五七百人家。智深看那市鎮上時，也有賣肉的，也有賣菜的，也有酒店麵店。智深尋思道：『干呆麼！俺早知有這去處，不奪那桶酒喫。也自下來買些喫。這幾日熬得清水流，且過去看，有甚東西買些喫』？聽得那響處，卻是打鐵的在那裏打鐵，間壁一家門上，寫着父子客店。智深走到鐵匠鋪門前看時，見三個人打鐵。智深便道：『兀那待詔，有好鋼鐵麼』？那打鐵的看見智深腮邊新剃，暴長短鬚，戧戧地好慘瀨人，先有五分怕他。那待詔住了手道：『師父請坐，要打甚麼生活』？智深道：『酒家要打條禪杖，一口戒刀，不知有上等好鐵麼』？待詔道：『小人這裡正有些好鐵，不知師父要打多少重的禪杖戒刀？但憑分付』。智深道：『酒家只要打一條一百斤重的』。待詔笑道：『重了。師父，小人打怕不打了，只恐師父如何使得動？便是關王刀，也只有八十一斤』。智深焦躁道：『俺便不及關王，他也只是個人』。那待詔道：『小人據常說，只可打條四五十斤的，也十分重了』。智道：『便依你說，比關王刀，也打八十一斤的』。待詔道：『師父，肥了不好看，又不中使。依着小人，好生打一條六十二斤的水磨禪杖與師父，使不動時，休怪小人。戒刀已說□，不用分付，小人自用十分好鐵打造在此』。智深道：『兩件家□，要幾兩銀子』？待詔道：『不討價，實要五兩銀子』。智深道：『俺便依你五兩銀子；你若打得好時，再有賞你』。那待詔接了銀兩道：『小人便打在此』。智深道：『俺有些碎銀子在這裡，和你買碗酒喫』。待詔道：『師父穩便，小人趕趁些生活，不及相陪』。

智深離了鐵匠人家，行不到三二十步，見一個酒望子，挑出在房簷上。智深掀起簾子，入到裡面坐下，敲了桌子叫道：『將酒來』。賣酒的主人說道：『師父少罪，小人住的房屋，也是寺裏的，本錢也是寺裏的。長老已有法旨：但是小人們賣酒與寺裏僧人吃了，便要追了小人們本錢，又赶出屋，因此，只得休怪』。智深道：『胡亂賣些與洒家喫，俺須不說是你家便了』。店主人道：『胡亂不得，師父別處去喫，休怪休怪』。智深只得起身，便道：『洒家別處吃得，却來和你說話』，出得店門，行了幾步又望見一家酒旗兒，直挑出在門前。智深一直走進去，坐下叫道：『主人家快把酒來賣與俺喫』。店主人道：

『師父，你好不曉事，長老已有法旨，你須也知，卻來壞我們衣飯』。智深不肯動身，三回五次，那裏肯賣。智深情知不肯，起身又走。連走了三五家，都不肯賣。智深尋思一計，若不生個道理，如何能勾酒吃？遠遠地杏花深處，市梢盡頭，一家挑出個草帚兒來。智深走到那裏看時，卻是個傍村小酒店。但見：

傍村酒肆已多年，　斜插桑麻古道邊。
白板凳鋪賓客坐，　須籬芭用棘荊編。
破瓮榨成黃米酒，　柴門挑出布青帘。
更有一般堪笑處，　牛屎泥牆盡酒仙。

智深走入店裏來，靠窗坐下，便叫道：『主人家，過往僧人買碗酒喫』。莊家看了一看道：『和尚，你那裏來』？智深道『俺是行腳僧人，遊方到此經過，要買碗酒喫』。莊家道：『和尚，若是五臺山寺裏的師父，我卻不敢賣與你喫』。智深道：『洒家不是，你快將酒賣來』。莊家看見魯智深這般模樣，聲音各別，便道：『你要打多少酒』？智深道：『休問多少，大碗只顧篩來』。

約莫也喫了十來碗，智深問道：『有甚肉，把一盤來喫』。莊家道：『早來有些牛肉，都賣沒了』。智深猛聞得一陣肉香，走出空地上看時，只見牆邊沙鍋裏煮着一隻狗在那裏。智深道：『你家見有狗肉，如何不賣與俺喫』？莊家道：『我怕你是出家人，不喫狗肉，因此不來問你』。智深道：『洒家的銀子有在這裏』。便將銀子遞與莊家道：『你且賣半隻與俺』。那莊家連忙取半隻熟狗肉，搗些蒜泥，將來放在智深面前。智深大喜，用手扯那狗肉，蘸着蒜泥吃，一連又吃了十來碗酒。吃得口滑，只顧要喫，那裏肯住！莊家到都呆了，叫道：『和尚，只恁地罷！』智深睜起眼道：『洒家又不白吃你的，管俺怎地』？莊家道：『再要多少』？智深道：『再打一桶來』。莊家只得又舀一桶來。智深無移時，又吃了這桶酒，剩下一脚狗腿，把來揣在懷裡。臨出門又道：『多的銀子，明日又來吃』。嚇得莊家目瞪口呆，罔知所措。看見他早望五臺山上去了。

智深走到半山亭子上，坐了一回，酒却湧上來，跳起身，口裏道：『俺好些時不曾拽拳使脚，覺道身體都困倦了，洒家且使幾路看』。下得亭子，把兩隻袖子揣在手裏，上下左右，使了一回。使得力發，只一膀子，扇在亭子柱上，只聽得刮剌剌一聲響亮，把亭子柱打折了，坍了亭子半邊。門子聽得半山裏響，高處看時，只見魯智深一步一攧，搶上山來。兩個門子叫道：『苦也！這畜生今番又醉得不小，可便把山門關上，把拴拴了』。只在門縫裏張時，見智深搶到山門下，見關了門，把拳頭擂鼓也似敲門，兩個門子那裏敢開。智深敲了一回，扭過身來，看了左邊的金剛，喝一聲道：『你這個鳥大漢，不替俺敲門，却拿着拳頭嚇洒家，俺須不怕你』。跳上臺基，把柵剌子只一拔，却似撅葱般拔開了；拿起一根折木頭，去那金剛腿上便打，簌簌地泥和顏色都脫下來。門子張見道：『苦也！只得報知長老』。智深等了一會，調轉身來，看着右邊金剛，喝一聲道：『你這厮張開大口，也來笑洒家』。便跳過右邊臺基上，把那金剛脚上打了兩下，只聽得一聲震天價響，那尊金剛從臺基上倒撞下來，智深提着折木頭大笑。兩個門子去報長老，長老道：『休要惹他，你們自去』。只見這首座，監寺，都寺，幷一應職事僧人，都到方丈稟說：『這野貓今日醉得不好，把半山亭子，山門下金剛，都打壞了，如何是好』？長老道：『自古天子尙且避醉漢，何況老僧乎？若是打壞了金剛，請他的施主趙員外自來塑新的；倒了亭子，也要他修蓋，這個且由他』。衆僧道：『金剛乃是山門之主，如何把來換過』？長老道：『休說壞了金剛，便是打壞了殿上三世佛，也沒奈何，只可迴避他。你們見前日的行兇麼』？衆僧出得方丈，都道：『好個囫圇竹的長老！門子你且休開，只在裏面聽』。智深在外面大叫道：『直娘的禿驢們，不放洒家入寺時，山門外討把火來，燒了這個鳥寺』。衆僧聽得叫，只得叫門子拽了大拴，由那畜生入來；若不開時，眞個做出來。門子只得捻脚捻手，把拴拽了，飛也似閃入房裏躲了，衆僧也各自迴避。

只說那魯智深雙手把山門盡力一推，撲地攧將入來，吃了一交。扒將起來，把頭摸一摸，直奔僧堂來。到得選佛場中，禪和子正打坐間，看見智深揭起簾子，鑽將入來，都吃一驚，盡低了頭。智深到得禪牀邊，喉嚨裏咯咯地響，看着地下便吐。衆僧都聞不得那臭，個個道：『善哉』！齊掩了口鼻。智深吐了一回，扒上禪牀，解下縧，把直裰帶子都咇咇剝剝扯斷了，脫下那脚狗腿來。智深道：「好好，正肚饑哩」！扯來便吃。衆僧看見，便把袖子遮了臉，上下肩兩個禪和子遠遠地躲開。智深見他躲開，便扯一塊狗肉，看着上首的道：『你也到口』。上首的那和尚，把兩隻袖子死掩了臉。智深道：『你不吃』。把肉望下首的禪和子嘴邊塞將去，那和尚躲不迭，却待下禪牀，智深把他劈耳朶揪住，將肉便塞。對牀四五個禪和子跳過來勸時，智深撇了狗肉，提起拳頭，去那光腦袋上剝剝剝只顧鑿。滿堂僧衆大喊起來，都去櫃中取了衣缽要走。此亂喚做『捲堂大散』。首座那裏禁約得住？

智深一味地打將出來，大半禪客都躲出廊下來。監寺，都寺，不與長老說知，叫起一班職事僧人，點起老郎，火工，道人，直廳，轎夫，約有一二百人，都執杖叉棍棒，盡使手巾盤頭，一齊打入僧堂來。智深見了，大吼一聲，別無器械，搶入僧堂裏，佛面前推翻供桌，撧兩條桌脚，從堂裏打將出來。但見：

心頭火起，口角雷鳴。奮八九尺猛獸身軀，吐三千丈凌雲志氣。按不住殺人怪膽，圓睜起捲海雙睛。直截横衝，似中箭投崖虎豹；前奔後湧，如着鎗跳澗豺狼。直饒揭帝也難當，便是金剛須拱手。

當時魯智深撧兩條桌脚，打將出來，衆多僧行見他來得兇了，都拖了棒，退到廊下。智深兩條桌脚，着地捲將來，衆僧早兩下合攏來。智深大怒，指東打西，指南打北，只饒了兩頭的。當時智深直打到法堂下，只見長老喝道：『智深不得無禮，衆僧也休動手』。兩邊衆人，被打傷了數十個，見長老來，各自退去。智深見衆人退散，撇了桌脚，叫道：『長老，與洒家做主』。此時酒已七八分醒了。長老道：『智深，你連累殺老僧。前番醉了一次，攪擾了一場，我教你兄趙員外得知，他寫書來，與衆僧陪話。今番你又如此大醉無禮，亂了清規，打坍了亭子，又打壞了金剛：這個且由他。你攪得衆僧捲堂而走，這個罪業非小，我這裏五臺山文殊菩薩道場，千百年清淨香火去處，如何容得你這個穢污？你且隨我來方丈裏過幾日，我安排你一個去處。

三國志演義——這是元明間最有名的歷史小說，作者爲羅貫中（1330?至1400?）貫中名本，字貫中杭州人，一說廬陵人，或又說武林人，未知孰是。生於元末明初，所著小說以三國志演義爲最著。他下手作時，固多依據於陳壽的三國志，但亦多採取民間的傳說。按三國的故事，本爲宋朝說話人常講的故事之一，在當時因之有「說三分」之稱。蘇軾志林上亦說：「塗巷中小兒薄劣，其家所厭苦，輒與錢令聚坐聽說古話，至說三國事，聞劉玄德敗，頻蹙眉有出涕者，聞曹操敗，即喜唱快」。在金元雜劇中，也有不少的三國故事，如赤壁鏖兵，諸葛亮秋風五丈原，單刀會，西蜀夢，隔江鬥智，及連環計等，均是。羅氏根據了以上的材料，乃作成這部大規模的軍事政治小說。本書全一百二十回，今所傳者已非羅氏原稿，乃經清人毛宗崗字序始茂苑人─師金聖嘆改水滸傳及西廂記的成法，將舊本大加改竄，自稱乃得古本，亦稱「聖嘆外書」，遂直傳至今，羅氏的原書已不可復覩了。按最近三百年來，在一般社會流行的小說，其影響之大，當以此書為第一，雖婦人孺子，亦都知道許多的三國故事。其在通俗教育上，實有不少的裨益。說者謂西廂誨淫，水滸誨盜，為名教的罪人，而三國志演義既不多講兒女之情，又是奉蜀漢為正統，正合上了一般道學先生和士大夫的心理，所以禁止他們的子弟讀西廂和水滸，並不禁止讀三國志演義。因之，此書遂成了一般家庭中很普遍的讀物，家傳從前明宮中曾採他為讀本，和四書五經一樣，這可見他的魔力廣大了。

三國志演義在社會上的潛勢力，雖是廣大，但因作者要處處顧慮到歷史上的事實，所以不敢放胆寫去，結果遠不如水滸傳之偉大。至個性的描寫，其藝術亦不大高明，譬如寫奸雄的曹操，反一變而爲天眞抗爽的人了；寫謙和的劉備，反一變而爲僞君子了；寫忠貞的諸葛亮，反一變而爲策士之流了。這是本書中不能諱言的缺點。其中描寫最好的，當以劉備三顧茅廬，曹操與孫劉赤壁之戰，及關羽敗走麥城等段，爲最生動活潑，令人可愛。

除以上二書外，尚有隋唐志傳，及三遂平妖傳，相傳均爲羅貫中作。隋唐志傳的原本，已不可見，現僅有康熙間褚人穫的改訂本隋唐演義流傳於民間。三遂平妖傳原本二十回，今所傳爲四十回本，有人說這是猶子龍補寫的。這二書的文筆，均在三國和水滸之下，故不若前二書受社會的歡迎。

節錄三國志演義第三十七回及三十八回

三顧草廬

次日，玄德同關張幷從人等來隆中，遙望山畔數人，荷鋤耕於田間而歌曰「蒼天如圓蓋，陸地如棋局。世人黑白分，往來爭榮辱。榮者自安安，辱者定碌碌。南陽有隱居，高眠臥不足。」玄德聞歌，勒馬喚農夫問曰：「此歌何人所作？』答曰；『乃臥龍先生所作也。』玄德曰：『臥龍先生住何處？』農夫曰：『自此山之南，一帶高岡，乃臥龍岡也。岡前疎林內茅廬中，即諸葛先生高臥之地』。玄德謝之，策馬前行。不數里，遙望臥龍岡，果然清景異常。

玄德來到莊前，下馬親叩柴門，一童出問；玄德曰：『漢左將軍宜城亭侯領豫州牧皇叔劉備特來拜見先生』。童子曰：『我記不得許多名字』玄德曰：『你只說劉備來訪』童子曰『先生今早出去』。玄德曰；『何處去了？』童子曰：『蹤跡不定不知何處去了』。玄德曰：『幾時歸』？童子曰：『歸期亦不定，或三五日，或十數日』。玄德惆悵不已。張飛曰：『既不見，自歸去罷了』。玄德曰：『且待片時』。雲長曰：『不如且歸，再使人來探聽』。玄德從其言，囑咐童子：『如先生回，可言劉備拜訪』。遂上馬，行數里，勒馬回觀隆中景物，果然山不高而秀雅，水不深而澄清，地不廣而平坦，林不大而茂盛，猿鶴相親，松篁交翠，觀之不已。忽見一人容貌軒昂，丰姿俊爽，頭戴逍遙巾，身穿皂布袍，杖藜從山僻小路而來。玄德曰：『此必臥龍先生也』急下馬向前施禮，問曰『先生莫非臥龍否』？其人曰：『將軍是誰』？玄德曰：『劉備也』其人曰：『吾非孔明，乃孔明之友，博陵崔州平也』。玄德曰：『久聞大名，幸得相遇，乞即席地權坐，請教一言』。二人對坐於林間石上，關張侍立於側，州平曰：『將軍何故欲見孔明？』玄德曰：『方今天下大亂，四方雲擾，欲見孔明，求安邦定國之策耳。』州平笑曰：『公以定亂爲主，雖是仁心，但自古以來，治亂無常，自高祖斬蛇起義，誅無道秦，是由亂而入治也；至哀平之世，二百年太平日久，王莽篡逆，又由治而入亂；光武中興，重整基業，復由亂而入治；至今二百年，民安已久，故干戈又復四起。此正由治入亂之時，未可猝定也。將軍欲使孔明斡旋天地，補綴乾坤，恐不易爲，徒費心力耳。豈不聞「順天者逸，逆天者勞？」「數之所在，理不得而奪之；命之所在，人不得而强之乎』？玄德曰：『先生所言，誠爲高見，但備身爲漢胄，合當匡扶漢室，何敢委之數與命」？州平曰：『山野之夫，不足與論天下事，適承明問，故妄言之』。玄德曰：『蒙先生見敎，但不知孔明往何處去了』？州平曰：『我亦欲訪之，正不知其何往』。玄德曰：『請先生同至，敝縣如何』？州平曰『愚性頗樂閒散，無意功名久矣。容他日再見』。言訖，長揖而去。玄德與關張上馬而行。張飛曰：『孔明又訪不着，卻遇此厮備，閒談許久』！玄德曰：「此亦隱者之言也」。

三人日至新野，過了數日，玄德使人探聽孔明。回報曰：『臥龍先生已回矣』。玄德便教備馬。張飛曰：『量一村夫，何必哥哥自去？可使人喚來便了』。玄德叱曰：『汝豈不聞孟子云：「欲見賢而不以其道，猶欲其入而閉之門也」？孔明當世大賢，豈可召乎』？遂上馬再往訪孔明。關張亦乘馬相隨。

時値隆冬，天氣嚴寒，彤雲密布，行不數里，忽然朔風凜凜，瑞雪霏霏，山如玉簇，林似銀妝。張飛曰：『天寒地凍，尙不用兵，豈宜遠見無益之人乎？不如回新野以避風雪』。玄德曰：『吾正欲使孔明知我殷勤之意。如弟輩怕冷，可先回去』。飛曰：『死且不怕，豈怕冷乎？但恐哥哥空勞神思』。玄德曰：『勿多言，只相隨同去』。將近茅廬，忽聞路旁酒店中有人作歌，玄德立馬聽之。其歌曰：『壯士功名尙未成，嗚呼久不遇陽春。君不見東海老叟辭荆榛，後車遂與文王親？八百諸侯不期會，白魚入舟涉孟津，牧野一戰血流杵，鷹揚偉烈冠武臣？又不見高陽酒徒起草中，長揖芒碭隆準公？高談王霸驚人耳，輟洗延坐欽英風？東下齊城七十二，天下無人能繼蹤？兩人非際聖天子，至今誰復識英雄』？歌罷，又有一人擊桌而歌，其歌曰：『吾皇提劍清寰海，創業垂基四百載。桓靈季業火德衰，奸臣賊子調鼎鼐。青蛇飛下御座旁，又見妖虹降玉堂。羣盜四方如蟻聚，奸雄百輩皆鷹揚。吾儕長嘯空拍手，悶來村店飲村酒。獨善其身盡日安，何須千古名不朽？』二人歌罷，撫掌大笑。玄德曰：『臥龍其在此乎』！遂下馬入店，見二人憑桌對飲，上首者白面長鬚，下首者清奇古貌。玄德揖而問曰：『二公誰是臥龍先生』？長鬚者曰：『公何人？欲尋臥龍何幹？』玄德曰：『某乃劉備也。欲訪先生，求濟世安民之術』。長鬚者曰：『我等非臥龍，皆臥龍之友也。吾乃穎川石廣元。此位是汝南孟公威』玄德喜曰：『備久聞二公大名，幸得邂逅。今有隨行馬匹在此，請敢二公同往臥龍莊上一談』廣元曰：『吾等皆山野慵懶之徒，不省治國安民之事，不勞下問。明公請自上馬，尋訪臥龍』。

玄德乃辭二人，上馬投臥龍岡來；到莊前下馬，扣門問童子曰：『先生今日在莊否』？童子曰『現在堂上讀書』。玄德大喜，遂跟童子而入。至中門，只見門上大書一聯，云：『淡泊以明志，寧靜而致遠』玄德正看間，忽聞吟詠之聲，乃立於門側窺之，見草堂之上，少年擁爐抱膝，歌曰：『鳳翱翔於千仞兮，非梧不棲；士伏處於一方兮，非主不依，樂躬耕於隴畝兮，吾愛吾廬；聊寄傲於琴書兮，以待天時。』玄德待其歌罷，上草堂施禮曰：『備久慕先生，無緣拜會。因昨徐元直稱薦，敬至仙莊，不遇空回。今特冒風雪而來，得瞻道貌，實爲萬幸』！那少年慌忙答禮曰：『將軍莫非劉豫州欲見家兄否』？玄德驚訝曰：『先生又非臥龍耶』？少年曰：『某乃臥龍之弟諸葛均也。愚兄弟三人。長兄諸葛瑾，現在江東孫仲謀處爲幕賓。孔明乃二家兄』。玄德曰：『臥龍今在家否』？均曰：『昨爲崔州平相約出外閒遊去矣』。玄德曰：『何處閒遊』？均曰：『或駕小舟游於江河之中，或訪僧道於山嶺之上，或尋朋友於村落之間，或樂琴棋於洞府之內，往來莫測，不知去所』。玄德曰：『劉備直如此緣分淺薄，兩番不遇大賢』！均曰：『少坐獻茶』張飛曰：『那先生既不在，請哥哥上馬』玄德曰：『我既到此間，如何無一語而回』？因問諸葛均曰：聞令兄臥龍先生熟諳韜略，日看兵書，可以聞乎』？均曰：『不知』張飛曰：『問他則甚？風雪甚緊，不如早歸。』玄德叱止之。均曰：『家兄不在，不敢久留車騎。容日卻來回禮』。玄德曰：『豈敢望先生枉駕？數日之內備當再至。願借紙筆作一書，留達令兄，以表劉備殷勤之意』。均遂進文房四寶。玄德呵開凍筆，拂展雲箋，寫書曰：『備久慕高明，兩次晉謁，不遇空回，惆悵何似！竊念備，漢朝苗裔，濫叨名爵，伏覩朝廷陵替，綱紀崩摧，羣雄亂國，惡黨欺君，備心膽俱裂；雖有匡濟之誠，實乏經綸之策。仰望先生仁慈忠義，慨然展呂望之大才，施子房之鴻略，天下幸甚！社稷幸甚！先此布達，再容齋戒薰沐，特拜尊顏！面傾鄙悃。統希鑒原』！玄德寫罷，遞與諸葛均收了，拜辭出門。均送出玄德，再三殷勤致意而別。方上馬欲行，忽見童子招手籬外叫曰：『老先生來也』。玄德視之，見小橋之西，一人煖帽遮頭，狐裘蔽體，騎着一驢，後隨一青衣小童，攜一葫蘆酒，踏雪而來；轉過小橋，口吟詩一首。詩曰：『一夜北風寒，萬里彤雲厚。長空雪亂飄，改盡江山舊。仰面觀太虛，疑是玉龍鬬。紛紛鱗甲飛，頃刻遍宇宙。騎驢過小橋，獨嘆梅花瘦』。玄德聞歌曰：『此眞臥龍矣』！滾鞍下馬向前施禮曰：『先生冒寒不易，劉備等候久矣』。那人慌忙下驢答禮。諸葛均在後曰：『此非臥龍家兄，乃家兄岳父黃承彥也』。玄德曰：『適間所吟之句，極其高妙』。承彥曰：『老夫在小壻家觀梁父吟，記得這一篇；適過小橋，偶見籬落間梅花，故感而誦之。不期爲尊客所聞』。玄德曰：『曾見令壻否』？承彥曰：『便是老夫也來看他』。玄德聞言辭別承彥上馬而歸。正値風雪又大，回望臥龍崗，悒怏不已。

玄德回新野之後，光陰荏苒，又早新春。乃令卜者揲蓍，選擇吉期，齋戒三日，薰沐更衣，再往臥龍崗謁孔明。關張聞之不悅，遂一齊入諫玄德。關公曰：『兄長兩次親往拜謁，其禮太過矣，想諸葛亮有虛名而無實學，故避而不敢見。兄何惑於斯人之甚也!?』玄德曰：『不然，昔齊桓公欲見東郭野人，五反而方得一面；況吾欲見大賢耶』？張飛曰：『哥哥差矣。量此村夫，何足爲大賢？今番不須哥哥去；他如不來，我只用一條麻繩縛將來』！玄德叱曰：『汝豈不聞周文王謁姜子牙之事乎？文王且如此敬賢，汝何太無禮！今番汝休去，我自與雲長去』。飛曰：『既兩位哥哥都去，小弟如何落後』？玄德曰：『汝若同往，不可失禮』。飛應諾。

於是三人乘馬引從者往隆中。離草廬之外，玄德便下馬步行，正遇諸葛均。

玄德忙施禮問曰：『今見在莊否』？均曰；『昨暮方歸。將軍今日可與相見。』。言罷，飄然自去。玄德曰：『今番僥倖得見先生矣』！張飛曰：『此人無禮，便引我等到莊也不妨，何故竟自去了』！玄德曰：『彼各有事，豈可相强』？三人來到莊前叩門，童子開門出問。玄德曰：『有勞仙童轉報，劉備再來拜見先生』。童子曰：『今日先生雖在家，但今在草堂上晝寢未醒』。玄德曰：『既如此，且休通報』。分付關張二人，只在門首等着。玄德緩步而入，見先生仰臥於草堂几席之上。玄德拱立階下。

半晌，先生未醒。關張在外立久，不見動靜；入見玄德，猶然侍立。張飛大怒，謂雲長曰：『這先生如何傲慢！見我哥哥侍立階下，他竟高臥推睡不起；等我去屋後放一把火，看他起不起』！雲長再三勸住。玄德仍命二人出門外等侯。望堂上時，見先生翻身將起，忽又朝裏壁睡。童子欲報。玄德曰：『且勿驚動』。又立了一個時辰，孔明纔醒，口吟詩曰：『大夢誰先覺？平生我自知。草堂春睡足；窗外日遲遲』。孔明吟罷，翻身問童子曰：『有俗客來否』？童子曰：『劉皇叔在此，立侯多時』。孔明乃起身曰：『何不早報？尚容更衣』。遂轉入後堂。又半晌，方整衣冠出迎。玄德見孔明身長八尺，面如冠玉，頭戴綸巾，身披鶴氅，飄飄然有神仙之概。玄德下拜曰：『漢室末冑，涿郡愚夫，久聞先生大名，如雷貫耳。昨兩次晉謁，不得一見，已書賤名於文几，未審得入覽否』？孔明曰：『南陽野人，疎懶性成，屢蒙將軍枉臨，不勝愧赧』！二人敘禮畢，分賓主而坐。

第六章　明代的小說

明朝的代表文學爲傳奇與小說，而小說尤爲明朝文學的精華。我們若把水滸三國亦算爲明朝的作品，——施耐菴與羅貫中均爲元末明初人——那麼，號稱小說界四大奇書的水滸，三國，西遊，與金瓶梅都是明朝的作物，明朝實是中國小說史中最光榮的時期。有無數的，至今尚傳誦於民間的通俗小說，和許多不朽的名著，都是產生於這個時期，這是我們研究明代文學所不可不知道的。水滸與三國已論述於前，今再將西遊記與金瓶梅略爲論述如下：

西遊記及其他——西遊記爲中國神魔小說中最有名的一種。按神魔鬼怪的故事，自南北朝以來，民間已有不少的傳說與記載，不過沒有什麼偉大結構的神魔小說出現。到了明代，有吳承恩者，（1510?至1580?）字汝忠，號射陽山人，嘉靖中官長興縣丞，性敏多慧，博讀群書，尤善諧謔，爲有明一代淮郡詩人之冠。他一面根據了當時一般關於西遊故事的傳說，一面運用了他奇特的天才，始作出這一部偉大的神魔小說西遊記。此書共一百回，初傳爲元長春眞人邱處機作，其實長春眞人的西遊記，乃弟子李志常所記，敘處機西行的經歷，完全與現在流行的西遊記無關。

在吳本西遊記之前，有楊志和編的一種四十一回的西遊記傳，楊編僅有二薄本，吳編却把他放大了十倍以上。由此可知吳本的描寫技術是如何的驚人了。吳本除採取楊氏的西遊記傳外，尚旁採吳元泰編的東遊記—一名上洞八仙傳，余象斗編的南遊記—一名華光傳，及北遊記—一名眞武傳，合楊編西遊記亦稱四遊記。至元人西遊記雜劇和宋代三藏取經詩話亦都爲他取材的園地。他運用他的幻想力，給唐玄奘佈置了八十一大難而卒取回經來，成了正果。他又運用了他靈活的妙筆，寫得一難有一難的不同，決不令讀者有重複之感，所寫的人物也各有他們個性的不同，如三藏，悟空，八戒，沙僧都各有各的口吻，舉動，甚至連每個魔怪也都各有各的性格。若把這八十一難分開來說，便成了八十一篇很好的童話集了。

自此書問世後，因受一般人的歡迎，流行的很普遍，曾有不少的人，爲之作解釋，如山陰陳大斌的西遊眞詮，西河張書紳的西遊正旨與悟元道人劉一明的西遊原旨，或說此書是勸學的，或說是談禪的，講道的，他們這樣不憚煩的爲之解釋發揮，眞是有點多事。他們那裏知道作者是憑着天縱之才，運着生花之筆，自由的抒寫他的幻想呢？什麼勸學，什麼談禪，又什麼講道，恐怕作者在動筆時，壓根兒就沒有想過罷。吳本西遊記後，亦有續書，即續西遊記與後西遊記。至董說的西遊補，則爲隱罵滿清而作，與其他不同。

此外，神魔故事尙有封神傳及三寶太監下西洋記等，此二書雖不如西遊記，但亦神魔小說中不可多得者。封神傳全一百回，作者許仲琳南京應天府人，號鍾山逸叟。他原欲同西遊記水滸傳鼎立而三，因偶讀尙書武成篇「唯爾有神，尙克相予」一語，遂衍成此傳。內寫武王伐紂事，雖是演述歷史，而侈談神怪，設想之新奇，亦不在西遊以下。三寶太監下西洋記亦有一百回，是二南里人羅懋登於萬曆丁酉年—西曆一五九七年—編成的。中敘明永樂時派太監鄭和下西洋的事，內多荒誕之言，鬼怪之說，所以亦不能算爲歷史小說，和封神傳一樣。以上二書描寫的藝術手腕，不如西遊記高明，多有呆板不自然處。至明代的歷史小說，有開闢演義，西周演義，東周列國志，殘唐五代演義等，這些作品多半摹倣三國志演義的，其文筆當然要在三國之下了。

觀音慈善縛紅孩　節錄西遊記第四十二回

大聖見了，暗中讚嘆。果是大慈大悲的菩薩！菩薩叫：『悟空伸手過來』。行者即將左手伸出。菩薩折楊柳枝，蘸甘露，把他手心裏寫一個迷字，教他：『揑着拳頭，快去與那妖精索戰。只許敗，不許勝。引將來到我跟前，我自有法力收他。』行者領命，徑來洞口叫門，小妖又進去通報。妖王道：『關了門莫睬他』。

行者道：『好兒子，把老子趕在門外，還不開門』。小妖又報：『孫行者罵出那話兒來了』。妖王只教：『莫睬他』。行者大怒，舉鐵棒將門打破。妖王見打破他門，急縱身跳將出來。挺長槍對行者罵道：『這猴子老大不識好。倒打破我大門，該個什麼罪名』。行者道：『吾兒，你趕老子出門，該應甚麼罪名』？那妖王大怒，綽長槍，劈胸便刺。這行者舉棒相還。鬥經四五個回合，行者拖著棒，敗將下來。那妖立住道：『我要刷洗唐僧去哩』！行者道：『好兒子，天看著你哩！你來』。那妖精聞言，愈加嗔怒，喝一聲，趕到面前，挺槍又刺。這行者再戰幾回合，敗陣又走。那妖精不知是計，舉槍又趕。行者拖了棒，放了拳頭。那妖王著了迷亂，只管追趕。不一時，望見那菩薩了，行者道：『妖精！我怕你了。你如今趕到南海觀音菩薩處，還不回去』。

那妖精不信，只管趕來。行者將身一晃，藏在那菩薩神光影裏。這妖精近前，睜眼對菩薩道：『你是孫行者請來救兵麼』？菩薩不答應。妖王撚起長槍，又喝問一聲，菩薩又不答應。妖精望菩薩劈心刺一槍來。菩薩化道金光，徑走上九霄空中。行者與木吒俱停空，並肩同看，只見那妖呵呵笑道：『潑猴子，錯認了我也。幾番裏戰我不過，又去請甚麼膿包菩薩來，却被我一槍，搠得無影無跡，又把個寶蓮臺兒丟下。且等我上去坐坐』。好妖精，他也學菩薩，盤手盤脚，坐在當中。菩薩將楊柳枝指定，吽一聲退，只見蓮台花彩俱無，祥光盡散，原來那妖王坐在刀尖之上。即命木吒使降妖杵，把刀柄兒打去打來。那木吒下落雲頭，將降魔杵築了有千百餘下

那妖精刂穿兩腿，血流成江，他咬著牙，忍着疼，丟下長槍。用手將刀亂拔。菩薩見了，又把楊柳枝垂下，念聲咒語，那刀都變做倒鬚鈎兒，狼牙一般

，莫能拔得。那妖精却在慌了，拔着刀尖痛甚，苦告道：『菩薩，我弟子有眼無珠，不識廣大法力。千乞垂慈，饒我性命。再不敢爲惡。願入法門戒行也』。菩薩聞言，却與行者低下金光，到妖精面前問道：「你可受我戒行麼」？妖王點頭滴淚道：『若饒性命，願受戒行』。菩薩道：「既此如，我與你摩頂受戒」。就袖中取出一把金剃頭刀兒，近前去，把那怪頭頂剃了。與他留下三個頂，搭挽起三個窩角揪兒」。行者在旁笑道：『這妖精大晦氣，弄得不男不女，不知象個甚麼東西』。菩薩道：『你今既受我戒，我却也不慢你，稱你個善財童子如何』？那妖点頭受持，只望饒命。菩薩却用手一指，叫聲退，只聽得噹的一聲，天罡刀都脫落塵埃。那童子身軀不損。菩薩叫惠岸即將刀送還天宮。

那童子野性未定，見那脚痛處不疼，臀破處不破，頭挽了三個揪兒。道：『你那裡有些眞法力降我？原來是個掩樣的術法兒』。走去綽起長槍，望菩薩劈臉就刺。恨得個行者，輪棒要打，菩薩道：『只莫打，我自有懲治』。却就向袖中取出一個金箍道：『這寶貝，原是我如來佛賜我的。金箍禁三個箍兒。緊箍兒先與你戴了，禁箍兒收與守山大神。這個金箍兒，未曾捨得與人。今觀此怪無禮，與他罷」菩薩即將箍兒迎風一晃，叫聲變，變作五個箍兒，望着童子身上抛下去，喝聲着，一個套在他頭頂上，兩個套在左右手上，兩個套在他左右脚上。菩薩捻着訣，默默的念了幾遍，那妖精疼得撧耳揉腮，攢蹄打滾。

金瓶梅及其他

——金瓶梅與西遊記是明代的小說的雙璧，但是他們所描寫的，乃佔在兩個極端上。一個是寫神魔鬼怪的，一個是寫人情世事的，一個是幻想，一個是寫實。內容雖不同，而藝術手腕却都很高明，同爲當時名貴之作。金瓶梅有一百回，相傳爲王世貞，或其門人所作，用以罵嚴世蕃者。據說世蕃的父親嚴嵩，曾把世貞的父親王忬害死了。世貞爲報父仇，知道世蕃好讀淫書，又知道他看書時，好用指頭蘸舌頭翻書。因此用毒藥塗書頁中，用以毒死他。又有人說，毒死的不是世蕃，乃是唐順之。當時王忬有一古畫，嚴嵩欲索之，忬不肯，乃贗一摹本與之，唐順之告以非眞，王忬於是被害，此書是爲報唐順之之仇而作的。所以猶初張竹坡評刻此書，有苦孝說列於卷首。其實這種傳說不見得的確，我們亦不必去深追求了。

此書內容，是取水滸傳西門慶與潘金蓮的艷史爲線索，以敷演成書，所寫不外西門慶一門男女間的淫蕩行爲，因而有「天下第一淫書」之稱，故列爲禁書之一。其寫家庭瑣事，婦女性格，及人情世態，無不刻畫逼眞。凡所形容或淋漓暢快，或紆迴曲折，皆能隨在顯出其成功處，尤其在婦人方面的描寫，中國小說如水滸傳諸作，其缺點就是不善描寫婦女。此書取出水滸傳中不重要的一個女脚色潘金蓮，作成本書的女主人翁，把她一舉，一動，一言，一語，無不盡情的描寫，傳出她獨有的個性來。此外如吳月娘李瓶兒孟玉樓及春梅秋菊等，亦都有她們不同的個性，活躍的現在紙上，可惜內多猥褻的描寫，不能爲一般公開的讀物。

至金瓶梅之命名，一看即知道是以潘金蓮，李瓶兒和春梅三個女主要脚色的名字合成的，除金瓶梅外，據傳作者尙有續編，名爲玉嬌李，但已失傳，無從考知其內容。今所傳之續金瓶梅爲山東諸城丁耀亢字西生，號野鶴的所作，內敍金瓶梅中的諸脚色，都曾投胎入世，各了前世的因果，報應，其中亦有淫穢處，故後來亦列爲禁書了。

明代艷情小說，亦有不涉猥褻事，而專寫才子佳人之悲歡離合者，如好逑傳——一名俠義風月傳——玉嬌梨——一名雙美奇緣——及平山冷燕等書，所講的不外先各歷苦難後，二人團圓，這一套陳陳相因的把戲，說亦奇怪，這些小說在中國一般社會裏，雖不甚知名，但這三種書，都有法譯本，好逑傳且更有德譯本；其在西洋之得名，猶在水滸西遊上，這不是一件想不到的事麼？

金瓶梅　節錄古本金瓶梅第五回——上海卿雲圖書公司出版

一日，西門慶直到王婆茶坊，央着王婆，一心要會那雌兒。便道：「乾娘，你端的與我說這件事成，我便送十兩銀子與你。」王婆道：「大官人，你聽我說，但凡挨光的兩個字最難，怎的是挨光？比如今俗呼偷情就是了，要五件事俱全，方纔行的。第一要潘安的貌，第二要驢樣的物，第三要鄧通一般有錢，第四要青春年少，就是綿裏針一般，軟款忍耐，第五要閑工夫，此五件喚做潘驢鄧小閑，都全了，此事便獲得着。」西門慶道：「實不瞞你說，這五件事我都有，第一件，我的貌雖比不得潘安，也充得過；第二件，我小時在三街兩巷遊串，也曾會得渾氣；第三，我家裏也有幾貫錢財，雖不及鄧通，也頗得過日子；第四，我最忍耐，他便打我四百頓，休想我回他一拳；第五，我最有閑工夫，不然，如何來得恁勤？乾娘，你自作完成備了時，我自重重謝你』。王婆道『大官人，你說五件事都全，却還有一件打攪，也多是成不得』。西門慶道，『且說甚麼一件事打攪』？王婆道，『大官人休怪老身直言，但凡挨光最難，十分使錢到九分九厘，也有難成處，我知你從來慳恪，不肯胡亂便使錢，只這件打攪』。西門慶道，『這個容易，我只聽你言語便了』。王婆道，『若大官人肯使錢時，老身有一條妙計，可教大官人和這雌兒會一面』。西門慶道，『端的有甚妙計』？王婆笑道，『今日晚了，且回去，過半年三個月來商量』。西門慶央及道，『乾娘，你休撒科，自作成我這個，恩有重報』。王婆哈哈笑道，『大官人，却又慌了，老身這條計，雖然入不得武成王廟，端的强似孫武子教女兵，十捉八九着。今日實對你說了罷，這個雌兒來歷，雖然微末出身，却到百伶百俐，會一手好彈唱，針黹女工，百家歌曲，雙陸象棋，無所不知。她小名叫金蓮，娘家姓潘，原是南門外潘裁的女兒，賣在張大戶家學彈唱。後因大戶年老，打發出來，不要武大一文錢，白白與他爲妻。這雌兒等閑不出來，老身無事常過去，與她閑坐，她有事亦來請我理會，她也叫我做乾娘。武大這兩日出門早，大官人如幹此事，便買一疋藍紬，一疋白紬，一疋白絹，再用十兩好綿，都把來與老身。老身却走過去，問她借曆日，央及她揀個好日期，叫個裁縫來做。她若見我這般說，揀了日期，不肯與我來做時，此事便休了；她若歡天喜地，說我替你做，不要我叫裁縫，這光便有一分了。我便請得她來做，就替我縫，這光便二分了。她若來做時，午間我却安排些酒食點心，請她吃，她若說不便當，定要將去家中做，此事便休了；她不言語，吃了時，這光便有三分了。這一日你也莫來，直至第三日，晌午前後，你整整齊齊打扮了來，以咳嗽爲號，你在門前叫道，「怎的連日不見王乾娘？我買盞茶吃，我便出來，請你進房裏坐吃茶，她若見你，便起身走了歸去，難道我扯住她不成，此事便休了；她若見你入來，不動身時，這光便有四分了。坐下時，我便對雌兒說道，「這個便是與我衣服的施主官人，虧殺他」。我便誇大官人許多好處，你便賣弄她針黹，若是她不來兜攬應答時，此是便休了；她若口中答應，與你說話時，這光便有五分了。我便道却難爲這位娘子，與我作成出手做，虧殺你兩施主，一個出錢，一個出力，不是老身路歧相央，難得這位娘子在這裏，官人做個主人，替娘子澆澆手；你便取銀子出來，央我買，若是她便走時，難道我扯住她，此事休便了；她若不動身時，事務易成，這光便有六分了。我卻拿銀子，臨出門時，對她說，有勞娘子，相待官人坐一坐，她若起身，走了家去，我終不能阻當她，此事便休了；若是她不起身，又好了，這光便有七分了。待我買得東西，放在桌子上，便說娘子且收拾過生活去，且吃一盃兒酒，難得這官人壞鈔；她不肯和你同桌吃，去了，此事便休了，若是只口裏說要去，卻不動身，此事又好了，這光便有八分了。待她吃得酒濃時，正說得入港，我便推道沒了酒，再教你買，你便拿銀子，又央我買酒去，幷菓子來配酒；我把門拽上，關你兩個人在屋裏，她若焦燥，跑了歸去時，此事便休了，她由我拽上門，不焦燥時，這光便有九分，只欠一分了。只是這一分倒難，大官人你在房裏，便使幾句甜話兒說入去，卻不可爆燥，便去動手動腳，打攪了事，那時我不管你；你先把袖子向桌子上，拂落一雙箸下去，只推拾箸，將手去她腳上捏一捏，她若吵鬧起來，我自來搭救，此事便休了，再也難成，若是她不做聲時，此事十分光了。這十分光做完，你怎的謝我』？西門慶聽了大喜道，『雖然上不得凌煙閣，乾娘你這條計，端的絕品好妙計』。王婆道，『却不要忘了許我那十兩銀子』？西門慶道，『便得一片橘皮吃，切莫忘了洞庭湖，這條計，乾娘幾時可行』？王婆道，『只今晚來有回報，我如今趁武大未歸，過去問他借曆日，細細與她說了，你快使人送將紬絹綿子來，休要遲了』。西門慶道：『乾娘，這是我的事，如何敢失信』？於是別了王婆，離了茶肆，就去街上買了紬絹三疋，幷十兩清水好綿子來，叫了玳安兒用氈包包了，一直送入王婆家來，王婆歡喜收下，打發小廝回去。第三日早飯後，王婆只見武大出去了，便走過後門首。叫道：『娘子，老身大胆』。那婦人從樓上應道：『奴却待來也』。兩個厮見了，來到王婆房裏坐下，取過生活來縫，那婆子點茶來吃，自不必說，婦人看看縫到晌午前後。却說西門慶巴不到此日，打選衣帽，齊齊整整，身邊帶着三五兩銀子，手拿着洒金川扇兒，搖搖擺擺，逕往縣前街，來到王婆門首，便咳嗽道：『王乾娘，連日如何不見』？那婆子便應道，『兀的誰叫老娘』？西門慶道：『是我』。那婆子趕出來，看了笑道：『我只道是誰，原來是大官人你來的正好，且請進屋裏去看一看』。把西門慶袖子只一拖，拖進房裏來，對那婦人道，『這個便是與老身衣料的施主官人』。西門慶睜眼看那婦人，雲鬟疊翠，粉面生春，上穿白布衫兒，桃紅裙子，藍比甲？正在房裏做衣服，見西門慶過來，便把頭低了。這西門慶即連忙向前，屈身唱喏。那婦人隨即放下生活，還了萬福。王婆便道，『難得官人與老身幾疋紬絹，放在家裏一年有餘，不曾做得，虧殺隣家這位娘子，出手與老身做成全了，眞個是布機也似的，針線縫的又好，眞個難得呢，大官人你過來且看一看』。西門慶拿起衣服來看了，一面喝采，口裏道，『這位娘子傳得這等好針黹，神仙一般的手段』。那婦人低頭笑道，『官人休笑話』。西門慶故問王婆道『乾娘，不敢動問，這位娘子，是誰家宅上的娘子』？王婆道，『你猜』？西門慶道，『小人如何猜得着』。王婆哈哈笑道，『大官人你請坐，我對你說了罷』。那西門慶與那婦人對面坐下，那婆子道，『好叫大官人得知罷，你那屋簷下走，打得正好』？西門慶道，『就是那日在門首叉竿打了我的，倒不知是誰宅上娘子』？婦人分外把頭低了一低笑道，『那日奴失誤冲撞，官人休怪』！西門慶連忙應道，『小人不敢』。王婆道，『就是這位，却是間壁武大娘子』。西門慶道，『原來如此，小人失瞻了』。王婆因望婦人說

：『娘子你認得這位官人麼』？婦人道，『不認得』。婆子道，『這位官人便是本縣裏一個財主，知縣相公也和他來往，叫做西門慶大官人，家有萬萬貫錢財，在縣門前開生藥舖，家中錢過北斗，米爛成倉，黃的是金，白的是銀，圓的是珠，放光的是寶，也有犀牛頭上角，大象口中牙，他家大娘子，也是我說的媒，是吳千戶家小姐，生得百伶百俐』。因問大官人，『怎的不過貧家吃茶』？西門慶道，『便是家中連日小女有人家定了，不得閑來』。婆子道，『大姐有誰家定了？怎的不請老身去說媒』？西門慶道，『被東京八十萬禁軍楊提督親家陳宅定了，他兒子陳敬濟，纔十七歲，還上學堂，不是也請乾娘說媒，他那邊有了文嫂兒，來討帖兒，俺這裏，又使常在家中走賣翠花的薛嫂兒同做保山，說此親事，乾娘若肯去，到明日下小茶，我使人來請你』。婆子哈哈笑道，『老身哄大官人耍子，俺這媒人們，都是狗娘養下來的，他們說親時，又沒我，做成的熟飯兒，怎肯搭老身一分？常言道，當行厭當行，到明日娶過了門時，老身胡亂三朝五日，拿上些人情去走走，討得一張半張桌面，到是正經，怎的好和人鬭氣』。兩個一遞一句，說了一回，婆子只顧誇獎西門慶，口裏假嘖。那婦人便低了頭綳縫針線。王婆便去點了兩盞茶，遞與西門慶，一盞與婦人，說道，『娘子，相待官人吃些茶』。旋又看着西門慶把手在臉上摸一摸，西門慶已知有五分光了。自古風流茶說合，酒是色媒人，王婆便道，『大官人不來，老身也不敢去宅上相請，一者緣法相撞遇，二者來得正好，常言道，一客不煩二主，大官人便是出錢的，這位娘子你是出力的，虧殺你兩位施主，不是老身路歧相煩，難得這位娘子，在這裏，官人好與老身做個主人，拿出些銀子，買些酒食來，與娘子澆澆手，如何』？西門慶道，『小人也見不到這裏，有銀子在此』。便向茄袋裏取出來，約有一兩一塊，遞與王婆，叫備辦酒食。那婦人便道，『不消生受』，口裏說着，恰不動身。王婆接了銀子，臨出門，便道，『有勞娘子，相陪大官人坐一坐，我去就來』，那婦人道，『乾娘免了罷』，却亦不動身』。王婆便出門去了，去下西門慶和那婦人在屋裡。這西門慶一雙眼不轉睛，只看着那婦人，那婆娘也把眼來偷睃西門慶，又低頭做生活。不多時，王婆買了現成肥鵝燒鴨熟肉鮮鮓細巧菓子歸來，盡把盤碟盛了，擺在房裏桌子上，看那婦人道，『娘子，且收拾過生活，吃一杯兒酒』。那婦人道，『你自陪大官人吃，奴却那不當。婆子道，『正是專與娘子澆手　，如何却說這話』？一面將盤饌，都擺在面前，三人坐下，把酒來斟。西門慶拿起盞來道，『乾娘相待娘子滿飲幾盃』。婦人謝道，『奴家量淺，吃不得』。王婆道，『老身知得娘子洪量，且請開懷吃兩盞兒』。那婦人一面接酒在手，向二人各道了萬福。西門慶拿起箸來，說道『乾娘替我勸娘子吃些菜兒』。那婆子揀好的，遞將過來，與婦人吃。一連斟了三巡酒，那婆子便去盪酒來。西門慶道『小人不敢動問，娘子青春多少』？婦人低頭應道，『一十五歲』。西門慶道，『娘子到與家下賤內同庚，也是庚辰，屬龍的，他是八月十五日子時』。婦人又回應道，『將天比地，折殺奴家』。王婆便插口道，『好個精細娘子，百伶百俐，又不枉了做得一手好針線，諸子百家，雙陸象棋拆牌道子皆通，一手好寫』。西門慶道，『却是那裏去討』？王婆道『不是老身說是非，大官人宅上有許多，那裏討得一個似娘子的』。西門慶道，『便是這等，一言難盡，只是小人命薄，不曾招得一個好的在家裏』。王婆道，『大官人先頭娘子也好。』西門慶道，『休說，我先妻若在時，却不恁的，家無主，屋倒豎，如今身邊枉自三五七口人吃飯，都不管事』。婆子嘈道，『連我也忘了，沒有大娘子得幾年了？西門慶道，『說不得，小人先妻陳氏，雖是微末出身，却百伶百俐，百事都替得我，如今不幸，他沒了，已過三年來，今繼娶這個賤內，又常有疾病，不管事，家裡的勾當，都七顛八倒，爲此小人只是走了出來，在家裏時，便要嘔氣』。婆子道，『大官人休怪我直言，你先頭娘子，并如今娘子，也沒有這大娘子，這手針線，這一表人物』。西門慶道，『便是房下們，也沒這大娘子一般兒風流』。那婆子笑道，『官人你養的外宅，東街上住的，如何不請老身去吃茶』？西門慶道，『便是唱慢曲兒的張惜春，我見他是岐路人，不歡喜』。婆子又道，『官人，聽說勾欄中的李嬌兒，與你有意的』？西門慶道，『這個人，現今已娶在家裏，若得他會當家時，自册正了他。王婆道，『與卓二姐却相交得好』？西門慶道，『卓丟兒不要說起，我也娶在家裡，做了第三房，近來得了個細疾，却又沒了』。婆子道，『耶樂耶樂！若有似大娘子這般中官人意的來宅上，說不妨事麼』？西門慶道，『我的爹娘，俱已沒了，我自主張，誰敢說個不字』。王婆道，『我自說要，急切便那裏有這般中意的』？西門慶道，『做甚麼便沒？只恨我夫妻緣分上薄，自撞不着哩』。西門慶和婆子，一遞一句說了一回。王婆道，『正好吃酒，却又沒了，官人休怪老身差撥，再買一瓶兒酒來吃，如何』？西門慶便向茄袋內，還有三四兩散銀子，都與王婆說道，『乾娘，你拿了去，要吃的只顧取來，多的乾娘便就收了』。那婆子謝了起身，見他兩個言來語去，婦人只低了頭不起身。王婆拿了銀子出門，便向婦人滿面堆下笑來，說道，『老身去那街上，取瓶兒酒來，有勞娘子，相待官人坐一坐，壺裏有酒沒有？便再篩兩盞兒，且和大官人吃着，老身直去縣東街，那裏有好酒，買一瓶來，有好一歇兒耽閣』。婦人聽了，說『乾娘休要去，奴酒多不用了』。婆子便道，『啊呀！娘子！大官人又不是別人，沒事相陪吃一盞兒，怕怎的』。婦人口裏說不用了，坐着却不動身。婆子一面把門拽上，用索兒拴了，倒關他八在屋裏，當路坐了。這婦人見王婆去了，倒把椅兒扯開一邊坐着，却只偷眼睃看。西門慶坐在對面，一徑把那雙涎瞪瞪的眼睛看着，便又問道，『却纔倒忘了，請問娘子尊姓』？婦人，低着頭帶笑的回道『姓武』。西門慶故做不聽得，說道『姓諸』？那婦人却把頭又別轉着笑着低聲說道，『你耳朵又不聾』。西門慶笑道，『呸，忘了，正是姓武，只是俺清河縣姓武的時少，只有縣前一個賣炊餅的三寸丁姓武，叫做武大郎，敢是娘子一族麼』？婦人聽得此言，便把臉通紅了，一面低着頭微笑道，『便是奴的丈夫』。西門慶聽了，半日不做聲，呆了臉，假意失聲道屈，婦人一面笑着，又卻瞅他一眼，低聲說道，『你又沒冤枉事，怎的叫屈』？西門慶道，『我替娘子叫屈哩』。卻說西門慶口裏娘子長娘子短，只顧白嘈，這婦人一面低着頭弄裙子兒，又一回咬着衫袖口兒，格格駁駁的響，順便卻瞧他一眼兒。只見這西門慶推害熱，脫了上面綠紗褶子道，『敢煩娘子。替我搭在乾娘護炕上』。這婦人只顧咬着袖兒，別轉着不接他的，低聲笑道，『自手又不折，怎的支使別人』？西門慶笑着道，『娘子不與小人安放，小人偏要自己安放』。一面伸手隔桌子，搭到床炕上去，卻故意把桌上一拂，拂落一隻箸來，卻也是姻緣湊着，那隻箸兒剛落在金蓮裙下。西門慶一面斟酒，勸那婦人，婦人笑着不理他他卻又待拿箸子起來，讓他吃菜兒，尋來尋去不見了一隻。這金蓮一面低着頭，把腳尖兒踢着，笑道，『這不是你的箸兒』？西門慶聽說，走過金蓮這邊來道，『原來在此』，蹲下身去，且不拾箸，便去他綉花鞋頭上一捏。那婦人笑將起來說道，『怎這的囉？我要叫起來哩』。一會兒二人便說上道兒，如膠如漆，這且不提。只見王婆忽推開房門入來，西門慶和那婦人吃了一驚，那婆子便向婦人道，『好呀好呀！我請你來做衣裳，沒叫你幹別的事，你們兩個在一塊，你家武大郎知道，須連累我，不若我先去對武大說去』，回身便走。那婦人慌，了扯住他裙子，紅着臉低了頭，只說得一聲『乾娘且慢』。王婆便道，『你們都要依我一件事，從今日爲始，瞞着武大每日休要失了大官人的意，早叫你早來，晚叫你晚來，我便罷休，若是一日不來，我就對你武大說。』那婦人羞得要不的。再說也說不出來，王婆催逼道，『却是怎的？快些回覆我』。婦人藏轉着頭低聲道『來便是了。王婆又道，『西門大官人，你自不用老身說得，這十分好事，已都完了，所許之物，不可失信，你若負心，我也要對武大說。西門慶道，『乾娘放心，並不失信』。婆子道，『你們二人，出語無憑，要各人留下件表記拿着，纔見真情』。西門慶便向頭上拔下一根金頭簪來插在婦人雲髻上。婦人除下來袖了，恐怕到家，武大看見生疑。婦人便不肯拿甚的出來，却被王婆扯着袖子一掏，掏出一條杭州白縐紗汗巾，掠與西門慶收了。那三人又吃了幾杯酒，已是下午時分，那婦人起身道：「奴回家去罷」，便丟了王婆與西門慶，踅過後門歸來，先去下了簾子，武大恰好進門。話休饒舌，那婦人自當日爲始，每日踅過王婆家來和西門慶做一處，恩情似漆，心意如膠。自古道好事不出門，惡事傳千里，不到半月之間，街坊鄰舍，都曉的了。只瞞着武大一個不知。

三、三言兩拍及其他——西遊記與金瓶梅是明代長篇白話小說的雙璧，在這個時期短篇小說集，繼宋人評話之後，亦出現了不少，如被尊稱當時的「通俗短篇小說五大寶庫」之三言兩拍，即其代表作品。

三言，爲喻世明言，警世通言及醒世恒言，原本每書四十篇，今已不全。三書的編者，爲馮夢龍，夢龍字猶龍，長洲人，亦作吳縣人，或常熟人。崇禎朝的貢生，後來曾作壽寧知縣，他是當時最能賞識通俗文學的作家，除編三言外，尚著有七樂齋稿，智囊補，又增補平妖傳刻墨憨齋傳奇定本十種。三言的材料，多取之舊籍，有成篇選入的，有重述晉唐小說的，有選錄宋人的詞話的，間亦有叙寫當時見聞的。大抵重述者不易動人，新寫者則多生氣。

兩拍爲初刻拍案驚奇與二刻拍案驚奇，原本各四十篇，今亦不全。兩拍均爲即空觀主人編，即空觀主人爲凌濛初的別號，濛初字稚成，一字初成，烏程人，除兩拍外還有言詩翼，國門集等著述，又有世說新語，及世說新語補兩書的校訂。凌氏編刻兩拍的動機，因見三言文辭俚近，有益人心，故仿之而作兩拍。

三言兩拍出世後十餘年，有抱甕老人者，嫌其冗繁，不便觀覽，——三言兩拍合之有二百篇——於是從其中選刻四十篇，名爲今古奇觀。今三言兩拍俱不甚流行，獨今古奇觀爲一般人所知，近且有法德英等國的譯本，今古奇觀可謂已馳名於世界文壇了，後來有清人仿之而作今古奇聞及續今古奇聞等集，然較之今古奇觀就遜一等了。

轉運漢巧遇洞庭紅　節錄今古奇觀

話說國朝成化年間，蘇州閶門外有一人，姓文，名實，字若虛，生來心思靈巧，做著便能，學著便會，琴棋書畫，吹彈歌舞，件件精通。幼年間，曾有人相他有巨萬之富；他亦自恃才能，不十分去營求生產。坐喫山空，將祖上遺下千金家事，看看消下來。以後曉得家業有限，看見別人經商圖利的，時常獲利幾倍，便也思量做些生意；卻又百做百不著。

一日，見人說北京扇子好賣，他便合了一箇夥計，置辦扇子起來。上等金面精巧的；先將禮物求了名人詩畫；免不得是沈石田，文衡山，祝枝山，搨了幾筆，便值數兩銀子。中等的自有一樣喬人，一隻手學寫了這幾家字畫，也就哄得人過，將假當眞的賣了。他自家也原自做得來的。下等的無金無字畫，將就賣了幾十錢，也有對合利錢，是看得見的。揀箇日子裝了箱兒，到了北京。豈知北京那年自交夏來，日日淋雨不晴，並無一毫暑氣，發市甚遲。交秋早涼，雖不見及時，幸喜天色卻晴，有妝晃子弟，要買把蘇做的扇子，袖中籠著搖擺。來時開箱一看，只叫得苦。原來北京徽沴卻在七八月，更加日前雨溼之氣，鬭著扇上膠墨之性，弄做了箇『合而言之』揭不開了。用力揭開，東黏一層，西缺一片；但是有字有畫，值價錢的，一毫無用。止賸下等沒字白扇，是不壞的，卻又不值幾何，將就賣來做盤費回家；本錢一空。

頻年做事，大概如此。不但自已折本，但是搭他做伴，連夥計也帶壞了。故此人起他一箇混名：叫做「倒運漢。」不數年，把箇家乾圊潔淨了，連妻子也娶不得。終日間靠著些東塗西抹，東挨西撞，也濟不得甚事：但只是嘴頭子謅得來，會說會笑，朋友皆喜歡他有趣，游耍去處，少他不得。也只好趁日，不能殼做家。況且他自小模大樣過來的，幫閒行裏自是不十分得人有他做隊的，要薦他坐館教學，又有誠實人家嫌他是個雜班令。高不湊，低不就，打從幫閒的處館的兩項人，見了他也就做鬼臉，把倒運兩字笑他。不在話下。

一日有幾個走海販貨的鄰近，做頭的無非是張大，李二，趙甲，錢乙……一班人，共四十餘人，合了夥將行。他曉得了，自家思忖道：『一身落魄，生計皆無，便附了他們航海，看看海外風光，也不枉人生一世。況且他們定是不却我的。省得在家憂柴憂米，也是快活。』正計較間，恰好張大踱將來。原來這個張大名喚張乘運，專一做海外生意，眼裏認得奇珍異寶；又且秉性爽慨，肯扶持好人；所以鄉裏起他一個混名：叫『張識貨』。文若虛見了，便把此意一一與他說了。張大道：『好！好！我在海船裏頭不耐煩寂寞，若得兄去，在船中說說笑笑，有甚難過的日子。我們衆兄弟料想多是喜歡的。只是一件：我們都有貨物將去，兄並無所有，覺得空了一番往返，也可惜了。待我們大家計較，多少湊些出來助你，將就置些東西去也好。』文若虛便道：『多謝厚情！只怕沒有如兄肯周全小弟』。張大道：『且說說看』。一竟自去了。恰遇一個瞽目先生。敲著「報君知」走將來，文若虛伸手順袋裏摸了一個錢，扯住占一掛問問財氣。先生道：『此掛非凡！有百十分財氣，不是小可。』文若虛自想道：『我自己要搭去海外耍耍，混過日子罷了，那裏是我做得著的生意。就是他們資助些，也能有多少，便直恁地財爻動？這先生也是混帳』。只見張大氣忿忿走來，說道：『說著錢，便無緣，這些人好笑，說道你去無不歡喜；說到助銀，沒一個則聲，今我同兩個好的弟兄，輳湊得一兩銀子在此，也辦不成甚貨，憑你買些東西，船裏喫罷。口食之類，是在我們身上』。若虛稱謝不盡，接了銀子。張大先行道：『快些收拾，就要開船了』。若虛道『我沒甚收拾，隨後就來』。手中拏了銀子看看笑道：『置得甚麼貨』？信步走去，只見滿街上筐籃內盛著賣的：紅如噴火，巨若懸星，皮未皺倘有餘酸，霜未降不可多得。原殊蘇井諸家樹，亦非李氏千頭奴，較廣似曰難兄，比福可云具體。

太湖中東西洞庭山，地煖土肥，與閩廣無異。廣橘、福橘名播天下；洞庭橘樹，顏色香氣，絕與相似。初出時，其味略酸，後來熟了，欲也甜美；比福橘價十分之一，名曰「洞庭紅」。若虛看見想道：『我一兩銀子買得百斤有餘，在船可以解渴，又可分送一二，答衆人助我之意』。買成裝上竹簍，僱人並行李，挑下船。衆人都拍手笑道：『文先生寶貨來了』！文若虛羞慚無地，只得吞聲上船，再也不敢提起買橘的事。

開得船來，漸漸出了海口，只見那銀濤捲雪，雪浪翻銀；湍轉則日月似浮，浪動則星河覆。三五日間，隨風飄去，也不覺過了多少路程。忽至一個地方，舟中望去，人煙聚集，城郭巍峨，曉得是到什麼國都了。舟人把船泊入藏風避浪的小港內，釘了椿橛，下了鐵錨，纜好了船；船中人多上岸一看，原來是來過的所在，名曰吉零國。原來這邊中國貨物，拏到那邊，一倍就有三倍價；換了那邊貨物帶到中國，也是如此，一往一回卻不便有八九倍利息？所以人都拚死走這條路。衆人都是做過交易的，各有熟識經紀，歇家通事人等，各自上岸找尋貨物去了。只留文若虛在船中，看船；路徑不熟，也無走處。正悶坐間，猛可想起道：「我那一簍紅橘，自從到船中不曾開看，莫不人氣蒸爛了？趁著眾人不在，看看則個。」叫那水手在艙板底下翻將起來，打開簍看時，面上多是好好的，放心不下，索性搬將出來，都擺在艙板上面。也是合該發跡，時來福湊。擺得滿船紅焰焰的，遠遠望來，就是萬點火光，一天星斗。岸上人望見，都走將攏來問道：「是甚麼好東西呀」？文若虛只不答應，看見中間有個把爛點頭的，揀了出來，拍開就喫，岸上看的一發多了。驚笑道：「原來是吃得的」。就中有個好事的便來問價多少一個。文若虛不省得他們說話，船上人却曉得，就扯個謊哄他，豎起一個指頭，說要一錢一顆。那問的人揭開長衣，露出那兜羅綿紅裹肚來，一手摸出一個銀錢來道：「買一個嘗嘗」。文若虛接了銀錢，手中攧攧看，約有兩把重，心下想道：「不知這些銀子要買多少？也不秤秤，且先把一個與他看樣」。揀個極大紅可愛的，送一個上去。只見那個人接上手，攧了一攧道：「好東西呀」？撲地就拍開，香氣撲鼻，連旁邊聞著的許多人，大家喝一聲采。那買的不知好歹，看見船上喫法，也學他去了皮，卻不分囊，一塊塞在口裏，甘水滿咽喉，連核都不吐，吞下去了。啞哈大笑道：『妙哉！妙哉』又伸手到裹肚裏摸出十個銀錢來說：『我要買十個進奉去』。文若虛喜出望外，揀十個與他去了。那看的人見那人如此買去了，也有買一個的，也有買兩個三個的，都是一般銀錢。買了的都千歡萬喜去了。原來彼國以銀爲錢，上有文采，有等龍鳳紋的最貴重；其次人物，其次禽獸，又次樹木，最下通用的是水草：——都是銀鑄的，分兩不異。適纔買橘的都是一樣水草紋，他道是把下等錢買的好東西去了，所以歡喜；也只是要小便宜心腸，與中國人一樣。須臾之間，三分中賣了兩分，內有不帶錢在身邊的，老大懊悔，急忙取了錢轉來，文若虛已是賸不多了，就拏班道：『而今要留着自家用，不賣了』。其人情願再增一個錢，四個錢買了兩個，口中嘵嘵說：『晦氣！來得遲了』。旁邊人見他增了價，就埋怨道：『我們還要買哩，如何把價錢增長了他的』。買的人道：『你不聽得他方纔說，兀自不賣了』。正在議論間，只見首先買十箇的那一箇人騎了一匹青驄馬，飛也似奔到船邊，下了馬分開人叢，對船上大喝道：『不要零賣！不要零賣！是有的俺多要。俺家頭都要買去進可汗哩』。看的人聽見這話，便遠遠走開站住了看。文若虛是箇伶俐的人，看見來勢，早已見在眼裏，曉得是個好主顧了，連忙把簍中的盡數傾出來，止賸五十餘個，數了一數，又拏班起來，說道：『適間講過，要留著自用，不得賣了；今肯加些價錢，再讓幾個去罷。適間已賣出兩個錢一個了』。其人在馬背上拖下一大囊，摸出錢來，另是一樣樹木紋的。說道：『如此錢一個罷了』。文若虛道：『不情願，只要前樣罷了』。那人笑了一笑，又把手去摸出一個龍鳳紋的來道：『這樣的一個如何』。文若虛道：『不情願，只要前樣的』。那人又笑道：『此錢一個抵百個，料也沒得與你，只是與你耍，你不要俺這一個，卻要那等的，是個傻子。你那東西肯都與俺了，俺再加你一個那等的也不打緊』。文若虛數了一數有五十二個，准准的要了他一百五十六個水草銀錢。那人連竹籃都要了，又丟了一個錢，把籃掛在馬上，笑吟吟地一鞭去了。看的人見沒得賣了，一哄而散。文若虛見人散了，到艙裏把一個錢秤一秤，有八錢七分多重，秤過數個，也是一般。總數一數，共有一千個差不多。把兩個賞了船家，其餘收拾在包裹了。笑一聲道：『那盲子好靈掛也』！歡喜不盡，只等同伴人來，對他說笑則個。

第七章　淸代的小說

總論　(一)有淸一代是中國長篇小說突飛猛進，發揚光大的時期，比水滸傳和三國志演義篇幅更長的大著作紅樓夢，即出現於此時。明代以前的文人，向來不大重視小說，到了淸代的文人，如袁枚，紀昀，金人瑞及李漁等，都知道欣賞小說，並進而創作，或批評小說了。由此可知道淸代的小說，其勢力已從民衆社會，伸張到文人貴族的社會裏來了。通俗的白話文學，不僅爲廣大的民衆所歡迎，亦漸次爲文人所認識，不像從前的鄙視小說了。因之淸代的小說，在中國文學史上佔了一個空前的發達時代。

淸代的小說，約分之可有以下數種：

一　**言情小說**——其代表作品爲紅樓夢，紅樓夢凡一百二十回，與水滸，西遊及金瓶梅同爲中國第一流的長篇小說。不過水滸與西遊均較易於下筆，一個寫一百單八個好漢，每人各有一段故事，易於寫得長；一個寫八十一難，每難要有一段驚險，亦易於寫得長。至於金瓶梅雖和紅樓夢同爲寫一家一門之事，既無驚險之奇蹟，又無戰爭之遭遇，是很不容易寫得長又動人的，尤其是紅樓夢只寫十幾個深居閨閣，環境相同的女郎，比較金瓶梅寫市井無賴，及環境不同的下中級婦女，其難易又不可同日語。我們看紅樓夢所描寫的那十二金釵，她們的性情，口吻，舉動，無不畢肖其人，一絲不走，作者的描寫力，實在驚人。若稱之爲吾國章回小說中的登峯造極之作，足無愧色！

紅樓夢的別名很多：或名石頭記，或名金玉緣，或名情僧錄，或名風月寶鑑，或名金陵十二釵。作者爲曹霑（1719至1764）字雪芹，一字芹圃，鑲黃旗漢軍。祖寅，父頫均曾任江寧織造，家資甚富。他自幼生長在這豪華的環境中，後來家道忽敗落，霑在中年時，甚至貧居北京西郊，啜饘粥以充饑。他的大著紅樓夢，就在這個時候寫成的。不過只寫了八十回，不知何故未曾完卷，大概因病輟筆罷。他是死在乾隆廿九年，年僅四十餘，後四十回經高鶚補成。其後又有續高鶚增補之百廿回本者，如後紅樓夢，紅樓夢補，續紅樓夢，紅樓圓夢，紅樓再夢及綺樓重夢等十餘種。這些續書，不但筆力差池，內容又都是大團圓，故均不足取。

紅樓夢的內容，是講一個三角戀愛的大悲劇，主腳爲賈寶玉，林黛玉和薛寶釵」三人○寶玉是個癡情人，常說「女兒是水作的骨肉，男人是泥作的骨肉」○黛玉是個多愁多病的女子，性直爽，善感傷○寶釵似乎是個規規矩矩的大家女，性格兒亦渾厚沉着○寶玉依暱於二人之間，而視黛玉爲尤厚，結果寶玉與黛玉有深摯的愛情，而不能結合，乃被騙與寶釵成爲夫婦○黛玉聽說了，遂病死於寶釵成婚之日○寶玉知道被騙了，也氣病在床，最後寶玉乃隨僧道亡去，不知所終○這個大悲劇，便如此了結○至隨同着這個大悲劇，而演出來的小悲劇亦不少，如秦可卿的自殺，金釧的投井，尤二姐的吞金，晴雯的被逐，以及妙玉的被刼，王熙鳳的憂憤而死，一幕一幕的都是悲劇○中國小說無論長篇短篇，多以大團圓作結，獨紅樓夢的作者，能打破這種陳陳相因的團圓夢，眞是難得，此紅樓夢所以獨絕千古，超乎一切長篇小說之上的○

關於紅樓夢的背景，即作者爲什麼要寫這部大悲劇，傳說很多，聚訟紛紜，莫衷一是，因之有「紅學」之稱○今略舉數說如下：

1.納蘭成德家事說——以爲寶玉即是指宰相明珠子成德而言○成德字容若爲有名詞家，與當時名士姜西溟輩交遊甚厚○金釵十二皆成德所奉的上客，寶釵影高澹人，妙玉影姜西溟，因妙爲少女，姜亦婦人之美稱故云，這是俞樾的主張。

2.清世祖與董鄂妃故事說—董鄂妃即秦淮名妓董小宛，曾嫁名士冒辟疆。有人說她被擄入宮，冊封爲順治之妃，不久夭逝，世祖哀痛異常，遂入五台山爲僧。寶玉指清世祖，黛玉則影小宛。按王夢阮沈瓶菴合著的紅樓夢索隱即主是說。

3.康熙朝政治狀態說—蔡元培之石頭記索隱即如此主張。索隱開卷即云：「石頭記者，清康熙朝政治小說也。作者持民族主義甚摯，書中本事，在弔明之亡，揭清之失，而尤於漢旗名士仕清者，寓痛惜之意」。所以金陵十二釵，皆有所指，如林黛玉指朱竹垞，薛寶釵指高西江，探春指徐健菴，王熙鳳指余國柱，史湘雲指陳其年，妙玉指姜西溟，惜春指嚴蓀友，寶琴指冒辟疆，劉老老指湯潛菴，賈寶玉則指僞朝的帝系—傳國玉璽。

4.曹雪芹自敘傳—胡適之紅樓夢考證即如此主張。彼以紅樓夢所敘的種種事蹟，與作者的家世及生平，均恰相對照，乃否認以上諸說，決定此書爲作者的自敘傳。於是「紅學」的研究，至此始告一結束。按作者在本書第一回說得很明白：「今風塵碌碌，一事無成，忽念及當日所有之女子，一一細考較去，覺其行止見識，皆出於我之上。何我堂堂鬚眉，誠不若彼裙釵女子？實愧則有餘，悔又無益，是大無可如何之日也。當此，則自欲將已往所賴天恩祖德，錦衣紈袴之時，飫甘饜肥之日，背父兄教育之恩，負師友規訓之德，以致今日一技無成，半生潦倒之罪，編述一集，以告天下人」。由此可見一部紅樓夢多是作者抒寫自己以往的實生活的。

清代的人情小說，除紅樓夢外，如侯官魏子安的花月痕秀水陳球的燕山外史，皆是寫才子佳人的悲歡離合的。常州陳森的品花寶鑑，松江韓子雲的海上花列傳（按該書是用蘇白寫的，這是其特色處）是寫優伶妓女的軼聞艷事的。這些小說，雖亦有描寫逼眞自然，稱為佳作者，但比之紅樓夢就相形見拙了

紅樓夢　節錄第十九回

彼時黛玉自在床上歇午，丫環們皆出去自便，滿屋內靜悄悄的。寶玉揭起繡線軟簾，進入裏間，只見黛玉睡在那裏，忙走上來推他道『好妹妹，才吃了飯，又睡覺』！將黛玉喚醒。黛玉見是寶玉，因說道：『你且出去逛逛。我前兒鬧了一夜，今兒還沒有歇過來，渾身酸疼。』寶玉道：『酸疼事小，睡出病來事大；我

替你解悶兒，混過困去就好了。」黛玉只合着眼，說道：「我不困，只略歇歇兒。你且別處去鬧會子再來。」寶玉推他道『我往那裏去？見了別人就怪膩的。』黛玉聽了，嗤的一聲笑道：「你既要在這裏，那邊去老老實實的坐着，咱們說話兒。」寶玉道：『我也歪着。』黛玉道：『你就歪着。』寶玉道：『沒有枕頭；咱們在一個枕頭上罷。』黛玉道：『放屁！外面不是枕頭？拿一個來枕着。』寶玉出至外間，看了一看，回來笑道：『那個我不要；也不知是那個髒老婆子的。』黛玉聽了，睜開眼起身笑道：『真真你是我命中的「妖魔星」請枕這一個。』說着，將自己枕的推與寶玉；又起身將自己的再拿了一個來枕了；二人方對面倒下。黛玉因看見寶玉左邊腮上有鈕扣大小的一塊血漬，便欠身湊近前來，以手撫之，細看。又道：『這不是誰的指甲刮破了？』寶玉側身，一面躲，一面笑道：『不是刮的；只怕是剛纔替他們淘澄胭脂膏子，濺上了一點兒。』說着，便找絹子要揩拭。黛玉便用自己的絹子替他揩拭了，口內說道：『你又幹這些事了；幹也能了，必定還帶出幌子來。便是舅舅看不見，別人看見了，又當着那新鮮話兒去學舌討好；吹到舅舅耳朶裏，又大家不乾淨，惹氣。』

寶玉總未聽見這些話，只聞得一股幽香，却是從黛玉袖中發出，聞之令人醉魂酥骨；寶玉一把便將黛玉的衣袖扯住，要瞧瞧籠着何物。黛玉笑道：『這等時候，誰帶什麼香呢』？寶玉笑道：『既如此，這香是那裏來的？』黛玉道：『連我也不知道；想不是櫃子裡的香氣，衣服上薰染的也未可知。』寶玉搖頭道：『未必，這香的氣味奇怪，不是那些香餅子，香球子，香袋子的香。』黛玉冷笑道：『難道我也有什麼「羅漢真人」給我些奇香不成？』便是得了奇香，也沒有親哥哥，親兄弟，弄了花兒，朵兒，霜兒，雪兒，替我炮製。我有的不過是那些俗香罷了！』寶玉笑道：『凡我說一句，你就拉上這麼些！不給你個利害，也不知道；從今兒可不饒了！』說着，翻身起來，將兩隻手呵了兩口，便伸向黛玉膈肢窩內兩脅下亂撓。黛玉素性觸癢，不禁寶玉兩手伸來亂撓，便笑的喘不過氣來，口裏說：『寶玉！你再鬧，我就惱了！』寶玉方住了手，笑問道：『你還說這些不說了？』『黛玉笑道：『再不敢了。』一面理鬢，笑道『我有「奇香」你有「暖香」沒有？』寶玉見問，一時解不來，因問：『什麼「暖香」？』黛玉點頭笑歎道：『蠢才！蠢才！你有「玉」，人家就有「金」來配你；人家有「冷香」你就沒有「

暖香」去配他？』寶玉方聽出來，笑道：『方才求饒，如今更說很了！』說着，又去伸手。黛玉忙笑道：『好哥哥！我可不敢了！』寶玉笑道：『饒便饒你，只把袖子我聞一聞！』說着，便拉袖子，籠在面上，聞個不住。黛玉奪了手道：『這可該去了！』寶玉笑道：『去？不能。咱們斯斯文文躺着說話兒。』說着，復又倒下，黛玉也倒下，用絹子蓋上臉。寶玉有一搭沒一搭的說些鬼話，黛玉只不理。寶玉問他幾歲上京；路上見何景致古蹟；揚州有何遺跡，故事，土俗，民情：黛玉不答。寶玉只怕他睡出病來，便哄他道：『噯呀！你們揚州衙門裏有一件大故事，你可知道？』黛玉見他說的鄭重，又且正言厲色，只當是真事，因問什麼事。寶玉見問，便忍着笑，順口謅道：『揚州有一座黛山，山上有個林子洞。』黛玉笑道：『這就扯謊；自來也沒有聽見這山。』寶玉道：『天下山水多着呢，你那裡都知道？等我說完了，你再批評。』黛玉道：『你且說』。寶玉又謅道：

『林子洞裏，原來有一羣耗子精。

那一年臘月初七日，老耗子升座議事，說：「明日乃是臘八日，世上人都熬「臘八粥」；如今我們洞中果品短少，須得趁此打刼些來方好。」一乃拔令箭一枝，遣一能幹小耗，前去打聽。

時小耗回報：「各處察訪打聽已畢；惟有山下廟裏菓米最多。」

老耗問：「米有幾樣？菓有幾品」？小耗道：「米豆成倉，不可勝記。菓品有五種：一，紅棗；二，栗子；三，落花生；四，菱角；五，香芋」。老耗聽了大喜，即時點耗前去。乃拔令箭問：「誰去偷米」？一耗便接令去偷米。又拔令箭問：「誰去偷豆」？又一耗接令去偷豆，然後一一的都各領令去了。只剩香芋一種，因又拔令箭，問：「誰去偷香芋」？只見一個極小極弱的小耗應道，「我願去偷香芋」。老耗並衆耗見他這樣，恐不諳諫，又恐怯懦無力，都不准他去。小耗道：「我雖年小身弱，卻是法術無邊；口齒伶俐，機謀深遠。此去管比他們偷得還巧呢」！衆耗忙問，「如何得比他們巧呢」？小耗道；「我不學他們直偷；我只搖身一變，也變成個香芋，滾在香芋堆裏，使人看不出，聽不見，卻暗暗的用『分身法』搬運。漸漸的就搬運盡了，豈不比直偷硬取的巧些」？衆耗聽了，都道：「妙卻妙，只是不知怎麼個變法？你去先變個我們瞧瞧」。小耗聽了，笑道：「這個不難，等我變來」。說畢，搖身說變，竟變了一個最標致美貌的一位小姐。衆耗忙笑道：「變錯了！原說變菓子的，如何變出小姐來」？小耗現形笑道：「我說你們沒見世面，只認得這菓子是香芋；——卻不知鹽課林老爺的小姐纔是真正的香玉呢」」！

黛玉聽了，翻身爬起來，按着寶玉，笑道：『我把你爛了嘴的！我就知道你是編我呢』！說着便擰。寶玉連忙央告：『好妹妹！饒我罷！再不敢了！我因爲聞見你的香氣，忽然想起這個故典來』。黛玉笑道：『饒罵了人，還說是故典呢』！一語未了，只見寶釵來了，笑問：『誰說故典？我也聽聽』。黛玉忙讓坐笑道：『你瞧瞧，還有誰！他饒罵了人，還說是故典』。寶釵道：『原來是寶兄弟，怪不得他：他肚子裏的故典原來多——只是可惜一件：凡該用故典之時，他偏就忘了。有今日記得的，前兒夜裏的芭蕉詩就該記得。眼面前的，倒想不起來。別人冷的那樣，他急得只出汗，這會子偏又有記性了』！黛玉聽了，笑道：『阿彌陀佛！倒底是我的好姐姐！你一般也遇見對手了。可知一報還一報，不爽不錯的」！

海上花列傳節錄第二回

王阿二一見小村，便攛上去嚷道，「耐好啊！騙我，阿是？耐說轉去兩三個月碗，直到仔故歇坎坎來。阿是兩三個月嘎？只怕有兩三年哉！……」小村忙陪笑央告道，「耐覅動氣，我搭耐說」。便湊着王阿二耳朵邊，輕輕的說話。說不到四句，王阿二忽跳起來，沈下臉道，「耐倒乖殺哚。耐想拿件濕布衫撥來別人着仔，耐來脫體哉，阿是？」小村發急道，「勿是呀，耐也等我說完仔了嗄。」王阿二便又爬在小村懷裏去聽，也不知咕咕唧唧說些甚麼，只見小村說着，又努嘴，王阿二即回頭把趙樸齋瞟了一眼，接着小村又說了幾句。王阿二道「耐末那价呢？」小村道，「我是原照傳碗」王阿二方纔罷了；立起身來，剔亮了燈臺；問樸齋尊姓；又自頭至足，細細打量。樸齋別轉臉去，裝做看單條，只見一個半老娘姨，一手提水銚子，一手托兩合烟膏，……蹭上樓來，……把烟盒放在煙盤裏，點了煙燈，冲了茶碗，仍提銚子下樓自去，王阿二坐在小村身旁燒起烟來，見樸齋獨自坐着，便說，「楊牀浪來躺躺哩。」樸齋巴不得一聲，隨向烟榻下手躺下，看着王阿二燒好一口烟，裝在槍上，授於小村，颼溜溜直吸到底。……至第三日，小村說，「勠吸哉」。王阿二調過槍來，授與樸齋。樸齋吸不賞，不到半日，斗門噎住。……王阿二將簽子打通煙眼，替他把火。樸齋趁勢捏他手腕，王阿二奪過手，把樸齋腿膀儘力擰了一把，擰得樸齋又疼又痛又爽快，樸齋吸完煙，却偷眼去看小村，見小村閉着眼，矇矇矓矓，似睡非睡光景，樸齋低聲叫「小村哥」，連叫兩聲，小村只搖手，不答應。王阿二道，「烟迷呀，隨俚去罷。」樸齋便不叫了。……

二社會小說——清代的社會小說，以儒林外史，鏡花緣，官場現形記，二十年目覩之怪現狀，老殘遊記與孽海花爲最有名。這類小說或寫現實的社會問題，或寫自己理想的社會。關於批評現實的社會，多出之以諷刺的態度。

儒林外史——全書五十五回，是一部反對科舉的小說。作者爲吳敬梓（1701至1754）字敬軒，晚年自號文木老人，安徽全椒人，幼穎異，善記誦，詩賦援筆即成，尤精文選。他性豪放，不善治生產，不數年家產蕩盡，甚至絕糧，無以爲食。他雖貧到極點，亦不應試求官。因他性行高尚，所以看到當時一般的假名士，僞君子，急於功名的醜態，深惡痛絕，故把他們寫得異常尖刻生動，極盡諷刺揶揄的能事，可稱爲中國諷刺小說中第一部。書中人物大抵均有所指，如杜少卿即指他自己，杜愼卿爲其兄青然，莊尙志爲程綿莊，虞育德爲吳蒙泉，馬二先生爲馮粹中等。作者文筆鋒利，描寫力亦强，關於諷刺處，令讀者憤笑不得。惟結構不甚嚴密，論者謂，「其書處處可住，亦處處不可住。……此其弊在有枝而無幹。……無惑每篇自爲篇，段自爲段矣」。這是他們的評！

徽州府烈婦殉夫　節錄儒林外史第四十八回

那日，余大先生正坐在廳上，只見外面走進一個秀才來，頭戴方巾，身穿舊寶藍直綴，面皮深黑，花白鬍鬚，約有六十多歲光景。那秀才自己手裏拏著帖子遞與余大先生。余大先生看有帖子上寫著「門生王蘊」。那秀才遞上帖子拜了下去。余大先生回禮說道：『年兄莫不是尊字玉輝的麼』？王玉輝道『門生正是』。余大先生道：『玉兄，二十年聞聲相思，而今才得一見。我和你只論好兄弟，不必拘這些俗套』。遂請到書房裏去坐，叫人請二老爹出來。

二先生出來，同王玉輝會著，彼此又道了一番相慕之意，三人坐下。

王玉輝道『門生在學裏也做了三十年的秀才，是個迂拙的人，往年就是本學老師：門生也不過是公堂一見而已；而今因大老師和世叔來，是兩位大名下，所以要時常來聆老師和世叔的教訓。要求老師不認做大概學裏門生，竟要把我做個受業弟才好』。

余大先生道：『老哥你我老友，何出此言』？二先生道：『一向知道吾兄清貧，如今在家可做館？長年何以爲生』？王玉輝道：『不瞞世叔說，我生平立的有個志向：要纂三部書嘉惠來學』。余大先生道：『是那三部？』王玉輝道：『一部「禮書」一部「字書，」一部「鄉約書，」

二先生道：『禮書是怎麼樣』？王玉輝道：『禮書是將三禮分起類來：如事親之禮，敬長之禮………等類；將經文大書，下面採諸經子史的話印證，教子弟們自幼習學』。大先生道：『這一部書該頒於學宮，通行天下。請問字書是怎麼樣』？王玉輝道：『字書是七年識字法。其書已成，就送來與老師細閱』。二先生道：『孔學不講久矣；有此一書，爲功不淺。請問鄉約書怎樣』？王玉輝道：『鄉約書不過是添些儀制，勸醒愚民的意思。門生因這三部書，終日手不停披，所以沒的工夫做館』。大先生道：『幾位公郎』？王玉輝道：『只得一個小兒，到有四個小女。大小女守節在家裏；那幾個小女，都出閣不上一年多』。

說著，余大先生留他喫了飯，將門生帖子退了不受，說道：『我們老弟兄要時常屈你來談談，料不嫌我苜蓿風味，怠慢你』。弟兄兩個，一同送出大門來。王先生慢慢回家。──他家離城有十五里。

王玉輝回到家裏，向老妻和兒子說余老師這些相愛之意。次日，余大先生坐轎下鄉，親自來拜，留著在草堂上坐了一會，去了。又次日，二先生自已走來，領著一個門斗，挑著一石米，走進來，會著王玉輝。作揖坐下。二先生道：『這是家兄的祿米一石』。又手裏拏出一封銀子來道：『這是家兄的俸銀一兩，送與長兄先生，權為數日薪水之資』。

王玉輝接了這銀子，口裡說道：『我小侄沒有孝敬老師和世叔，怎反受起老師的惠來』？余二先生笑道：『這個何足為奇。只是貴處這學署清苦，兼之家兄初到。虞博士在南京幾十兩的拏著送與名士用，家兄也想學他』。

王玉輝道：「這是『長者賜，不敢辭』，只得拜受了」。備飯留二先生坐，拏出這三樣書的稿子來，遞與二先生看。二先生細細看了，不勝嘆息。坐到下午時分，只見一個人，走進來說道：『王老爹，我家相公病的很，相公娘叫我來請老爹到那裏去看看。請老爹就要去』。

王玉輝向二先生道：『這是第三個小女家的人；因女婿有病，約我去看』。二先生道：『如此，我別過罷。尊作的稿子，帶去與家兄看，看畢再送過來』。說罷起身。那門斗也喫了飯，挑着一擔空籮，將書稿子去在籮裏，挑著跟進城去了。

王先生走了二十里，到了女婿家，看見女婿果然病重，醫生在那裏看，用著藥總不見效。一連過了幾天，女婿竟不在了，王玉輝慟哭了一場。見女兒哭的天愁地慘，候著丈夫入過殮，出來拜公婆和父親，道：『父親在上，我一個大姐姐死了丈夫，在家累著父親養活；而今我又死了丈夫，難道又要父親養活不成？父親是寒士，也養活不來這許多女兒』！王玉輝道，『你如今要怎樣』？三姑娘道：『我而今辭別公婆，父親，也便尋一條死路，跟著丈夫一處去了』！

公婆兩箇聽見這句話，驚得淚下如雨，說道：『我兒！你氣瘋了！自古「螻蟻尚且貪生，」你怎講出這樣話來？你生是我家人，死是我家鬼；我做公婆的怎的不養活你，要你父親養活？快不要如此！』三姑娘道：『爹媽也老了，我做媳婦的不能養活爹媽，反累爹媽，我心裏不安，只是由著我到這條路上去罷！只是我死還有幾天工夫，要求父親到家替母親說了，請母親到這裏來，我當面別一別，這是要緊的！』

王玉輝道：『親家，我仔細想來，我這小女要殉節的真切，倒也由著他行罷；自古「心去意難留。」』因向女兒道：『我兒，你既如此，這是青史上留名的事，我難反攔阻你？你竟是這樣做罷。我今日就回家去叫你母親來和你作別。』

親家再三不肯。王玉輝執意，一徑來道家裏，把這話向老孺人說了。老孺人道：『你怎的越老越獃了！一箇女兒要死，你該勸他，怎麼倒叫他死？這是甚麼話說！』王玉輝道：『這樣事，你們是不曉得的。』

老孺人聽見，痛哭流涕，連忙叫了轎子去勸女兒。王玉輝在家，依舊看書寫字，候女兒的信息。老孺人勸女兒那裏勸得轉。一般每日梳洗，陪著母親坐，只是茶飯全然不喫。母親和婆婆著實勸著，千方百計，總不肯喫。餓得六天上，不能起床。母親看著，傷心慘目，痛入心脾，也就病倒了，擡了回來，在家睡著。

又過了三日，二更天氣，幾箇火把，幾箇人來打門，報道：『三姑娘餓了八日，在今日午時去世了。』老孺人聽見哭死了過去，灌醒回來，大哭不止。王玉輝走到牀面前說道：『你這老人家眞正是箇獃子！三女兒他而今已是成了仙了，你哭他怎的？他這死的好，只怕我將來不能象他這一箇好題目死哩！』因仰天大笑道：『死的好！死的好！』大笑著，走出房門去了。

次日，余大先生知道，大驚，不勝慘然，即備了香楮三牲，到靈前去拜奠，拜奠過回衙門，立刻傳書辦備文書請旌烈婦。二先生幫著趕造文書，連夜詳了出去。二先生又備了禮來祭奠。三學的人，聽見老師如此隆重，也就紛紛來祭奠的，不計其數。過了兩箇月，上司批准不來，製主入祠，門首建坊。

鏡花緣一全書凡一百回，是一部討論婦女問題的小說。作者為李汝珍（1763?至1830?）字松石，直隸大興人，精音韻，兼雜藝，惜不得志於世，以諸生老於海州，年六十餘。他的鏡花緣是在他晚年窮愁的時候，歷十餘年寫成的。內敘唐敖與林之洋到海外遨遊，遍歷奇觀異象的事。他雖全以女子為中心，但不談戀愛和家庭瑣事，却是討論婦女在社會上應與男女平等，不惟男女的教育應平等，就是在社會中的地位和待遇，亦應該平等。這種見識，在當時實在是很難得的。前半部很能引人入勝，亦往往有很深刻的諷刺，令人為之破啼為笑，至後半部，就不如前半部生動有趣了。

駱紅蕖打虎　節錄鏡花緣

多九公道：『林公說果然，巧巧竟有果然來了』？只見山坡上有個異獸，形狀如猿，渾身白毛，上有許多黑文，其體不過四尺，後面一條長尾，由身子盤至頂上，還長二尺有餘，毛長而細，頦下許多黑髯，守着一個死獸，在那慟哭。林之洋道『看這模樣，竟像一個落腮鬍子，不知為甚這樣啼哭？難道他就叫做果然麼』？多九公道：『此獸就是果然，又名猓獸。其性最義，最愛其類。獵戶取皮作褥，貨賣獲利，往往捉住一個打死，放在山坡，如有路過之猓，一經看見，即守住啼哭，任人捉獲，並不逃竄。此時在那裏守着死猓痛哭，想來又是獵戶下的猓子，少刻獵戶看見，毫不費力就捉住了』。

忽見山上起一陣大風，刮的樹木刷刷亂響。三人見風來的古怪，慌忙躲在樹林深處，風頭過去，有隻班毛大蟲從高峯竄至果然面前；果然一見，嚇的發抖，還是守着死猓，不肯遠離。那大蟲竄下，如山崩地裂一般吼了一聲，張開血盆大口把守猓咬住。只見山坡旁隱隱約約倒像竄出一箭，直向大蟲面上射去。大蟲着箭，口中落下死猓，大吼一聲，將身縱起，去地數丈，隨即落下，四脚朝天，眼中插着一箭，竟是不動。

多九公喝采道『真好神箭！果然見血封喉』。唐敖道『此說怎講』？多九公道『此箭乃獵戶放的藥箭，係用毒藥所製，凡猛獸着了此箭，任他兇猛，登時血脈凝結，氣嗓緊閉，所以叫他見血封喉。但虎皮甚厚，箭最難入，這人把箭從虎目射入，因此藥性行的更快，若非本領高強，何能有此神箭！不意此處竟有如此能人！少刻出來，到要會他一會』。忽見山旁又走出一隻小虎，行至山坡，把虎皮揭去，却是一個美貌少女：身穿白布箭衣，頭上束着白布漁婆巾，臂上跨着一張雕弓，走至大蟲跟前，腰中取出利刃，把大蟲胸膛剖開，取出血淋淋斗大一個心，提在手中，取了利刃，捲了虎皮，走下山來。林之洋道：『原來是女獵戶！這小小年紀，竟有這般膽量！俺且唬他一唬』。說罷，舉起火繩，迎着女子放了一聲鳥鎗。

那女子叫道，『我非歹人，諸位暫停貴手，婢子有話奉稟』。登時下來萬福道，『請教三位長者上姓？從何至此』？唐敖道：『他二人：一位姓多，一位姓林。老夫姓唐。都自中原來』女子道：『嶺南有位姓唐的，號叫以亭，可是長者一家』？唐敖道：『以亭就是賤字，不知何以得知』？女子聽了，慌忙下拜：道『原來唐伯伯在此！姪女不知，望乞恕罪！』唐敖還禮道：『請問小姐尊姓？爲何如此稱呼？府上還有何人？適才取了虎心，有何用處』！女子道：『姪女中原人氏，姓駱名紅蕖，父親曾任長安主簿，後降臨海丞，因同敬業伯伯獲罪，不知去向。差官緝捕家屬，母親無處存身，同祖父帶了姪女逃至海外，在此古廟中敷衍度日，此山向無人烟，尚可藏身。不意去年大蟲趕逐野獸，將住房壓倒，母親肢骨折傷疼痛而死，姪女立誓殺盡此山之虎，為母報仇，適用毒藥箭射死大蟲，取了虎心，正要回去祭母，不想得遇伯伯，姪女常聞祖父說：伯伯與父親結拜，所以方敢如此稱呼』。唐敖嘆道：『原來你是駱賓王兄弟之女！幸逃海外，未遭毒手。不知老伯現在何處？身體可安？望姪女帶去一看』！

駱紅蕖道：『祖父現在前面廟內，伯伯既要去，姪女在前面引路。』說罷，四人走不多時，來至廟前，上寫『蓮花菴』三字，四面牆壁俱已朽壞，並無僧道，惟剩神殿一座，廂房兩間，光景雖然頹敗，那些怪石縱橫，碧樹叢雜，把這古廟圍在居中，倒也清雅。進了廟門，駱紅蕖提着虎心，先去通知，三人隨後進了大殿，只見有個鬚髮皆白的老翁迎出。唐敖認得駱龍，連忙搶進行禮，多林二人也見了禮，一同讓坐獻茶。駱龍問了多林二人名姓，略談兩句，因向唐敖嘆道：『吾兒賓王不聽賢姪之言，輕舉妄動，以致合家分散，孫兒跟在軍前，存亡未卜，老夫自從得了兒信，即帶家口奔逃，偏偏身懷六甲，好容易逃至海外，生下紅蕖孫女，就在此敷衍度日，屈指算來，已一十四載。不意去歲大蟲颳倒房屋，媳夫受傷而亡，孫女痛恨，因此棄書本，終日搬弄弓箭，操練武藝，要替母親報仇，自製白布箭衣一件，誓要殺盡此山猛虎，方肯除去孝衣，果然有志竟成，上月被他打死一個。今日又去打虎，誰知却好遇見賢姪，邂逅相遇，眞是「萬里他鄉遇故知！」可謂三生有幸。惟是老夫年已八旬，時常多病，現在此處，除孫女外，還有乳母老蒼頭二人，老夫為癡兒賓王所累，萬不能復回故土，自投羅網；況已老邁，時光有限，紅蕖孫女，正在年少，困守在此，終非長策。老夫意欲拜懇賢姪，俯念當日結拜之情，將紅蕖作為己女，帶回故鄉，俟他年長，代為擇配，完其終身，老夫了此心願，雖死在九泉，亦必銜感。」說着，落下淚來。唐敖道『老伯說那裡話來！小姪與賓王兄弟情同骨肉，姪女紅蕖就如自己親女一般，今蒙慈命帶回家鄉，自應好好帶他擇配，何須拜託，若論子侄之分，原當請老伯同回故鄉，侍奉餘年，少盡孝心，庶不負昔日結拜之情，奈近日武后純以殺戮為事，唐家子孫誅殺殆盡，何況其餘！且老伯昔日出仕多年，非比他們婦女可以隱藏，倘走漏風聲，不但小侄受累，兼恐老伯受驚，因此不敢冒昧勸駕。小侄初原努力上進，約會幾家忠良，共為勤王之計，以復唐室，無如功名未遂，鬓巳如霜，既不能顯親揚名，又不能興邦定業，碌碌人世，徒媿老大無成，所以浪跡海外，今雖看破紅塵，歸期未卜，家中尚有兄弟妻子，此女帶回故土，斷不有負慈命，老伯只管放心。』駱龍道：『蒙賢侄慷慨不棄，令人感激涕零，但你們貿易不可躭擱，有誤程途；老夫寓此古廟，也不能屈留。』因向紅蕖道：『孫女就此拜認義父，帶着乳母，跟同前去，以了我的心願』。

紅蕖聽了，不由大放悲聲，一面走到唐敖面前，四雙八拜，認爲義父，又與多林二人見禮，因向唐敖泣道『姪女蒙義父天高地厚之恩，自應跟回故鄉，奈女兒有兩件心事：一者祖父年高，無人侍奉，何能遠離？二者此山尚有二虎，大仇未報，豈能舍之而去？義父如念苦情，即將嶺南住址留下，倘他年遇恩大赦，那時再同祖父投奔嶺南，庶免兩下牽挂。此時如若拋撇祖父，一人獨去，即女兒心如鐵石，亦不得忍心害理至此』！駱龍聽了，又復再三解勸，無奈紅蕖立意在山下，總要侍奉祖父百年後方肯遠去，任憑苦勸，執意不從。

多九公道『小姐既如此立志，看來一時也難挽回，據老夫愚見：與其此時同

412

到海外，莫若日後回來，唐兄再將小姐帶回家鄉，豈不更便』？唐敖道『日後小弟設或不歸，却便何如』？林之洋道『這甚說話！今日我們一同前去，將來自然也一同來。怎麼叫設或不歸？俺倒不懂』？唐敖道：『這是小弟偶爾失言，舅兄爲何如此認眞』！同向駱龍道『寄女有如此孝心，將來自有好處，老伯到不可强他所難，况他立志甚堅勸也無益』。說罷，取過紙筆開了地名。駱紅蕖道：『義父此去可由巫咸國路過？當日薛仲璋伯伯被難，家眷也逃海外，數年前在此路過，女兒曾與薛蘅香姐姐拜爲異姓姊妹，幷在神前立誓，不論何人，倘有機緣得歸故土，總要攜帶同行。去歲有絲貨客人，帶來一信，方知現在寄居巫咸，女兒有書一封，如係便路，求義父寄去』多九公道『巫咸乃必由之路，將來林兄亦要在彼賣貨，帶去甚便』。當時駱紅蕖去寫信，唐敖即託林之洋上船取了兩封銀子，給駱龍，以爲貼補薪水之用。不多時駱紅蕖將書寫完，唐敖把信接過，不覺嘆道：『原來仲璋哥哥家眷也在海外！當日敬業兄弟聽思温哥哥之言，不從仲璋哥哥之計，唐業久已恢復，此時天地何至顚周！彼此又何至離散！這是氣數如此！莫可如何』。說罷，叩謝，大家互相囑咐一番灑淚而別。

略紅鵲送至廟外，自去祭母，侍奉祖父，唐敖三人因天色已晚，回歸舊路。

官場現形記——為李寶嘉所作。寶嘉（1867至1906）字伯元，號南亭亭長，江蘇武進人，幼有才氣，惜累舉不第，乃赴上海辦指南報，遊戲報及海上繁華。所著除官場現形記，尚有活地獄，及文明小史等。他死時，年方四十。場官現形記是他最後一部未完的作品，但自成起訖，與儒林外史略同，是許多短篇湊合而成的。其中所敍皆官場中迎合，鑽營，朦此，羅掘，傾軋的故事，兼及士人熱心於作吏，及官吏閨中之隱情。把當時官場中的腐敗狀況，寫得痛快淋漓，書出，因之風行一世，作者之名乃大著。

二十年目覩之怪現狀——為吳沃堯所作。沃堯（1867至1910）字趼人，廣東南海人，因居佛山鎮，故自號我佛山人，年二十餘至上海，後客山東，游日本皆不得志，終復回上海賣文為活，死時年四十四。所著除二十年目覩之怪現狀外，尚有九命奇冤，恨海及劫餘灰等。二十年目覩之怪現狀凡一百八回，全書以自號「九死一生」者，為主人翁，歷紀二十年中所見所聞，天地間的怪現狀，——社會中的種種黑暗——與官場現形記同類，但所寫的範圍較廣，不僅限於官場。

孽海花—爲曾樸所作。樸字孟樸，筆名爲東亞病夫，常熟人。此書僅成二十回，是寫清季三十年間遺聞逸事的，可稱爲清末的政治社會小說。書中的金汮即吳縣洪鈞的化名，曾典試江西。在上海納名妓傅彩雲爲妾，後出使英國，彩雲隨去，自稱夫人，在外國的笑柄不少。後來洪死於北京，傅又回滬爲妓，稱曹夢蘭，繼至天津又改名賽金花。在八國聯軍入北京那一年，因聯軍統領瓦德西原和賽金花在德國認識，所以二人很要好，曾並騎連車的出入宮庭，勢力頗大。據說北京在聯軍盤據時，不曾遭了大的蹂躪，全是賽金花暗中之力。聽說近來平津有一般名流，要倡議爲她立傳紀念。若賽金花者，亦可自豪了。至本書的結構，尚稱工巧，描寫力亦不弱。

老殘遊記—爲劉鶚所作。鶚（1850?至1910）字鐵雲，筆名爲「洪都百鍊生」，江蘇丹徒人。少時放蕩不羈，後行醫，旋又學賈，盡喪其資。後治河有功。聲譽漸起。他很有見識，曾上書清庭修築鐵路，開山西鑛產。當時世俗指爲「漢奸」。及庚子之亂，政府以其私售倉粟，流放之於新疆而死。老殘遊記爲其唯一之傑作，共二十章，借號老殘者的遊行，而歷記其言論聞見。敘景狀物，頗有可觀，尤以中多攻擊所謂清官者爲少有。歷來小說皆揭贓官之惡，有揭清官之惡，可謂自老殘遊記始。作者既有學問見識，且好遊歷，所以對於社會的黑暗，世道的悲憤，寫來深刻生動，一人一事，都好似活躍紙上。寫玉大人的審案，白妞的說書雖，風韻不同，却都是絕妙的好文章。

此外尚有一部一百五十四回的巨作野叟曝言，爲康熙時人，夏敬渠作。敬渠字懋修，號二銘，江陰人。其中所敘無所不包，完全是作者賣弄他的學問和才華的，並沒有什麼藝術上的價值，所以在這裡就不去多說他了。

白妞說書　節錄老殘遊記第二回

老殘從鵲華橋往南，緩緩向小布政司街走去。一抬頭，見那牆上貼了一張黃紙，有一尺長，七八寸寬的光景，居中寫着「說鼓書」三個大字，旁邊一行小字是「二十四日明湖居。」那紙還未十分乾，心知是知纔貼的，只不知道這是什麼事情，別處也沒有見過這樣子紙，一路走着，一路盤算。只聽得耳邊有兩個挑擔子的說道，「明兒白妞說書，我們可以不必做生意，來聽書罷」。又走到街上，聽舖子裏櫃檯上有人說道：『前次白妞說書，是你告假的；明兒的書，應該我告假了。』一路行來，街談巷議，大半都是這話，心裏詫異道：『白妞是何許人？說的是何等樣書？爲甚一紙招貼便舉國若狂如此』？信步走來，不知不覺，已到高陞店口。進得店去，茶房便來問道：『客人用什麼夜膳』？老殘一一說過，就順便問道：『你們此地說鼓書是甚麼頑意兒？何以驚動這們許多的人？』茶房說：『客人你不知道，這說鼓書，本是山東鄉下的土調，用一面鼓，兩片梨花簡，名叫「梨花大鼓，」演說些前人的故事，本也沒甚稀奇。自從王家出了這個白妞黑妞姊妹兩個，——這白妞名字叫做王小玉此人是天生怪物。她十二三歲時，就學會了這說書的本事。她卻嫌這鄉下的調兒沒甚麼出奇，她就常到戲院裏看戲，所有什麼西皮，二簧，梆子腔等唱，一聽就會；甚麼命三勝，陳長庚，張二奎等人的調子，她一聽也就會唱。仗著她的喉嚨，要多高，有多高，她的中氣，要多長有多長。她又把南方的甚麼崑腔，小曲種種的腔調，都拿來裝在這大鼓書的裏面，不過二三年功夫，創出這個調兒。竟至無論南北高下的人，聽了她唱書，無不神魂顛倒。現在已有招子，明兒就唱，你不信，去聽一聽就知道了。只是要聽還要早去，他雖一點鐘開唱，若到十點鐘去便沒有坐位。」老殘聽得，也不甚相信。

次日，六點鐘起，先到南門內，看了舜井，又走出南門，到歷山腳下，看看相傳大舜昔日耕田的地方。及至回店，已有九點鐘的光景，趕忙吃了飯走到明湖居，纔不過十點鐘時候。那明湖居本是個大戲院子，戲臺前有一百多張桌子。那知進了園門，園子裏面已經坐的滿滿的了，只有中間七八張桌子還無人坐，桌子卻都貼著『撫院定』『學院定』等類紅紙條兒。老殘看了半天無處落腳，只好袖子裏送了看坐兒的二百個錢，纔弄了一張短板凳，在人縫裏坐下。看那戲臺上只擺一張半桌，桌子上放了一面板鼓，鼓上放了兩個鐵片兒，心裏知道這就是所謂『梨花簡』了；旁邊放了一個三弦子，半桌後面放了兩張椅子，並無一個人在臺上。偌大的個戲臺，空空洞洞，別無他物，看了不覺有些好笑。園子裏面頂著籃子賣燒餅油條的，有一二十個，都是為那不喫飯來的人買了充飢的。

到了十一點鐘，只見門口轎子漸漸擁擠，許多官員都著了便衣，帶著家人，陸續進來。不到十二點鐘，前面幾張空桌俱已滿了；不斷還有人來看坐兒的，也只是搬張短榥在夾縫中安插。這一羣人來了，彼此招呼，有打千兒的，有作揖的。大半打千兒的，多高談闊論，說笑自如。這十幾張桌子外，看來都是做生意的人；又有些像是本地讀書的人的樣子。大家都喊喊喳喳的在那裏說閒話。因爲人太多了，所以說的甚麼話，都聽不清楚，也不去管他。

到了十二點半鐘，看那臺上，從後臺簾子裏面出來一個男人，穿了一件藍布長衫，長長的臉兒，一臉疙瘩，彷彿風乾福橘皮似的，甚爲醜陋。但覺得那人氣味到還沈靜。出得臺來，並無一語，就往半桌後面左手一張椅子上坐下，慢將三弦子取來，隨便和了和弦，彈了一兩個小調，人也不甚留神去聽。後來彈了一枝大調，也不知道叫甚麼牌子，只是到後來全用輪指，那抑揚頓挫，入耳動心，恍若有幾十根弦，幾百個指頭，在那裏彈似的。這時臺下叫好的聲音，不絕於耳，卻也壓不下那弦子去。這曲彈罷，就歇了手，旁邊有人送上茶來。

停了數分鐘時，簾子裏面出來一個姑娘，約有十六七歲，長長鴨蛋臉兒，梳了一個抓髻，戴了一付銀耳環，穿了一件藍布外褂兒，一條藍布褲子，都是黑布鑲滾的。雖是粗布衣裳，到十分潔淨，來到半桌後面右手椅子上坐下。那彈弦子的，便取了弦子，錚錚鏦鏦彈起。這姑娘便立起身來，左手取了梨花簡，夾在指頭縫裏，便丁丁當當的敲，與那弦子的聲音相應；右手持了鼓捶子，凝神聽那弦子的節奏。忽羯鼓一聲，歌喉遽發，字字清脆，聲聲宛轉，如新鶯出谷，乳燕歸巢。每句七字，每段數十句，或緩或急，忽高忽低，其中轉腔換調之處，百變不窮。覺一切歌曲腔調俱出其下，以為觀止矣。旁坐有兩人，其一人低聲問那人道：『此想必是白妞了罷。』其一人道：「不是，這人叫黑妞是白妞的妹子。他的調門兒都是白妞教的，若比白妞還不曉得差多遠呢！他的好處，人說得出；白妞的好處，人說不出。他的好處，人學得到；白妞的好處，人學不到。你想這幾年來，好玩耍的，誰不學他們的調兒呢？就是窰子裏的姑娘們，也人人都學。只是頂多有一二句到黑妞的地步；白妞的好處，從沒有一個人能及她十分裏的一分的』。說着的時候，黑妞早唱完，後面去了。這時滿園子裏的人，談心的談心，買瓜子，落花生，山裏紅，核桃仁的，高聲喊叫着實。滿園子裏聽來都是人聲。

正在熱鬧哄哄的時節，只見那後臺裡又出來一位姑娘，年紀約十八九歲，裝束與前一個毫無分別：瓜子臉兒，白淨面皮，相貌不過中人以上之姿，只覺得秀而不媚，清而不寒。半低着頭出來，立在半桌後面，把梨花簡丁當了幾聲。煞是奇怪！只是兩片頑鐵，到她手裏，便有了五音十二律似的。又將鼓捶子輕輕的點了兩下，方台起頭來，向台下一盼。那雙眼睛，如秋水，如寒星，如寶珠，如白水銀裏頭養着兩丸黑水銀。左右一顧一看，連那坐在遠遠牆角子裏的人，都覺得王小玉看見我了；那坐得近的，更不必說。就這一眼，滿園子裡便鴉無雀聲，比皇帝出來還要靜悄得多呢！連一根針跌在地下，都聽得見響。王小玉便啓朱脣，發皓齒，唱了幾句書兒。聲音初不甚大，只覺入耳有說不出來的妙境，五臟六腑裏，像熨斗熨過，無一處不伏貼，三萬六千個毛孔，像吃了人參菓，無一個毛孔不暢快。唱了十數句之後，漸漸的越唱越高，忽然拔了一個尖兒，像一線絲拋入天際，不禁暗暗叫絕。那知他於那極高的地方，尚能迴環轉折；幾轉之後，又高一層，接連有三四疊，節節高起。恍如由傲來峯西面攀登太山的景象。初看傲來峯削壁千仞，以爲上與天通，及至翻倒傲來峯頂，纔見扇子崖更在傲來峯上。及至翻到扇子崖，又見南天門更在扇子崖上。愈翻愈險，愈險愈奇，那王小玉唱到極高的三四疊後，陡然一落，又極力騁其千迴百折的精神，如一條飛蛇在黃山三十六峯半中腰裏盤旋穿插，頃刻之間，周匝數遍。從此以後，愈唱愈低，愈低愈細，那聲音漸漸的就聽不見了。滿園子之人，都屏氣凝神，不敢少動。約有兩三分鐘之久，彷彿有一點聲音，從地底下發出。這一出之後，忽又揚起，像放那東洋煙火，一個彈子上天，隨化作百千首五色火光，縱橫散亂。這一聲飛起，即有無限聲音俱來並發。彈弦子的，亦全用輪指，忽大忽小，同他那聲音相和相合；有如花塢春曉，好鳥亂鳴，耳朶忙不過來，不曉得聽那一聲的爲是。在撩亂之際，忽聽霍然一聲，人弦俱寂。這時臺下叫好之聲，轟然雷動。

停了一回，鬧聲稍定，只聽那臺下正座上有一個少年人，不到卅歲光景，是湖南口音，說道：『當年讀書，見古人形容歌聲的好處，有那「餘音繞梁，三日不絕」的話，我總不懂，空中設想；餘音怎樣會得繞梁呢？又怎會三日不絕呢？及至聽了小玉先生說書，總知古人措辭之妙。每次聽他說書之後，總有好幾天耳朵裏無非都是他說的書，無論做甚麼事，總不入神。反覺得：「三日不絕」，這「三日」二字，下得太少；還是孔子「三月不知肉味」，「三月」二字形容得透徹些』。旁邊人都說道，『夢湘先生論得透闢極了，於我心有戚戚焉』。

說着，那黑妞又上來說了一段，底下便又是白妞上場。這一段聞旁邊人說，叫做「黑驢段」。聽了去，不過是一個士子見一個美人騎了一個黑驢走過去的故事。將形容那美人，先形容那黑驢怎樣怎樣好法；待鋪敘到美人的好處，不過數語。這段書也就完了。其音節全是快板，越說越快。白香山詩云，「大珠小珠落玉盤」，可以盡之。其妙處在說得極快的時候，聽的人彷彿都趕不上，聽他却字字清楚，無一字不送到人耳輪深處！這是他的獨到！然比着前一段，却未免遜一籌了。……這時不過五點鐘光景，算計王小玉應該還有一段，不知只是他妹子出來敷衍幾句，就收場了，霎時一鬨而散。

官場現形記　節錄二十六回

卻說賈大少爺，……看看已到了引見之期，頭天赴部演禮，一切照例儀注，不庸細述。這天賈大少爺起了一個半夜，坐車進城，……一直等到八點鐘，纔有帶領引見的司官老爺把他帶了進去，不知走到一個甚麼殿上，司官把袖子一摔，他們一班幾個人在台階上一溜跪下，離着上頭約摸有二丈遠，曉得坐在上頭的就是「當今」了。……他是道班，又是明保的人員，當天就有旨，叫他第二天預備召見。……賈大少爺雖是世家子弟，然而今番乃是第一遭見皇上，雖然請教過多少人，究竟放心不下。當時引見了下來，先看見華中堂。華中堂是收過他一萬銀子古董的，見了面問長問短，甚是關切。後來賈大少爺請教他道，「明日朝見，門生的父親是現任臬司，門生見了上頭，要碰頭不要碰頭」？華中堂沒有聽見上文，只聽得「碰頭」二字，連連回答道，「多碰頭，少說話：是做官的秘訣」。賈大少爺忙分辨道「門生說的是上頭問着門生的父親，自然要碰頭；倘不問，也要碰頭不要碰頭」？華中堂道，「上頭不問你，你千萬不要多說話；應該碰頭的地方，又萬萬不要忘記不碰，就是不該碰，你多碰頭，總沒有處分的」。一席話說得賈大少爺格外糊塗，意思還要問，中堂已起身送客了。賈大少爺只好出來，心想華中堂事情忙，不便煩他，不如去找黃大軍機。……或者肯賜教一二。誰知見了面，賈大少爺把話纔說完，黃大人先問「你見過中堂沒有？他怎麼說的」？賈大少爺照述一遍，黃大人道，「華中堂閱歷深，他叫你多碰頭少說話，老成人之見，這是一点兒不錯」。……賈大少爺無法，只得又去找徐大軍機。這位徐大人，上了年紀，兩耳重聽，就是有時候聽得兩句，也裝作不知。他平生最講究養心之學，有兩個訣竅：一個是「不動心」，一個是「不操心」。……後來他這個訣竅被同寅中都看穿了，大家就送他一個外號，叫他做「琉璃蛋」。……這日賈大少爺……去求教他，見面之後，寒暄了幾句，便題到此事。徐大人道，「本來多碰頭是頂好的事。就是不碰頭，也使得。你還是應得碰頭的時候，你碰頭；不必的時候，還是不必碰的為妙」。賈大少爺又把華黃二位的話述了一遍，徐大人道，「他兩位說的話都不錯。你便照他二位的話，看事行事，最妥」。說了半天，仍舊說不出一毫道理，只得又退了下來。後來一直找到一位小軍機，也是他老人家的好友，總把儀注說清。第二天召見上去，居然沒有出岔子。

二十年目覩之怪現狀　節錄第七十四回

到了晚上，各人都已安歇，我在枕上隱隱聽得一陣喧嚷的聲音出在東院裏。……嚷了一陣，又靜了一陣，靜了一陣，又嚷一陣，雖是聽不出所說的話來，却只覺得耳根不淸淨，睡不安穩。……直等到自鳴鐘報了三點之後，方纔朦朧睡去；等到一覺醒來，已是九點多鐘了。連忙起來，穿好衣服，走出客堂，只見吳亮臣李在茲，和兩個學徒，一個廚子，兩個打雜，圍在一起竊竊私議。我忙問是甚麼事。……亮臣正要開言，在茲道，「叫王三說罷，省了我們費嘴。」打雜王三便道，「是東院符老爺家的事。昨天晚上半夜裡我起來解手，聽見東院裏有人吵嘴，……就摸到後院裏，……往裏面偷看：原來符老爺和符太太對坐在上面，那一個到我們家裏討飯的老頭兒坐在下面，兩口子正罵那老頭子呢。那老頭子低着頭哭，只不做聲。符太太罵得最出奇，說道，『一個人活到五六十歲，就應該死的了，從來沒見過八十歲人還活也的。』符老爺道，『活着倒也罷了。無論是粥是飯，有得喫喫點，安分守己着也罷了；今天嫌粥了，明天嫌飯了，你可知道要喫的好，喝的好，穿的好，是要自己本事掙來的呢。』那老頭子道，『可憐我並不求好喫好喝，只求一點兒鹹菜罷了。』符老爺聽了，便直跳起來，說道，『今日要鹹菜，明日便要鹹肉，後日便要鷄鵝魚鴨，再過些時，便燕窩魚翅都要起來了。我是個沒補缺的窮官兒，供應不起！』說到那裏，拍桌子打板凳的大罵。……罵殼了一回，老媽子開上酒菜來，擺在當中一張獨脚圓桌上。符老爺兩口子對坐着喝酒，却是有說有笑的。那老頭子坐在底下，只管抽抽咽咽的哭。符老爺喝兩杯，罵兩句；符太太只管拿骨頭來逗叭兒狗頑。那老頭子哭喪着臉，不知說了一句甚麼話，符老爺登時大發雷霆起來，把那獨脚棹子一掀，匉訇一聲，棹上的東西翻了個滿地，大聲喝道，『你便喫去！』那老頭子也太不要臉，認眞就爬在地下拾來喫。符老爺忽的站了起來，提起坐的凳子，對準了那老頭子摔去。幸虧站着的老媽子搶着過來接了一接，雖然接不住，却擋去勢子不少。那凳子雖然還摔在那老頭子的頭上，却只擦破了一點頭皮。倘不是那一擋，只怕腦子也磕出來了。』我聽了這一番話，不覺嚇了一身大汗，默默自己打主意。到了喫飯時，我便叫李在茲趕緊去找房子，我們要搬家了。……

孽海花　節錄第十九回

却說小燕便服輕車，叫車夫逕到城南保安寺街而來。那時秋高氣爽，塵軟蹄輕，不一會，已到了門口。把車停在門前兩棵大榆樹陰下。家人方要通報，小燕搖手說「不必」，自已輕跳下車。正跨進門，瞥見門上新貼一副淡紅硃砂箋的門對，寫得英秀瘦削，歷落傾斜的兩行字，道：

保安寺街藏書十萬卷

戶部員外補闕一千年

小燕一笑。進門一個影壁；繞影壁而東，朝北三間倒廳；沿倒廳廊下一直進去，一個秋葉式的洞門，洞門裏面，方方一個小院落。庭前一架紫藤，綠葉森森，滿院種着木芙蓉，紅艷嬌酣，正是開花時候。三間靜室，垂着湘簾，悄無人聲，那當兒恰好一陣微風，小燕覺得在簾縫裏透出一股藥煙，清香沁鼻。掀簾進去，却見一個椎結小童，正拿着把破蒲扇，在中堂東壁邊煮藥哩。見小燕進來，正要起立。只聽房裏高吟道，「淡墨羅巾燈畔字，小風鈴佩夢中人。」小燕一腳跨進去，笑道，「夢中人，是誰呢？」一面說，一面看，只見純客穿着件半舊熟羅半截衫，踏着草鞋，本來好好兒，一手捋着短鬚，坐在一張書竹榻上看書。看見小燕進來，連忙和身倒下，伏在一部破書上發喘，顫聲道，「呀，怎麼小翁來，老夫病體竟不能起迓，怎好怎好？」小燕道，「純老清恙，幾時起的！怎麼兄弟連影兒也不知？」純客道，「就是諸公定議替老夫做壽那天起的。可見老夫福薄，不克當諸公盛意。雲臥園一集，只怕今天去不成了。」小燕道「風寒小疾，服藥後當可小痊。還望先生速駕，以慰諸君渴望。」小燕說話時，却把眼偷瞧，只見榻上枕邊拖出一幅長箋，滿紙都是些抬頭。那抬頭却奇怪，不是「閣下」「台端」，也非「長者」「左右」，一疊連三，全是「妄人」兩字。小燕覺得詫異，想要留心看他一兩行，忽聽秋葉門外有兩個人，一路談話，一路躡手躡脚的進來。那時純客正要開口，只聽竹簾子拍的一聲。正是：十丈紅塵埋俠骨，一簾秋色養詩魂。不知來者何人，且聽下回分解。

三　俠義小說——清代的俠義小說，以兒女英雄傳與三俠五義爲代表，其他關於俠義的小說種類雖多，均不足稱。

兒女英雄傳——原名金玉緣本五十三回，今殘存四十回，道光時人文康作。康爲費莫氏字鐵仙滿洲鑲紅旗人，著名爲「燕北閒人」。他曾做道郡守觀察，後又被任爲駐藏大臣，因病未赴任。其家本甚貴盛，而諸子不肖，家道遂中落。相傳他晚年困居一室，僅存筆墨，因著此書以自遣。其情況頗與曹雪芹晚年作紅樓夢相似，所不同者，彼是寫實是自敘，此是理想，是敘他。此書與鏡花緣都是以女子爲主人翁的，不過亦有不同處，鏡花緣的人物繁雜，景物怪異，女兒英雄的人物不多，事亦社會中所常有。全書內容是寫一俠女何玉鳳——假名十三妹——爲父報仇，後嫁安公子事。作者的思想，在此書所表現的完全是傳統的，舊道德觀念，頗與現代思想不合。不過他的特點，是在以純粹的北京話寫成，流暢可誦，不失爲當時北方的平民文學的好讀物。至本書的結構，雖較鏡花緣縝密，但亦是前半部寫得比後半部好，這是和鏡花緣同的。

十三妹大鬧能仁寺　節錄兒女英雄傳第六回

却說那女子吹滅了燈，掩上了門，她却倚在門旁，不作一聲的聽那外邊的動靜，約莫也有半碗茶時，只聽得遠遠的兩個人說說笑笑，唱唱咧咧的從牆外走來，唱道是：

『八月十五月兒照樓，
兩個鴉虎子夫走籌，
一根燈草嫌不亮，
兩根燈草又嫌費油，
有心買上一隻洋臘燭，
倒沒我這腦袋光溜溜！』

一個笑着說道：『你是甚麼頭口，有這麼打自得兒沒的？』有一個答道：『這就叫「禿子當和尚，將就材料兒。」又叫「和尚跟着月亮走，也借他點光兒！」』那女子聽了，心裡說道：『這一定是兩個不成材料的和尚。』她便咬破牕欞，望牕外一看，果見兩個和尚，嘻嘻哈哈，醉眼糊塗的走進院門。只見一個是瘦子，一個是個禿子。他兩個纔拐過那座拐角牆，就說道：『噫！師傅今日怎麼這麼早就吹了燈兒睡了？』那瘦子說：『想是了了事了能咧！』那禿子說：『了了事，再沒不知會咱們扛架椿的。不要是那事兒說合了蓋兒了，老頭子顧不得這個了罷。』那瘦子道：『不能就算說合了蓋兒了，難道連尋宿兒的那一個，也蓋在裏頭不成！』二人你一言，我一語的，只顧口裏說話，不防脚底噹的一聲踢在一件東西上，倒嚇了一跳。低頭一看，原來是個銅鏇子。那禿子便說道；『誰把這東西扔在這兒咧？這准是三兒幹的，偺們給他帶到廚房裏去，』說着。灣下腰去揀那鏇子起來，一抬頭月光之下，只見拐角牆後躲着一個人，禿子說：『你瞧那不是架椿？可不了了事了嗎？』那瘦子走到跟前一看，道：『怎麼個呀！』再灣腰一看，他就嚷將起來說：『敢則是師傅？你瞧三兒也幹了『這是怎麼說！禿子連忙扔下鏇子，趕過去看了，也詫異道：『這可是邪的，難道那小子有這麼大神通不成！但是他又那兒去了呢？』禿子說『別管那些！偺們踹開門進去瞧瞧。』說着，纔要向前走，只聽房門響處，嗖早竄出一個人來，站在當院子裏。

二八冷不防，嚇了一跳。一看兒是個女子，便不在意，那瘦子先說道：『怪咧！怎麼他又出來了？這不又象說合了蓋兒了嗎？旣合了蓋兒，怎麼師傅倒幹了呢？』禿子說：『你別鬧！你細瞧這不是那一個。這得盤他一盤。』因向前問道：『你是誰』？……那女子答道：『是我』？禿子道：『是你，就問你咧。我們這屋裏那個人呢』？女子道：『這屋裏那個人，你交給我了嗎』？那瘦子道：『先別講那個，我師傅這是怎麼了』？女子道：『你師傅，這大概算死了罷』。瘦子道：『知道是死了。誰弄死他的』？女子道：『我呀！』瘦子道：『你講甚麼情理弄死他』？女子道：『准他弄死人，就准我弄死他——就是這麼個情理』。瘦子聽了這話說的野，伸手就奔了那女子去。只見那女子不慌不忙把右手從下往上一翻，用了個葉底藏花的架式，吧只一個反巴掌早打在他腕子上撒了開去。那瘦子一見，說：『怎麼着？手裏有活，這打了我的叫兒了。你等等兒，偺們爺兒倆較量較量。你大概也不知道你小大師傅的少林拳有多麼霸道。可別跑』！女子說：『有跑的不來了，等着請教』。那瘦子說着，甩了外面的僧衣，交給禿子說：『你閃開，看我打他個敗火的紅姑娘兒模樣兒』。那女子也不合他鬥口，便站在台堦衕着他怎生個下腳法。只見那瘦子緊了緊腰，轉向南邊，向着那女子叱了個門戶，把左手攏住，右拳頭往上一拱，說了聲：『請』！且住！難道兩個人打起來了，還關許多儀注不成？列公，打拳的這家武藝，却與厮殺械鬥不同，有個家數，有個規矩，有個架式。講家數爲頭數：武當拳，少林拳，兩家。武當拳是明太祖洪武爺留下的，叫作「內家」；少林拳是姚廣孝姚少師留下的，叫作「外家」。大凡和尚學的都是少林拳。講那打拳的規矩，各自站了地步，必是彼此把手一拱，先道一個「請」字招呼一聲；那拱手時節，左手攏着右手，是讓人先打進來，右手攏着左手，是自已要先打出去。那架式，拳打脚踢，拿法破法，自各有不同。若論這瘦和尚的少林拳，却頗頗的有些拿手，三五十八等閒近不得他；只因他不守僧規，各廟裏存身不往，纔跟了這個胖大强盜和尚，在此作些不公不法的事。如今他見這女子方纔的一個反手巴掌有些家數，不覺得技癢起來，又欺他是個女子，故此把左手攏右手讓他先打進來，自已再破出去。那女子見他一拱手，也去個門戶，一個進步便到了那和尚跟前舉起雙拳，先在他面門前一晃。這叫作「開門見山」。却是個花着兒破這個架式，是用左胳膊橫着一擄，封在面門，順着用右手往下一抹，拿住他的左腕子一擰將他身子擰轉過來，却用左手從他脖子右邊反插將去把下巴一掐，叫作「黃鶯搦嗉」那瘦和尚見女子的雙拳到來，就照式樣一擄；不想他把拳頭慮着幌了一幌，驀回身去就走。那瘦子哈哈大笑說：『原來是個頑女𨈆斗的，不怎麽樣』？說着，一個進步跟下去，舉手向那女子的後心就要下手；這一着叫作黑虎偷心，他拳頭已經打出去了，一眼看見那女子背上明幌幌直轟轟的掖着把刀，他就把拳頭往上偏左一提，照左哈𨈆巴打去，明看着是着上了。只見那女子左肩膀往前一扭，早打個了空。他自覺身子往前一撲，趕緊的拿了拿樁站住。只這拿樁的這個當兒，那女子就把身子一扭，甩開左脚，一回身膛的一聲，正踢在那和尚右肋上。和尚哼了一聲，纔待還手，那女子收回左脚，却脚跟向地下一碾，輪起右腿，甩了一個旋風脚，把那和尚左太陽上早着了一脚，站脚不住，咕咚向後便倒。這一着叫作連環進步鴛鴦拐；還是姑娘的一樁看家的本領真實的藝業。那秃子看見，罵了聲：『小撒糞的，還不反了嗎』？一氣跑到厨房，拿出一把三尺來長鐵火剪來，輪得風車兒般，向那女子頭上打來。那女子也不去搪牠，連忙把身子閃在一旁，掖出刀來，單臂輪開；從上往下只一蓋，聽得喝的一聲，把那火剪齊齊的從中腰裏砍作兩段。那秃和尚手裡只剩得一尺來長，兩根大鑷頭釘子似的東西，怎的個鬬法？他說聲不好，丢下回頭就跑。那女子趕上一步，喝道：『狗男女，那裏走』？在背後舉起刀來，照他的右肩膀一刀，嚇嚓從左肋裏砍將過來，把個和尚弄成了黄瓜醃葱，剩了個斜岔兒了。他回手又把那瘦子和尙頭梟將下來，用刀指着兩個尸首道：『賊禿驢，諒的這兩個東西，也不値得勞你姑娘的手段，只是你兩個滿口裡的是些甚麼』？正說着，只見一個老和尙用大袖子握着脖子，從廚房裏跑出來，溜了出去，那女子也不追趕，向他道：『不必跑，饒你的殘生，諒你也不過是出去送信，再叫兩個人來；索性讓我一不作，二不休，見一個，殺一個，見兩個，殺一雙，殺個爽快』。說着，把那兩個尸首踢開，先淸楚了脚下。只聽得外面果然鬧鬧吵吵的一轟進來，一蓽四五個，七長八短的和尙，手拿鍬鐝棍棒，擁將上來，女子見這般人，渾頭渾腦，都是些刀巴，心裏想道：『這倒不好合他交手，且打倒兩個再說』。他就把刀尖虛按一按，托地一跳，跳上房去，揭了兩片瓦，朝下打來。一瓦正打中拿棗木槓子的一個大漢的額角，噗的一聲倒了，把槓子撂在一邊。那女子一見，重新跳將下來，將那槓子搶到手裡，掖上倭刀，一手輪開槓子，指東打西，指南打北，打了個落花流水，東倒西歪，一個個都打倒，東墻角跟前，翻着白眼撒氣兒。那女子冷笑道：『這等不禁插打，也値的來送死；我且問你，你們廟裏照這等沒用的東西，還有多少』？

言還未了，只聽腦背後暴雷也似價一聲道：『不多，還有一個』。那聲音像是從半空裏飛將下來。緊接着就見一條純鋼龍尾禪杖，撒花蓋頂的從腰後直奔頂門。那女子眼明手快，連忙丟下槓子，拿出那把刀來往上一架，棍沉刀軟將將的抵一個住。她單刀一攢勁，用刀挑開了那棍，回轉身來，只見一個虎面行者，前髮齊眉後髮蓋頸，頭上束一條日月滲金箍，渾身上穿一件元青緞排扣子滾身短襖，下穿一條元青緞兒襠雞腿褲，腰繫雙股鸞帶，足登薄底快靴，好一似浦東寺不抹臉的憨悲明，還疑是五台山沒吃醉的花和尚。那女子見他來勢凶惡，先就單刀直入取那和尚，那和尚也舉棍相迎。他兩個，一個使雁翎寶刀，一個使龍尾禪杖。一個棍起處似泰山壓頂，打下來舉手無情；一個刀攔處如大海揚波，觸着他抬頭便死。刀光棍影，撒開萬點寒星；棍豎刀橫，聚作一團殺氣。一個莽和尚，一個俏佳人；一個穿紅，一個穿黑，彼此在那冷月昏燈之下，來來往往，吆吆喝喝。這場惡鬭，鬭得來十分好看。那女鬭到難解難分之處，心中暗想說：『這個和尚倒來得恁的了得；若合他這等油鬬，鬬到幾時』？說着，虛幌一刀，故意的讓出一個空子來。那和尚一見舉棍，便向他頂門打來；女子把身子只一閃，閃在一旁，那棍早打了個空。和尚見上路打他不着，掣回棍便從下路掃着他踝子骨打來。棍到處，只見那女子兩隻小脚兒，拳回去踢鏈一跳，便跳過那棍去。那和尚見兩棍打他不着，大吼一聲，雙手攢勁輪開了棍，便取他中路，向左肋打來，那女子這番不閃了，他把柳腰一擺，半身向右一扭，那棍便擦着左肋奔了骨下去。他却揚起左胳膊，從那棍的上面向外一綽，往裏一裹，早把棍綽在手裏。和尚見他的兵器被人吃住了，咬着牙，撤着腰，往後一拽。那女子便把棍略鬆了一鬆，和尚險些兒不曾坐個倒蹲兒，連忙的插住兩脚，挺起腰來往前一掙。那女子趁勢兒把棍往懷裏只一帶，那和尚便跟了過來。女子舉刀向他面前一閃，和尚只顧躲那刀，不妨那女子抬起右腿用脚跟向胸膛上一登，噔他立脚不穩，不由的撒了那純鋼禪杖，仰面朝天倒了。那女子笑道：『原來也不過如此』！那和尚在地下，還待掙扎，只聽那女子說道：『不敢起動，我就把你這蒜錘子砸你這頭蒜』。說着，掄起那把刀來，手起一棍，打得他腦漿迸裂

438

，霎時間青的紅的白的黑的都流了出來，嗚呼哀哉，敢是死了。

那女子回過頭來，見東墻邊那五個死了三個，兩個扎掙起來，在那裏把頭碰的山響，口中不住討饒。那女子道：『委屈你們幾個，算填了餡了；只是饒你不得』。隨手一棍一個，也結果了性命。那女子片刻之間，彈打了一個當家的和尚，一個三兒；刀劈了一個瘦和尚，一個禿和尚；打倒了五個作工的僧人；結果了一個虎面行者。一共整十個人。她這纔抬頭望着那一輪冷森森的月兒，長嘯了一聲，說：『這纔我得爽快，只不知屋裏這位小爺嚇得是死是活』？說着，提了那禪杖，走到窗前，只見那窗欞兒上果然的通了一個小窟窿。他巴着往裏一望，原來安公子還方寸不離，坐在那個地方，兩個大拇指堵住了耳門，那八個指頭握着眼睛，在那裏藏貓兒呢？

三俠五義——原名忠烈俠義傳，亦稱大五義，出現於光緒五年，凡一百二十回，爲石玉琨所撰。此人生平不詳，其內容是從宋眞宗朝「狸貓換太子」說起，次叙包拯的降生，及其斷案的事蹟。又叙及三俠——南俠展昭，北俠歐陽春，雙俠丁兆蘭，丁兆蕙—及五鼠—鑽天鼠盧方，徹地鼠韓彰，穿山鼠徐慶，翻江鼠蔣平，錦毛鼠白玉堂—的武俠行爲，最後衆俠都歸順朝廷，全書於是告終。查此書結構完密，事蹟復詭異而多變化，文辭亦極流利明白，頗能引起一般讀者的興趣，實是俠義小說中的一大創作。當時文人俞樾極稱道此書，有『事蹟新奇，筆意酣恣，描寫旣細入毫芒，點染又曲中筋節，正如柳麻子說「武松打店」初到店內無人，驀地一吼，店中空缸空甏，皆甕甕有聲，閒中着色，精神百倍』的好評。俞氏讀後復以己意爲之刪改，且以書中南俠北俠及雙俠其數已四，非三所能包，又加小俠艾虎黑妖狐智化及小諸葛沈仲元，成爲七俠，因改名爲七俠五義，而重行刋世。後又有小五義及續小五義，皆一百二十四回，亦稱石玉琨原稿。此外尙有所謂英雄大八義，英雄小八義，七劍十三俠，七劍十八俠，及施公案—施世綸事，彭公案—彭鵬事—等類似的俠義小說。這些小說，較之前二者雖爲遜色，但在下層社會中極爲流行，如社會的一般人士，無有不知黃天霸者，即可知施公案的勢力有多大了。

七俠五義　節錄第五十七回

白玉堂縱身上船，那漁翁慢慢的搖起船來，撐至江心，却不動了。便發話道：「大清早起的，總要發個利市。俗語說的是：「船家不打過河錢。」客官有酒資拿出來，老漢方好渡你過去。』白玉堂道：『老丈，你只管渡我過去，我是從不失信的』。漁翁道：『口說無憑，多少總要信行的』。白玉堂暗道：『叵耐這厮可惡！偏我來的倉猝，並未帶得銀兩』。只得脫下襯襖，道：『老丈，此衣足可典當幾貫錢鈔，難道你還不憑信麼』？漁翁接過抖起來，道：『客官休怪。這是我們船家的規矩』。正說間，忽見那邊飛也似的裝了一隻漁船來，口中說道：『好吓！清早發利市，見者有分。須要沽酒請我的。』說話間，船已臨近。這邊的漁翁道：『甚麼大利市，不過是件衣服。你看看，可典多少錢鈔』？說罷，便將衣服擲過。那漁人將衣服抖開一看，道：『別管典當多少，足彀你我喝酒的了。』漁翁道：『我正在思飲，咱們且喫酒去。』只聽嗖的一聲，已然跳到那邊船上。那邊漁人將篙一支，登時飛也似的去了。白玉堂見他們去了，白白的失去衣服，無奈何，自已將篙拿起來撐船。可煞作怪，那船不往前走，止於在江心打轉兒。不多一會，白玉堂累的通身是汗，喘吁不止。自已發恨道

：『當初與其練那獨龍橋的，何不下工夫練這漁船呢？今日也不至於受他的氣了』。正在抱怨，忽見小艙內出來一人，頭戴斗笠，猛將斗笠摘下。道：『五弟久違了！世上無有十全的人，也沒有十全的事，你抱怨怎的？』白玉堂一看，却是蔣平，穿着水靠。不由的氣冲霄漢，一聲怪叫道：『嗳喲！好病夫！那個是你五弟？』蔣爺道：『哥哥是病夫，當初叫你練練船隻，你要練那出奇的頑意兒。到如今，你那獨龍橋那裏去了』？白玉堂聽了此言，順手就一篙。蔣平也就順手落下水去，五爺兩眼盡往水中注視。再將篙撥船時動也不動，只急得他兩手扎煞。忽見蔣平露出頭來，把住船邊，道：『老五吓！你喝水不喝』？白玉堂不及答言，那船已然底兒朝天，把個錦毛鼠弄成水老鼠了。蔣平恐他過於喝多了水，不是當耍的，又恐他不喝一點兒水，也是難纏的：莫若叫他喝兩三口水，趁他昏迷之際，將就着到了茉莉村，就好說了。他左手揪住髮綹，右手托定腿窪，兩足踏水，不多時即到北岸，見有小船三四隻在那裡等候。這是蔣平臨過河拆橋時，就吩咐下的。船上共有十數人，見蔣爺托定白玉堂，大家便讓道：『來了！來了！四老爺成了功了！上這裏來。』蔣爺來至切近，將白玉堂往上一舉。

衆水手接過，便要控水。蔣爺道：『不消，不消。你們大家把五爺塞鴉赴水的背剪了，頭面朝下，用木槓急刻抬至茉莉村。趕到那裏，大約五爺的水也控淨了，就甦醒過來了』。衆水手只得依命而行。七手八脚的綑了，用槓穿起，扯連扯連抬着個水淋淋的白玉堂，竟奔茉莉村而來。且說展熊飛同定盧方徐慶兆蘭兆蕙相陪，來至茉莉村內，剛一進門，二爺便問伴當道：『蔣四爺可好些了』？伴當道『蔣四爺於昨晚二員外起身之後，也就走了』。衆人詫異，道：『往那裏去了』？伴當道：『小人也曾問來，說：四爺病着，又往何方去呢』？四爺說：『你不知道：我這病是不要緊的；皆因有個約會等個人，却是極要緊的』。小人也不敢深問，因此四爺就走了。衆人聽了，心中納悶，惟獨盧爺着急，道：『他的約會，我焉有不知的？從來沒有提起，好生令人不解』。丁大爺道：『大哥不用着急。且到廳上坐下，大家再作商議』。說話間，來至廳上，丁大爺先要去見丁母。衆人俱言：『代爲請安』。展爺說：『俟事體消停，再去面見老母』。丁大爺一一領命，進內去了。丁二爺吩咐伴當：『快快去預備酒飯。我們俱是鬧了一夜的了，又渴又餓。快些！快些！』伴當忙忙的傳往廚房去了。少時，丁大爺出來，早見伴當調開桌椅，安放杯箸。上面是盧方，其次展昭徐慶。兆蘭兆蕙在主位相陪。剛然入坐。纔待斟酒，忽見莊丁跑進來，稟道：「蔣老爺同來了，把白五爺抬來了」。衆人聽了，又是驚駭，又是歡喜，連忙離坐出廳，俱各仰將出來。到了莊門，果見蔣四爺在那裏吩咐，把五爺放下抽槓解縛。此時白玉堂已然吐出水來，雖然甦醒，尙不明白。盧方見他面目蕉黃，渾身猶如水鷄兒一般，不覺淚下。展爺早趕步上前，將白玉堂扶着坐起，慢慢喚道：「五弟醒來，醒來。」不多時，只見白玉堂微睜二目。看了看展爺，復又閉上，半晌，方嘟囔道：『好病夫吓！淹得我好！淹得我好』！說罷，哇的一聲，又吐出許多淸水，心內方纔明白了。睜睛往左右一看，見展爺蹲在身傍，見盧方在那裏拭淚。惟獨徐慶蔣平二人，一個是怒目橫眉，一個是嬉皮笑臉。白玉堂看蔣爺，便要扎掙起來，道：『好病夫吓！我是不能與你干休的』。展爺連忙扶住，道：『五弟且看愚兄薄面。此事始終皆由展昭而起。五弟如有責備，你就責備展昭就是了』。丁家弟兄連忙上前扶起玉堂，說道：『且請到廳上去沐浴更衣後，有甚麽話再說不遲』。白玉堂抵頭一看，渾身連泥帶水，好生難看，又搭着處處皆溼，遍體難受得很。到此時也沒的說了，只得說：「小弟從命。」大家步入莊門，進了廳房。丁二爺叫小童揪起套間軟簾，請白五爺進內。只見澡盆，堂布，香肥皂，胰子，香豆麵，牀上放着洋布汗溻中衣，月白洋縐的套褲，靴，襪，綠花氅月白襯襖，絲縧，大紅繡花武生頭巾，樣樣俱是新的。又見小童端了一磁盆熱水來，放在盆架之上，請五爺坐了，打開髮纂，先將髮內泥土洗去，然後用木梳通開，將髮纂挽好，紮好網巾又見進來一個小童，提着一桶熱水注在澡盆之內，請五老爺沐浴淨面。然後穿了衣服，戴了武生巾。其衣服靴帽尺寸長短，如同自己的一樣，心中甚爲感激丁氏弟兄，只是惱恨蔣平，不免忿忿

四彈詞小說——此是一種韻文的通俗小說，所謂彈詞，是一面唱着，一面說着的敘事小說，在唱時彈着弦索，故名彈詞。他的起源很早，如唐代佛曲的各種「俗文」和「變文」，宋代的各種「寶卷」和「鼓子詞」，金人董解元的西廂搊彈詞，明人楊慎的廿一史彈詞，皆爲清代彈詞的先導。到了清代，這類彈詞更見發達，最著者：如安邦志，定國志，鳳凰山三部，共有六百七十四回，二

百萬字，—玉蜻蜓，珍珠塔，及女性作的：天雨花—梁溪陶貞懷作，—再生緣—錢塘陳端生作，—筆生花—淮陰邱心如作—鳳雙飛—陽湖程蕙英作，—夢影緣—鄭澹若夫人作，—玉釧緣，再造天及錦上花—侯香葉夫人改訂。在清代的彈詞小說中，尤以女性的作家，其成績爲最驚人。這樣的小說，在一般婦女們，頗爲歡迎，還亦是清代小說的特點。至關於彈詞小說的結構，雖亦有是描寫很好的，但大部分是所謂「後花園私定終身」，「落難公子中狀元」，和「夫榮妻貴大團圓」的一套陳陳相因的舊把戲，很少有藝術上的價值的，所以在這裏，我們亦不稱引了。

五筆記小說

——以上全是清代的長篇小說，至短篇小說，亦有可稱者，最著名的當以聊齋志異與閱微草堂筆記爲其代表作。

聊齋志異—爲蒲松齡作。松齡（1630至1715）字留仙，山東淄川人，幼有軼才，志而不達，卒年八十六。其志異共十六卷，四百三十一篇，年五十始定。所敘不外神仙，狐鬼，精魅的故事，然描寫委曲有情致，文辭簡潔而華麗，如嬰寧，林四娘，香玉，黃英，恒娘，馬介甫，粉蝶諸篇，皆稱佳構。相傳當時漁洋山人—王士禎—甚賞此書，欲購之而不得，故聲譽更大，競相傳鈔。然終著者之世，竟未刻行，至乾隆末，始刊佈於世。前有基爾士(Giles)者，曾譯之爲英文，故在西洋亦頗有名。近人又發現一部長篇小說名醒世姻緣，長有百回，據考亦是蒲松齡作，曾有徐志摩的長序，和胡適之的考證，近雖由亞東書局印行，但是尚不甚惹人注意也。

恆娘見聊齋志異卷四

洪大業都中人，妻朱氏，姿致頗佳，兩相愛悅，後洪納婢寶帶爲妾，貌遠遜朱，而洪嬖之。朱不平，輒以此反目，洪雖不敢公然宿妾所，然益嬖寶帶，疏朱。後徙其居，與帛商狄姓者爲鄰，狄妻恆娘，先過院謁朱。恆娘三十許，姿僅中人，而言詞輕倩，朱悅之。次日答其拜，見其室亦有小妻，年二十來，甚娟好。鄰居幾半年，並不聞其詬誶一語，而狄獨鍾愛恆娘，副室則虛員而已。朱一日見恆娘而問之曰：「余向謂良人之愛妾，爲其爲妾也，每欲易妻之名呼作妾，今乃知不然，夫人何術？如可授，願北面爲弟子」。恆娘曰：「嘻，子則自疎，而尤男子乎？朝夕而絮聒之，是爲叢驅雀，其離滋甚耳。其歸益縱之，即男子自來，勿納也，一月後，當再爲子謀之」。朱從其言，益飾寶帶，使從丈夫寢。洪一飲食，亦使寶帶共之，洪時一周旋朱，朱拒之益力，於是共稱朱氏賢。如是月餘，朱往見恆娘，恆娘喜曰：「得之矣，子歸，毀若妝，勿華服，勿脂澤，垢面敝履，雜家人操作，一月後可復來」。朱從之，衣敝補衣，故不潔淸，而紡績外無他問，洪憐之，使寶帶分其勞，朱不受，輒叱去之，如是者一月，又往見恆娘。恆娘曰：「孺子眞可敎也，後日爲上巳節，欲招子踏春園，子當盡去敝衣，袍袴襪履，嶄然一新，早過我」。朱曰：「諾」。至日，攬鏡細勻鉛黃，一一如恆娘敎，妝竟，過恆娘，恆娘喜曰：「可矣」。又代挽鳳髻，光可鑒影，袍袖不合時製，拆其線，更作之，謂其履樣拙，更於笥中出業履共成之，訖，即令易著。臨別，飲以酒，囑曰：「歸去一見男子，即早閉戶寢，渠來叩關勿聽也。三度呼，可一度納。半月後，當復來」。朱歸，炫妝見洪，洪上下凝睇之，歡笑異於平時，朱少話游覽，便支頤作惰態。日未昏，即起入房，闔扉眠矣。未幾洪果來叩關，朱堅臥不起，洪始去。次夕復然，明日，洪讓之，朱曰：「獨眠習慣。不堪復擾」。日既西，洪入閣坐守之，更爲次夜之約，朱不可，與洪約，以三日爲率。半月許，復詣恆娘，恆娘闔門與語，曰：「從此可以擅專房矣，然子雖美，不媚也。子之姿，一媚可奪西施之寵，況下者乎」？於是試使睨，曰：「非也，病在外眥」，試使笑，又曰：「非也，病在左頤」，乃以秋波送嬌，又囅然瓠犀微露，使朱傚之，凡數十作，始略得其髣髴。恆娘曰：「子歸矣，攬鏡而嫻習之，術無餘矣」。朱歸，一如恆娘教，洪大悅，形神俱惑，惟恐見拒，趾步不離閨闥，日以爲常，竟不能推之使去。朱益善遇寶帶，，每房中之宴，輒呼與共榻坐，而洪視寶帶益醜，不終席遣去之。朱賺夫入寶帶房，扃閉之，洪終夜無所沾染。於是寶帶恨洪，對人輒怨謗，洪益厭怒之，漸施鞭楚。寶帶忿不自修飾，敝衣垢履，頭類蓬葆，更不復可言人矣。恆娘一日謂朱曰：「我術何如矣」？朱曰：「道則至妙，然弟子能由之而終不能知之也，縱之，何也」？曰：「子不聞乎？人情厭故而喜新，重難而輕易，丈夫之愛妾，非必其美也。甘其所乍獲，而幸其所難遘也。縱而飽之，則珍錯亦厭，況藜羹乎」？「毀之而復炫之，何也」？曰：「置不留目，則似久別，忽覩豔妝，則如新至。譬貧人驟得粱肉，則視脫粟非味矣。而又不易與之，則彼故而我新，彼易而我難，此即子易妻為妾之法也」。朱大悅，遂為閨中密友。積數年，忽謂朱曰：「我兩人情若一體，自當不昧生平，向欲言而恐疑之也。行將別，敢以實告，妾乃狐也，幼遭繼母之變，鬻妾都中，良人遇我厚，故不忍遽絕戀戀以至於今。明日老父尸解，妾往省覲，不復還矣」。朱把手欷歔，早旦往視，則舉家惶駭，恆娘已杳。

異史氏曰：買珠者不貴珠而貴櫝，新舊難易之情，千古不能破其惑，而變憎為愛之術，遂得以行乎其間矣。古佞臣事君，勿令見人，勿使窺書，乃知容身固寵，皆有心傳也。

閱微草堂筆記——為紀昀作。昀（1724至1805）字曉嵐，直隸，獻縣人，官至侍讀學士，後又為四庫全書的總纂官。他一生的精力，都用在四庫提要，及目錄中。嘉慶十年官至太子少保，管國子監事，斯年即卒，年八十二，諡曰「文達」。「他作的閱微草堂筆記，內有五種：即灤陽消夏錄，如是我聞，槐西雜誌，姑妄聽之，及灤陽續錄。此書雖是爲「晝長無事，聊以遣日」之作，但立法嚴謹，志在教世，措詞亦質而不華，與聊齋之取法傳奇者，有所不同。

以上兩種小說，全是文言，與前述之通俗小說又自不同。後人摹仿者不少，仿聊齋志異的有沈起鳳的諧鐸，管世灝的影談，王韜的淞濱讕言，淞隱漫錄，淞濱瑣言，及宣鼎的夜雨秋燈錄等。仿閱微草堂筆記的，有許元仲的三異筆談，俞鴻漸的印雪軒隨筆，俞樾的右台仙館筆記，俞捧閩的客窗偶筆，梁恭辰的池上草堂筆記，及許奉恩的里乘等。不過其中多有是講因果，陳禍福，專以勸懲爲主，沒有多大小說上的價值了。

姑妄聽之一則

李義山詩「空聞子夜鬼悲歌」，用晉時鬼歌子夜事也。李昌谷詩「秋墳鬼唱鮑家詩」，則以鮑參軍有蒿里行，幻窅其詞耳。然世間固往往有是事。田香沁言，「嘗讀書別業，一夕風靜月明，聞有度崑曲者，亮折清圓，悽心動魄，諦審之，乃牡丹亭叫畫一齣也。忘其所以，傾聽至終。忽省牆外皆斷港荒陂，人迹罕至，此曲自何而來？開戶視之，惟蘆荻瑟瑟而已。

如是我聞一則

吳惠叔言，「醫者某生素謹厚，一夜，有老嫗持珠花一雙就買墮胎藥，醫者大駭，峻拒之，次夕，又添持珠花兩枝來，醫者益駭，力揮去，越半載餘，忽夢爲冥司所拘，言有訴其殺人者，至則一披髮女子，項勒紅巾，泣陳乞藥不與狀。醫者曰，「藥以活人，豈敢殺人以漁利。汝自以姦敗，于我何尤！」女子曰，「我乞藥時，孕未成形，倘得墮之，我可不死：是破一無知之血塊，而全一待盡之命也。旣不得藥，不能不產，以致子遭扼殺，受諸痛苦，我亦見逼而就縊：是汝欲全一命，反戕兩命矣。罪不歸汝，反誰歸乎？」冥官喟然曰，「汝之所言，酌乎事勢；彼之所執者則理也。宋以來固執一理而不揆事勢之利害者，獨此人也哉？汝且休矣！」拊几有聲，醫者悚然而寤。

結論—中國文學之南北觀及文化中心之遷移

有歷史告訴我們，在上古時代，中國人種—所謂漢族—自帕米爾高原遷向東來：一支沿着黃河的源頭，又一支沿着長江的源頭，逐漸順流而下的向東推移，先佔據了上流，繼而中部與下游亦都佔據了。到了秦漢之際，除黃河與長江流域外，又把北方的遼河流域，和南方的珠江流域亦劃歸了中國版土，於是中國文化就在這樣遼廓的，廣袤的區域內，孳生繁榮着。因南北地勢的不同，氣候的迴異，同一的中國文化，就有了南北之別。在黃河流域一帶，地勢高瘠，氣候寒冷，得天者較薄，人民多以墾牧而生活，艱難辛苦，終日無有餘暇，他們常想着如何可以得到實際的生活方法，來解決衣食住的人生問題。所以在這樣的環境中產生的文學，多是質樸的，寫實的，人生的藝術，嚴肅的，沈鬱的，悲歌慷慨的英雄文學。在長江流域一帶，天氣溫和，物產豐富，得天者獨厚，人民多以耕田而生活，安居樂業，頗有餘暇。所以在這樣的環境中產生的文學，多是巧麗的，浪漫的，藝術的藝術；宛妙的，柔媚的，低徊悽惻的兒女文學。中國南北文學的不同，這由詩經與楚辭時代起，至漢魏的樂府，南北朝的民歌，唐朝的詩，宋代的詞，元明的戲曲，以及清朝的小說，都可處處看到的。

結論　中國文學之南北觀及文化中心之遷移

中國文化最早是發生於黃河流域一帶，其中心當然是在北方，後來就逐漸由北而南，把文化的中心遷到南方去了。我們研究中國歷史，就知道中國文化在晉朝未南渡以前，其中心是在北方，當時北方的文學家，較之南方多多了。自晉南遷至元入主中原，是中國文化由北而南，逐漸過渡時代。這時的文學家，南北之數，相差尚不遠。到明清兩代，中國文化的中心，就完全移到了南方。這時南方的文學家，較之北方多多了，恰與晉宋南渡前，成個反比例。其中變遷的原因，雖甚複雜，但約而言之，可有二說：一，中國從前的外患多在西北與東北，在南方則絕無僅有，到了晉朝，五胡亂華，中原糜爛，所有之文化，爲之蹂躪殆盡，一般士大夫及知識階級者，多隨帝室而南去。這時南方頓成了漢族文化的避難所了，北方一時陷於野蠻民族的角鬥場，毫無文化之可言。及至五代和北宋，中原又遭了兩次大刼，所以北方再亦不能成爲中國文化的中心，只有聽自然的趨勢，和人事的變遷，，讓文化的中心由北而南的逐漸推移過去了。二，到了明清，中國文化在南方早有了根基，又加後來和西洋各國通商，南方受外國文化的影響，較北方為早，所以南方就成了中國文化的中心了。還看明清四五百年間，南方文學家之多，可以恍然了。今將中國文學家的地理分佈表列下，以實吾說。

中國文學家的地理分布表

地名	山東	河
周秦	孔子	
兩漢	東方朔、韋孟、經學家不少	賈誼、張衡、蔡邕
三國	孔融、諸葛亮、劉楨、徐幹	阮瑀、應瑒、王粲
晉	左思、左芬、○王羲之、王戎、○一說江蘇人	阮籍、潘岳、潘尼
南北朝	徐陵、○顏延之、○王融、○劉勰、○任昉、○王褒、○者五人亦有稱是江蘇人者	江淹、范雲、庾信
隋	顏之推一說江蘇人	
唐五代	和凝	沈佺期、王梵志、劉希夷
宋	李清照、辛棄疾、晁補之、周密	宋祁、賀鑄、朱敦儒
金	黨懷英一說陝西馮翊人	
元	武漢臣、高文秀	鄭廷玉
明	李攀龍	何景明
清	宋琬、王士禎、趙執信、孔尚任、蒲松齡、桂馥、曹貞吉、丁耀亢	侯方域

河北	南
	蔡琰
甄夫人	仲長統
張華 張載 張協	謝道蘊 干寶 山濤 向秀
	謝靈運 謝惠連 謝朓 江總 鍾嶸
盧照鄰 張籍 賈島 高適 李嶠 劉長卿 張鷟 孟郊 劉餗 毛文錫	杜甫 岑參 元稹 韓愈 盧仝 李賀 韓翃 李商隱 房千里 王建 王衍 李存勗（原西突厥人氏）
李昉	
趙秉文	
關漢卿 王實甫 白朴 馬致遠 史國寶 楊顯之 尚仲賢 宮天挺	
舒位 李汝珍 紀昀 曹霑 高鶚 文康 納蘭性德	

陝西	山西
蘇武 韋玄成 梁鴻 班固 傅毅 史學家不少	
蘇蕙	
	王琰
楊衒	薛道衡
楊炯 韋應物 王昌齡 杜牧 韋莊 韓偓 魚玄機 韋濁	王勃 宋之問 王維 柳宗元 盧綸 司空圖 王之渙 王翰 溫庭筠 ○白居易 ○白行簡 薛調 ○二白一說陝西人或又說河南人
楊億	
○党懷英 ○一說山東泰安人	元好問
	張翥 薩都剌 鄭光祖 喬吉甫 李壽卿 石君寶 吳昌齡
康海	

曹　蕭	江
李陵　秦嘉	劉徹　枚乘
	陳琳
王粲	劉伶　陸機　陸雲
	鮑照　蕭衍　蕭綱　蕭繹　蕭統　劉敬叔　劉義慶　陸倕　蕭子良　○顏延之　○王融　○劉勰　○任昉　○王褒　○者五人一說山東人
	顏之推（一說是山東人）
牛嶠　牛希濟　李公佐　李朝威	劉禹錫　陸龜蒙　蔣防　張若虛　戴叔倫　許渾　李璟　李煜　馮延已　沈旣濟
張炎	秦觀　張耒　陳師道　范成大　徐鉉　吳淑
李夢陽	王世貞　袁凱　唐寅　祝允明　文徵明　張靈　錢謙益　吳偉業　高啟　梁辰魚　魏良輔　沈璟　張鳳翼　陸采　徐渭
	沈德潛　陳維崧　黃景仁　趙翼　顧貞觀　張惠言　惲敬　李玉　尤侗　楊潮觀　黃燮清　金聖歎　陶貞懷　張堅　邱心如　陳烺　程蕙英　[illegible]人[illegible]

蘇	安徽	浙
	曹操 曹丕 曹植	
	嵇康	
		沈約 陳叔寶 吳均
		駱賓王 錢起 孟郊 秦系 顧況 貫休 寒山
	梅堯臣 郭[illegible] 秦醇	錢惟演 陸游 徐照 徐璣 翁卷 趙世秀 張炎
		楊載 楊維楨 趙孟頫 施耐菴 羅貫中 金仁傑 蔡簡夫
	朱權 朱有燉 阮大鋮 梅鼎祚	劉基 陳子龍 施惠 徐渭 高明 屠隆 高濂
許仲琳 吳承恩 萬樹 鄭燮 馮夢龍 陳森 李寶嘉 曾樸 劉鶚 夏敬渠 金和	施閏章 龔鼎孳 吳敬梓 散文家不少	朱彝尊 袁枚 厲鶚 李漁 洪昇 俞樾 俞萬春

459

江	江西	兩湖
		屈原　宋玉
	陶潛	
杜光庭　沈亞之　吳融　羅隱　徐鉉　李冶　張志和	鄭谷	孟浩然　皮日休
周邦彥　朱淑貞　吳文英　蔣捷　王沂孫	晏殊　晏幾道　歐陽修　王安石　黃庭堅　楊萬里　劉過　姜夔　樂史　洪邁	
[illegible][illegible]祥　管道昇	范梈	
李日華	湯顯祖	李東陽　袁宏道　袁宗道　袁中道　鍾惺　譚元春
凌濛初　陳球　韓子雲　毛奇齡　陳端生	蔣士銓　陳三立	王闓運　曾國藩　樊增祥　楊恩壽

四川	福建	廣東	貴州	雲南
司馬相如 楊雄				
陳子昂 李白 歐陽炯	江采蘋	張九齡		
蘇舜欽 蘇軾 蘇轍	柳永 劉克莊			
虞集				揭傒斯
楊慎				
	魏子安 陳衍	黃遵憲 吳沃堯	鄭珍	

我們看了這表，知道自周秦至晉朝的文學家，北方的——黃河流域一帶——占有三十九位，南方的——長江流域一帶——占有十六位，其中如劉徹及曹氏父子的籍貫，均近北方，並非南人，若將他們四位改入北方，那末，南方的作家僅有十二位

結論　中國文學之南北觀及文化中心之遷移

，北方的多至四十三位了，是北方之數，幾超過南方的四倍。自南北朝至元代，北方的文學作家占九十三位，南方的占九十八位，—將顏延之，王融，劉勰，任昉，王褒，及顏之推，列入江蘇籍，其實他們原是山東籍，—二者之數，相差無幾。及至明清兩代，北方的作家僅有二十八人，而南方的作家則有九十位，已超過北方的四倍以上。從此看來，中國文化中心的遷移，可一目瞭然了。

附錄一

中國歷代文學家籍貫生卒年表

姓名	籍貫	生年	卒年	歲數
孔子	山東曲阜	西前五五一	西前四七九	七十三
屈原	楚	三四三	二九〇	五十四
宋玉	楚	二九〇?	二二二?	六十九?
劉徹	江蘇沛縣	一五七	八十七	七十一
賈誼	洛陽	二〇〇	一六八	三十三
枚乘	淮陰	?	一四〇	?
司馬相如	成都	?	一一八	六十餘
蘇武	長安	?	六十	八十餘
李陵	隴西成紀	?	七四	六十餘
楊雄	成都	五三	西後一八	七十一
張衡	南陽西鄂	西後七八	一三九	六十一
蔡邕	陳留	一三三	一九二	六十

孔融	魯	一五三	二〇八	五十六
曹操	沛國譙	一五五	二二〇	六十六
阮瑀	陳留	?	二一二	?
劉楨	東平	?	二一七	?
陳琳	廣陵	?	二一七	?
應瑒	汝南	?	二一七	?
徐幹	北海	一七一	二一八	四十八
王粲	山陽高平	一七七	二一七	四十一
仲長統	山陽高平	一七九	二一九	四十一
諸葛亮	瑯琊陽都	一八一	二三四	五十四
曹丕	沛國譙	一八六	二二六	四十一
曹植	沛國譙	一九二	二三二	四十一
山濤	河內	二〇五	二八三	七十九
阮籍	陳留	二一〇	二六三	五十四
嵇康	譙國銍	二二三	二六二	四十
潘岳	滎陽中牟	?	三〇〇	?
張華	范陽方城	二三二	三〇〇	六十九
王戎	瑯琊臨沂	二三四	三〇五	七十二

左思	臨淄	二五〇?	三〇五?	五十六?
陸機	吳郡	二六一	三〇三	四十三
陸雲	吳郡	二六二	三〇三	四十二
王羲之	臨沂	三二一	三七九	五十九
陶潛	潯陽柴桑	三七二	四二七	五十六
顏延之	瑯琊臨沂	三八四	四五六	七十三
謝靈運	陳郡陽夏	三八五	四三三	四十九
謝惠連	陳郡陽夏	三九四	四三〇	三十七
劉義慶	彭城	四〇三	四四四	四十二
鮑照	東海	四一五	四七〇	五十六
沈約	吳興武康	四四一	五一三	七十三
江淹	濟陽考城	四四四	五〇五	六十二
范雲	舞陰	四五一	五〇三	五十三
任昉	樂安博昌	四六〇	五〇八	四十九
謝朓	陳郡陽夏	四六四	四九九	三十六
蕭衍	南蘭陵	四六四	五四九	八十六
王融	瑯琊臨沂	四六八	四九四	二十七
吳均	吳興故彰	四六九	五二〇	五十二

陸倕	吳郡吳	四七〇	五二六	五十七
蕭統	南蘭陵	五〇一	五三一	三十一
蕭綱	南蘭陵	五〇三	五五一	四十九
徐陵	東海郯	五〇七	五八三	七十七
蕭繹	南蘭陵	五〇八	五五四	四十七
庾信	南陽新野	五一三	五八一	六十九
王褒	瑯琊臨沂	？	？	六十四
江總	濟陽考城	五一九	五九四	七十六
顧之推	臨沂	五三一	？	六十餘
陳叔寶	吳興	五五三	六〇四	五十二
薛道衡	河東汾陰	五四〇	六〇九	七十
盧思道	范陽	？	？	五十二
楊廣	華陰	五八〇？	六一八	三十九？
王梵志	衛州黎陽	五九〇？	六六〇？	七十一
王勃	絳州龍門	六五〇	六七五	二十六
駱賓王	婺州義烏	六五〇？	六八四？	三十五
盧照鄰	范陽	六五〇？	六八九？	四十？
楊炯	華陰	六五〇？	六九五？	四十六

沈佺期	相州內黃	六五〇?	七一五?	六十六
宋之問	汾州	六五〇?	七一二	六十三
陳子昂	梓州射洪	六五六	六九八	四十三
賀知章	越州永興	六五九	七四四	八十六
張九齡	韶州曲江	六七三	七四〇	六十八
孟浩然	襄州襄陽	六八九	七四〇	五十二
王維	太原祁	六九九	七五九	六十一
李白	蜀昌明	七〇一	七六二	六十二
高適	滄州渤海	七〇〇?	七六五	六十六
岑參	南陽	七二〇?	七七〇	五十一
杜甫	襄州襄陽	七一二	七七〇	五十九
張志和	金華	七三〇	八一〇	八十一
戴叔倫	金壇	七三二	七八九?	五十八
韋應物	京兆長安	七三五?	八三〇?	九十六?
沈既濟	吳興	七五〇	八〇〇?	五十一
王建	潁川	七五〇?	八三五?	八十六?
孟郊	湖州武康	七五一	八一四	六十四
張籍	東郡	七六五?	八三〇?	六十六?

韓愈	河內南陽	七六八	八二四	五十七
劉禹錫	彭城	七七二	八四二	七十一
白居易	太原	七七二	八四六	七十五
柳宗元	河東	七七三	八一九	四十七
元稹	洛陽	七七九	八三一	五十三
賈島	范陽	七八八	八四三	五十六
李賀	隴西成紀	七九〇	八一六	二十七
盧仝	范陽	七九〇?	八三五	四十六?
杜牧	京兆萬年	八〇三	八五二	五十
李商隱	懷州河內	八一三	八五八	四十六
溫庭筠	太原	八二〇?	八七〇?	五十一
羅隱	餘杭	八三三	九〇九	七十七
貫休	蘭溪	八三二	九一二	八十一
司空圖	河中虞鄉	八三七	九〇八	七十二
韋莊	杜陵	八五〇?	九一〇	六十一?
李存勗	西突厥	八八五?	九二六	四十二?
和凝	鄆州須昌	八九八	九五五	五十八
馮延巳	廣陵	九〇三	九六〇	五十八

李環	徐州	九一六	九六一	四十六
李煜	徐州	九三七	九七八	四十二
徐鉉	廣陵	九一六	九九一	七十六
李昉	饒陽	九二五	九九六	七十二
樂史	宜黃	九三〇	一〇〇七	七十八
吳淑	丹陽	九四七	一〇〇二	五十六
楊億	浦城	九七四	一〇二〇	四十七
張先	吳興	九九〇	一〇七八	八十九
柳永	福建崇安	九九〇	一〇五〇	六十一
晏殊	臨川	九九一	一〇五五	六十五
宋祁	安陸	九九八	一〇六一	六十四
梅堯臣	宣城	一〇〇二	一〇六〇	五十九
歐陽修	廬陵	一〇〇七	一〇七二	六十六
蘇舜欽	梓州銅山	一〇〇八	一〇四八	四十一
王安石	撫州臨川	一〇二一	一〇八六	六十六
蘇軾	眉州眉山	一〇三六	一一〇一	六十六
蘇轍	眉州眉山	一〇三九	一一一二	七十四
黃庭堅	洪州分寧	一〇四五	一一〇五	六十一

秦觀	高郵	一〇四九	一一〇〇	五十二
張耒	淮陰	一〇五二	一一一二	六十一
陳師道	彭城	一〇五三	一一〇一	四十九
晁補之	鉅野	一〇五三	一一一〇	五十八
周邦彥	錢塘	一〇五七	一一二一	六十六
賀鑄	衛州	一〇六三	一一二〇	五十八
朱敦儒	洛陽	一〇八〇?	一一七五?	九十六?
李清照	濟南	一〇八一	一一四五?	六十五?
洪邁	鄱陽	一一二三	一二〇二	八十
楊萬里	吉水	一一二四	一二〇六	八十三
陸游	吳郡	一一二五	一二一〇	八十六
范成大	吳縣	一一二六	一一九三	六十八
尤袤	無錫	一一二七	一一九四	六十八
黨懷英	泰安	一一三四	一二一一	七十八
辛棄疾	歷城	一一四〇	一二〇七	六十八
劉過	廬陵	一一五四?	一二〇六?	五十三?
姜夔	鄱陽	一一五五?	一二三五?	八十一?
趙秉文	滋州	一一五九	一二三二	七十四

劉克莊	莆田	一一八七	一二六九	八十三
元好問	太原定襄	一一九〇	一二五七	六十八
吳文英	四明	一二〇五	一二七〇	六十六?
周密	濟南 寄寓吳興	一二三二	一三〇八	七十七
王沂孫	會稽	一二四〇?	一二九〇?	五十一?
蔣捷	宜興	一二四五?	一三一〇?	六十六?
張炎	西秦	一二四八	一三二〇?	七十三?
趙孟頫	湖州	一二五四	一三二二	六十九
管道昇	吳興	一二六二	一三一九	五十八
楊載	杭州	一二七一	一三二三	五十三
范梈	清江	一二七二	一三三〇	五十九
虞集	仁壽	一二七二	一三四八	七十七
揭傒斯	富州	一二七四	一三四四	七十一
張翥	晉寧	一二八七	一三六八	八十二
楊維楨	諸暨	一二九六	一三七〇	七十五
薩都剌	雁門	一三〇八	?	?
劉基	青田	一三一一	一三七五	六十五
羅貫中	杭州	一三三〇?	一四〇〇?	七十一?

高啓	長洲	一三三六	一三七四	三十九
朱有燉	濠州	一三七七	一四五二?	七十六?
李東陽	茶陵	一四四七	一五一六	七十
祝允明	吳縣	一四六〇	一五二六	六十七
唐寅	吳縣	一四七〇	一五二三	五十四
文徵明	長洲	一四七〇	一五五九	九十
李夢陽	慶陽	一四七二	一五二九	五十八
康海	武功	一四七五	一五四〇	六十六
何景明	信陽	一四八三	一五二一	三十九
楊愼	成都	一四八八	一五五九	七十二
吳承恩	山陽	一五一〇?	一五八〇	七十一?
李攀龍	歷城	一五一四	一五七〇	五十六
徐渭	浙江山陰	一五二一	一五九三	七十三
王世貞	太倉	一五二六	一五九〇	六十五
張鳳翼	長洲	一五二七	一六一三	八十七
湯顯祖	臨川	一五五〇	一六一七?	六十八?
李日華	嘉興	一五六五	一六三五	七十一
錢謙益	常熟	一五八二	一六六四	八十三

陳子龍	華亭	一六〇八	一六四七	四十
吳偉業	太倉	一六〇九	一六七一	六十三
宋琬	萊陽	一六一四	一六七三	六十
龔鼎孳	合肥	一六一五	一六七三	五十九
侯方域	商邱	一六一八	一六五四	三十七
施閏章	宣城	一六一八	一六八三	六十六
尤侗	長洲	一六一八	一七〇四	八十七
丁耀亢	諸城	一六二〇?	一六九一	七十二?
毛奇齡	蕭山	一六二三	一七一六	九十四
陳維崧	宜興	一六二五	一六八二	五十八
朱彝尊	秀水	一六二九	一七〇九	八十一
蒲松齡	淄州	一六三〇	一七一五	八十六
王士禎	新城	一六三四	一七一一	七十八
顧貞觀	無錫	一六三七	?	?
納蘭性德	滿州	一六五五	一六八五	三十一
洪昇	錢塘	?	一七〇四	五十餘
趙執信	益都	一六六二	一七四四	八十三
沈德潛	長洲	一六七三	一七六九	九十七

厲鶚	錢塘	一六九二	一七五二	六十一
鄭燮	興化	一六九三	一七六五	七十三
吳敬梓	全椒	一七〇一	一七五四	五十四
袁枚	仁和	一七一六	一七九七	八十二
曹霑	滿州	一七一九?	一七六四	四十六?
紀昀	獻縣	一七二四	一八〇五	八十二
蔣士銓	鉛山	一七二五	一七八四?	六十?
趙翼	陽湖	一七二七	一八一四	八十六
桂馥	曲阜	一七三六	一八〇五	七十
黃景仁	武進	一七四九	一七八三	三十五
惲敬	武進	一七五七	一八一七	六十一
張惠言	武進	一七六一	一八〇二	四十二
李汝珍	大興	一七六三?	一八三〇?	六十八?
舒位	大興	一七六五	一八一五	五十一
龔自珍	仁和	一七九二	一八四一	五十
鄭珍	遵義	一八〇六	一八六四	五十九
曾國藩	湘鄉	一八一一	一八七二	六十二
金和	上元	一八一八	一八八五	六十八

俞樾	德清	一八二一	一九〇六	八十六
王闓運	湘潭	一八三二	一九一六	八十五
黃遵憲	嘉應	一八四八	一九〇五	五十八
俞萬春	山陰	一八四九	?	?
劉鶚	丹徒	一八五〇	一九一〇	六十一
李寶嘉	武進	一八六七	一九〇六	四十
吳沃堯	南海	一八六七	一九一〇	四十四

附錄二

中國純文學書目舉要

（一）關於工具者

1. 辭源　商務版
2. 中國人名大辭典　商務版
3. 歷代名人生卒年表　梁廷燦編　商務版
4. 世界大事年表　傅運森編　商務版
5. 歷代地理韻編　李兆洛編　廣州圖書館
6. 清代輿地韻編　李兆洛編　廣州圖書館
7. 歷代紀元編　仝前
8. 四庫全書總目提要　紀昀等
9. 佩文韻府　原刻本
10. 詞律　萬樹編　通行本
11. 集成曲譜　王季烈等　商務版
12. 陳氏中西回史日曆　陳垣編　北京大學

（二）關於詩歌者

1. 詩經集傳　朱熹　通行本
2. 楚辭集註　朱熹　通行本
3. 文選　蕭統編　通行本
4. 樂府詩集　郭茂倩編　商務版

5. 玉台新咏 陳徐陵編
6. 詩記 明馮惟訥編
7. 全漢三國六朝詩 丁福保編 醫學書局
8. 古詩源 沈德潛編 商務版
9. 古詩選 王士禎編 通行本
10 十八家詩鈔 曾國藩編 通行本
11 卅家詩鈔 王定安編 通行本
12 八代詩選 王闓運編 通行本
13 曹子建集 曹植撰 四部叢刊
14 陶淵明集 陶潛撰 四部叢刊
15 鮑參軍集 鮑照撰 四部叢刊
16 謝宣城詩集 謝朓撰 四部叢刊
17 庾子山集 庾信撰 四部叢刊

---

18 全唐詩 楊州書局刻本
19 唐百家詩選 王石安編 醫學書局
20 唐人萬首絕句 洪邁編 明刊本
21 唐詩別裁 沈德潛編 通行本
22 李太白集 李白撰 四部本
23 杜工部詩集 杜甫撰 四部本
24 王右丞集 王維撰 四部本
25 孟浩然集 孟浩然撰 四部本
26 高常侍集 高適撰 四部本
27 岑嘉州詩集 岑參撰 四部本
28 韋江州集 韋應物撰 四部本
29 韓昌黎集 韓愈撰 四部本
30 柳先生集 柳宗元撰 四部本

31 張江集　賈島撰　四部本
32 昌谷集　李賀撰　四部本
33 元氏長慶集　元稹撰　四部本
34 白香山詩集　清汪氏編　刻本
35 李義山詩集　李商隱撰　四部本
36 溫庭筠詩集　溫庭筠撰　四部本
37 宋詩鈔　吳之振編　商務影本
38 宋詩鈔補　管庭芳編　商務影本
39 宋詩別裁　張景星編　通行本
40 宋百家詩存　曹廷棟編　原刻本
41 歐陽文忠集　歐陽修撰　通行本
42 蘇東坡集　蘇軾撰　通行本
43 王荊公詩註　李壁注

44 山谷內集 外集 別集　黃庭堅撰　通行本
45 石湖居士詩集　范成大撰　四部本
46 誠齋集　楊萬里撰　四部本
47 劍南詩稿　陸游撰　汲古閣本
48 精選陸放翁詩集　四部本
49 元遺山詩注　施國祁注　原刻本
50 全金詩　康熙五十年編　原刻本
51 元詩選　顧嗣立編　自刻本
52 元詩別裁　張景星編　通行本
53 中州集　元好問編　四部本
54 揭文忠公全集　揭傒斯撰　四部本
55 道園學錄　虞集撰　通行本

56 鐵崖先生古樂府　楊維禎撰
　復古詩集　四部本
57 列朝詩集　錢謙益編　原刻本
58 明詩別裁　沈德潛編　通行本
59 明詩綜　朱彝尊編　原刻本
60 青邱詩集註　高啓撰　通行本
61 空同集　李夢陽撰　明刊本
62 大復集　何景明撰　明刊本
63 淸詩別裁　沈德潛編　通行本

（三）關於詞曲者

1. 花間集　趙崇祚編　四部本
2. 唐五代詞選　成肇麐編　原刻本
3. 南唐二主詞　晨風閣叢書

64 近代詩鈔　陳衍編　商務版
65 淸百家詩　魏惟度編　康熙間刻本
66 吳梅村集　吳偉業撰　通行本
67 漁洋山人精華錄　四本部
68 曝書亭詩集　楊謙註　通行本
69 甌北全集　趙翼撰　通行本
70 兩當軒詩文集　黃景仁撰　原刻本
71 秋蟪吟館詩鈔　金和撰　原刻本
[redacted]詩鈔　黃遵憲撰　排印本

4. 浣花集　韋莊撰　四部本
5. 三家宮詞　王建等撰　汲古閣刊本
6. 宋之十一家詞　毛晉撰　汲古閣刊本

480

7. 詞綜 朱彝尊編
8. 絕妙好詞箋 周密撰 通行本
9. 詞選 張惠言編 通行本
10 續詞選 董毅編 通行本
11 彊村叢書 朱古微編 原刻本
12 詞苑英華 汲古閣刊本
13 詞學叢書 秦恩復編
14 清真詞 周美成撰 通行本
15 醉翁琴趣 歐陽修撰 通行本
16 東坡樂府 蘇軾撰 通行本
17 屯田集 柳永撰 通行本
18 淮海詞 秦觀撰 通行本
19 樵歌 朱敦儒撰 通行本

20 稼軒詞 辛棄疾撰 通行本
21 漱玉詞 李清照撰 通行本
22 后村詞 劉克莊撰 通行本
23 小山詞 晏幾道撰 通行本
24 白石道人歌曲 姜夔撰 通行本
25 碧山詞 王沂孫撰 通行本
26 夢窗詞 吳文英撰 通行本
27 四印齋王氏所刻宋元人詞 王鵬運編 原刻本
28 明詞綜 王昶編 原刻本
29 清詞綜 王昶編 原刻本
30 十六家詞 孫默編 原刻本
31 飲水詞 納蘭性德撰 粵雅堂本
32 詞源 張炎撰 北大鉛印本

33 詞學叢書　查繼超撰　通行本
34 人間詞話　王國維撰　樸社本
35 絃索西廂　董解元撰　暖紅室本
36 元曲選　臧晉叔編　商務版
37 西廂記　王實甫撰　通行本
38 琵琶記　高則誠撰　通行本
39 拜月亭　施惠撰　暖紅室本
40 太平樂府　楊朝英編　四部本
41 陽春白雪　楊朝英編　徐氏隨菴叢書本
42 盛明雜劇初二集　沈泰編　武進董氏刻本
43 六十種曲　毛晉編　汲古閣本
44 玉茗堂四夢　湯顯祖撰　通行本

(四) 關於小說者

45 居巢傳奇　阮大鋮撰　武進董氏刻本
46 綴白裘(戲曲選本)　石印本
47 桃花扇　孔尚任撰　暖紅室本
48 長生殿　洪昉思撰　暖紅室本
49 笠翁十二種曲　李漁撰　通行本
50 藏園九種曲　蔣士銓撰　原刻本
51 錄鬼簿　鍾嗣成編　暖紅室本
52 劇說　焦循撰　通行本
53 宋元戲曲史　王國維撰　商務版
54 曲錄　王國維撰　晨風閣叢書
55 顧曲塵談　吳梅撰　商務版

1. 世說新語　劉義慶撰　通行本
2. 太平廣記　李昉等編　通行本
3. 宣和遺事　商務版
4. 水滸傳　施耐菴撰　亞東版
5. 西遊記　吳承恩撰　亞東版
6. 三國志　羅貫中撰　亞東版
7. 今古奇觀　通行本
8. 紅樓夢　曹雪芹撰　亞東版
9. 儒林外史　吳敬梓撰　亞東版
10. 鏡花緣　李汝珍撰　亞東版
11. 老殘遊記　劉鶚撰　商務版
12. 兒女英雄傳　文康撰　通行本
13. 說郛　陶宗儀編　商務版
14. 京本通俗小說　有正書局本
15. 七俠五義　俞樾重編　通行本
16. 鳳雙飛　程惠英撰　通行本
17. 天雨花　陶貞懷撰　通行本
18. 筆生花　邱心如撰　通行本
19. 恨海　吳沃堯撰　通行本
20. 孽海花　曾樸撰　通行本
21. 官場現形記　李寶嘉撰　通行本
22. 二十年目睹之怪現狀　吳沃堯撰　通行本
23. 聊齋志異　蒲松齡撰　通行本
24. 中國小說史略　魯迅撰　北新版
25. 唐宋傳奇　魯迅編　北新版
26. 唐人小說　汪辟彊編　神州版

附錄二　中國純文學書目舉要

27 小說考證　蔣瑞藻撰　商務版

28 小說叢考　錢靜方編　商務版

二十二年，十二月，十二日脫稿